weissbooks.w

Christoph Höhtker

Das Jahr der Frauen

Roman

weissbooks.w

Das Jahr der Frauen

Freitag, 4. Januar 2013, 17.04 Uhr. Psychotherapeutische Praxis Dr. Yves Niederegger, Route de Florissant, Genève-Champel

»So, Herr Stremmer … ein neues Jahr.«

»Tja, so ist es.«

»Wie fühlen Sie sich dabei?«

»Fühlen wobei?«

»Nun, für viele Menschen ist der Beginn eines neuen Jahres durchaus eine emotionale Angelegenheit. Manche denken über ihr Leben nach, ziehen Bilanz, setzen sich Ziele … entwickeln Hoffnungen.«

»Ah ja?«

»Wie steht es da bei Ihnen? Haben Sie sich Ziele gesetzt?«

»Nein.«

»Keine Pläne?«

»Nein.«

»Nichts, was Sie eventuell anders machen wollen?«

»Herrgott … Also gut: Ich nehme mir vor, mich noch engagierter meinen unendlich langweiligen beruflichen Aufgaben zu widmen. Zufrieden?«

»Nun, keine Vorsätze zu haben, muss nichts Schlechtes sein. Im Gegenteil, das könnte eine gewisse Zufriedenheit mit Ihrer Situation ausdrücken. Wie haben Sie denn die Wochen seit unserem letzten Termin verbracht? Weihnachten, Sylvester – gibt es etwas, wovon Sie berichten möchten?«

»Außerdem werde ich endlich den Zwiebel-Text fertigmachen.«

»Das … das war eine Art Kurzgeschichte, habe ich recht?«

»Ich werde dieses Jahr mit wahllosen Frauenbekanntschaften verbringen, was halten Sie davon?«

»Nun, ich dachte, das machen Sie bereits.«

»Ja, aber ohne System, ohne ideologische Grundlage. Ab jetzt geht es um Rhythmen, um streng terminierte Episoden. Das Jahr hat zwölf Monate, richtig? Pro Monat werde ich versuchen, eine Frau zu verbrauchen. Wie hört sich das für Sie an?«

»Das ist ein durchaus … ambitionierter Plan. Was versprechen Sie sich davon?«

»Absolut nichts.«

»…«

»Oder was weiß ich: Sozialkontakte. Bestätigung. Hören Sie, vielleicht sollten wir die Sache als Wette angehen.«

»Als Wette?«

»Ich sage, ich schaffe zwölf Frauen in einem Jahr, Sie halten dagegen.«

»Warum sollte ich?«

»Weil es eine Wette ist, Herrgott. Außerdem: Ein Dutzend Frauen in einem Jahr? Ohne Geld? Ich darf nicht direkt dafür bezahlen. Machbar, klar. Trotzdem sage ich, die Chancen stehen nicht schlecht, dass Sie gewinnen.«

»Und wenn ich gewinne, was dann?«

»Das müssen Sie entscheiden.«

»Und wenn Sie gewinnen?«

»Wenn ich gewinne, darf ich mich anschließend umbringen.«

»…«

»Und um Ihre Frage zu beantworten: Weihnachten habe ich Dokumentationen geguckt.«

»Die ganze Zeit? Haben Sie niemanden getroffen? Mit niemandem telefoniert?«

»Ich habe während der gesamten Weihnachtsfeiertage entweder im Internet nach Dokumentationen über afrikanische Bürgerkriege gesucht oder mir Dokumentationen über afrikanische Bürgerkriege angeschaut. An etwas anderes kann ich mich nicht erinnern.«

I.
La ville d'Antibes

In den Tagen nach dem Zusammenbruch aß ich meistens Reis. Reis in allen möglichen Erscheinungsformen, zu allen möglichen Tageszeiten. Vermutlich hatte das alles noch mit Mari zu tun, Nostalgie, symbolisches Verschlingen, usw. – keine Ahnung, warum, aber in diesen Wochen im letzten Frühling, die ich hauptsächlich mit nichts verbrachte, fand ich Gefallen an unausgewogener asiatischer Ernährung.

Im Moment esse ich *keinen* Reis. Allerdings sitze ich am Küchentisch. Das Notebook vor mir leuchtet, irgendetwas wandert in meinen Magen, ich studiere die Angebotspalette dieses Partnerschaftsanbahnungsportals: CTS71HK0 (40), Zürich, Galeristin (»Ein perfekter Tag? Jeder Tag ohne Telefon.«) / FTZ22AW7 (45), Bern, Gesundheitswesen (»Blonde lange Haare, weibliche Figur, ein paar Falten, aber die gehören zu mir, wie hoffentlich bald Du.«) / ROI88PC5 (35), Zürich, Projektleiterin, zwei Kinder (4 und 11 Jahre) (»Ich mag mein Leben, so wie es jetzt ist.«) / VXE09SD8 (32), Zürich, Künstlerin (»Es ist gut, wenn die Sonne scheint und die Tage und Menschen sexuell auflädt.«) / BHZ20JK4 (37), Genf, UN-System (»I'd like to begin something really new. Passionate, loving, caring, thoughtful, sexy.«) / NUP93HH3 (35), Genf, Finanzindustrie (»Ich erwarte viel von meinem Partner, aber ich gebe noch mehr.«) / GRO74GE7 (31), Berlin, Lektorin (»Bin ich wirklich hier? Na ja, warum nicht?! Merkt ja eh keiner.«) / FUL42XB2 (42), Hamburg, IT (»Romantische Liebe – gibt es das eigentlich? Und wenn nicht, warum fehlt sie mir dann?«) / LAW60MI6 (34), Zürich, Veterinärin, ein Kind (12 Jahre) (»Bergtouren, Fahrradfahren, oder einfach mal nichts tun.«), und was erzählt VXE09SD8, die Künstlerin, wer soll ihre Tage aufladen? Die Sonne?

Liebe VXE09SD8,
Deine Version eines perfekten Tages gefällt mir sehr. Ich mag die Vorstellung, wie Du durch sommerlich glühende Straßen gehst und über ein neues künstlerisches Projekt nachdenkst, während der Schweiß Dein T-Shirt an Deinen leicht salzig schmeckenden Brüsten kleben lässt. Ich stelle mir vor, dass Du an einem bereits träge schwülen Morgen eine Bäckerei betrittst, in der ich als Verkäuferin arbeite und den Laden sofort hinter Dir abschließe. Ich stelle mir mich als junge Steuerprüferin vor, die Dich beruflich bedingt im Atelier aufsucht, in dem Du aufgrund der Temperaturen nur mit einem Slip bekleidet an dieser interessanten Skulptur auch dann noch weiterarbeitest, nachdem ich bereits damit begonnen habe, die Feuchtigkeit von der golden schimmernden Haut Deines Nackens zu küssen. Ich höre Dich in einer Sprache seufzen, die nichts zu tun hat mit diesem kranken Gestammel, das man in Zürich immer wieder ertragen muss.
Einige Worte zu mir: Ich bin Anfang vierzig und komme aus Deutschland. Ich sehe gut aus, bin beruflich wie privat erfolgreich und verdiene überdurchschnittlich.
Viele Grüße aus Genf und hoffentlich bis sehr bald,
Frank

Ich lese mir alles noch einmal durch und schicke die Nachricht trotzdem ab. Mittlerweile ist es 19:59 Uhr. Wie zufällig fällt mein Blick auf den Küchenschrank, in dem ich die Weinflaschen vor mir verberge.

Am Sonntag arbeite ich zunächst wieder an meiner Kurzgeschichte zum Thema Zwiebeln. Anschließend mache ich einen Spaziergang. Der Himmel ist wolkenlos und es weht ein eiskalter Wind, und von den sieben Menschen, die mir in der letzten Dreiviertelstunde begegnet sind, gehörten vier der Kategorie ›psychisch auffällig‹ an. »Bise« – was für ein freundliches Wort. Die Bise ist aus den Bergen gekommen, um

Haut aus Gesichtern zu schälen. Deswegen haben sich die Normalen zurückgezogen. Jean-Pierre und Natalie, aber auch José und Maria, Abedine und was weiß ich, der ganze Ethnien-Mix dieser gespenstischen Stadt sitzt in den Wohnungen herum, während draußen der Sturm die anderen Geräusche schluckt und ich zu allem Überfluss wieder Überlegungen zu meiner beruflichen Situation anstelle. Genauer gesagt, ich suche nach Adjektiven, die meine Karriere realistisch und dennoch lebensbejahend darstellen. Solche Adjektive existieren nicht. Es ist, das sage ich mir häufig, schon ein Wunder, dass ich überhaupt wieder einen Job habe. Seit der Geschichte bei *Suisse Forex*, meine ich. Seit Paul, Céline und ich … Egal. Vorbei. Nicht daran denken. Alles, was damals war – vergessen! Die Suche nach Formulierungen gehört übrigens unmittelbar zu meinen beruflichen Pflichten. Insofern arbeite ich schon wieder. Ich arbeite gegen einen Wind an, dessen Feindschaft absolut ist. Das gefällt mir an diesem Wind. Auch wenn man, speziell an Wochenenden, nicht unbedingt versteht, warum – man zieht sich an, tastet sich vor die Tür und dort, noch im windgeschützten Eingangsbereich, empfängt einen ein Wind, der nichts anderes im Sinn hat, als Vitalfunktionen auszulöschen. Der mich zwingen möchte, aufzugeben, mich irgendwo hinzusetzen und zu warten, bis die Kälte meine Venenwände porös gefroren hat. Der Wind will, dass mein Gehirn zu Millionen kleiner Körner zusammentrocknet, die rascheln und klicken wie Salz in einem Salzstreuer. Salzkristalle in meinem Kopf – das Bild könnte noch mit den Drogen zu tun haben. Seitdem ich keine von Maris Pillen mehr nehmen darf, geht die Phantasie manchmal mit mir durch, als hätte ich eine von Maris Pillen genommen. Generell ist es erstaunlich, was mit einem geschieht, wenn alles vorbei ist. Was Mari jetzt wohl macht? Sie lebt noch in der Stadt, das ist sicher. Ich sollte sie mal anrufen und zum Abendessen einladen. Allerdings sprechen einige Dinge dagegen. Einige Stimmen erheben Einspruch, weswegen ich lieber nach vorne schaue, wobei das Problem ist, dass da vorne lediglich diese Bar zu erkennen ist, von der ich eigentlich schon vorher wusste, dass sie am Sonntag geschlossen hat. Ich habe es durch Champel geschafft, durch Malagnou und dann durch Eaux-Vives, und jetzt weigert sich das Ziel dieses Sonntagsausflugs einfach, ein Ziel zu sein? Ich komme trotzdem näher heran, erkenne Stühle, die man mit den Sitzflächen auf die Tische gelegt hat. Oder gestellt? Was ist das passende Verb? Vor meinen Augen entfaltet sich eine eher simple Szenerie und ich bin nicht in der Lage, diese angemessen zu beschreiben, und bevor sich dieses Problem in mir festfrisst, werde ich zum Glück durch ein leichtes Rütteln in der Hosentasche abgelenkt. Steifgefrorene Finger verlassen ihre eisigen Manteltaschenhöhlen und kramen das Telefon heraus. Mein Partnerfindungsportal gibt per SMS bekannt, dass eine bestimmte Buchstabenkombination sich die Mühe gemacht hat, mir eine Botschaft zu übermitteln. Gleichzeitig schießt mir eine Windböe mit voller Wucht durch die Gehörgange, hinterlässt dort ein Kreischen, das nach und nach zu einem säuselnden Fiepen abklingt. Es ist ein Sonntagnachmittag Mitte Januar, gleich wird es dunkel. Die Chancen, dass man mich findet, wenn ich doch noch irgendwo zusammensacke, werden sich weiter verringern. Ich sollte umkehren, mich schleunigst in Sicherheit bringen, doch ich gehe in Richtung See. Ich freue mich schon auf die Wellen und die Enten. Die werde ich XY33XX33 zeigen, falls sie den Fehler begehen sollte, mich zu besuchen. Wir werden Enten und Schwäne betrachten, etwas in einer der berühmten geschlossenen Bars dieser Stadt trinken. Danach werden wir in meine komische Wohnung zurückkehren, wo ich ein Reisgericht zubereite, das wir gemeinsam vor dem Kamin einnehmen, den ich von Zeit zu Zeit mit Wohnzimmermöbeln und Hautschuppen füttere, und es ist so kalt, dass mein Kopf vom Hals abzubrechen droht. Wo liegt eigentlich der Gefrierpunkt von Gehirnzellen? Ab wann erstarrt der Speichel zu bitterem Speiseeis? Die wichtigen Fragen habe ich nicht gestellt. Die wichtigen Fragen habe ich weder meinem Telefon noch im Biologieunterricht gestellt, und jetzt ist es zu spät, noch einmal die Schulbank zu drücken. Ich erreiche den Quai Gustav Ador. Es ist kein einziges Auto unterwegs. Diese Straße ist so leer wie die Straßen in meinen Träumen, als ich noch Drogen nehmen durfte. Andererseits: Wer war eigentlich Gustav Ador? Nun, vermutlich ein bemerkenswerter Mensch. Ein Entscheider. Ein Visionär. Jemand wie der *Executive Chairman*. Bestimmt hat man schon jemanden dafür bezahlt, ein Buch über den Mann zu verfassen. »Gustav Ador – Fabrikant und Humanist«, »Randnotizen zu Gustav Ador«, »Die geheimnisvollen Anlageprodukte des Gustav Ador«. Ich überquere also Gustav Ador und stehe dann auf der Uferpromenade.

Weiter draußen auf dem See tragen die Wellen weiße Kronen. Diese Scheißdinger sind *hoch*! Ich laufe zu der Landzunge, die die Hafeneinfahrt markiert, wobei Markieren ein etwas unglücklicher Ausdruck ist, den ich trotzdem durchgehen lasse, denn der Wind hat nun ernsthaft damit begonnen, mir Ohren und Nase zu amputieren. Der Wind nimmt mehr als fünfzig Prozent meiner Aufmerksamkeit in Anspruch, weswegen es mir unmöglich erscheint, bei der Wortwahl besondere Sorgfalt walten zu lassen. Ich erreiche das Ufer. Da vorne schaukeln tatsächlich ein paar Enten. Die Wellen knallen gegen die Kaimauer. Gischt fliegt durch die Luft. Verwandelt sich auf den Steinen in Eis. Die Luft ist beängstigend klar. Ich kann wahrscheinlich hunderte von Kilometern weit sehen und obwohl die Sonne noch nicht untergegangen ist, glitzern bereits Sterne. Es ergibt sich ein Tag-Nacht-Himmel von seltener Schönheit, der allerdings die Enten kaum interessiert. Die Tiere schwimmen entschlossen umher. Sie stehen unmittelbar im Überlebenskampf, denn vermutlich ist es recht kühl unter ihren geschwollenen, irgendwie obszönen Bäuchen. Oder sind das Brüste? Womit verdammt nochmal liegen Enten eigentlich im Wasser? *Gustav Ador, Philanthrop und Großanleger, beschäftigte sich in den letzten Jahren, bevor er zu einer wochentags stark befahrenen Straße transzendierte, vor allem mit den verschiedenen Körperteilen einheimischer Wasservögel.* Ich drehe mich ein wenig aus dem Wind, tue dabei aber so, als schaute ich mich lediglich um. Im Sommer stapelt sich hier alles. Tausende von Menschen mit ihren Nationalitäten und Sonnenbrillen unterhalten sich in ihren ekligen Sprachen, und ich bin, wenn es mein Terminkalender zulässt, wenn es mein stets blitzblanker Terminkalender zulässt, natürlich mit von der Partie. Im Sommer gibt es hier unten jede Menge Material. Das ist bekannt und speziell Lynberg schwärmt davon. Von seinen Sommerausflügen an den See. Von elastischer Haut, in die sich reife Blicke bohren. Damals Paul, jetzt Lynberg – scheinbar ziehe ich solche Leute an. Niederegger jedenfalls glaubt, das hat mit mir zu tun. Das glaube ich auch. Und überhaupt: Was ist eigentlich los mit mir?

Am Abend sitze ich wieder vor dem Rechner. Dieses Partnerfindungsportal. Zürich hat also tatsächlich geantwortet:

Hey, lieber GF72LG04,
das ist aber eine ungewöhnliche Nachricht! Woher weißt Du, was ich (nicht) anhabe, wenn ich arbeite? Das weiß sonst nur Pomme, mein Kater ☺
Möchtest Du noch etwas über mich wissen? Bestimmt. Also, ich bin eine Schwedin und lebe seit einiger Zeit in Zürich. Keine Angst, die Sprache hier habe ich noch nicht angenommen, aber mein (Hoch-)Deutsch ist ziemlich gut, findest Du nicht? But we can also speak English if you like. Et si vous préférez le français – pas de problème.
Und ich bin geschieden! Ich fühle mich frei, meine Haut fühlt sich frei. Die möchte etwas erleben. Ich auch …
So, so, Du bist also beruflich und privat erfolgreich und siehst dazu auch noch gut aus. Klingt ein wenig nach Ironie, oder? Hoffentlich …
Wir sollten uns schnell treffen – was meinst Du? Soll ich nach Genf kommen oder Du nach Zürich?
Bis bald,
Malin

Ich lese den Text noch einmal. Dann schaue ich mir ihr Foto an. Dann lese ich den Text erneut und danach schalte ich den Rechner ab. Die Dinge lassen sich hervorragend an.

Später am Abend schaue ich einen amerikanischen Spielfilm im Fernsehen. Der Film wird selbst in den Begleitinformationen des Bildschirmtexts als Kitsch bezeichnet und gefällt mir außerordentlich. Besonders mag ich die sehr gut aussehende Hauptdarstellerin, die eine sehr herzkranke Vegetarierin spielt. Ich bin gerührt und weine ein wenig. Dann, völlig ansatzlos, komme ich auf die Idee, dass mein Fahrrad nicht mehr da sein könnte. Also fahre ich – mit einem Glas Wein in der Hand – hinunter in die Tiefgarage. Natürlich steht das Ding genauso da, wie ich es im November, Oktober, irgendwann gegen Ende meines letzten Lebens abgestellt habe. Außerdem ist Freizeitmann da. Freizeitmann wohnt im Vierten, aber er raucht nur unterirdisch. Ich nehme morgens missmutig den Aufzug nach unten – und wen treffe ich? Ich komme 21 Stunden später völlig erledigt wieder – und wer wartet schon in seinem Betonverlies? Irre, dass so ein Typ in so einem Haus wohnt. Wer zahlt eigentlich für den? Wer finanziert diese ausgebeulten Achtzigerjahre-Jogging-Trachten? Ich komme also in -1 an, entdecke – Gott sei Dank, wirklich, Gott sei Dank – mein Fahrrad, begrüße Freizeit, drehe um, steige wieder in den Aufzug und fahre zurück in die Wohnung. In der Zwischenzeit hat sich dort nichts verändert. Der Wind heult, mein Weinglas leert sich rasend schnell. Langsam erreiche ich wieder dieses Stadium. Diesen interessanten Zustand. Es ist besser für mich, für alle anderen, wenn das nicht geschieht. Freizeitmann sah mich eben irgendwie freundlich an. Netter Kerl. Wenn das so weitergeht, werde ich bald zusammen mit ihm dort unten stehen, und vermutlich ist das der Grund, warum ich mich mitten in der Nacht noch einmal an den Rechner setze.

Liebe Malin,
ich finde Deine Art zu schreiben sexy. Andererseits ist es auch möglich, dass ich zu Deiner Art zu schreiben keine Meinung habe und nur Dein Foto sexy finde. In jedem Fall bin ich mit einem Treffen einverstanden. Ich könnte nach Zürich kommen und mich als Kunstsammler verkleiden. Während der Verhandlungen könntest Du mir ein Glas Sekt reichen und im Übrigen Deine Arbeitskleidung tragen. Aber das sind keine Bedingungen, nur Vorschläge – falls uns gleich zu Beginn unserer Ehe langweilig ist.
Also, welche Pläne hast Du für das nächste Wochenende? Ich habe keine.

Frank

Montag, 7. Januar, 09:30 Uhr, GEF-Headquarters Geneva (GEF-HQG), vierter Stock, Tagungsraum 2. Vor der riesigen Fensterfront breitet sich der See aus. Am westlichen Ufer, merkwürdig entrückt im winterlichen Morgenlicht, wuchern die Büro-Schachteln der Organisationen wie kantige Metastasen die Hügel hinauf. »Target setting 2013« – wir sind hier, um festzulegen, warum wir hier sind, und die Liste der Anwesenden umfasst: Valerie Spasowsky-Taylor, Head of Communications, Liz Stevenson, Teamleiterin Internal Communications (und offizielle Kontaktperson zum Büro des EC), Jeff Bellinghusen vom Büro des Executive Chairman, Lynberg und ich (*GEF Latest*, multifunktionale Textproduktionslastesel), Wilson, Lacroix und Martinez (Zuträger, Datensammler, letztlich habe ich keine Vorstellung davon, womit diese Menschen ihren Lebensunterhalt verdienen).

Spasowsky-Taylor, eine schlanke, brünette, vielleicht vierzigjährige Kanadierin, trägt einen engen beige-braunen, kurz über den Knien endenden Rock, dazu eine blaue enge Bluse, eine braune Strumpfhose und braune, angesichts der Höhe der Absätze gerade noch dezent wirkende Pömps.

»Ladies and Gentlemen«, sie setzt tatsächlich so an, wenn auch mit einem ironischen Unterton. »Ladies and Gentlemen, 2013 will be the last year Mr Gonzales-Blanco will serve this organization as Executive Chairman. As we all know, Raphael created the GEF, he embodies its spirit like nobody else. Under his guidance the GEF has become one of the most successful and respected non-governmental organizations world-wide. It serves as one of *the* global platforms for communication and knowledge transfer. It has become a major player in conflict settlement, its impartiality and professionalism has …«, es ist unglaublich, aber es fällt mir erst jetzt auf, dass Valerie momentan niemand anderen zitiert als … *mich*. Das ist mehr oder weniger mein Text, genauer gesagt mein Editorial der Dezember-Ausgabe von *GEF Latest*, den monatlich erscheinenden Hausmitteilungen. Unwillkürlich schalte ich ab. Meine Gedanken verlieren ihren Fokus, schweifen ab, wandern unweigerlich Richtung Norden:

Malin Nordström wurde am 28. Oktober 1978 in Göteborg geboren und wuchs in einem wohlhabenden, schon ländlich geprägten Vorort der mittelschwedischen Metropole auf.

Als dritte und jüngste Tochter von Lars Nordström und Annafried Bengtson-Nordström, einem Professor für Soziologie (Schwerpunkt Systemtheorie) an der Universität Göteborg und einer Lehrerin für Englisch und Geschichte, absolvierte Malin die Grundschule und anschließend das Gymnasium ohne Probleme, allerdings auch ohne größeres Engagement. Stattdessen, und im Gegensatz zu ihren beiden Schwestern, den Zwillin-

gen Annika und Freja Nordström, offenbarte die äußerlich sämtlichen Schwedinnen-Klischees entsprechende Blondine schon frühzeitig künstlerische Neigungen.

Im Alter von zwölf Jahren hatte Malin ihren ersten Freund, den gleichaltrigen Nachbarsjungen Lasse Berg. Auf Lasse folgten zahlreiche andere, denn Malin war wegen ihres offenen, unkonventionellen, im Kern aber unzugänglichen, ja geheimnisvollen Wesens, vor allem aber aufgrund ihrer sich bereits früh abzeichnenden Attraktivität bei männlichen wie weiblichen Altersgenossen beliebt.

Mit neunzehn Jahren zog Malin Nordström nach Stockholm, wo sie zunächst ein Studium an der Königl. Kunstakademie aufnahm, dieses jedoch bald abbrach und fortan als DJ tätig war, während sich ihre künstlerischen Aktivitäten immer mehr in Richtung Bildhauerei entwickelten. Unter anderem stellte sie in ihrer 2004 abgeschlossenen Serie »MEkea« eine Reihe von Skulpturen her, deren Formgebung stark an Fabelwesen aus der nordischen Naturmystik erinnerte, die jedoch andererseits mit Insignien der schwedischen Konsum- und Wohlstandsgesellschaft ausgestattet bzw. sogar aus diesen gefertigt waren. Der Kritiker Sigfrid Andersen-Möller sah daraufhin in Nordströms Arbeiten »keine banale Konsum- und Fortschrittskritik, sondern das permanent Andere in uns, die Nachtseite des schwedischen Erfolgs- und Wohlstandsmodells«.

Nach einer Phase nationaler und sogar internationaler Aufmerksamkeit in den ersten Jahren des neuen Jahrtausends konzentrierte sich Malin Nordström in der Folgezeit wieder mehr auf ihre musikalischen Aktivitäten, die ihr nach und nach einen gewissen Bekanntheitsgrad in der skandinavischen Clubszene einbringen sollten. Im Sommer 2006 ging Nordström nach Zürich, um für einige Wochen in einem Elektro-Club im Zürcher Kreis 4 zu arbeiten. Während dieses Aufenthalts verliebte sich die Skandinavierin in den Schweizer Rechtsanwalt Markus Thun, den sie nur wenige Wochen später heiratete. Nordström zog in die Schweiz, arbeitete weiter vor allem als DJ, erlebte die ihren Angaben zufolge produktivste Periode ihres Lebens und verließ Thun im Oktober 2011.

Im Winter 2012/2013 lernte Malin Nordström schließlich den charismatischen PR-Mann Frank Stremmer aus Genf kennen. Wie nicht anders zu erwarten, wurden die beiden ein Paar und verbrachten … Ich wache auf, weil plötzlich nicht mehr kaltes Business-Kanado-Amerikanisch, sondern ein näselnder Cornwall-Akzent die Geräuschkulisse bildet. Valerie hat Liz das Wort erteilt, wir sind bei den essentiellen Dingen angelangt: die kommenden zwölf vor uns lauernden Monate. Unsere »Herausforderungen«. Der EC wird in diesem, seinem letzten vollen Arbeitsjahr noch einmal verstärkt auf Reisen gehen und wir sollen ihn dabei begleiten. Aufgabe ist, alles, was dieser bedeutende Mann sagt und tut und denkt, zu dokumentieren, für die Nachwelt bereitzustellen. Das alles natürlich neben unserer generellen Arbeit am Gonzales-Blanco-Biographie-Projekt (Code-Name: »Valparaiso«), dessen konzeptuelle Planung immer noch nicht abgeschlossen ist. Für *GEF Latest* sollen wir in die Rolle von echten Journalisten schlüpfen und über die letzten beruflichen Zuckungen eines Mannes berichten, der zweifellos bereits heute als Legende, als Figur der Zeitgeschichte gilt. Ich schaue Lynberg an. Seine schweden-, seine Malin-Nordström-blauen Augen sind geöffnet und dennoch, quasi innerlich, geschlossen. Eine mit Sicherheit drogeninduzierte Stand-by-Position. Liz informiert uns unterdessen darüber, dass für Anfang April in Sachen »Valparaiso« ein mehrtägiges Brainstorming-Seminar geplant ist. Sie nennt außerdem einige der Reisestationen, die im Terminkalender des EC schon feststehen: Warschau, Lissabon, San Francisco, Wien, New York, Berlin. Alles so weit ok, aber wenig aufregend. Dann jedoch, es geht um den nächsten Dezember und Liz' Miene verdüstert sich ein wenig, werden die Namen plötzlich exotischer. Die Gerüchte sind also wahr, ich habe an Weihnachten nicht umsonst recherchiert. Liz betont, die Planungen seien noch nicht abgeschlossen, doch höchstwahrscheinlich wird es auch wieder nach Afrika gehen, den Lieblingskontinent Gonzales-Blancos, und zwar in einige durchaus nicht uninteressante Zonen. Ich denke an die Bilder, mit denen ich mich über die Feiertage berauscht habe. Und dann denke ich an Niederegger.

»Well, I guess, we all will have to travel a bit.« Liz schließt ihre Ausführungen mit einem resignierten Lächeln, gleichzeitig dreht sich Lynberg zu mir um, gibt mir Gelegenheit, seine (mitten im Winter) gebräunte Haut, deren geweitete Poren zu betrachten. Nicht zum ersten Mal sind meine Empfindungen bei seinem Anblick so widersprüchlich, dass ich mich zu keiner eindeutigen Meinung durchringen kann. Ich sage: »Let's talk about this later«, und wende mich meinem strahlend weißen, völlig jungfräulichen Notizblock und gleich anschließend erneut dieser schimmernden Lache dort unten, dieser beinahe unwirklich attraktiven Kulisse jenseits der Fensterfront zu.

Auto, Zug, Flugzeug? Die Arbeitswoche vor Malin verbrachte ich ausschließlich mit der Frage, auf welche Weise ich die zweihundertfünfzig Kilometer nach Zürich überwinden sollte. Außerdem veranstalteten sie in der GEF-Kantine wieder ein Indien-Festival, weswegen Lynberg und ich am Dienstag oder am Mittwoch oder am Donnerstag indisch aßen, und während mir Lynberg erklärte, dass seiner Erfahrung nach Beziehungen zu Frauen führerscheinpflichtig sein sollten, woraufhin ich behauptete, dass Beziehungen zu Frauen nicht existieren, während wir beide uns also über irgendein, stark gewürztes Zeugs hermachten, schritt – samt Entourage – der *Executive Chairman* vorbei. Natürlich haben wir gegrüßt. Natürlich haben wir beide unseren Respekt bekundet. Ich für meinen Teil wäre am liebsten niedergekniet und hätte dem Mann die Füße geküsst. Denn immerhin ist der *EC* wahrscheinlich der Hauptgrund, warum ich überhaupt noch essen darf. Mir ist die große Ehre zuteil geworden, in einem Team mitzuarbeiten, das sich – abgesehen von marginalen Fingerübungen (»GEF Latest«) – praktisch ausschließlich mit dem Wesen und Wirken dieser außergewöhnlichen Persönlichkeit beschäftigt. Nächstes Jahr geht der Trottel in Rente, es zieht ihn zurück auf seine Landgüter, aber vorher wurde noch genügend Geld vom Communications-Etat abgezweigt, um ein völlig irres Buchprojekt zu finanzieren. Man hat Boten in die Welt hinausgesandt, um eine Schar Lohnschreiber zu rekrutieren, die sowohl in der Lage als auch willens sind, die Reden sowie das segensreiche Schaffen des Raphael Gonzales-Blanco zu erfinden, einem Latino-Philosophen aus – so will es die Mythologie – einfachsten Verhältnissen, der sich mit Hilfe der Jungfrau von Guadeloupe nicht nur seit Ewigkeiten an der Spitze eines angeblich global geachteten Non-Profit-Gebildes hält, sondern dieses sogar einst selbst ins Leben gerufen hat. RGB, wie er auf den Fluren, nie allerdings von mir genannt wird. Erfinder, Hauptnutznießer und Vaterfigur der zwangsläufig in Genf beheimateten Global Enhancement Foundation (GEF), einem Laden, der es sich zum Ziel gemacht hat, alles mit jedem palavern zu lassen: Wirtschaftsfürsten und malayische Hüttenbewohner, Internetpioniere und Geranienzüchter, Umweltfrevler und Pornographieabhängige. Assistiert von potenten Sponsoren kümmert sich die GEF um alles und nichts, und die ausufernden GEF-Kongresse genießen nicht nur aufgrund ihres exklusiven Catering-Standards hohe Anerkennung. Das auf all diesen Veranstaltungen prominent platzierte, dem Vernehmen nach vom EC selbst komponierte GEF-Motto lautet: »Communicating for a better tomorrow«. Jemand hat vor einiger Zeit einmal dem genial widersinnigen Wahlspruch am Eingang des Hauptgebäudes mit dickem schwarzem Edding ein »Stop« vorangestellt, und gewisse Anteile in mir bilden sich seit einiger Zeit ein, dass ich dieser Jemand gewesen bin. Lynberg und ich aßen also irgendwann in der letzten Woche indisch, das zumindest ist eindeutig passiert. Wir haben uns hauptsächlich über dieses Afrika-Ding im Dezember unterhalten, wobei mir weder seine noch meine Absichten in dieser Hinsicht völlig klar sind. Wir sind übereingekommen, die Sache später zu klären. Letzte Woche sind zudem noch ein paar andere Dinge geschehen. Zum Beispiel Wilson. Wilson schleicht an einem dieser ineinanderfließenden Tage an meinem Büro vorbei, und verrückterweise habe ich plötzlich Lust, meine Artikulationsfähigkeit zu überprüfen: »Wilson, how are you?«

Er kommt zurück und sagt: »Very good, Sir.«

»I mean really: How are you?«

»Yeah, I'm perfect.«

»I mean, *really* really. Are you alright?«

Er macht eine von amerikanischen Politikern bekannte Geste, der Zeigefinger deutet auf mich bzw. ins Nichts. »Of course not. I think it's just the Prozac helping me out.«

Oder dieser pashtunische oder afghanische oder was weiß ich Verkäufer in Plainpalais. Keine Ahnung, was ich in der Gegend wollte, aber ich habe in dieser Woche zweifelsfrei in einem Tabakladen in Plainpalais *eine* Packung Parisienne verlangt, woraufhin wiederum er mich fragte, ob ich nicht gleich zwei wolle.

Darauf ich: »Pourquoi? Les deux sont moins cher?«

Darauf er, irre lächelnd: »Non.»

Natürlich habe ich zwei Packungen erstanden. Seine Taktik hatte Erfolg. Außerdem verleitete sie mich dazu, für eine ganze Viertelstunde das Zürich-Transport-Problem zu vergessen. Diese Afrika-Geschichte. Meine dreihundert anderen Probleme. Eine Suggestivleistung, von der ich Niederegger berichten muss, falls ich verrückt genug bin, Niederegger noch einmal von etwas zu berichten, und in diesem Moment kommt endlich, endlich jemand mit einem Getränkewagen den Gang entlanggeruckelt. Ich ordere, obwohl ein pashtunischer Reflex mir etwas anderes sagt, nur eine Alkoholeinheit. Rot oder Weiß? Ist mir egal, Herrgott. Ich deute verschwommen auf die Flaschen in diesem Ding. Der Zugkellner entscheidet sich für Rot. Eine gute Wahl, wie ich finde. Ein Team von Kennern, die Schweizer Bahnangestellten. Gibt es eigentlich schon ein Buch über ihren Boss? Über seinen Weinkeller? Um die Wirkung meines Getränks zu verstärken, krame ich nochmal den Zettel mit Malins Mail von heute Morgen heraus.

Gesendet: Samstag, 12. Januar 2013 um 10:22 Uhr
Von: «Malin Nordström» <malin.nordstroem@gmail.com>
An: «Frank Stremmer» <f.stremmer@bluemail.ch>
Cc:
Betreff: Gleich
Hej Frank!
Ich werde nichts tun, ok? Ich werde nichts vorbereiten. Ich werde im Atelier arbeiten und in Arbeitskleidung sein. Hmm, leider ist Winter, also ist es meine Winterarbeitskleidung. Du kommst einfach rein, ich drehe mich um, und wenn mir gefällt, was ich sehe, wenn ich das mit Deinem Schreiben, deinem Schreibstil zusammenbringen kann, verstehst Du, wenn das irgendwie für mich zusammengehört, dann … Mal schauen, was dann … Ich bin aufgeregt. Und Du?
Bis gleich, Malin

Mit meinem »Schreiben«? Ich will auf keinen Fall mit irgendeinem »Schreiben« zusammengebracht werden! Falls die Gonzales-Episteln oder meine anonym hingekleckten GEF *latest*-Artikel einmal direkt auf mich zurückfallen sollten, bin ich erledigt. Dann lande ich direkt vor dem Volksgerichtshof. Andererseits: Wozu sich jetzt mit solchen Dingen beschäftigen? Weshalb an einem späten Samstagvormittag an die Arbeit denken? Weshalb überhaupt irgendwas? Ich nehme einen vorsichtigen Schluck Bahn-Wein. Tief unten, im kalten Januarlicht, liegt immer noch der See. Eine Traumlandschaft: Rauhreif-überzuckerte Weinberge, winzige Ortschaften am Wasser, drohende, steil aus dem

See aufragende Bergwände im Hintergrund. Lynberg behauptete neulich, die Gegend am nordöstlichen Ufer, die Bahnpassage, bevor der Zug in den Tunnel eintaucht, biete den schönsten Blick, die vollkommenste Perspektive *weltweit*. Ich schaue also noch einmal aus dem Fenster und mache dann mit meinem Telefon einige Fotos von mir. Denn es ist wichtig zu wissen, was Malin gleich zu sehen bekommt. Zu meinem Gesicht passt, wie ich feststelle, absolut jede Art zu schreiben. Überhaupt, auch jede Art zu reden erscheint mir denkbar. Oder Reis zu essen, Rotwein zu trinken, Robben zu häuten. Mit anderen Worten: Das, was ich in dem Apparat sehe, *gefällt* mir. Diese Woche, die Wochen vor dieser Woche, das alles hat kaum Spuren hinterlassen. Die Nächte, in denen ich neuerdings auf Geräusche achte. In denen ich Geräusche bewerte, zu ihren Quellen zurückverfolge. In denen ich gottverdammtnochmal Angst habe. Mit meinem Gesicht scheint das alles noch nichts zu tun zu haben. Es ist praktisch unmöglich, mit diesem Gesicht etwas zu tun zu haben. Das wird auch Malin bald merken. Mitten auf dem See, zehn Kilometer von jedem Ufer entfernt, entdecke ich ein Boot. Fährt das irgendwo hin? Es sieht nicht so aus, als hätte dieses Segelboot ein Ziel. Ein später Samstagvormittag in sicherer Distanz zu allem. Ich sehe den Kapitän vor mir, wie er in herrischer Pose an Deck steht, eine Hand am Ruder, in der anderen das Telefon. Plötzlich eine Erschütterung im Boot. Etwas hat angebissen. Etwas Großes. Der Skipper eilt nach vorne, zu der Carbonfaserangel, die ihm voriges Jahr ein erfolgreicher afghanischer Tabakhändler schenkte. Der Mann erreicht den Bug, reißt die Angel aus der Verankerung und lässt sich genießerisch lächelnd von einem Wal unter Wasser ziehen. In die kalten Tiefen des Sees, über dem und an dem vorbei ich Richtung Zürich rolle, um eine weitere schönste Landschaft der Welt zu ertragen. Außerdem treffe ich dort angeblich eine Bildhauerin und einen weiblichen DJ, weswegen ich jetzt beschließe, den Tag als Kunstprojekt anzugehen, als eine Art Collage. Ich werde mich dem Strom der Ereignisse hingeben, die Dinge einfach laufen lassen, anschließend jedoch eine Interpretation verfassen und diese vielleicht in einen zukünftigen Gonzales-Text einarbeiten. Dieser ölige Drittweltclown hat eindeutig zu wenig Sex – zumindest, was dieses Biographieprojekt betrifft. Ansonsten lege ich meine Hand für nichts ins Feuer. Niemand weiß, wie hoch der Etat für seine Partys drüben in Cologny ist. Lacroix hat Wilson erzählt, ich hätte erzählt, dass für die letzte dieser erlesenen Festivitäten sogar eine Hundertschaft Panflöten-Indios eingeflogen wurde. Nun, ich habe natürlich gar nichts erzählt. Stehe ich bei solchen Anlässen etwa auf der Gästeliste? Musiziere ich in einem Indianerorchester? Die Wahrheit ist: Ich befinde mich in *keinerlei* sozialen Position. Irgendwann im letzten Jahr wurden die letzten Fäden gekappt und Niederegger versucht seit Monaten, neue zu spannen, doch wir beide wissen letztlich, das ist sinnlos. Andererseits bin ich momentan unterwegs zu einem Rendezvous. Wenn die Schweizer Bahn ihre Versprechungen einhält, werde ich in knapp zwei Stunden am Zürcher Hauptbahnhof aussteigen, einem Taxifahrer einen Zettel in die Hand drücken und dann die Augen schließen. Wie wenig konkrete Erwartungen ich an die nächsten Stunden habe! Da ist höchstens eine leichte Beklemmung. Die Aussicht, reden, viel und vor allem originell reden zu müssen, erzeugt eine Art Unwohlsein, was unter Umständen damit zu tun haben könnte, dass ich Kommunikation in jeder Hinsicht ablehne. Um mich abzulenken, betrachte ich das Etikett dieser Miniaturweinflasche. Auch das natürlich Kommunikation. Also schaue ich aus dem Fenster. Wir gleiten durch die Vororte einer Stadt. Das berühmte zweisprachige Kommunikationslabor Fribourg. Der Zug fährt fast im Schritttempo. Ich sehe eine junge Frau eine leere Straße heruntergehen. Sie trägt einen unförmigen Wintermantel; für einen Moment kann ich sogar ihr Gesicht erkennen. Ich habe insgesamt nur vage Anhaltspunkte, aber in meinem Gehirn springt dieser spezielle Projektionsrechner an, eine Apparatur, die wesentlich komplexer arbeitet als die Prozessoren in meinem schwachsinnigen Telefon; in meinem Kopf ergibt eine erste Auswertung der verfügbaren Datensätze, dass die Frau insgesamt gut und dazu auch noch auf eine sehr gute Art und Weise gut aussieht. Das ist wichtig. Das ist überhaupt das Allerwichtigste. Es kommt immer darauf an, *wie* man gut aussieht. Das ist das Geheimnis. Mari zum Beispiel sah sehr gut sehr gut aus. Mari und ihre Pillen haben mich für immer verlassen. Ich habe Lust zu sterben deswegen, obwohl andererseits nun der Zug in den Bahnhof einfährt. Wie groß ist Fribourg? Wie viele Menschen leben hier? Wie hoch ist die Wahrscheinlichkeit, in einer Stadt mit zwei Sprachen und siebzigtausend Dialekten eine Frau zu finden, die man vor zwei Minuten für fünf Sekunden in einer bahnhofsnahen Straße entdeckt hat? Ich werde aussteigen und suchen. Mich vor dem Bahnhof kurz orientieren. Vielleicht einen Blick auf eine Umgebungskarte werfen. Die Straße, in der sie unterwegs war, identifizieren. Ihr Tempo und ihre Gehrichtung berücksichtigen. Ihre jetzige Position, besser: ihre möglichen jetzigen Positionen prognostizieren, dann eine Auswahl unter ihnen treffen, dann losgehen. Die beißende Kälte gar nicht spüren. Eine Fährte aufnehmen, eine Witterung. Währenddessen weitere Überlegungen anstellen, währenddessen ... und so weiter und so weiter.

Der Zug rollt wieder an. In Fribourg sind eine Menge zweisprachiger Studenten zugestiegen, die das Abteil sofort mit Unterhaltungen über ihre interessanten Leben erfüllen. Ich höre mir das also an. In anderthalb Stunden bin ich in Zürich, in zweieinhalb Stunden, falls alles klappt, bin ich in Malin, und die Fribourger Studenten hantieren andauernd mit ihren Telefonen. Ich schaue mir diese Leute an, ihre technische Ausstattung, krame dann mein eigenes Gerät hervor, das praktisch im selben Moment den Nachrichten-Signalton von sich gibt. Mein Telefon ist aufgewacht. Es wurde von all den anderen Telefonen geweckt und selbstverständlich betrachte ich seine Stille, seine in letzter Zeit anhaltende Lautlosigkeit als Zeichen. Als einen von mehreren Indikatoren: Schlafendes Telefon gleich toter Besitzer. Toter Besitzer gleich unfähiger Psychologe. Unfähiger Psychologe gleich schlafendes Telefon. Neulich, vor drei oder vier Sitzungen, konfrontierte ich Niederegger mit diesem Dreisatz. Er atmete daraufhin zwei- oder dreimal aus, sagte eine Weile nichts. Danach stellte er eine Frage, die irgendein anderes Thema betraf.

Wir erreichen Bern. Ein Teil der Studenten sowie ein Teil der Telefone verlässt das Abteil. Vor dem Fenster schwirrendes Bahnsteigtreiben. Dutzende Gesichter und Körper. Lebensgeschichten, die gottseidank niemand aufschreiben wird. Der erhabene Blick aus dem zweiten Stock eines Doppelstockzuges. Die Melancholie des Allein-Reisenden, das Gewimmel dort unten, dazu ein exquisiter Rotwein – wenn das so weitergeht, verwandle ich mich in einen Kolonial-Engländer, der auf seinem Elefantenbalkon einen Ausritt in die Leprakolonie unternimmt: *Samstag 15. Januar 1894, apathische Hitze, überall Fliegen, ich fühle mich seltsam. Barimba mit majestätischem, kraftvollem Schritt. Dort unten dieser gespenstische Ort, diese armen Menschen. Ihre riesigen Augen. Wie fremdartig doch die Gesichter wirken, so gleichgültig dem eigenen Leid gegenüber. Dagegen die Makakengruppe am Waldrand, mit den possierlichen, fröhlich spielenden Jungen: letztlich weit menschlicher. Merkwürdig, beim Anblick der Affen muss ich plötzlich an Mari denken. Ich habe nun, so glaube ich zumindest, verstanden, dass alles ein Fehler war. Warum ich sie nie hätte herkommen lassen sollen. Der Traum von einem gemeinsamen Leben hier, nahe bei meinen Aufgaben, war ein Trugbild.*

Barimba trägt mich aus dem Dorf hinaus. Ich fühle mit all meinen Sinnen, wie das Leid von mir abfällt; auch dieser ekelhaft süße Geruch nach lebendiger Verwesung verschwindet allmählich. Im Wald der Gesang unzähliger Vögel. Wobei Gesang gar nicht das richtige Wort ist. Gelächter trifft es besser. Bösartiges, mitleidloses Gelächter, mit dem durchaus ich gemeint sein könnte. Heute um 16 Uhr wieder Tee beim Colonel. Bis dahin sollte ich, nein werde ich … und so weiter und so weiter und so weiter. Ich meine, was sagen solche Gedanken über Niederegger, seinen bisherigen Therapieerfolg aus? Um Niederegger zu vergessen, beschließe ich, an Gonzales-Blanco zu denken. Ich werde mich ein letztes Mal mit der Frage beschäftigen, warum ich mich so häufig mit diesem Idioten beschäftige. Was will ich eigentlich von diesem Mann? Weshalb fesselt mich der EC auch noch in meiner Freizeit, ja selbst auf dem Weg in das Atelier einer schwedischen Konzeptkünstlerin, die mir eben per SMS mitgeteilt hat, dass etwas unter ihrer Haut passiere, dass ihr ganzer Körper von einer »fast schon unangenehmen Spannung« erfasst sei. Ich gebe es zu, Gonzales-Blanco fasziniert mich. Selbstredend verabscheue ich ihn, weil er ein eitler Schwachkopf ist, aber ich verehre ihn auch, weil er jemandem wie mir Arbeit verschafft. Andererseits ist es wahrscheinlich genauso: Ich verabscheue ihn, weil er mir Arbeit verschafft, und ich verehre ihn, weil er ein eitler Schwachkopf ist. Der Zug nimmt zügig Tempo auf, erreicht bald Maximalgeschwindigkeit. Die Landschaften hinter Bern. Die Verteilung und Häufigkeit von Hochregalen im Weichbild von Olten. Der unheilverkündende Formationsflug einiger Raben am Himmel über Aarau. Es gibt so unendlich viele Details, denen ich mich widmen könnte. Deren Zusammenhänge interessant genug sein könnten, um mein Gehirn daran zu hindern, diese kleinen Säuretropfen abzugeben, sich nach und nach in eine schwarze, hochkomprimierte Wolke zu verwandeln. Niederegger sagt, dass die Tropfen, die er ganz anders nennt, dass jene Substanzen eventuell eine Folgeder Substanzen sind, die ich mit Mari genommen habe. Mit Mari hatte ich damals interessante Momente. Die Dinge mit Mari waren gut, bevor sie außer Kontrolle gerieten. Bevor ich mich zu verflüssigen begann, zu kochen, danach zu erkalten, zu erstarren, und wahrscheinlich hat Niederegger Recht: Verschiedene chemische Prozesse in mir sind dauerhaft außer Kontrolle geraten. Oder aus dem Gleichgewicht, wie er sich ausdrückt. Nun, gegen chemische Prozesse, die außer Kontrolle geraten, habe ich überhaupt nichts. Damit kann ich umgehen. Dafür habe ich früher eine Menge Geld ausgegeben. Jetzt, wenige Kilometer vor Zürich, sehen die Dinge anders aus. Meine Augen krampfen sich in die Landschaft, doch die Gegend ist hermetisch abgeriegelt. Ich dringe nirgendwo ein. Und die Raben von eben sind davongeflogen. Sie sind abgebogen in einen anderen Lebensweg.

Der Zug nähert sich seinem Ziel. Die Vororte, das Gleisgewirr im Vorfeld des Hauptbahnhofs, die Telefone im Abteil schalten einen Gang hoch. Aus einer Million Kilometer Entfernung betrachte ich die Leute bei ihren idiotischen Vorbereitungen.

Wir trinken jetzt Pfefferminztee auf dem Ateliersofa, und das leiernde Summen des Elektroofens könnte sehr gut auch aus dem Inneren meines Gehirns stammen, und ihre Haare, die ich gelöst habe, um sie durch meine Hände fließen zu lassen, wirken in ihrem Blond noch einmal sonnengebleicht. Ich meine, wie lange kenne ich diese Frau jetzt? Seit wie langer Zeit führe ich wieder eine Beziehung? Das Taxi hielt vor anderthalb Stunden vor einem mit Pfützen und Schneeresten übersäten Gelände. Ich gab dem Mann ein verrücktes Trinkgeld, watete über den Hof, stieg die Treppen eines dekorativ, geradezu absichtsvoll verrotteten Jetzt-Kunst-früher-Fabrik-Gebäudes hinauf, an den Wänden irgendwelche Klekse, Plakate, kleine kreative Überraschungen. Nach fünf Stockwerken kam dann diese große Eisentür, vor der ich nicht zögerte, nicht einen Augenblick, sondern praktisch zusammen mit dem Anklopfen eintrat, um am anderen Ende eines hallenartigen Raumes eine Frau mit nachlässig hochgesteckten blonden Haaren und schönen, in einer fleckigen Jogginghose steckenden Beinen zu erblicken. Sie drehte sich um, hielt kurz, sehr kurz inne, irgendwelche Analyseeinheiten vermaßen in Lichtgeschwindigkeit die Situation, und danach kam sie wortlos auf mich zu. Ich dachte an Mari. Ich erinnerte mich daran, wie *sie* damals, bei unserem ersten Treffen in Bel Air, die letzten Meter zurückgelegt hatte. Und ich dachte, während Malin sich mir in bedächtigem, leicht wiegendem, irgendwie bereits laszivem Gang näherte, selbstredend auch an Niederegger, der mir schon ganz am Anfang den Tipp gegeben hatte, weniger über Mari und die Pillen als vielmehr darüber nachzudenken, *warum* ich weiter über Mari und die Pillen nachdenke. Ein Teil in mir, und zwar derjenige, der nicht von Gonzales-Blanco besessen ist oder diffus herumtrauert, beschäftigt sich praktisch permanent mit Niederegger. Es wurde eine Standleitung verlegt, die nicht mehr zu unterbrechen ist, und es ist mehr als nur eine Vermutung, dass Niederegger in diesem Moment zu Hause in seinem aus schwarzem Marmor und gefrorenen Patiententränen erbauten Schloss sitzt und auf verschiedenen Monitoren verfolgt, wie ich Malin, die sich jetzt aufgerichtet hat, immer noch über dieses unglaublich seidige, schwedenblonde Haar streiche. Ich fühle, dass ich in meinem Leben zu Handlungen von erstaunlicher Zärtlichkeit in der Lage gewesen wäre. Ich küsse daher ihre Lippen. Deren Wärme. Die Wärme flüstert mir Sachen ins Ohr, und ihre Haut, ihre Haare, alles riecht nach trockener Hitze, so, wie ich mir einen Mittsommertag vorstelle auf einer winzigen schwedischen Insel, auf diesen Inselgruppen, die einen bestimmten Namen haben, den ich aber vergessen habe, weil ich eigentlich alles vergesse, was *nicht* negativ ist, was ich *nicht* als Nährlösung für Trauer und Verlustgefühle verwenden kann. Höchstwahrscheinlich werde ich auch diesen Moment jetzt vergessen. Es ist bedauerlich, doch vermutlich wird sich allein Niederegger daran erinnern, wie meine Hand auf ihrem Bauch liegt, wie meine Fingerkuppen hinab zu ihrem weißen schmucklosen Kaufhausslip fahren, dann diese Wölbung ertasten, die Schamlippen unter dem Stoff erzeugen. Ich schaue also in Malins Augen. Ich *beobachte* Malins Augen. Deren Blau ist das Hintergrundblau meines Textverarbeitungprogramms, und der Ofen verstummt plötzlich, und mein Zug fährt, wie ich leider gerade beschließe, um 20:30 Uhr.

II. Die Präfektur Tottori

Eine oder zwei oder was weiß wie viele Wochen nach Malin sitze ich einem überfüllten Bus der Linie 8, der auf überfüllten Pont du Mont-Blanc steckengeblieben ist, und zu allem Überfluss ist schon wieder Freitag. Es ist albern, aber seit neuestem entwickele ich zu Freitagen eine Art Einstellung. Ein wirkliches Verhältnis. Ich meine, man sitzt zum Beispiel im Flugzeug und plötzlich ist da dieses Geräusch, diese winzige neue Zutat im Lärmcocktail, die niemanden sonst zu beunruhigen scheint. Doch man selber *hört* etwas und man ahnt, dass sich jenes leise Knarren schon sehr bald in ein schreckliches, ohrenbetäubendes Ächzen verwandeln könnte. Also nimmt man einen Schluck von seinem vierfachen Wodka-Orangensaft, schaut dann – schon wieder halbwegs entspannt – aus dem Fenster und stellt fest, dass dort, wo eben noch ein Flügel störte, nun plötzlich ein herrlicher Ausblick zu genießen ist. Und zwar auf einen zehntausend Meter weiter unten liegenden Ozean, der seinerseits noch einmal zehn Kilometer Tauchtiefe anzubieten hätte. Freitage sind, wie ich festgestellt habe, Tage mit ganz hervorragenden Ausblicken.

Am 23. Februar 1973, dem Namenstag des heiligen Polykarp von Smyrna, kam es auf dem Pan Am-Flug PA03125 von Paris nach Santiago de Chile zu einer Reihe ernstzunehmender Probleme. Die Maschine vom Typ Boeing 747 befand sich auf Höhe der Azoren, als gegen 12 Uhr (Greenwich meantime GMT) zunächst für mehrere Sekunden ein jaulendes Warnsignal ertönte und dann, nur wenige Augenblicke später, sämtliche vier Triebwerke aussetzten, während gleichzeitig im Cockpit sowohl der Pilot als auch der Co-Pilot aufgrund einer Anabolika-Ketamin-Überdosierung kollabierten. An Bord des voll besetzten Jumbo Jets brach Panik aus. Passagiere schrien, warfen Cocktailobst durch die Gegend. Stewardessen quittierten den Dienst, rissen sich ihre Uniformen vom Leib. Menschen knieten nieder, baten um Verzeihung für ihre Sünden, für all die durchgemöllerten Hafennutten in Marseille, die Kostümfeste in Antibes, die Experimentaltheaterstücke, die ohne Not getöteten Insekten. Mit einem Wort, die Fahrgastkabine näherte sich zügig dem Zustand der Hysterie und nur ein Mann, ein einziger Passagier behielt in dem Durcheinander, in diesem beschämenden Chaos die Nerven: Raphael Gonzales-Blanco. Der begabte Jurist und charismatische Wirtschaftsphilosoph, der seine erste Pesos-Million während der blutigen Streiks von Valparaiso gemacht hatte, löste seinen Gurt, stieg vorsichtig über die hochschwangere Frau neben ihm hinweg und ließ sich von einer der wenigen noch zurechnungsfähigen Flugbegleiterinnen nach vorne führen. Dort angekommen, entschied sich Gonzales-Blanco, die beiden jetzt nutzlosen Piloten aus dem Fenster zu werfen, orderte gleich anschließend einen riesenhaften Wodka-Orangensaft und brachte es in den folgenden siebeneinhalb Stunden fertig, die triebwerklose Maschine im Sinkflug nicht nur über den Atlantischen Ozean, sondern auch noch über die Anden zu manövrieren und überdies annähernd fahrplangemäß auf einer Überlandstraße nur gut zwanzig Gehminuten von seinem Landgut in der Region Tabasco zu landen. Nachdem das arg ramponierte Großraumflugzeug auf der staubigen Piste zum Stillstand gekommen war, brandete im Fahrgastbereich artiger Beifall auf, den Gonzales-Blanco, der sich noch im Adrenalin-Rausch befand, jedoch kaum zu bemerken schien. Der drahtige Mittdreißiger wandte sich vielmehr an die attraktive Chefstewardess, die achtundzwanzigjährige Olivia Campos del Rio, und bat sie, ihn auf eine Flasche selbstangebauten Rioja auf sein nahes Anwesen zu begleiten. Nach kurzem Zögern nahm Olivia, eine ehemalige Studentin der Rechtswissenschaften und Gewinnerin von Schönheitswettbewerben im Raum Guadelajara, die Einladung nicht nur an, sie … und so weiter, und wo weiter …

An manchen Freitagen höre ich ab Mittag alle möglichen Sachen, kichernde Warnlämpchen, bohrende Dauertöne, während die anderen bereits von ihren ungeheuer aufregenden Wochenendprojekten phantasieren. Nicht umsonst habe ich Niederegger genau in diese Phase gelegt. In den Übergang vom kläglichen Nichts der Arbeitswelt hinüber in das bösartige, ganz und gar nicht klägliche Nichts meiner Freizeit. Den Niederegger-Freitagspätnachmittag muss man sich als Pufferzone vorstellen, als Kissenlandschaft, die den Aufprall abfedert, oder nein, dieses Bild ist nicht korrekt, denn der Aufprall bleibt hart, sehr hart sogar. Eventuell ist Niederegger lediglich eine Heckenrose, ein buntes Blumenarrangement , das sich um jene Falltür rankt, durch die ich unweigerlich rausche, um in der Regel zwei volle Tage mit nichts weiterem als mir und meinen teils unappetitlichen, teils gefährlichen Gedanken zu verbringen. Und dann fragen einen die anderen am Montag, was am Wochenende los war, in welchem Restaurant, in welcher schwachsinnigen Ayurveda-Spa man sich die Karte hat leersaugen lassen.

Gut, ich sitze also in diesem Bus und ich bin auf dem Weg nach Champel und vor allem bin ich auf der Suche nach einem Thema. Ich fahnde nach einem Leitmotiv für den an jedem ersten Freitag im Monat (Niederegger bevorzugt im Hinblick auf den »Therapieerfolg« eine wesentlich dichtere Taktung, hat es aber aufgegeben, mich dazu überreden zu wollen. Ich meine, ich zahle diesen Unsinn aus *eigener* Tasche) anberaumten Termin mit meinem Wahnberater. Draußen herrscht derweil ein Wetter, das anscheinend präzise auf meine Prä-Wochenendverfassung abgestimmt wurde. Letztlich kann man gar nicht anders, als den Winter zu bewundern. Seine Mannigfaltigkeit, seine Phantasie, dem Menschen das Leben zur Hölle zu machen. Momentan herrscht feuchtes Schneegestöber, eigentlich regnet es bereits, gestern hingegen war es noch so kalt, dass den Leuten Nasen und Ohren abfielen. Die Herausforderungen wechseln sich ab, die Dinge sind in Bewegung. Ich hingegen starre schon seit Minuten in die Fahrzeuglichterschlange einer Seitenstraße hinein. Demnach ist der Verkehr im Kanton zum Stillstand gekommen, und heute Morgen, als ich mit Lacroix unten im ersten Stock unterwegs war, erblickte ich auf einem Bildschirm ein feingliedriges, durch eine zarte Panadeschicht vor der Kälte geschütztes Meerestier, das es sich auf einem Bett aus flauschigen Linguine bequem gemacht hatte. Das muss man sich mal vorstellen: Da sitzt also jemand – *garantiert* ein Franzose – Tag für Tag an einem Rechner, der bei jeder sich bietenden Gelegenheit auf das Porträt eines frittierten Ungeheuers umschaltet. Ich meine, Mondlandschaften, Palmenstrände, Bernsteinkinderzimmer, abgetrennte Gliedmaßen, in Sachen Bildschirmschoner bin ich durchaus tolerant. Aber Food-Art? Staksige Langustenknöchel? Herrgott, wenn der Bus sich nicht bald von der Stelle bewegt, drehe ich nicht nur durch, ich verpasse auch den Niederegger-Termin. Dann treibe ich ohne Kompass, ohne Rettungsboot auf diesen beängstigend stillen Ozean des Wochenendes hinaus. Ich sollte nach vorne gehen und den Fahrer überreden, die Autos vor uns, diese endlose SUV- und Panamera-Karawane niederzuwalzen. Ich sollte dem Mann in irgendeinem Portugiesisch erklären, dass ich gerade einen Gesprächsinhalt für die absolut überlebensnotwendige Sitzung mit meinem absolut unfähigen Psychiater gefunden habe, dass ich aber, falls es nicht bald vorangeht, Gefahr laufe, die Bildschirmlanguste wieder zu vergessen. Das darf auf keinen Fall passieren. Niederegger muss mir endlich sagen, woher das kommt. Bei mir, meine ich. Alles. Was zum Teufel eigentlich los ist.

Freitag, 1. Februar 2013, 17.13 Uhr, die psychotherapeutische Praxis Dr. Yves Niederegger, Route de Florissant, Genève-Champel

»… der Typ ist letztlich *die* Konstante in meinem Leben. Er bestimmt irgendwie meinen Rhythmus. Ich sage Ihnen, Niederegger, bald fange ich an, meine Krawatten passend zu seinen Jogginghosen auszuwählen.«

»Aber Sie reden nicht mit ihm, oder? Sie treffen ihn häufig in der Tiefgarage, Sie denken über ihn nach, aber es ist bisher nicht zu einem Gespräch gekommen. Sehe ich das richtig?«

»Na ja, wir grüßen uns. Manchmal sage ich auch ›Wie geht's?‹ oder so etwas, aber mehr ist nicht, das stimmt.«

»Und warum nicht? Der Mann in der Garage …, äh, wie nennen Sie ihn noch?«

»Ich weiß nicht, wie er heißt.«

»Aber sie hatten doch einen Namen für ihn, stimmt's? Einen Spitznamen.«

»Nein.«

»Sicher? Ich glaube, Sie haben den Namen schon häufiger genannt.«

»Vielleicht verwechseln Sie mich? Wie viel Verrückte sitzen hier täglich? Zehn? Zwanzig?«

»Gut. Sie unterhalten sich also nicht mit dem Mann – warum eigentlich nicht?«

»Meinen Sie die Frage ernst?«

»Durchaus.«

»Darf ich mit einer Gegenfrage antworten?«

»Sicher.«

»Wo haben Sie eigentlich ihr Diplom erstanden? Am Busbahnhof? Es ist ja wohl logisch, warum ich mit dem noch nicht per Du bin, oder?«

»Warum ist das logisch? Reden Sie von seiner Situation?«

»Und ob ich das tue. Der Typ sieht harmlos aus, das gebe ich zu. Aber er ist eine Gefahr, vor allem für Leistungsträger wie mich. Sie wissen, aus welchem Land ich stamme?«

»Natürlich.«

»Gut, dann wissen Sie ja auch, dass der Nationalsozialismus mit gemeinschaftsfremden Elementen recht entschieden umzugehen in der Lage ist.«

»Nun gut, aber die Ära des Nationalsozialismus ist schon einige Jahrzehnte vorüber … und ich sehe jetzt auch nicht unbedingt einen Zusammenhang. Ist es nicht vielmehr so, dass …«

»… Erstens: Der Nationalsozialismus herrscht in meinem Land völlig unabhängig von irgendwelchen tagespolitischen Kinkerlitzchen. Das wird immer so bleiben und gerade Sie als Schweizer sollten das niemals vergessen. Zweitens: Falls Sie sich nach dem Zusammenhang zwischen dem NS und meinem Verhältnis zu Freizeitmann erkundigen wollten; die Sache ist einfach …«

»… Freizeitmann! Das war der Spitzname, stimmt's?«

»Nein.«

»Aber sie haben es doch gerade selber gesagt.«

»Das war ein spontaner Einfall.«

»Dann hatten Sie diesen ›spontanen Einfall‹ aber schon öfter.«

»Hören Sie, Niederegger, wenn ich einen Namen für Freizeitmann hätte, hätte ich Ihnen das gesagt, herrgottnochmal.«

»…«

»…«

»Ähh … bon … wir fahren mal fort. Sie sind in der Tiefgarage und Sie …«

»… entschuldigen Sie, dass ich unterbreche, aber ich hätte da noch eine Frage.«

»Ja?«

»Mal ganz ehrlich: Haben Sie den Eindruck, wir, ich meine ich, haben Sie den Eindruck, ich mache Fortschritte?«

»Nun, das kommt darauf an … Wie definieren Sie das Wort Fortschritt? Was wäre für Sie ein Fortschritt?«

»…«

Am Samstagvormittag buche ich – vermutlich nur noch, weil Niederegger irgendwann wieder mit dem Thema Frauen anfing – Adela. »Adela, corps de rêve, massages sensuelles, douce, sérieuse«, entpuppt sich als schlanke Brasilianerin des eher südeuropäischen Typs. Nach der Massage, bei der ich es aus irgendwelchen Gründen belasse und die aufgrund ihres rein kommerziellen Charakters im Hinblick auf dieses 12-Monate-12-Frauen-Ding nicht zählt, die mich vor allem an meine schlicht wahnsinnige Thai-Phase unmittelbar nach Mari erinnert, bleibt uns noch Zeit für etwas Kommunikation. Ich komme also zurück aus der Dusche und Adela erzählt, dass sie aus São Paulo stammt und früher im Marketing eines großen Herstellers für Kosmetika tätig war. Dann jedoch habe sie sich entschlossen, ihre Heimat zu verlassen, um sich fortan gezielt den Bedürfnissen von Bankern, Saudi-Fürsten oder zitternden PR-Consultants zu widmen. Ich beglückwünsche sie zu diesem Schritt. Allerdings tue ich das mit einem ironischen Unterton, der mein Bedauern über ihren Untergang impliziert. Adela versteht und mag mich deswegen noch mehr. Sie liegt lang ausgestreckt auf dem Bett, und ihre bronzefarbene Haut leuchtet im Halbdunkel. Ich habe für Augenblicke das Gefühl, dass zwischen uns etwas Wertvolles entsteht. Das seltene Glück ehrlicher Sympathie, zärtlichen Mitleids, etwas in dieser Richtung.

Nachdem ich ein paar Tage brauchte, um mich von Adelas schimmerndem Körper zu erholen, bzw. nachdem ich eine Weile brauchte, um auf Malins Emails *nicht* mehr zu antworten, platzt Mitte der nächsten Woche, vielleicht auch Mitte der übernächsten Woche – wer weiß das schon, wen zum Teufel interessiert das überhaupt? –, es platzt also irgendwann in diesem direkt aus der Hölle stammenden Monat die Bombe. Ich meine, man muss sich das mal vorstellen: Da lebt man einfach vor sich hin. Man unterhält sich mit südamerikanischen Masseusen, man isst Dinge, die von südindischen Ingenieuren gekocht wurden, man schreibt an einer Kurzgeschichte über Zwiebeln und balanciert praktisch die ganze Zeit am südlichen Ende seiner Work-Life-Balance herum, und dann kommt plötzlich so eine Nachricht, die alles verändert, die selbst ein Niederegger nicht mehr umzudeuten in der Lage wäre. Eine Neuigkeit, die einerseits unter Umständen einigermaßen entsetzlich ist, andererseits jedoch ein paar halbwegs amüsante Tage verspricht. Es geht um dieses Wochenseminar, dass Liz letzten Monat angekündigt hatte, dass von mir aber nicht einmal vergessen, sondern erst gar nicht abgespeichert wurde. Doch der Reihe nach: Die ganze Sache begann damit, dass Lynberg mich in der Kantine mit einer Frage begrüßte, die aus nichts weiter als einem langgezogenen »Aaaand?« bestand.

»And what?«, antwortete ich, während einer dieser fröhlichen Service-Menschen Nahrung auf meinen Teller schaufelte.

»Mallorca in April – shouldn't be too hot«, sagte Lynberg, bevor er mich stehenließ und sich in Richtung Salatbar entfernte.

Ich gebe zu, ich habe über die Sache zunächst nicht viel nachgedacht. Lynberg gilt zwar allgemein als abgeklärter Nordmann, doch andererseits dürfte sich seine Suche nach unverbrauchten Therapeuten mittlerweile auf den Kanton Vaud oder irgendwelche Jura-Dörfchen ausgeweitet haben. Wenn so jemand in der Kantine einige unverständliche, etwas mysteriöse Dinge zum Besten gibt, hat das erst einmal wenig zu bedeuten. Das kann man sich anhören; meinetwegen, wenn man der höfliche Typ ist, kann man auch nicken. Danach allerdings empfiehlt es sich, zu den Kassen zu verschwinden. Lynberg, mit anderen Worten, ist als Quelle nur bedingt brauchbar. Ich meine, der Mensch ist wahrscheinlich sogar noch älter als ich, über seinen Studio-Bizeps und unter seinen dreihundert knallengen Fred-Perry-Shirts spannt sich bereits Frührentnerhaut, und trotzdem hat sich dieser Irre für die nächste Genève-Plage-Jagd-Saison *Roller-Skates* bestellt. Ein ohne Zweifel merkwürdiger Fall. Eine Angelegenheit für Adela und ihre Urwaldkosmetik. Jedoch nicht für Niederegger. Niederegger gehört mir, mir ganz allein. Der Tag, an dem mir Niederegger eröffnet, dass ich von seiner Patientenliste verdrängt wurde, dass er überhaupt eine Patientenliste hat, dürfte einer der problematischsten meines gesamten Berufslebens werden. Apropos Berufsleben: Die Bombe platzte dann am frühen Nachmittag in meinem Email-Papierkorb. In dieser Datei von mittlerweile den Ausmaßen Guatemalas sammeln sich all die Meldungen, die tagtäglich vom Büro des EC, von den verschiedenen GEF-Divisions und Sub-Divisions, sogar von den Robotern in der Kantine, kurz von aller Welt auf mich abgeschossen werden. Dieses Zeugs wird vom System automatisch weitergeleitet, denn ich habe – für den Freud-Schüler Niederegger sicher ein Fest – ein starkes Bedürfnis nach einem reinen Account. Folglich erreichen mich über meine Dienstadresse nur wenige bzw. lese ich praktisch überhaupt keine Nachrichten. Ich bin dienstlich permanent unerreichbar, was im Hinblick auf meine Karriereziele nicht ohne Folgen bleiben wird. Ich lebe in der Steinzeit. Mich muss man – und zwar auf meinem Dienstapparat – anrufen oder, noch besser, nicht anrufen. Ein gelungener Arbeitstag enthält für mich weder Mails noch Gespräche noch sonst irgendetwas. Er besteht aus reiner Zeit. Er ist praktisch eine Opfergabe, denn bald schon bin ich tot. Nichts, nicht eine Minute wird zurückkommen; ich vergeude in Diensten der GEF die letzten Augenblicke, die letzten Momente ohne physische Schmerzen – dafür bin ich eigentlich noch unterbezahlt.

Wie auch immer, Lynbergs albernes Kantinen-Rätsel hätte selbstredend nicht ausgereicht, um mich zu einer Expedition in den Löschteich meines Email-Programms zu veranlassen. Für so ein Vorhaben brauche ich einen konkreteren Anlass der dann allerdings – in Person von Wilson – sehr schnell im Türrahmen meines Büros auftauchte. Ich sagte: »Wilson, honestly, just try to be absolutely honest: How are you?«

Wilson, ein lustiger Einsneunzig-Zellverband ohne Sozialkontakte, lächelte und sagte nichts. Das ist seine Tour: Entweder ganz stumm bleiben oder einen mit völlig durchkonstruierten Banalitäten (»I'm fine, thanks«) verrückt machen. Um es nicht so weit kommen zu lassen, erkundigte ich mich, wie sich die Preise in den Thai-Buden von Annemasse entwickelten.

Wilson sagte: »These assholes forgot to invite me. *I* had to call them, can you believe that?«

»Who didn't invite you for what?«

Wilson drehte sich um und verschwand, meine Neugierde war geweckt. Jemand hatte diesen verdienten GEF-Mann nicht dabeihaben wollen, mich aber, das vermutete ich zumindest, schon. Ich schaute also in meine Emails. In den Posteingang und – warum auch immer – in den Postausgang und dann tatsächlich in dieses verminte Areal, in dem sich neben dem ganzen beruflichen Quatsch vor allem immer noch unzählige von Maris Nachrichten verbergen. All die kleinen Alltagsbotschaften (»Chéri, est-ce que tu pourrais acheter du pain pour ce soir??«, »Frank, what were Stalin's intentions?«, »I'm sorry, I thought for a while and now I think I am clear …«, usw.), die ich gelöscht, andererseits aber eben doch nicht gelöscht habe. Toxisches Gebiet. Eine duftend schwarze Wiese voller Trauerweiden, auf der ich mich allerdings an diesem Tag nicht niederließ, sondern einfach weitermarschierte zu Liz Stevensons aufgesetzt nüchternen Verlautbarungen aus dem Bureau of the Executive Chairman. Das neueste jener in sich schon wieder interessanten, im Hinblick auf zukünftige Ansätze in der Psychiatrie wahrscheinlich sogar wertvollen Schriftstücke trug den Titel: »Stepping up a gear – a week of concentration, discussion and progress.« Ich betrachtete eine Weile ein bestimmtes Areal meines Keyboards, einen Punkt oberhalb der obersten Tastenreihe, der seit einiger Zeit von einem Kaffeespritzer verunreinigt ist. Neben dem Keyboard, in gut zwanzig Zentimeter Entfernung, hielt sich mein zu Unrecht als Smartphone bezeichnetes Smartphone auf. Ein flaches, rechteckiges Gebilde, das unter mir sehr schnell gelernt hat, sich ruhig zu verhalten. Ich sah, aus dem Fenster. Draußen fiel ganz friedlich etwas Schnee. Und dann, aus einem ganz und gar nicht heiterem Himmel, fand ich die Kraft, mich dieser Nachricht, und dem, was sie bedeuten musste, zu stellen.

Gesendet: Mittwoch, 20. Februar 2013 um 14:11 Uhr
Von: «Stevenson, Elizabeth» <elizabeth.stevenson@gef.org>
An: communications.gef@gef.org; «Lynberg, Erik« <Erik.Lynberg@gef.org>; »Stremmer, Frank« <frank.stremmer@gef.org>;
Cc:
Betreff: The Valparaiso Workshop
Dear All,
The bureau of the Executive Chairman would like to invite you from April 2nd to April 6th for a week of intensified work on the Valparaiso Project. The daily workshops will take place on the private compound of Mr. Gonzales-Blanco near the northern coast of the island of Mallorca. Mr. Gonzales-Blanco will be present for several days. You will be accommodated in San Serra de Marina, a nearby holiday resort.

Please confirm your participation as soon as possible.

Elizabeth Stevenson, Internal Communications

P.S.: Frank, Erik: Could you please forward a copy of your vaccination records to the medical unit? We need to start as early as possibly with the vaccinations for December (this means: for Central und sub-Saharan Africa). Thanks.

Valparaiso Project – das ist der Tarnname für dieses Buchvorhaben, das sich ausschließlich mit den Taten und Theorien eines gewissen Raphael Gonzales-Blanco (auf gar keinen Fall) kritisch auseinandersetzt. Im Valparaiso-Projekt wird meines Wissens erstmalig versucht, Gonzales-Blancos biographische Details, sein berufliches Schaffen und seine Denkansätze mit wesentlichen Elementen der Gonzales-Rezeption zu verbinden, quasi einen ganzheitlichen Blick auf eine bereits zum gegenwärtigen Zeitpunkt legendäre Figur der Zeitgeschichte zu werfen.

Anfang April ein paar Tage Mallorca? Warum eigentlich nicht? Draußen hat der Nachmittag noch gar nicht wirklich begonnen. Und es ist *dunkel*. Es war überhaupt nie hell heute. Nach Lage der Dinge werde ich daher auf der Insel ein neues Leben beginnen müssen. Allerdings ist es ebenso gut möglich, dass ich schon in diesem Monat den Löffel abgebe. An manchen Abenden, wenn ich nichts Besseres zu tun habe, also an *jedem* verfluchten Abend, lasse ich mich dazu hinreißen, meine bisherige Bilanz mit einer Art Wahrscheinlichkeitsprognose, die Zukunf betreffend, zu kombinieren. Eine Verknüpfung zweier Themenfelder, die als einzigen Ausweg nur dieses in warmen Orange-Tönen leuchtende Portal hinauf zum Selbstmord kennt. Die Wette mit Niederegger, diese ansehnliche sportliche Hürde: letztlich fast schon ein lebens*bejahender* Akt. Ich meine, ich habe nie besonders viel erwartet. Vor einiger Zeit versuchte ich mir einmal ernsthaft vorzustellen, wie mein idealer Tag aussehen könnte. Herausgekommen ist dabei ein sommerlicher heißer Morgen, an dem ich eine lange Fahrradtour durch eine schöne Landschaft mache und in irgendeinem Dörfchen bei einer schönen »Masseuse professionelle« einkehre. Danach vielleicht noch etwas essen und natürlich trinken, und fertig. Besonders anspruchsvoll kann man mich eigentlich nicht nennen.

Inmitten dieses sinnlosen, melancholischen Ozeans der Zeit, genauer gesagt am Mittwoch, dem 20. Februar um 17:31 Uhr , ich bin gerade auf dem Weg in das, was menschenverachtende Zyniker einst Feierabend getauft haben, begegnet mir Liz Stevenson. Der Aufzug hält in der zweiten Etage, sie steigt zu, ich sage: »Hello Liz«, und dann, nach einem winzigen Zögern, »how are you?«

»Fine. How are you, Frank?«

»I've got an appointment with my Shrink«, lüge ich notgedrungen. »I'll tell you afterwards.«

Liz schaut mich an: kein Grinsen, nicht mal Unverständnis. Etwas stimmt nicht mit ihr.

»Look«, fängt sie an, als der Aufzug sich wieder in Bewegung setzt, »I'm still thinking about this 2013-schedule. It's …«, sie bricht ab, wir schweigen einen Augenblick, kommen dann unten an und treten in dieses geräumige, an die Lobby eines Fünf-Sterne-Spätneunziger-Design-Hotels erinnernde GEF-Foyer.

»I know, it's ridiculous but …« Sie stockt abermals, lächelt dabei hilflos.

»Liz«, sage ich und schaue dabei schamlos deutlich auf die Uhr, »look, I don't wanna be impolite but …«

»Oh, yes, yes, sorry. It's just, that … Well, it's about our trip, you know?«

»Which trip? Warsaw?«

»No. The one in December. To Africa.«

Ich mache eine Geste, die sie zum Weiterreden auffordern soll. Die Geste habe ich mir bei Bellinghusen abgeschaut, dem sie wiederum –

das ist zumindest mein Verdacht – auf einem dieser Mitarbeitermotivationsseminare eingebimst wurde.

»Well, first of all …«, beginnt Liz schließlich, »… well, I think that Raphael shouldn't go there anyway. To the sub-Saharian countries, I mean. I remember the last time … it was in Dakar and it was awfull. He just cannot take the climate anymore.«

Ich kann mir nicht helfen, aber ich finde es einigermaßen merkwürdig, dass Liz an einem gewöhnlichen, sterbenslangweiligen Mittwochabend, kurz vor dem von keinem in diesem Laden verdienten ›Feierabend‹ mit solchen Sachen anfängt. Vor allem kommt es mir verrückt vor, dass sie das ausgerechnet mir gegenüber tut. Ich meine, habe ich über derlei Dinge zu befinden? Kann ich die Ratschlüsse dieses zerfallenden Aushilfs-Allendes beeinflussen? Das wird sich ändern, aber noch bin ich bei der GEF eine kleine Nummer, ein marginales Zahnrädchen. Ich beruhige mich mit der Annahme, dass Liz nicht speziell mich, sondern irgendjemanden zum Reden braucht. Sie ist geschieden, sie ist über fünfzig, sie arbeitet praktisch rund um die Uhr. Ihr Leidensdruck muss beträchtlich sein.

»And also …«, setzt sie wieder an, es ist klar, dass nun der entscheidende Teil kommt, »I … I mean, you wouldn't believe it anyway. It's just that I …« Sie bricht ab. Es folgt ein Seufzen

»Look, Liz, I'm a bit in a hurry. Why don't we talk about it tomorrow, right?«

»Oh, yes, sure. I'm sorry.«

Obwohl Gefühle für Vorgesetzte nicht unbedingt zu meinen primären Charaktereigenschaften zählen, habe ich auf eine verquere Weise Mitleid mit Liz. Ich frage mich, ob ich ihr sagen soll, dass ich ihr glaube, egal, was sie erzählt. Ich glaube an alles Mögliche. Wenn morgen die Telefone die Macht übernähmen – niemanden würde das weniger überraschen als mich. Allerdings ist mein Arbeitstag, auch was Emotionen anbelangt, beendet, angeblich habe ich sogar einen Geschäftstermin mit meinem Irrenarzt, und passend dazu öffnet sich in diesem Moment erneut die Aufzugtür. Der massige, nur noch von einer Korsett aus Psychopharmaka-Blistern zusammengehaltene Leib Wilsons quillt heraus. Der allseits beliebte, besonders aber von Lynberg und mir geschätzte Kollege erblickt uns, bleibt – peinlich berührt – stehen, grüßt. Auf Liz'

Gesicht ist unterdessen der gewohnt distanzierte Ausdruck zurückgekehrt. Sie öffnet ihre Handtasche, zieht Autoschlüssel hervor.

»Well, we'll talk about it another time«, sagt sie zu mir gewandt. Und dann, zu uns beiden: »Frank, Richard, have a nice evening.«

Ende Februar. Malin – ich bin mir da relativ sicher – war eine schwedische Konzeptkünstlerin, und ich befinde mich in Zone A des Terminals 1 des Flughafens Frankfurt Rhein/Main, und der Grund, warum ich mich dazu entschlossen habe, die zweite Hälfte der insgesamt drei Stunden bis zum Anschlussflug bei einer fernöstlichen Suppe zu begrüßen, sitzt zwei Tische weiter: breite Schultern, dunkle, wilde Locken, blasser Teint, blaue Augen, schwarzes, enges T-Shirt, kaum Make-Up, kein Schmuck. Ihr Blick eben, als ich mich setzte, war wie? Aufmerksam? Selbstbewusst? Offen? Ihr Blick war auf jeden Fall so, dass ich ihn bemerken musste. Ich breite meine Sachen aus, hänge meine Jacke über den Stuhl, studiere die Karte. Dann taucht eine dickliche nordafrikanische Jugendliche auf und erkundigt sich nach meinen Wünschen.

»Eine … Pho Bo-Suppe, bitte.«

»Das war's?«

»Ja.«

»Nichts zu trinken?«

»Danke, nein.«

»Eine Pho Bo, kein Getränk.«

»So ist es.«

Ich blicke die Frau jetzt direkt an, sie blickt ebenso zurück. Eine Sekunde, zwei Sekunden. Unglaublich, so etwas erlebt man wirklich nur in diesem Land. Ich schaffe es nicht, dem standzuhalten, und breite die Zeitung aus, die ich eben in einem der Lufthansa-Wartebereiche aus dem Ständer gezogen habe. Die Lage in Ägypten: außer Kontrolle. Die Lage der Kabeljaubestände: hoffnungslos. Ansonsten geht es auch in den Bereichen Wirtschaft und Sport irgendwie weiter. Die Frau von gegenüber observiert mich nach wie vor. *Es kursierten unterschiedliche Theorien darüber, auf welche Weise es Myriam Brinklage immer wieder fertigbrachte, selbst die kritischsten Fälle unter ihren Klienten »bei der*

Stange«, sprich zumindest in den Grauzonen der Legalität zu halten. Kollegen der nun schon seit vier Jahren im Essener Norden tätigen Streetworkerin bewunderten, wie die zweiunddreißigjährige gebürtige Oberhausenerin die von ihr betreuten Jugendlichen durch eine Mischung aus druckvoller Ansprache und charmantem Witz, noch mehr aber durch ihre zwar unprätentiöse, jedoch hochsexualisierende physische Erscheinung in Richtung Gesetzeskonformität manipulierte. Brinklage, die häufig schlichte T-Shirts zu sehr engen Jeans und Turnschuhen oder Retro-Cowboystiefeln kombinierte, sah ihren beruflichen Erfolg vor allem pragmatisch. Solange es gelang, einen »ihrer Jungs« (95% ihrer Aktivitäten betrafen männliche Heranwachsende) von einer folgenreichen Straftat abzuhalten, stand die Wahl der Mittel für sie nicht im Vordergrund. Privat war die diplomierte Sozialpädagogin seit einiger Zeit mit der achtundzwanzigjährigen Modedesignerin Hannah Stürz aus dem benachbarten Düsseldorf liiert, die sich im Rahmen eines sechsmonatigen Weiterbildungsaufenthaltes noch bis Anfang Mai in New York aufhielt. Brinklage wartete an diesem 26. Februar 2013 im Terminal 1 auf den Weiterflug. Die Tage in Big Apple waren aufregend gewesen, die beiden großgewachsenen deutschen Frauen hatten überall Aufmerksamkeit erregt. Brinklage gefiel die herzliche Art der Amerikaner, ihre Liebe zu Hannah war stark und aufregend, doch jetzt, nachdem sich dieser Mann mit den – nach Einschätzung der schwedischen Künstlerin Malin Nordström – »sinnlichen« Lippen und dem etwas zerknitterten Van Laak-Hemd (den Blick für modische Details hatte sie von Hannah übernommen) in ihr Blickfeld gedrängt hatte, überfiel sie beinahe schockartig die Lust auf etwas Männliches, etwas Hartes, Expandierendes, letztlich Dummes, und es ist schier unfassbar, dass mir solche Dinge – nach all den Infusionen von Wirklichkeit, von Enttäuschung – immer noch einfallen.

»So, einmal die Suppe.«

Ich bedanke mich, nehme einen dieser idiotisch unpraktisch geformten Asia-Restaurant-Löffel, probiere das Zeug. Für einen Moment das Bild eines Labors, in dem Asiaten in Kitteln und mit Mundschutz weiße und bräunliche Pulver zusammenrühren, im Hintergrund riesige Symbole von Shiitake-Pilzen oder Honshu-Karotten. Ich sehe zudem immer noch eine Frau mit dunklen Locken, deren Gesicht jetzt belustigtes Bedauern ausdrückt.

»Nicht so gut?« Sie hat mich tatsächlich angesprochen.

»Doch, ist ok.«

»Wirklich?«

Ich zucke mit den Schultern, sie lächelt, und in diesem Moment, genau jetzt, hat sich die Spirale, das Karussell zu drehen begonnen, der Film läuft. Fünfzehn Minuten später schlendern wir durch irgendwelche Gänge, berühren uns dabei manchmal mit den Armen, dann wieder mit den Schultern. Unmengen von Menschen kommen uns entgegen, Leute in Flughafen-Elektro-Taxis, auf Flughafen-Fahrrädern, in Flughafen-Flugzeugen.

»So ein Ding bräuchte man.« Myriam deutet auf eine Frau, die uns auf einem Klapprad überholt hat.

»Frauen sind für Sie … für dich … Dinger?«

»Ich meine das Rad. Wir bräuchten Räder.«

»Warum, haben wir es eilig?«, frage ich.

»Na, wir suchen doch, oder?«

»Wir suchen was?«

Fünf Minuten später, immer noch im Terminal 1. Alles an diesem Februardienstagnachmittag ist voll, besetzt, belegt, belebt. Myriam schlug eben einen Abstecher in die Airport-Kirche vor, was ich natürlich ablehnte, doch andererseits habe auch ich keine Lust mehr herumzuirren. Wir sind am Ausgang A63, an dem immerhin kein aktueller Flug angezeigt wird. Myriam, an deren faktischen Vorhandensein ich immer mehr zweifele, zieht mich in eine Ecke. Ich küsse sie atme ihr Parfüm ein, berühre ihre Brust durch den T-Shirt-Stoff, gleichzeitig fällt mir die Frontpartie dieser A-380 auf, die zwei Gates weiter ihr Andockmanöver beendet hat. Diese Flugzeuge erinnern an Außerirdische. An todbringende Weltraumwesen. Unter Umständen habe ich Angst vor der neuen A-380. Unter Umständen sollte Niederegger davon erfahren.

»Los, auf die Damentoilette!«, sagt Myriam.

»Auf die Toilette?«

»Fällt dir was Besseres ein? Irre, was hier gerade abläuft – weiß ich selber.«

Ich zucke erneut mit den Schultern.

»Vor allem, weil ich mit jemandem zusammen bin. Komme sogar gerade von ihr.«

»Aus New York?«, frage ich. »Brooklyn? Williamsburg in Brooklyn in New York?«

Sie rückt von mir ab.

»Woher weißt du das?«

»Ich weiß gar nichts. Ich rate.«

Ihre Augen sind eher grün als blau und sie bohren sich in eine Partie etwas oberhalb meines rechten Wangenknochens.

»Du *rätst*? Bist du ein Medium, oder was?«

»Ich beobachte und interpretiere Details. Ich *weiß* überhaupt nichts. Nicht mal, ob es dich überhaupt gibt.«

»So, eine Art Detektiv also. Und was an mir verrät, wo ich gerade hergekommen bin? Habe ich irgendwo … einen Brooklyn-Leberfleck?«

Ich ziehe die gelbe Lufthansa-Bordkarte aus der Gesäßtasche ihrer Jeans und halte sie ihr vors Gesicht. »Ok, JFK habe ich eben gesehen. Das Ding wäre dir beinahe aus der Tasche gerutscht. Der Rest ist … tja, wie nennt man das? Intuition?«

Sie kommt wieder näher, küsst mich erneut, spricht aber gleichzeitig. Sie habe eben gleich gesehen, dass mit mir etwas nicht stimmt. Ihre Zunge ist einschüchternd gradlinig, dennoch gewöhne ich mich schnell an diesen Stil, lege meine Scheu ab. Dann plötzlich zieht mich eine Hand zurück auf den Gang, durch das Gewirr der Leute und Fahrräder in Frankfurt Rhein/Main, durch die Lichter, die Stimmen, die Bildschirme, es dauert lange, es dauert eine Ewigkeit, doch schließlich, nach mehreren Anläufen, die ich kaum als solche wahrnehme, betreten wir tatsächlich eine Toilette. Zwei ältere Japanerinnen (sofort: ein Blitz, ein schmerzlicher Stich namens Mari Takano) stehen vor den Waschbecken, drehen sich überrascht zu uns um. Wir verschwinden in einer Kabine. Dort küssen wir uns, jedoch ruhiger als vorhin, beinahe bedächtig. Es ist, als hätte uns dieser Hindernisparcours bereits ausgelaugt. Myriams Lippen entfernen sich: »Na? Die Luft ist raus, oder?«

Ich nicke.

»Und was machen wir jetzt«, fragt sie. »Uns noch ein wenig unterhalten?«

Stimmen von draußen. Das sind die beiden Japanerinnen.

Hikaru Sakaguchi, 59, aus der Präfektur Tottori auf Honshu zu ihrer Reisegefährtin Kana Norimatsu, 63: »Hast du die beiden gesehen?«

»Natürlich. Aber jetzt ist es still da drin.«

»Man hört nichts.«

»Schade. Mich erregt es sehr, wenn ich anderen Leuten beim Sex zuhöre.«

»Du meinst dieses rhythmische Stöhnen?«, erkundigt sich Kana. »Das höre ich auch gern. Aber auch die Begleitgeräusche. Zum Beispiel Kleidung, wenn sie abgestreift wird. Oder das Knarren von Bettfedern.«

»Du bist ja eine richtige Feinschmeckerin, Kana«, lacht Hikaru.

»Unterhalten«, sage ich. »Uns anschauen. Wir haben noch mindestens fünfzehn Minuten. Wir können alles Mögliche machen.«

Wir stehen uns jetzt gegenüber in dieser relativ geräumigen Toilettenkabine, und während ich in Myriams Gesicht nach Indikatoren für ihren wirklichen Gemütszustand suche, dort aber weiterhin nur entspannte Amüsiertheit entdecke, steigt plötzlich die Lust in mir wieder an. Dieser Dienstag, der in einem luxuriösen Warschauer Hotel und mit einer endlosen, schweigsamen Fahrt zum Flughafen begann, verwandelt sich endgültig in ein Achtzigerjahre-Sex-Märchen. Der EC bleibt noch zwei Tage länger in Polen, »privat«, Liz flog für einen halben Tag nach London und ich nach Frankfurt, in den Terminal Myriam A, und keine Ahnung, was genau mich an diesen Sachen, an solchen Aktionen letztlich *wirklich* reizt. Niederegger hat das alles noch nicht abschließend geklärt. Vielleicht ist das auch gar nicht mehr wichtig. Denn wenn man den Dingen auf den Grund geht, ihnen wirklich folgt hinein in die Höhlen, in die gespenstischen Kavernen menschlicher Handlungsmotivationen – am Ende dieser stockdunklen Gänge, viele Kilometer vom Tageslicht rationaler Erklärungsmuster entfernt, leuchten die Feuer der absoluten Bedeutungslosigkeit. Trotzdem steht fest, ich mag solche Momente. Es ist mir verfluchtnochmal egal, ob sie maximale Nähe oder maximale Ferne erzeugen. Ob es sie überhaupt gibt. Myriams Stimme auf jeden Fall hat jetzt eine andere Färbung. Alles ist harmonisch, beginnt sich sachte zu drehen, und etwas später verlassen wir die Kabine wieder, die Japanerinnen sind verschwunden, wir eilen zu den Gates A23 und A26, wo unsere Flugzeuge bereitstehen. Düsseldorf ist sogar schon beim Boarding. Myriam reiht sich ein, ich stehe bei ihr. Plötzlich macht es mich regelrecht krank, mich nun von ihr verabschieden zu müssen. Ich schlage vor, auf ihre Maschine umzubuchen, oder, weil das natürlich irrsinnig ist, die nächste Richtung Düsseldorf zu nehmen. Ich erkläre ihr, dass ich sie unbedingt wiedersehen möchte.

»Hey, ich hab dir doch gesagt: Ich bin mit jemandem zusammen.« Sie streicht mir durchs Haar.

»Ja, klar«, sage ich, »aber trotzdem. Ich fand das … ich weiß nicht … ich glaube, ich liebe dich.«

Sie lacht, wirft den Kopf leicht zurück, streckt mir dabei – wahrscheinlich ohne Berechnung – ihre Brüste entgegen. Ich beuge mich vor und küsse eine von beiden. Leute hinter uns werden aufmerksam.

»Ich schätze, du musst jetzt zu deinem Flug, oder? Also erstmal, tschüss.«

»Erstmal?«, hake ich verzweifelt nach.

»Los«, sagt Myriam und schiebt mich sanft von sich weg. »Du musst. Dein tolles Genf wartet.«

Ich gehe langsam Richtung A26. Auch dort hat sich bereits eine Warteschlange formiert. Diese Idioten können es gar nicht abwarten.

III.
Marseille – les quartiers nord

Mittwoch, 6. März 2013: Ich werde meine Geschichte über die Zwiebeln niemals beenden und ich glaube nicht mehr daran, dass es eine Frau namens Myriam Brinklage wirklich gegeben hat. Trotzdem, zumindest im Hinblick auf Niederegger steht fest: Januar gleich Malin, Februar gleich Myriam.

Tage taumeln steifgefroren ins Land. Alles ist auf nervöse, irgendwie ungesunde Weise tot. Der Winter erlebt eine Art Frühlingserwachen, erfindet sich mit beängstigender Kreativität immer wieder neu, und wer behauptet, mit dem März begänne etwas, das *nicht* Winter ist, lügt. Ganz egal, was die herrschende Klasse erzählt, zwischen Februar und März existiert kein ernstzunehmender Unterschied. Ich werde daher den Antrag, beide Monate zusammenzulegen, wie folgt begründen: Erstens, Enttäuschungsreduktion und, damit verbunden, Vermeidung des sich um diese Jahreszeit traditionell auftürmenden Überstundenberges in den Wiederbelebungsambulanzen. Zweitens: Warum nicht mal etwas Neues? Warum nicht etwas verändern? Die Telefone verändern sich doch auch andauernd. Drittens … Nun, warum soll ich für etwas mehr als zwei völlig valide Gründe angeben? Adela, die sich jetzt, mit einem taubenblauen Slip und einem aufgeknöpften Schwesternkittel bekleidet, auf diesem großen Bett neben der Massageliege räkelt, würde derlei nie im Leben einfallen. Überhaupt zeichnet sich meine neue Stammphysiotherapeutin durch einen pragmatischen Ansatz aus. Eben hat sie mir sogar vorgeschlagen, ihre Schwester zu heiraten. Ich sage ihr, dass ich es mit ihrer Schwester versuchen werde, wenn *sie* mich vorher nach Mallorca begleitet. Adela willigt lachend ein, damit ist das Thema erledigt, und ich, frischgeduscht, schon wieder mehr oder weniger angezogen, setze mich zu ihr, beuge mich über sie, betrachte die Region um ihren Bauchnabel, denke an die ungeheure Macht des Geldes, die mir eine Haut, einen Moment wie diesen hier schenkt. Unter Umständen ist es sogar jene geheimnisvolle Kraft, die Adela sich mir jetzt leicht entgegenstrecken lässt, woraufhin ich meine Stirn auf diese tiefbraune Fläche presse, dabei einen irgendwie schimmernden Geruch einsauge und in dieser Position verharre, bis ich in einem erstaunlichen Französisch-Englisch-Portugiesisch darüber informiert werde, dass uns leider nur noch einige Minuten bleiben. Ich liebe diese Haut, der die Zeit und ihre idiotischen Rhythmen noch überhaupt nichts anzuhaben vermochten. Ihr Braun ist ein ganz anderes als das Malin-Braun. Malin hatte trotz all der Drogen, die ich in ihr vermutete, diese gesunde egalitäre Schwedensommertönung. Adela hingegen … Adela ist wie der Kaffee, den man im Norden ihres Landes anbaut und später dann nach Europa verschifft, wo er in angesehenen Röstereien veredelt wird, um schließlich in nur halb geleerten Pappbechern auf den Fluren der GEF zu enden, einer widerwärtigen, weltweit kommunizierenden Genfer *Non-Profit*-Organisation, die selbstverständlich von jemanden geleitet wird, der genug Einfluss hätte, um sowohl den Kaffee als auch den Februar abzuschaffen, dessen Haut zudem die dekadente Blässe der spanischen Eroberer aufweist, nicht aber dieses volle, dunkle Glühen, mit dem Adela mich halbwegs verrückt macht. Einer Eingebung folgend lanciere ich einen dünnen Speichelfaden in ihrem Bauchnabel. Sie quittiert das mit einem entsetzt-amüsierten Quieken. Ich tauche die Spitze meines Zeigefingers in den kleinen Speichelpool hinein und schreibe dann etwas auf die Partie unter ihren Brüsten, die groß, aber nicht sehr groß, die in letzter Konsequenz – so sehr ich auch suche, ich finde nirgends OP-Narben – *perfekt* sind. Adela windet sich auf dem Laken. Sie fühlt sich so wohl, wie man sich fühlen kann, wenn man schon etwas unter Zeitdruck steht und einem ein Toter Buchstabenfolgen aus Spucke auf den Oberbauch pinselt. Was ich da schreibe, möchte sie wissen.

»Ton nom«, lüge ich.

»Mon nom?« Adela zweifelt, und es ist gespenstisch, aber ich glaube wirklich, ich kann nicht mehr anders.

Ungefähr achtundvierzig Stunden nach Adelas »décontraction professionelle« sitze ich endlich – der Termin wurde um eine Woche nach hinten verlegt – wieder in Malagnou herum. Das schweratmige Ticken der Standuhr, die Position der Pantoffeln, alles erscheint wie gewohnt, dennoch stimmt etwas nicht. Niederegger macht einen resignierten Eindruck. Ich meine, er macht einen niedergeschlageneren Eindruck als *ich* auf mich mache. Keine Ahnung, wahrscheinlich sollte ich ihn fragen, was anliegt, was mit ihm los ist. Unter Umständen wäre es sogar angezeigt, die im Hinblick auf den Therapieerfolg unerlässliche Patient-Therapeut-Schranke zu überwinden. Durch eine Geste meinetwegen, eine Berührung des Unterarms. Durch eine Träne, die ich vorsichtig aus meinen Augenwinkeln schöpfe, um sie ihm auf der Kuppe des kleinen Fingers darzureichen, … Ich sollte möglichst bald mit jemandem darüber sprechen, mit meinem Therapeuten zum Beispiel, ich sollte jemanden fragen, warum ich die Leute in letzter Zeit andauernd mit körpereigenen Flüssigkeiten behelligen will. Es ist verrückt, aber ich könnte Niederegger etliche Tränen schenken. In den letzten Monaten durfte ich feststellen, wie viele von denen in mir sind. Ein unterirdischer Salzwasserfluss, der all die Jahre von einer Mauer aus kleinlicher Selbstdisziplin gestaut wurde. Ich meine, wäre ich ein großer Mann, ein Führer wie etwa Gonzales-Blanco, ich hätte schon viel früher zu meinen Gefühlen gestanden. Es sind unvergessliche Momente, wenn dieses korrupte Schwein Rührung und Melancholie verströmt, bei diesen Veranstaltungen, wo ihm beschnittene afrikanische Schönheiten Kränze winden, während vertrocknete Engländer halbironische Lobeshymnen anstimmen, wenn, mit anderen Worten, mal wieder ein Kongress unseres Ladens und somit der Weltgemeinschaft ansteht. Gonzales-Blanco ist ein großer und harter Mann. Als solcher muss er Emotionen nicht ängstlich verbergen, wie ich es viel zu lange tat. Ich sitze also einem anderen Mann gegenüber, einer Fachkraft namens Yves Niederegger, denn es ist Anfang März, und der März, den ich lieber Spätfebruar nenne, wirkt an diesem Freitagnachmittag nicht nur auf mich, sondern erst recht auf meinen behandelnden Irrenarzt niederschmetternd. Um ihn etwas aufzumuntern, verkünde ich, absolut nicht mehr weiter zu können. Das ist ausnahmsweise nicht gelogen. Das Wetter, die Dunkelheit, mein Speichel unter Adelas Brüsten, es geht einfach nicht mehr so weiter. Als ich Adela erwähne, hebt Niederegger die Augenbrauen: »Sie haben wieder jemanden kennengelernt?«

»Wenn man so will. Zählt aber nicht. Adela ist Masseuse.«

»Sie meinen … eine Prostituierte?«

»Nein, ich meine Masseuse, Herrgott.«

»Nun, sehen Sie denn einen Unterschied zwischen dem, was eine Masseuse macht, und den … ähmm … Aufgaben einer Prostituierten?«

»Nein, vermutlich nicht.«

»Aber Sie bevorzugen, von einer Masseuse zu sprechen. Können Sie mir sagen, warum?«

»Weil das die von Adela gewählte Berufsbezeichnung ist. Ich meine, wie … als was bezeichnen Sie sich denn? Als Psychiater, richtig?«

»Als Psychotherapeut.«

»Aber ich könnte Sie doch genauso gut als … ich meine, mit Hinblick auf das, was wir beide hier so tun, was wir hier so besprechen, könnte ich doch genauso gut eine ganz andere Berufsbezeichnung verwenden, verstehen Sie?«

»Welche zum Beispiel?«

»Keine Ahnung. Sachbearbeiter? Abdecker? Aber ich bezeichne Sie natürlich als Psychologen, weil das Ihrem Selbstbild entspricht.«

»…«

»…«

»Gut. Da wir gerade von Selbstzuschreibungen sprechen: Als was würden *Sie* sich denn bezeichnen, Monsieur Stremmer? Wie stellen Sie sich beispielsweise jemandem vor, den Sie neu kennenlernen?«

»Abgesehen davon, dass ich niemanden kennenlerne … Kommt drauf an, wer das ist, in welcher Situation ich mich befände.«

»Auf einer Cocktailparty, bei der Sie gerade eine junge Frau angesprochen haben.«

»Kein gutes Beispiel.«

»Dann bei einer Telefonumfrage.«

»Interessant. Ist mir neulich tatsächlich passiert.«

»Eine Telefonumfrage, in der nach Ihrem Beruf gefragt wurde?«

»So ähnlich, ja.«

»Und was haben Sie geantwortet?«

»Ich habe mich als Gastronom bezeichnet … Ja als Gastronom.«

»Warum?«

»Warum, warum … Wenn ich das wüsste, wäre ich nicht hier. Ich hätte mich auch als Tierpfleger oder Online-Redakteur bezeichnen können. Oh Gott, wenn ich darüber nachdenke … als Tierpfleger … vielleicht wäre ich da glücklich geworden.«

»Glauben Sie das wirklich?«

»Das war nur eine Hypothese … die ich allerdings begründen kann.«

»Ich höre.«

»Arbeit an der frischen Luft. Zumindest, solange man nicht im Affenhaus zu tun hat. Oder im Terrarium.«

»Frische Luft ist gut, da stimme ich Ihnen zu. Weiter?«

»Weitestgehende Separierung von menschlichen Wesen.«

»Das begreifen Sie als etwas Positives?«

»Nun ja, irgendwie schon. *Wirklich* positiv wäre natürlich nur die *vollkommene* Separierung. Aber so etwas ist im modernen Berufsleben eine Illusion.«

»Hmm … ehrlich gesagt … es fällt mir schwer, Ihnen diese Misanthropie zu glauben. Wollen Sie nicht in Wirklichkeit mehr statt weniger Kontakt zu Menschen?«

»Hören Sie, woher soll ich wissen, was ich in Wirklichkeit will? Eines ist allerdings klar: Alles, was ich habe, will ich nicht.«

»Haben Sie derzeit viel Kontakt zu Menschen?«

»Sie meinen, außerhalb der Arbeit?«

»Ja.«

»Zurzeit sehe ich manchmal eine junge Masseuse namens Adela. Sehr begabt.«

»Das erwähnten Sie bereits. Aber für diese ›Massagen‹ bezahlen Sie, n'est-ce pas?«

»Ja … Aber nicht mehr lange.«

»Sie wollen … Adelas Dienste nicht mehr in Anspruch nehmen?«

»Oh doch.«

»Also gehen Sie davon aus, dass Adela sie demnächst … sagen wir … freiwillig empfängt?«

»Nicht empfangen … Ich meine, wenn sie und ich auf Mallorca herumlaufen, sind wir ja ohnehin zusammen, oder?«

»Moment, ich komme nicht ganz mit. Sie planen, nach Mallorca zu fliegen? Mit Ihrer Masseuse?«

»Die immerhin in einem der größten Kosmetikkonzerne Brasiliens tätig war.«

»Und das war *Ihre* Idee?«

»Wen meinen Sie mit ›ihre‹? Mich – oder Adela?«

»Ich meine *Sie*, Herr Stremmer. Wie sind Sie auf diesen Plan gekommen?«

»Das war nicht ich, das war das Büro des EC.«

»Der EC ist Monsieur …«

»Gonzales-Blanco.«

»Ihr Chef.«

»Viel mehr als mein Chef, aber das ist viel zu umständlich zu erklären. Wichtig ist, dass ich für Mallorca genau zwei Alternativen sehe: A. Ich verbringe einige Tage mit Adela. Es gefällt uns so gut, dass wir beschließen zu bleiben. Ich mache ein kleines Unternehmen auf, eine Fahrschule meinetwegen, oder einen Fahrradverleih. Sie arbeitet weiter als Masseuse. Und wir leben zusammen in einem netten Appartement in einem netten einsamen Dörfchen. Wir haben einen netten Kontakt zu den netten Einheimischen. Eventuell haben wir auch keinen Kontakt zu den Einheimischen. Auf jeden Fall sind wir glücklich und wollen niemals zurück.«

»…«

»…«

»Hmmm … und die zweite Alternative?«

»Was?«

»Sie sprachen eben von zwei Alternativen, haben aber bisher nur eine genannt.«

»Oh, Suizid natürlich. Ich dachte, das wäre klar. Ich meine vorzeitigen Suizid, noch vor Ablauf des Jahres. Sie verstehen?«

Nur kurze Zeit nach dem Niederegger-Termin, genauer gesagt nur fünf Minuten später, noch in der Fin de Siècle-Lobby dieses hochherrschaftlichen, mit Psycho-Therapeuten und Anwälten vollgestopften Altbaus in Champel:

»Oui hallo.«

»Oui … Adela? C'est Frank. Tu te souviens?

»Ähh … oui. L'Allemand.«

»Exact. Ça va?«

»Ça va, merci. Et tu?«

Sie spricht das tu portugiesisch aus. Aus irgendeinem Grund nimmt mich das noch mehr für sie ein.

»Pas mal, ça roule. Écoute, est-ce que tu es libre ce soir?«

»En moment …« Geräusche im Hintergrund. Eine andere Frauenstimme. Eine Tür wird geschlossen. Plötzlich habe ich diesen limettengrünen Duschvorhang vor Augen. Das Badezimmer der kleinen Wohnung in Servette.

»Oui«, fängt sie wieder an, »je travaille jusqu'à 8 heures. Dernier rendez-vous à 7 heures.«

»Parfait. 8 heures. Je passe chez toi et après on va manger quelque part.«

»Manger?« Gedämpftes, heiseres Frauenlachen. Hat sie das Ding auf Raumklang gestellt? In einer Art Experimentalfranzösisch informiere ich eine unbekannte Anzahl von Zuhörerinnen über meine Absicht, diejenige von ihnen, die sich aktuell Adela nennt und im Vollbesitz einer tiefbraunen, beinahe olivgrün-braunen Haut ist, noch am selben Abend zum Essen auszuführen.

»Quoi? Je n'ai pas vraiment compris.«

»Manger«, wiederhole ich. »Au restaurant. Restaurant gastronomique. Je t'envite. On doit parler.«

»Parler?«

»Oui.«

»De quoi?«

»Je ne sais pas. Il y a beaucoup de choses à discuter … le temps, par exemple. L'avenir. Notre avenir.«

Wieder das fremde Lachen im Hintergrund.

»Notre avenir?«

»Exactement.«

Und so weiter und so weiter. Adela bleibt kritisch und mir wird nach und nach klar, die Sache ist sinnlos. Ein nachvollziehbarer Beweggrund, warum sie an meiner Seite ein in ihrer Branche unübliches, weil eben nicht noch einmal extra entlohntes Abendessen einnehmen sollte, existiert nicht. Ich selber würde nicht mit mir zu Abend essen wollen: gierige, vorstehende Augen, rasendes Tempo, Speisereste, verminderte Artikulationsfähigkeit, dazu natürlich unkontrolliertes Trinken, etc. Ich kann mich nicht erinnern, dass meine Partnerinnen meine Restaurantauftritte besonders geschätzt hätten. Trotzdem sind sie immer wieder mitgekommen, das verstehe, wer will, und wie auch immer, irgendwann, ich weiß schon seit einer Weile nicht mehr, was und in welcher Sprache ich gerade rede, höre ich es im Hintergrund klingeln. Schätzungsweise steht jemand vor Adelas Haustür. Kurz darauf sagt sie: »D'accord. 8 heures. Tu viens ici«, und dann höre ich nur noch ein Knacken in der Leitung.

Ich weiß nicht mehr genau, wann, wahrscheinlich in der deprimierenden Phase zwischen Januar und Dezember letzten Jahres, während einer Spanne von wenigen Wochen, in der ich ernsthaft darüber nachdachte, meine Wohnung mit reliefartigen Wandmalereien, mit dicken, erhaben Fingerstrichen meines eigenen Blutes aufzuwerten, in der ich alle möglichen kulturell und kriminologisch relevanten Vorstellungen entwickelte und daher allmählich auf die Idee kam, einen bedeutenden Mann wie Niederegger kennenzulernen, ja, ich glaube, es war in jenen insgesamt beunruhigenden Vorfrühlingstagen vor gut einem Jahr, als Liz zu irgendeinem halbtägigen Seminar wieder einmal einen auswärtigen Experten, einen unglaublich langen, windschiefen Iren eingeladen hatte, der uns während mehrerer zähflüssiger Stunden davon vorschwärmte, um wieviel effektiver es sei, individuelle Aufgaben, Arbeitsschritte, bestimmte temporär eingrenzbare Aufgabengebiete ganz offiziell als *Projekte* zu begreifen und vor allem zu benennen. Schwer zu sagen, warum, aber der Mann hatte recht. Seine Idee machte sofort Furore. Der Name »Valparaiso-Projekt« wurde geboren. Generell entwickelten sich plötzlich überall in der GEF Projekte, präzise definierte Vorhaben, die Titel wie »Kaffeetrinken«, »Lunch«, aber auch »Boops« (Lynberg) oder »Zerlaufen in Lachen aus Bedauern« (Wilson) tragen konnten. *Alles* war und wurde Projekt, und was ich damit eigentlich sagen will, ist: Das Projekt »Adela« entwickelt sich in eine Richtung, die ich unmöglich als unangenehm bezeichnen kann, die aber andererseits eben nicht das ist, was ich – im Hinblick auf andere, übergeordnete Projekte – als notwendig erachte. Wir sitzen seit einer Stunde in einer Churrascaria in Servette, an den anderen Tischen essen tatsächlich ausschließlich Brasilianer oder Venezuelaner oder Kolumbianer, diese Sorte Mensch auf jeden Fall, und Adela trägt einen Minirock und Lack-Pumps, und wir unterhalten uns trotz einiger Kommunikations- bzw. Französischprobleme für meine Verhältnisse geradezu überwältigend angeregt. Vielleicht ist es ja das, wovon ich immer geträumt habe, unter Umständen ist das mein idealer Zeitvertreib: Nett plaudern mit einer scharfen, wie eine Prostituierte gekleideten Wellness-Prostituierten. Dazu essen und Alkohol. Vielleicht ist alles wirklich so einfach.

Adela erzählt von ihrer Familie zu Hause in São Paulo – im Staat, wie sie betont, nicht der Stadt, genauer gesagt in einem geheimnisvollen Ort namens Taubaté. Wieder macht sie mir das Angebot, Paulinha, ihre jüngere Schwester, zu heiraten. Ich frage daraufhin, ob sie selber denn nicht heiraten wolle. Dafür sei es zu spät, ist ihre präzise, unsentimental vorgetragene Antwort. Ich insistiere, spiele auf ihr beinahe noch jugendliches Alter an (sie ist höchstens Mitte Zwanzig), doch für sie scheint die Sache klar: Sie arbeitet in Europa, während die Geschwister in Brasilien eine vernünftige Ausbildung erhalten, wobei sie noch einmal erwähnt, dass sie selber bis zum letzten Jahr einen recht vernünftigen Job in der Kosmetikbranche gehabt hat, bevor sie sich dann aus finanziellen Gründen dazu entschlossen habe, in Genf, der ›Stadt des Friedens‹, als »Masseuse« zu arbeiten, also, aber das sind meine Worte, durch die schlammigen Sekrete teuflischer älterer Männer zu waten. Während Adela erzählt, beobachte ich ihre Hände, die langen, weiß lackierten Fingernägel. Ich studiere die dezente Definiertheit ihrer Armmuskulatur. Kein Zweifel, diese junge Frau sieht gut und überdies wie eine waschechte Latino-Nutte aus. Und außerdem höre ich ihr gerne zu. Vieles, nein alles, was sie erzählt, finde ich interessant. So ein Satz kommt mir nur schwer über die Lippen, aber: Ich mag sie. Wenn ich es recht bedenke, mag ich eigentlich niemanden sonst auf der Welt. Sie auf der anderen Seite, das hat sie mir bei der Massage neulich in professionellem Ton bescheinigt und heute sogar noch einmal, respektiert meinen Körper. Für mein Alter könne ich zufrieden sein. Sie wundert sich, dass ich nicht liiert bin, warum jemand wie ich eine Masseuse bezahlt, wo doch eine Ehefrau den Job viel billiger erledigen könne. Überhaupt, sie berichtet spannende Sachen von ihrer Klientel, deren Wünsche von orthopädisch-fundierten Gesundheitsmassagen bis in den Bereich der Pathologien, der schnatternden Angstzustände zu reichen scheinen. Einer ihrer Stammgäste bringe, das sei kein Witz, zu einer völlig normalen Rücken- und Nackenmassage ohne Berührung irgendwelcher diffizilen Körperzonen als akustische Untermalung selbstgebrannte CDs mit, die nichts anderes als Gewimmer von Kleinkindern enthielten. Nur ein relativ geringer Teil, so behauptet sie, wolle wirklich »mehr«, ob und unter welchen pekuniären Umständen sie dann dieses »Mehr« zu geben bereit ist, lässt sie offen. Ich selber habe von ihr einen Service erhalten, der sich etwa im mittleren Drittel und damit bereits außerhalb des gesellschaftlich akzeptierten Teils ihres Aufgabenspektrums bewegen dürfte. Allein die Erinnerung an die Augenblicke mit ihrem Bauchnabel sorgen dafür, dass über unseren Unterhaltungen – jedenfalls, was meine Seite betrifft – ein Schleier, ein zartperlender Dunst aus Erotik liegt. Ich starre, während sie Tonnen von Fleisch auf erstaunlich zierliche Art und Weise in sich hineinschaufelt, unverhohlen in ihr üppiges, halb freiliegendes und dunkelglänzendes Dekolletee. Sie bemerkt das natürlich, lächelt, isst weiter, erzählt weiter. Derlei gehört für sie scheinbar dazu, so etwas lässt man einem Freund durchgehen. Freundschaften, das ist allgemein anerkannt, sind ein wertvoller und exklusiver Bestandteil der menschlichen Existenz; Tiere haben keine Freunde, zumindest in freier Wildbahn nicht. In den Herden geht es immer nur um Macht und Hierarchien. Wir dagegen haben Freundschaft; das, was wir in einer Freundschaft allerdings *nicht* haben, ist Sex, verflucht. Die Dinge mit Adela entwickeln sich so gut, dass eine physische Annäherung immer absurder erscheint. Das nehme ich jedenfalls an. Sie jetzt noch einmal zu buchen, käme einer Beleidigung gleich. »Projekt Adela« beziehungsweise das »Projekt März«, das wiederum als eines von zwölf Elementen des »Projekts Niederegger« firmiert, droht zu entgleisen. Und ich bin zu faul, noch auf jemand anderen umzusatteln.

Wir essen und trinken also, wir reden und lachen, *Adela* – es ist verrückt – will selbst zahlen. Es kostet mich einige Mühe, sie davon abzubringen. Danach bringe ich sie zu ihrer Wohnung, die nicht die Wohnung ist, in der sie mich neulich empfangen hat. Wangenkuss, Umarmung, »à bientôt« – ich brauche dringend eine Idee.

Eine Woche später, der März schreitet – wie wir alle – mit Riesenschritten ins Nirgendwo, ins Vergessen: Adela war für einige Tage »verreist«, ich treffe sie in einer Pizzeria in Plainpalais und sie sieht atemberaubend aus. Augenblicklich möchte ich in ihre wieder kaum verhüllten Brüste beißen, doch etwas hindert mich. Wer hätte je gedacht, dass menschliche Nähe derartige Distanz erzeugt? Dennoch, unsere Stimmung ist gut, als wir bei der zweiten Karaffe des – bescheidenen – Hausweins angekommen sind, fast ausgelassen. Sie berichtet wieder von den Männern, deren Geräuschproduktion bei gewissen Griffen und Streichtechniken. Adela bewegt sich tagtäglich durch Symphonien des Stöhnens, des wohligen Grunzens, akzentuiert durch vereinzelte, fiepsige Japser, röchelndes Pfeifen, was weiß ich. Unser beider Französisch ist zu schlecht, um die ganze Bandbreite ihrer akustischen Erlebnisse abzudecken. Doch das tut der Heiterkeit keinen Abbruch. Adela fasst Vertrauen zu mir, wir beide lachen viel, und in einer etwas versteckten Ecke des Restaurants erblicke ich plötzlich Wilson. Wilson sitzt allein an einem Katzentisch und macht sich über eine wagenradgroße Pizza her. Ich stutze – hat das etwas zu bedeuten? Ist das ein Zeichen? Ich schaffe es nicht, die Botschaft zu dechiffrieren, die das Schicksal mir eingefasst in die schwammigen Hüllen Wilsons zu übermitteln versucht. Adela fragt zum x-ten Male warum ich nicht verheiratet bin und ob ich schon eine Entscheidung in Sachen Paulinha gefällt hätte. Damit ist die Gelegenheit gekommen. Ich konzentriere mich und lasse mein Heiterkeitsniveau langsam, für meine Begriffe sehr geschickt sinken. Zunächst mache ich noch einen kleinen Scherz darüber, dass mich keine will, dann, als Adela erneut von meinem »schönen«, absolut ehefähigen Körper anfängt, werde ich ernst, beinahe wortkarg, nuanciere meine plötzliche Schweigsamkeit nur noch ab und zu mit einem bitteren Lächeln. Adela bemerkt die Veränderung sofort. Ihr Ausdruck verändert sich beinahe synchron zu meinem, und ihre zärtliche Anteilnahme rührt mich. Sie ist eine sehr gute, sexuell sehr ansprechende junge Frau, der ich unter normalen Umständen niemals diesen Quatsch von einer schweren Krankheit erzählen würde, einer Krankheit, die mich angeblich dazu zwingt, Genf im nächsten Monat zu therapeutischen Zwecken und für einen noch unbestimmten Zeitraum zu verlassen. Eigentlich, so teile ich Adela in sachlichem, Tapferkeit signalisierenden Ton mit, sei nicht einmal klar, ob ich noch einmal nach Genf zu meiner Arbeitsstelle zurückkehren könne. Pause. Fünf, zehn Sekunden sagen wir nichts, dann jedoch füge ich hinzu, dass ich unter diesen Umständen eine Ehe nicht verantworten könne, was schmerzlich sei, denn meine Sehnsucht nach körperlicher Nähe sei in diesen Tagen größer denn je, sie brenne regelrecht in mir. Adela schaut mich an. Aus ihren Augen fließen kleine glitzernde Diamanten.

Ich traf Adela nur noch ein Mal, in einem Hotel, kaum hundert Meter von Niedereggers Praxis entfernt, und während jener vielleicht drei Stunden, die wir in diesem Zimmer im sechsten Stock mit Blick auf einen von tiefhängenden Wolken verschleierten Jet d'Eau verbrachten, erlebte ich – zumindest bildete ich mir das ein paar Tage lang ein – Menschwerdungsprozesse, einige klar identitifizierbare Metamorphoseschritte. Ich empfand Mitleid für jemanden, der Mitleid mit mir hatte. Ich war dankbar.

Immerhin, ich glaube nicht, Adela geschadet zu haben. Es wäre unredlich zu behaupten, dass irgendetwas auf diesem Planeten Sinn hat, doch es ist mir wichtig festzuhalten, dass Adela von unserem Treffen sogar profitiert haben könnte. Eine Weile, das bilde ich mir jedenfalls ein, wird sie sich noch daran erinnern, an ihre Güte, an den Ausdruck von Erlösung, den ich auf mein Gesicht zu pressen versuchte, obwohl er wahrscheinlich längst dort war. *Ich* erinnere mich an das Geräusch von

Regentropfen an der Fensterscheibe, an Adelas stoßweises, aber ruhiges Atmen, an straffe, unverwundbar wirkende Haut, den feuchten Druck kontrahierender Muskeln. Sie nahm mir das Gummi aus der Hand und warf es weg.

Nachher, ich hatte mich von ihr mit einer weiteren Lüge verabschiedet, trat ich in den, eisigen Regen von Champel: Stadthäuser aus dem vorletzten Jahrhundert, kleine Palais, Zurückhaltung, Stille. Ich ging über die Route de Florissant bis zum Boulevard des Tranchées, nahm anschließend die Rue Emilie-Gourd, bog rechts in die Rue Francois-Bellot und dann wieder links in die Rue Charles-Galland ein. Die Glocken der kleinen russischen Kirche an der Rue Rudolphe Toepffer läuteten, als ich die Brücke über den Boulevard Hélvetique nahm und Les Tranchées hinter mir ließ. Bald danach befand ich mich in den kaltfeuchten, beigegrauen Gassen von Vieille Ville. Eine Weile schlenderte ich auch dort herum, zu Füßen der Kathedrale, unschlüssig im Regen, der mit gleichbleibender Intensität vom Himmel fiel. Im Halbdunkel einer geschlossenen Gemäldegalerie berührte ein Mann sein Telefon wie ein riesiges giftiges Insekt, und vermutlich dachte und fühlte ich ein paar Dinge, irreales Zeugs natürlich, Sentimentalitäten, die sich zwischen den feuchten Mauern über dem glänzenden Kopfsteinpflaster nur zögerlich auflösten wie zäher Nebel an einem Herbsttag – und all diese Vorkommnisse habe ich nicht vergessen, ich habe die Bilder vor Augen, während ich jetzt, zwei Wochen später, in diesem Flugzeug sitze, das gerade die französische Küstenlinie kreuzt. Wir fliegen hinaus aufs Meer. Über mir und unter mir sind keine Wolken und alles leuchtet blau. Adela ist nicht mehr bei mir, aber das Meer leuchtet wirklich extrem blau.

Keine Ahnung, fühlt sich so Hoffnung an? Plötzlich die Vorstellung, dass sich alles regeln, dass Niederegger am Ende recht behalten wird. Ich befinde mich im Himmel und dieses radioaktive Meer dort unten löst die negativen Dinge auf, schwemmt sie einfach weg. Die Umstände meines Lebens verändern – ich bin bereit, meine Persönlichkeit zu reformieren, sie bis hinunter zu den Reflexschemata neu zusammenzusetzen. Andererseits taucht weiter vorne jetzt plötzlich ein Kopf über den Sitzreihen auf. Gottverflucht, das ist Lynberg! Was macht Lynberg in diesem Flugzeug, obwohl der verfickte Anreisetermin erst übermorgen ist? Verzweifelt saugen sich meine Augen in das Cäsium-137-Blau unter mir, gleichzeitig berechne ich die Zeit, die Lynberg braucht, um an mir vorbei in der Toilette verschwunden zu sein. Ich meine, wo ist der Mann plötzlich hergekommen? Bei der Abfertigung, im Flughafenbus, die ganze Zeit muss er sich versteckt haben, weswegen ich erst recht nicht verstehe, warum er jetzt vor mir stehenbleibt, grinsend »Nice shirt, Frank« sagt und sich dann, ohne meine Reaktion abzuwarten, wieder in Bewegung setzt. Lynberg, das muss ich ihm lassen, weiß, wie man alles zusammenbrechen lässt, wie man den Dingen ihren Charme nimmt. Damals waren Mari, ihr verrückter Onkel und ich auf dem Wochenmarkt dieser kleinen, hässlichen Stadt im Binnenland von Hokkaido. Es regnete, man erwartete, dass einer der Vulkane in den nächsten Tagen ausbrechen würde und Mari kaufte an einem Stand ein T-Shirt mit japanischen Schriftzeichen für mich. Später fuhren wir weiter aufs Land. Die Gegend war gebirgig und grün, so grün wie die Pillen, die jemand in einem leeren Holzhaus inmitten eines Wäldchens für uns deponiert hatte. Das Haus sah aus wie ein kleines Alpenchalet. Wir probierten das Zeug, setzten uns danach auf die Veranda und während Mari wieder von ihrer Zeit im Internat berichtete, das sich ganz in der Nähe befunden haben musste, versetzten die auf dem Vordach explodierenden Tropfen meine Synapsen, mein Herz, meine Blutkörperchen allmählich in synchrone, sanft ausgeleuchtete Schwingungen. Ich hätte auf dieser Veranda bleiben sollen. Jahre später dann übersetzte Sachiko, eine von Liz Stevensons Untertaninnen, die Zeichen auf dem T-Shirt mit: »Thank you for not talking to me«, und selbst jetzt muss ich wieder über Mari, über ihren verdrehten Sashami-Humor lächeln. Ich denke daran, wie Mari, ihr Onkel und ich in Trancezuständen über diese neblige Insel fuhren. Wir vermieden größere Städte, benutzten Nebenstraßen. Wir schlängelten uns durch menschenleere Täler, hefteten uns an schweigsame Berghänge. Am Anfang, auf der Veranda, erzählte Mari von ihrem Biologielehrer, der eines Abends mit einer Parallelklasse zu einem Ausflug in ein nahegelegenes Flusstal aufgebrochen sei, um einen speziellen, angeblich nur auf Hokkaido vorkommenden

Nachtfarn zu sammeln. Die Klasse, fuhr Mari fort, sei nie zurückgekehrt. Kein einziges der Kinder habe man je wieder auffinden können, obwohl sich selbst eine unweit gelegene Armee-Garnison an der Suche beteiligt habe. Das Internat sei daraufhin in tiefe Trauer verfallen, und eigentlich sei es erst nach diesem Vorfall mit den merkwürdigen Ereignissen losgegangen, die das Lehrinstitut dann nach und nach sogar landesweit bekannt, bei esoterisch orientierten Eltern regelrecht begehrt gemacht hätten. Ich fragte, was es mit diesen Farnen auf sich gehabt habe, doch Mari und ihr Onkel schauten sich nur an, antworteten nicht und schon einen Moment später hatte ich nicht nur diese, sondern überhaupt jede Frage vergessen. Wir saßen unter dem Regendach eines kleinen Holzhauses irgendwo auf Hokkaido. Im Kofferraum unseres Autos, in einer Plastiktüte, steckte das T-Shirt, das ich heute trage – zehn Kilometer über einem sehr blauen, nördlichen Mittelmeer, auf dem Weg zu einer anderen, hoffentlich von ausreichend Psychoanalytikern bevölkerten Insel. Lynberg sitzt wieder vorne. Wahrscheinlich denkt er an seine Rollerskates, seine knallengen Fred-Perry-Polohemden. Ich denke an Hokkaido. An die Wälder. Den Rauch, der aus den Bergen stieg. An das beruhigende Surren des Lexus. Die See um Hokkaido hatte keine Ähnlichkeit mit der grellen Plastikhülle dort unten. Sie war grau und unruhig. Selbst an einsamen Stränden schien sie mir wie dafür gebaut, Container-Terminals, Kraftwerksmauern und Exportautoparkflächen zu befeuchten. Ein Industriemeer, an dem wir nie lange blieben, sondern stets ins Inland zurückkehrten. Wir schliefen in ländlichen Herbergen mit Kammern aus Pappe und Wirtsleuten aus Pergament. Wir aßen vibrierende Aale und eingelegten Lauch. Wir fuhren kreuz und quer über die Insel, anfangs Mari am Steuer, später eher ich, im Fond der schweigsame Onkel. Nach ein paar Tagen wurden wir alle schweigsam. Wir beobachteten die Landschaften vor und hinter unseren Augen. Die Lavendelfelder. Ich zumindest genoss alles, was ich sah. Immer wieder betrachtete ich Maris linke Hand, wenn sie auf dem Schaltknüppel des Automatikgetriebes ruhte. Manchmal berührte ich diese Hand, strich mit den Fingerkuppen über die sich abzeichnenden Adern. Die Nächte in den Papp-Kammern verbrachten wir eng aneinandergeschmiegt. Ich lag hinter ihr, meine Hand auf ihren Bauch gepresst, mein erigierter Schwanz zwischen ihren Beinen. Aber sie machte keine Anstalten, mich einzuführen, und ich versuchte nicht, in sie einzudringen. Wir lagen da und lauschten dem Regen, der auf dieser Insel zu flüstern schien, der die Bäche oben in den Wäldern ebenso speiste wie unsere Träume. Hokkaido war voll irgendwie flüssiger Geschichten, die Pillen ergänzten sich mit der trinkbaren Luft, und ich begreife immer noch nicht, wie es möglich sein konnte, dass diese Erlebnisse, jene wundervollen Bilder nur Wochen später einfach zerfielen, sich auflösten wie eine Aspirinpille in Mineralwasser. Ich würde alles dafür geben, wenn ich Mari noch einmal nach Hokkaido begleiten dürfte. Ich würde außerdem sehr viel dafür geben, wenn wenigstens Adela neben mir säße und meine zittrige Hand auf ihren Busen legte. Stattdessen kommt jetzt ein Flugbegleiter den Gang hinunter. Er geht schnell, sein Gesicht ist ernst, in einem, wie ich meine, nicht-professionellen Sinn ernst. Was ist los, stürzen wir ab? Hat Captain Gonzales-Blanco aus Versehen das Höhenruder abgesprengt? Ich lausche in die Motorengeräusche hinein. Das Meer sieht einladend aus. Irgendwo zwischen den Plastikfensterscheiben hat sich Kondenswasser gebildet. Die Tragflächen wackeln ein wenig; sie sehen alles andere als fabrikneu aus. Trotzdem gelingt es mir nicht, aus all dem ein richtiges Gefühl zu destillieren. Ein Sturzflug in die strahlenden Gewässer südlich von Marseille wäre mir nicht viel unangenehmer als eine weitere Begegnung mit Lynberg, der in diesem Moment, es ist nicht zu fassen, schon wieder aufsteht. Gleichzeitig kommt der Flugbegleiter zurück. Die beiden werden sich im Gang begegnen. Wie hieß noch die Stewardess, mit der Gonzales-Blanco auf seinem Gut verschwunden ist? Dieser Steward hier ist jedenfalls ihr Gegenteil. *Raymond Glec, 23, wurde in einem zwölfstöckigen Block in einer aus zwölfstöckigen Blöcken bestehenden Gegend im Norden der südfranzösischen Hafenmetropole Marseille geboren. Raymond verstand sich nicht gut mit den vorwiegend algerisch- oder tunesischstämmigen Nachbarskindern und entschloss sich daher im Alter von elf hauptsächlich mit nichts verbrachten Jahren, seinem Quartier und dessen beschränkten Karriereoptionen bei der ersten sich bietenden Gelegenheit den Rücken zu kehren. Glecs Traum war, als Flugbegleiter die Welt kennenzulernen. Folglich erlernte der blässliche Teenager eine Sprache, die in Frankreich als Englisch bezeichnet wird, trainierte sich auf ein leicht schwammiges Normalgewicht herunter, schaffte dann irgendeinen Abschluss und bewarb sich schließlich bei sämtlichen Fluglinien des Planeten. Eines Tages, nach langem Warten und vielen Absagen, lag tatsächlich eine Zusage im Briefkasten. Die Firma Easyjet konnte sich allen Ernstes vorstellen, auf die Dienste Raymond Glecs zurückgreifen zu wollen. Der mittlerweile Neunzehnjährige jubelte, gab seiner betrunkenen Mutter einen dicken Kuss und führte fortan ein weitgehend glückliches Leben über den Wolken, das genau an jenem Tag eine jähe, tragische Wendung nehmen sollte, an dem ihm während eines Routineflugs von Genf nach Mallorca der sexsüchtige PR-»Experte« Erik Lynberg begegnete. Die beiden verband augenblicklich …* und so weiter und so weiter.

Lynberg zwängt sich wortlos an Glec vorbei und kommt zu mir. Er geht also davon aus, dass ich immer noch in der Lage bin, eine aus ganzen Sätzen angefertigte Unterhaltung zu führen, weswegen ich ihn, ohne seine Eröffnung abzuwarten, frage, ob er wisse, was auf meinem T-Shirt steht. Lynberg bejaht das. Ich frage ihn, ob er neuerdings Japanisch spricht. Lynberg mischt seinem Blick etwas Mitleidiges bei. Ich selber hätte von der Bewandtnis des Kleidungsstückes berichtet. Und zwar vor gar nicht allzu langer Zeit. Vor versammelter Mannschaft. Ich teile Lynberg mit, damals gelogen zu haben, worauf er sich erkundigt, ob ich bereits mit der Apartment-Situation in Son Serra vertraut sei. Das verneine ich, weswegen Lynberg mich nun darüber informiert, dass unsere Unterkünfte über den ganzen Ort verstreut liegen und allesamt zur unteren Preiskategorie zählen. Darüberhinaus schlägt er vor, gleich am Airport einen Wagen zu mieten und dann den Weg über die Insel gemeinsam anzutreten.

Ich sage »ok«, obwohl ich »nein« sagen will, blicke dann schnell wieder nach draußen aufs Meer, und irgendwann während unserer Tage auf der Insel sagte Mari, dass der ständige Regen ungewöhnlich sei für die Sommer auf Hokkaido und sie glaube, dass das Wetter etwas mit meiner Anwesenheit zu tun habe. Inwiefern, fragte ich, aber natürlich antwortete sie nicht, sondern rückte stattdessen so dicht an mich heran, dass wir im Halbdunkel der Kammer zu einer einzigen Silhouette verschmolzen. Die ganze Zeit schaute sie aus dem Fenster. In die tropfende Stille. Ich hatte nicht unbedingt Angst in diesem Moment. Früher habe ich mich generell weniger gefürchtet. Aber ich spürte etwas. Eine Beklommenheit. Ich dachte an die verschollenen Schüler aus dem Internat. Ich fühlte mich Mari sehr nahe, obwohl mir andererseits der Gedanke, dass letztlich sie für das Verschwinden der Kinder verantwortlich sein könnte, nicht abwegig vorkam.

In den Nächten atmete Maris Onkel manchmal schwer. Durch die Papierwände bekamen wir das sehr genau mit. Wir hörten seinen Körper und er hörte vermutlich unsere. Aber wir sprachen nie. In keiner der Nächte haben wir je ein Wort mit ihm gewechselt. Stattdessen warteten wir auf sein Husten, den melodischen Ton seines Feuerzeugs, wenn er das Metallgehäuse aufschwingen ließ, und in gewisser Hinsicht ist mir auch heute noch nicht klar, was wir überhaupt auf Hokkaido wollten, welchen Zweck unsere Reise hatte. Offiziell ging es natürlich um die Pillen, doch die hätte man sich, wie Mari mir bestätigte, ebensogut nach Tokio schicken lassen oder zumindest in ein oder zwei Tagen abholen können. Wir aber blieben lange auf der Insel. Wochen. Unsere Rückflüge nach Tokio verfielen. Unsere Rückflüge nach Genf verfielen. Zum Glück hatte Swiss Forex mich einige Monate zuvor gefeuert, sodass ich mir um meinen Job keine Gedanken mehr machen musste. Ich habe stark abgenommen während dieser Reise. Wir saßen den ganzen Tag im Auto und abends in irgendwelchen Wirtshäusern, wir bewegten uns nicht sehr viel und machten nie Sport, aber ich nahm in einem fort ab. Vielleicht lag das an den Pillen, von denen Hunderte in dem Säckchen im Kofferraum lagen. Die Pillen begleiteten uns wie das Wetter, sie regneten in uns hinein, und Mari glaubte wirklich, der Regen sei mein Werk. Letztlich hatten wir alle unsere Gedanken auf Hokkaido. Auch, wie ich zumindest annahm, der Onkel, obwohl der Mann so gut wie nie ein Wort von sich gab. Ein völlig ruhiger Mensch mit einem Gesicht ohne Ausdruck. Mari erzählte, früher habe er im Finanzsektor gearbeitet, und zwar anders als ich in durchaus verantwortungsvoller Position. Dann jedoch habe er sich plötzlich entschieden, auf einem Fischtrawler anzuheuern, und sei mehrere Jahre auf See geblieben. Beide Berufe, Banker und Fischer, seien für ihre Familie, die traditionell Geisteswissenschaftler und Künstler hervorbringe, sehr ungewöhnlich. Sie habe ihren Onkel daher immer bewundert.

Wir fuhren und fuhren, Hokkaido war eine große Insel. Wir sahen verlassene Skilifte und Bergstationen. Der Lexus transportierte uns klaglos in große Höhen und über steile Passstraßen, hinab in verwunschene Täler. Ich sah mit eigenen Augen, wie der Onkel, immerhin ein etwa fünfundfünfzigjähriger Ex-Banker, an einem Wasserlauf niederkniete und wie ein Wildtier trank. In den Tälern suchte ich nach dem Farn, der Maris Mitschüler in die Finsternis gelockt hatte. Ich meine, ich wusste nicht, wie Farne überhaupt auszusehen haben, doch inmitten all der übrigen Pflanzen hielt ich Ausschau nach dieser einen. Ich war permanent zur gleichen Zeit hyperaufmerksam und total weggetreten. Ich steuerte den Lexus mit einer nie für möglich gehaltenen Sicherheit und studierte dabei die Regenbogenspektren in den Regentropfen. In *jedem einzelnen* Regentropfen. Zuweilen sang Mari dazu. Lieder ihrer verrückten Vorfahren, von Bob Dylan, Neil Young, den Stone Roses, von Marusha … Ich fragte mich und dann sie, wie es möglich ist, Marusha-Songs zu singen wie Countryweisen. Wir hörten Radio. Vorher hatte ich nie darüber nachgedacht, wie es ist, in Japan Radio zu hören. Speziell Nachrichten. Wir warteten auf diesen Vulkanausbruch. Vielleicht auch auf ein Erdbeben. Eines, das sich von den übrigen, die wir manchmal spürten, unterschied. Die alten Wirtsleute in den Herbergen sagten, dass es bald so weit sein würde. Dass es Anzeichen gäbe und dass sich die Anzeichen verdichteten. Ich fragte Mari, was damit gemeint sei. Sie wisse es nicht, war ihre Antwort, doch den Einheimischen sei auf jeden Fall Glauben zu schenken. Wir hielten uns deswegen fern von jenem verdächtigen Vulkan, obwohl Mari behauptete, in Japan könne jederzeit jeder Vulkan ausbrechen. Überhaupt könnten auch Berge plötzlich in die Luft fliegen, die man vorher gar nicht als Vulkan erkannt habe. Ich glaubte ihr das, denn zumindest in *mir* brach ständig etwas aus. Dünnflüssige Lava wälzte sich in meinem Kopf hin und her. Das ergab ein wohlig warmes Gefühl, das ich gerade in Verbindung mit dem erfrischenden Nebel sehr genoss. Die Sitze des Lexus waren aus dunklem Leder gefertigt. Maris Haut wirkte auch nach den vielen Tagen praktisch ohne Sonne frisch gebräunt, viel dunkler als die ihres Onkels. In den Nächten schmiegte ich mich an sie, tagsüber in den Lexus. Ich aß maßvoll und trank Wasser und Tee. Ich nahm ab und fühlte mich körperlich wohl. Herumfahren auf einsamen Straßen, die Sprache des Landes nicht sprechen, der fremde Duft von Maris Haut, das Schweigen im Lexus – wahrscheinlich wären das die Zutaten gewesen, um mich ein glückliches Leben führen zu lassen. Ich habe, das fällt mir erst jetzt auf, während der ganzen Zeit kein einziges Mal telefoniert. Ich habe zudem auch während des gesamten Fluges nicht telefoniert. Doch das ändert sich gerade. Mein Telefon zuckt in der Hosentasche. Ich ziehe es heraus: Natürlich der lebensmüde Lynberg. Für Lynberg haben die Bestimmungen zur Fahrgastbeförderung anscheinend überhaupt keine Bedeutung. Ich drehe mich ganz zum Fenster, schaue hinunter aufs Meer, entdecke einen Frachter, der mit Sicherheit Waren auf die Insel bringt, für die Leute, die dieses Flugzeug auf die Insel bringt, ich drehe mich also zum Fenster, nehme das Gespräch an und höre Lynberg sagen: »I knew that you didn't switch it off. I fucking knew it. You wanna die, huh?« Und dann unterbricht er das Gespräch. Ich schaue nach vorne: Raymond Glec ist von irgendwoher aufgetaucht. Er spricht mit Lynberg, und ich habe mich getäuscht. In Bezug auf das Schiff dort unten habe ich mich höchstwahrscheinlich getäuscht. Es verfolgt einen etwas anderen Kurs als wir. Andererseits ist es nicht ausgeschlossen, dass es seinen momentanen Kurs nur genommen hat, um Seeungeheuern auszuweichen und dann später wieder in Richtung Insel abzubiegen. Und an Bord befinden sich die Medikamente. In den ersten dreizehn Containern ist die Reiseapotheke eines gewissen Gonzales-Blanco verstaut. Der agile Anfang bis Mitte bis Ende Sechzigjährige wird einige Tage auf den Balearen verbringen, um mit Experten der Bereiche Kommunikation bzw. Exkommunikation das weitere Vorgehen beim Erfinden seiner bisherigen Lebensleistungen festzulegen. Damals, ich meine auf Hokkaido, hätte ich nie gedacht, dass ich noch einmal PR machen würde. Letztlich hätte ich nicht geglaubt, überhaupt noch mal etwas zu machen. Alles war sehr ruhig. Das schweigsame Sibirien war spürbar. Ich mochte die Insel, ihre Farben und den Onkel. Ich liebte Mari und den Lexus.

IV.
Der Großraum Nürnberg-Fürth

Lynberg kommt zurück. Er sieht irgendwie traurig aus. Verstört. Unter der braun-gegerbten Studiolederhaut beinahe farblos. Keine Ahnung, was auf den Toiletten passiert ist, gesund war es mit Sicherheit nicht. Ich frage also, ob alles in Ordnung ist mit ihm.

»Fucking perfect! How are *you*, Frank?«

Meine Antwortgeste könnte man auf fünfzehn verschiedenen Arten interpretieren, Lynberg scheint trotzdem zufriedengestellt. »So«, sagt er, »let's get our luggage, right?« Dabei reibt er sich die Hände. Er reibt sich die Hände wie ein Irrenhausinsasse in den Sechzigern, den man in ein kariertes Hemd gesteckt und an einen langen Tisch gesetzt hat und der sich jetzt mit den anderen wie verrückt aufs Mittagessen freut.

Ich sage »ok«, will dann noch etwas hinzufügen, doch in diesem Moment nähert sich eine neue Urlaubertraube, eine weitere Fortsetzung des unendlichen Stroms, der sich an mir vorbeischiebt, seit ich durch Lynbergs vermutlich illegale Toilettenaktivitäten zum Warten gezwungen wurde. Die letztlich zoologisch motivierte Faszination, die meine Landsleute auf mich ausüben – ich habe sehr viel darüber nachgedacht, bevor ich beschloss, nicht mehr darüber nachzudenken. Dennoch, wie hat es der Nationalsozialismus bloß geschafft, solche Physiognomien hervorzubringen? Beziehungsweise, wie schaffen es solche Physiognomien bloß, Nationalsozialismus nicht mehr hervorzubringen? Ich reiße mich zusammen, konzentriere mich wieder auf Lynberg, der in seiner albernen Umhängetasche herumkramt. Als er damit endlich fertig ist, machen wir uns auf den Weg zur Gepäckausgabe und nach der Gepäckausgabe machen wir uns auf die Suche nach einer Autovermietung.

Alles klappt mehr oder weniger problemlos, das heißt, alles klappt *vollkommen* problemlos und nicht einmal eine Stunde nach der Landung sitzen wir in einem fabrikneuen, vollgetankten, charmanten Kleinwagen. Lynberg hat die Karte, die man ihm eben in der Autovermietung geschenkt hat, auf seinen Knien ausgebreitet. Die Vororte von Palma liegen hinter uns; eine breite Überlandstraße führt Richtung Osten. Es geht voran; es geht ohne jeden Zweifel weiter: Freude an Mobilität, Dynamik und Laufruhe, Wirtschaftlichkeit und Fahrvergnügen. Im Rückspiegel erhebt sich eine attraktive Bergkette, vor uns liegt hügeliges Land in zartem frühlingshaften Grün. Am Horizont sind kleine Städtchen zu erkennen, Dörfer, andere Spuren menschlicher Existenz. Den Haziendas unweit der Landstraße hat man riesige Reklametafeln auf die Dächer geschraubt. Wir passieren Windmühlen, kleinere Palmenansammlungen, Weinfelder, das Fenster auf meiner Seite ist heruntergelassen, ein lauer Fahrtwind massiert meine Handfläche. Ich trage eine Ray-Ban-Sonnenbrille und jetzt ein schwarzes Fred-Perry-Poloshirt über Maris grünem Schriftzeichen-T-Shirt. Damit sehe ich letztlich genauso aus wie der Mensch zu meiner Rechten. Sollte uns ein mallorquinischer Bauer auf seinem Eselskarren begegnen, sollte es mallorquinische Bauern auf Eselskarren noch geben, der Mann würde bei unserem Anblick an zwei mürrische Schwule denken, die im tiefsten Ekel voreinander in die Fitnessferien aufbrechen. Doch damit läge er falsch. Ich verabscheue Lynberg nicht. Ich verabscheue in diesem Moment vermutlich gar nichts. Im Gegenteil, der erste Eindruck, den Mallorca auf mich macht, ist ausgesprochen positiv. Ich fühle mich sehr viel besser als in Genf, selbst besser noch als eben im Flieger, wobei selbstverständlich klar ist, dass derartige Stimmungsaufhellungen durchaus Teil meiner psychotischen Gesamtverfassung sein können. Dennoch, seit wir bei Marseille aufs Mittelmeer hinausgeschossen sind, befinde ich mich in einer neuen Phase. Etwas hat begonnen, das ist unbestreitbar. Das spüre ich. Also schaue ich nach links und erblicke eine touristisch erschlossene mediterrane Szenerie. Dann schaue ich nach rechts. Dort sitzt ein Schwede und bemüht sich mit abnormer Akkuratesse, eine Straßenkarte zusammenzufalten. Zwei gleichwertig attraktive Motive. Lynberg hat sich zum Ziel gesetzt, die Karte in den Zustand völliger Neuwertigkeit zurückzuversetzen. Ich überlege für einen Moment, ob ich das kommentieren soll. Ich könnte zudem in Erfahrung bringen, warum er das Ding überhaupt aus der Autovermietung mitgenommen hat, wo er doch genau wie ich mit einem allmächtigen Telefon ausgestattet ist. Allerdings könnte eine Unterhaltung über Equipment-Angelegenheiten meinen nach wie vor fragilen Zustand beeinträchtigen. Ich entscheide daher, das Schweigen mit einer eher offenen Frage zu brechen, und erkundige mich, was zum Teufel er da eigentlich gerade anstellt.

»We have to stay on this road till *Vilafranca de Bonany*«, ist seine Antwort. »And then, after a few kilometers, we have to turn north … in the direction of … *Petra*.«

Ich konzentriere mich wieder auf den Verkehr. Es gibt kaum Verkehr. Ich konzentriere mich auf irgendwas. Gespräche mit Menschen, die zum Kokain-Missbrauch neigen, sind nur möglich, wenn man selber ein Mensch ist, der zum Kokain-Missbrauch neigt. Ich neige zu überhaupt nichts mehr. Es ist, als hätte mir jemand ohne Betäubung meine Hobbies herausoperiert. Und den beruflichen Elan dazu. Lynberg scheint das zu spüren, denn jetzt will er plötzlich, ohne irgendeine Überleitung, wissen, ob ich mich auf die »RGB-Briefings« vorbereitet habe. *Wie bitte?* Ich meine, was soll so eine Frage auf Mallorca? Wir sind auf einer Ferieninsel! Lynberg lässt, vermutlich gegen starke innere Widerstände, die Karte in der Ablage verschwinden. Und nimmt jetzt mich ins Visier. Stechende Amphetamin-Augen suchen in meinem Gesicht nach Anzeichen von Panik. Ich atme bedeutungsvoll aus. Ich mache ihm noch etwas Hoffnung, kontere dann aber mit einem knappen »Yep«, das nach meinem gegenwärtigen Kenntnisstand sogar der Wahrheit entspricht.

»Really?«, hakt er nach.

»Of course«, antworte ich. »And you?«

»Well yes … sort of … But I've still got something to do. That's the reason why I took the flight two days earlier.«

Darauf habe ich beim besten Willen nichts zu mehr zu sagen. Lynberg und ich, wir sind nicht nur ähnlich gekleidet (obwohl mein Polo-Shirt verfluchtnochmal die *richtige* Größe hat), wir sind auch noch aus den denselben Motiven eher als vorgeschrieben auf der Insel erschienen. Ein derartiger Gleichklang macht jedes weitere Wort überflüssig.

Wir fahren also wieder schweigend nach Osten. Die Sonne steht jetzt hoch am Himmel. Sie hat schon Kraft, aber noch nicht viel. Sie bereitet sich auf die nächsten Monate vor. Bald schon wird sie von neuem auf alles herabbrennen und das Grün der Felder und Wiesen in Ocker verwandeln. Feuer werden entstehen und den Horizont mit dunklen Rauchwänden verhängen. In den Dörfern rechts und links der Straße werden die Menschen zur Mittagszeit in ihre Häuser flüchten und die Fenster verdunkeln, während an den Stränden die Unglücklichen so viel Licht wie möglich speichern für die Dunkelheit, in die sie schon bald zurückkehren müssen.

Mir fehlen die Vergleichsmöglichkeiten, mir liegen einfach nicht genug abgesicherte Daten vor, um mir ein vernünftiges Bild der Lage zu machen, aber wahrscheinlich bin ich in diesem Moment – anders als eben mit Lynberg – in ein *wirkliches* Gespräch verstrickt. In eine dieser Herausforderungen, von denen mein Therapeut behauptet, ich solle sie einfach annehmen. Ich stehe mitten auf einer leicht abschüssigen Straße sowie zwischen meinem Rollkoffer und einem spanischen Kleinwagen, dessen Beifahrertür eben, als ich ihn absetzte, von Lynberg mit nicht mal mehr überraschender (die Karte!) Zärtlichkeit geschlossen wurde. Hundert Meter weiter unten endet die Straße am Meer. Ich schaue also an diesem Gesicht vorbei auf eine riesige Bucht, die, wie man mir gerade mitgeteilt hat, Badia d'Alcúdia heißt. Der Ausblick ist atemberaubend. Er blendet Jürgens Stimme beinahe aus. Ohne die Bucht, ohne das Meer, ich wüsste nicht, was geschähe. Niederegger und ich sind uns einig, ich neige nicht wirklich zum Exzess. Ich bin nicht wirklich gefährlich. Aber: Es gibt Ausnahmen. Niemand kann behaupten, dass ich schon hundertprozentig stabil bin, dass ein Flug übers Meer und ein wenig Sonne mich schon geheilt hätten. Ich schließe also für einen Moment die Augen, atme ruhig ein und wieder aus und dann höre ich mich die Fahrt vom Flughafen schildern, und es ist einigermaßen unglaublich, aber ich habe Ortsnamen wie *Vilafranca de Bonany* oder *Petra* tatsächlich nicht vergessen.

»Aaahhh«, macht Jürgen. »Und dann über die 33 30, stimmt's? Superschöne Strecke. Das habt ihr richtig gemacht.«

Ihr? Was meint er damit? Mich und das Auto? Mich und Lynberg? Hat ein *soziales Netzwerk* schon über zwei Fremde berichtet, die aufgetaucht und in die Stadt eingesickert sind?

Ich sage »Ja« und denke an die Zeit zurück, als man Telefone noch in Zellen gefangen hielt. Als ich meine Unterhaltungen noch nicht belauschte, sondern führte. Es gibt verschiedene Theorien darüber, warum diese Zeit endete, wobei eigentlich nur wichtig ist, *dass* sie endete.

»Hab euch eben gesehen, als ihr in den Ort gekommen seid.« Jürgen liest offenkundig meine Gedanken. Und das Meer glitzert in der Sonne. Am rechten wie am linken Rand der Bucht ragen eindrucksvolle Bergformationen auf. Wie unglaublich attraktiv Natur sein kann. Ich muss mir das unbedingt merken. Jürgen macht eine halbe Drehung und deutet auf das Haus, den von einer irgendwie mediterranen Mauer umgebenen, mit einigen sehr guten Pflanzen begrünten Innenhof hinter uns. »War's schwer zu finden?«

Ich verstehe nicht ganz, wovon er spricht. In einer Art Dorf, einer Feriensiedlung wie dieser hier soll es ein Problem sein, eine Adresse zu finden? Wenn er das meint, hat er sogar recht. Son Serra hat, was die Straßenführung angeht, Ähnlichkeit mit Manhattan. Der Ort ist ein einziges Schachbrettmuster. Eine geometrisch angeordnete Konzentration uniformer, ein- bis zweistöckiger, meist schon älterer Ferienhäuser. Eine egalitäre Vision aus den Sechzigern, an der besonders positiv auffällt, dass sie ohne Leben auskommt. In der Tat ist Jürgen das einzige menschliche Wesen, das mir bis jetzt begegnet ist.

»Kein Problem«, lüge ich. »Ich habe mir das vorher im Netz angeschaut.«

Jürgen beugt sich herab, späht in den Leih-Seat hinein: »Aha, kein Navi.« Dann richtet er sich wieder auf, betrachtet mich einen Moment nachdenklich. Nicht unfreundlich, aber aufmerksam. Ich denke darüber nach, mir durch eine kleine Extravaganz menschlichere Züge zu geben, entscheide mich jedoch dagegen, da es unmöglich ist, sich auf Deutsch menschliche Züge zu geben. Jürgen lässt die Sonnenbrille aus seinem lockigen Haar auf die Nase rutschen und schaut nach oben, in einen Himmel, dessen Blau auf eine andere, heiterere Art und Weise blau ist als in Genf. Mir gefällt nicht nur Son Serra, die Bucht, das Meer, mir gefällt auch dieser Himmel absolut. Jürgen sagt: »Ich glaub, ihr habt Glück mit dem Wetter. Gestern und vorgestern war es noch ein bisserl unbeständig. Gestern Abend hat's sogar mal richtig geschüttet, das hättest sehen sollen.«

Mir wird plötzlich klar: Sogar Jürgen mag ich. Seinen ganzen Style. Ein verschmitzter Mittfünfziger, der sich entschieden hat, das Ende auf unkomplizierte Weise abzuwarten. Über den Knien abgeschnittene Jeans, geringeltes T-Shirt, alte Joggingschuhe, keine Socken, Goldkette, zwei Knasttätowierungen auf dem linken Unterarm. Ich frage mich was für eine Art von Karriere er in der Heimat abgebrochen hat, um auf der Insel als Zimmerwirt neu anzugreifen.

Jürgen S. wurde am 13.4.1959 im Erlanger Stadtteil Hölle als fünftes von fünf Kindern des schwer alkoholkranken Kriegsheimkehrers Wilhelm S. und der Einzelhandelsverkäuferin Gertrud S. geboren. Als Siebenjähriger und eventuell als Reaktion auf einen väterlicherseits erfolgreich abgeschlossenen Selbstmordversuch, entwickelte Jürgen ein profundes Interesse an, vor allem aber eine innige Zuneigung zu jenen Kaninchen, die seine Mutter züchtete und regelmäßig zur Aufbesserung des kargen Familienbudgets schlachtete. Jürgens Kaninchen-, ganz allgemein seine Tierliebe ging so weit, dass er im Alter von Vierzehn sogar seine ersten Freundinnen, die gleichaltrige Margarete T. sowie einige Wochen später die ein Jahr ältere Renate L., mit zu den Ställen im Innenhof nahm und sie dort mit der Praxis und den Herausforderungen der Kaninchenhaltung vertraut machte. In der Folgezeit lernten viele junge Frauen die rückwärtige Seite des schmucklosen Mehrfamilienhauses in der Erlanger Gonzales-Blanco-Straße kennen und im Jahre 1978 beschloss Jürgen, der inzwischen zu einem ansehnlichen jungen Mann ohne berufliche Ambitionen herangewachsen war, sein Hobby zu einem Gelderwerb auszubauen. Fortan zeigte er seinen Begleiterinnen nicht nur die Kaninchen sowie seine bemerkenswerten Fähigkeiten als Liebhaber, er machte die ausschließlich gutaussehenden jungen Damen auch mit der eher überschaubaren Szenerie der Erlanger und etwas später auch Nürnberger Animierbars vertraut. Infolge dieser strategischen Karriereentscheidung führte S. während der Achtziger und bis weit in die Neunziger Jahre ein komfortables, ja luxuriöses Leben, das auch von Jürgens phasenweise intensivem Heroinkon-

sum (ein Hobby, das er seinen weiblichen Angestellten strikt untersagte) kaum gefährdet wurde. Im Jahre 1994 kam es im Nürnberger Nachtleben zwischen den alteingesessenen Unternehmern und einer aus den Balkanbürgerkriegsstaaten ins fränkische Milieu eingewanderten Zuhältergruppe zu wiederholten Auseinandersetzungen, die den mittlerweile bis auf den gelegentlichen Genuss von Kokain ausgenüchterten S. im Januar 1996 dazu veranlassten, seine Heimat zu verlassen und auf Mallorca, genauer gesagt im in Deutschland bestens bekannten S'Arenal, das »Nemberch«, eine Bierbar mit fränkischem Ambiente, zu eröffnen. Im Sommer 2005 schließlich, nach annähernd einer Dekade als erfolgreicher Gastronom, beschloss S., sich in Son Serra de Marina an der Nordküste Mallorcas zur Ruhe zu setzen und seinen Lebensabend durch die Vermietung dortiger, sich in seinem Besitz befindlicher Immobilien zu bestreiten.

Jürgen S. ernährt sich seit einigen Jahren hauptsächlich von Früchten, Mineralwasser und historischen Getreidesorten. Der körperlich gesunde und geistig rege Mittfünfziger ist überzeugter Vegetarier und hält zum gegenwärtigen Zeitpunkt einen Bestand von etwa dreißig freilaufenden, sehr glücklichen Kaninchen.

Rätselhaft. Ich meine, rätselhaft, was das mit den Kaninchen soll. Ich deute auf einen matt-schwarz lackierten, etwas bedrohlichen Pick-up mit dem Kennzeichen der Stadt Solingen, der etwas weiter die Straße herunter geparkt ist. »Ist das Ihr Wagen? Kann man hier sein deutsches Kennzeichen behalten.«

»Nein, nein, das bin nicht ich. Das ist der Thorsten.« Eine weitere Erklärung erfolgt nicht, stattdessen betreten wir die Terrasse, den kleinen Innenhof. Gartenstühle, zwei Liegen, Bananenstauden, Kies. Drinnen erwartet mich ein irgendwie eingerichtetes, etwas dunkles Ferienapartment mit Doppelbett. Wie zum Teufel bin ich an diese Bude gekommen? Wer hat die gebucht? Jürgen erklärt mir, wie man einen Kühlschrank öffnet, den Gasherd betätigt und im Bad das Licht einschaltet. Danach folgt eine kurze Einführung in die Geheimnisse und Funktionsweisen des Ortes Son Serra de Marina. Ein kleines Lebensmittelgeschäft und zwei Bars gebe es sowie zwei Restaurants, von denen wiederum eines, das *El Sol*, auch als Strandbar diene und richtig zu empfehlen sei. Ich erinnere mich, schon während meiner Recherchen auf den Laden gestoßen zu sein. »Hier läuft's nicht so wie unten in Arenal«, sagt Jürgen, »oder drüben in Can Picafort. Son Serra ist relaxt. Mehr für Individualisten. Verstehst? Vor allem in der Nebensaison.«

Das hört sich alles sehr gut an. Augenscheinlich bin ich an einem Ort gelandet, der speziell auf meine Bedürfnisse hin konzipiert wurde. Jürgen erkundigt sich, ob er noch etwas für mich tun könne. Ich verneine. Meine Befürchtungen, dieses erste Gespräch mit ihm nicht durchhalten zu können, haben sich als haltlos, ja lächerlich erwiesen. Ich begleite ihn hinaus zum Tor, er überreicht mir die Schlüssel, wir geben uns die Hand. Anschließend gehe ich wieder hinein, um mich von den Strapazen der absolut nicht strapaziösen Anreise zu erholen. Auf dem Bett liegend fällt es mir bereits schwer, mich an den Grund meines Aufenthalts auf Mallorca zu erinnern. Irgendwann beginne ich, Namen aus dem Nummernspeicher des Telefons zu löschen. Eine Katze ist aufgetaucht und sonnt sich auf der Gartenmauer. Ich höre das Meer rauschen. Ich höre zu gleichen Anteilen das Meer und mein Blut rauschen.

Am frühen Nachmittag, ich habe noch nicht einmal ausgepackt, komme ich plötzlich auf die Idee, etwas zu arbeiten. Ich nehme den Laptop und ein Glas Leitungswasser, setze mich an den Gartentisch im Innenhof, feile zur Einstimmung etwas an meinem Zwiebeltext herum, öffne dann die entsprechenden Dateien im Ordner »EC« und tauche schließlich wieder ein in den milden Wahnsinn, der hinter jener Unternehmung steht, die Liz Stevenson, ich glaube, es war Liz Stevenson, einst inoffiziell auf den Namen »Valparaiso-Projekt« getauft hat und die (trotz eines offiziell anderslautenden Aufgabenprofils) der einzige Grund dafür ist, warum ich wieder in Lohn und Brot stehe. Das Valparaiso-Projekt ist ein Produkt der Angst. Angst vor dem Vergessen-Werden, der Bedeutungslosigkeit. Irgendwann Anfang des letzten Jahres, vielleicht im Fond der S-Klasse, vielleicht auf einem Empfang, einer Cocktail-Party muss ein älterer chilenischer Herr, ein gewisser Raphael Gonzales-Blanco, urplötzlich realisiert haben, dass auch für ihn bald alles vorbei sein wird. Dass das Ende der GEF-Fahnenstange erreicht ist und nichts, jedenfalls nichts, was Spaß macht, noch ansteht. Also musste ein Testament her. Eine fundierte Lebensbeichte. Das Valparaiso-Projekt war, das hat mir Lynberg gesteckt, ursprünglich als reine Autobiographie und Ghostwriter-Job gedacht: Der legendäre Chairman einer hochprofitablen Non-Profit-Foundation greift zum Zweitausend-Franken-Füllfederhalter und schreibt endlich einmal auf, was er wann wie ausgeheckt hat. Warum er da und dort herumsaß, sich das Gehirn mit diesem oder jenem Dreihundert-Franken-Cognac ablöschte. So war die Basis-Idee. Das war der Grund, weshalb man ein paar Leute, angeblich PR-Experten, einstellte und fortan aus den Mitteln der GEF-Communications-Abteilung sehr anständig bezahlte. Übrigens überwiegend Nicht-Englisch-Muttersprachler, um, auch das weiß ich von Lynberg, den Sound dieses bedeutenden Mannes authentischer rüberzubringen. Im Laufe der Zeit erfuhr das Valparaiso-Projekt dann Änderungen, zahlreiche Details wurden modifiziert, neue Leute engagiert, andere abgezogen. Vor allem aber ist es immer noch nicht wirklich losgegangen. Niemand hat bisher auch nur eine offizielle Zeile über das Schaffen des EC verfasst. Über die Kongresse, Symposien und das Glück, das unser Laden über den Erdball brachte. Gonzales-Blanco geht irgendwann im nächsten Jahr in Ruhestand. Die Zeit wird langsam knapp, doch ich zumindest bin motiviert. Eine Katastrophe wie bei Swiss Forex wird mir kein zweites Mal passieren. Ich habe recherchiert, meine Dateien über den Chef sind auf dem neuesten Stand. Ich habe sogar schon einen ersten groben Aufbau des Texts im Kopf. Mal schauen, was die anderen dazu sagen. Wir alle, speziell Lynberg und ich, schreiben gleich, haben denselben Stil. Am Ende wird ein sehr persönlich gefärbtes, aber eben nicht mehr autobiographisches Werk stehen. Ein Executive Chairman und Philosoph zieht bzw. lässt Bilanz ziehen. Reflektionen über eine Lebensleistung. Aufgaben und Herausforderungen in bewegter Zeit. Seine Reisen, seine Hausbesuche. Persönliche Begegnungen und visionäre Entschlüsse. Kamingespräche, Reden, das Schütteln dürrer Betroffenen-Hände. Dazu ab und an eine Prise Humor, die eine oder andere Gewaltphantasie, die Weinkarten, die Hautkrankheiten, die Inneneinrichtung dieses Flughafenbordells in Nairobi. Alles letztlich kein großes Ding. Das sollte in ein paar Monaten im Kasten sein. Wenn ich wollte, könnte ich das auch allein machen. Ich klappe also den Laptop wieder zu, nehme den Schlüssel und verlasse das Grundstück.

Auf der Straße komme ich an dem schwarzen Pick-up vorbei. Ein etwa fünfunddreißigjähriger Mann, der unter Umständen Thorsten heißt, groß, muskulös, blonde Locken, schwarzes T-Shirt mit weißer Runenschrift, Tattoos, Strandshorts, macht sich an der Ladefläche zu schaffen. Wir schauen uns kurz an. Er hebt kaum merklich das Kinn, eine Geste, die ich als Gruß interpretiere und mit einem Nicken erwidere. Das Wort in dieser Nazischrift auf seinem T-Shirt könnte das Wort »Urlaub« sein, ich bin mir nicht sicher, und während ich noch über diesen Gag nachdenke, entdecke ich weiter unten an der Straße den Laden, von dem Jürgen sprach. Ich habe Hunger. Ich habe Hunger und Durst und am Flughafen jede Menge Euros aus dem Automaten gezogen. Beim Eintreten ertönt ein jaulendes Geräusch, ein Alarm. Meine Augen haben Schwierigkeiten, sich an die Dunkelheit zu gewöhnen. Eine Alte kommt aus dem Hinterzimmer geschlurft und stellt sich hinter die Vitrine. In der Vitrine liegen überdimensionierte Croissants, Brote, anderes Gebäck. Ich kaufe eine Art Brötchen, dazu einige dieser winzigen Bierdosen. Auf dem Tresen liegen zwei deutschsprachige Zeitungen aus, von denen wiederum eine ganz offensichtlich das *Lokalblatt* ist, und es ist gut, dass ich noch nie vorher auf Mallorca war, denn es wird immer deutlicher, wie viel es auf dieser Insel zu entdecken gibt. Ich verlasse den Laden, kehre noch einmal zurück, erstehe unter den feindlichen Blicken der Alten Zigaretten, verlasse den Laden erneut, setze die Ray-Ban wieder auf und schaue hinaus auf diese gewaltige Bucht. Der Strand, die Sonne, der Himmel, das Meer. Es könnte sein, dass ich mich hier mehr oder weniger im Zentrum des Ortes Son Serra de Marina befinde, und es ist unglaublich, aber ich sehe *keinen einzigen* Menschen. Links, im Westen, wie ich vermute, liegt ein kleiner Jachthafen. Ich überquere die Uferstraße und laufe durch den Sand Richtung Osten. Der Strand ist nicht aufgeräumt, an manchen Stellen liegen Plastikflaschen und anderer Müll herum. Das Meer hat Seetang zu großen Haufen aufgetürmt, doch die Wellen sind nicht sehr hoch. Erstaunlich, welchen Lärm sie trotzdem veranstalten. Ich höre den Wellen zu, und natürlich ist es klar: Die Natur hat nichts zu sagen. Man kann jahrelang in sie hineinlauschen, auf Berggipfeln, in Tropfsteinhöhlen, an elektrischen Bachläufen, auf japanischen Lichtungen – ohne Drogen schweigt Natur absolut. Drogen wie zum Beispiel Maris Pillen. Ich vermisse diese Pillen mit schier unglaublicher Intensität. Ich vermisse sie mehr als Mari selber, mehr als mein Leben, als meine Sexualität, aber ich verfüge über etwas Alkohol. Der Wind, die Sonne, der feuchte Sand in der Auslaufzone der Wellen – vielleicht hilft mir ein Bier dabei, das alles noch besser zu verstehen. Ich öffne also eine der Dosen, zünde mir nach dem ersten Schluck eine Zigarette an. Im Norden fließt der Himmel ins Meer hinunter, doch ich blicke nach Osten. Zehntausend Kilometer hinter diesen Küstenbergen liegt Hokkaido. Ich ziehe endlich meine Schuhe aus und gehe barfuß weiter. Der nasse kühle Sand, dann der trockene warme. Die Algenhügel sind an der Oberfläche trocken, innen jedoch glitschig. Sonne, Wind und Meer tragen auf ihnen Kämpfe aus, die einige der Ferienhäuser verloren haben. Manche scheinen sogar bereits dauerhaft verlassen. Die Häuser, die Algen, die Stille unterhalb des Meeresrauschens – was ist hier eigentlich los? Hat mich Raymond Glec direkt im Paradies abgesetzt? Ich stelle Überlegungen zu den lokalen Immobilienpreisen an. Ich stelle Überlegungen zum Rest meiner Zukunft an.

Mein erster Abend in Son Serra, meinem neuen Heimatdorf. Ich sitze seit einer Dreiviertelstunde vor diesem Laden, dem El Sol, starre wie ein Toter aufs Meer hinaus und Lynberg ist nicht da. Lynberg, mit dem ich ich meines Wissens hier verabredet bin, ist tatsächlich immer noch nicht erschienen. Also nehme ich einen Zug von meiner Zigarette, dann den nächsten Schluck von meinem Orangensaft. Ich trinke Orangensaft ohne Wodka darin, während Claudia eben damit begonnen hat, die Tische in meiner Nachbarschaft abzuwischen. Ihr blonder Pferdeschwanz schwingt hin und her, das Tanktop ist etwas nach oben gerutscht, gibt den Blick auf ein in Hüfthöhe angebrachtes, sehr professionell wirkendes Tattoo frei. Was soll das sein? Ein Symbol für die Macht und Bösartigkeit der ewigen Mutter Sonne? Die Sonne wird gleich hinter den Bergen verschwunden sein. Lynberg hin oder her, Zeit zum Abendbrot. Ich werfe einen Blick in die Karte, versuche zu identifizieren, was in meiner Nähe gegessen wird.

»Hast du Hunger?« Sie lächelt mich an, sie möchte wissen, ob ich Hunger habe, und mein Kopf befindet sich auf Höhe dieser Hüften, die ich unter Umständen, wenn nicht irgendjemand mich davon abhält, gleich küssen werde. »Weil wenn du richtig Kohldampf hast: Heute ist Family-Pizzatag.«

Claudia schaut zum Nachbartisch hinüber, der beinahe komplett von einem Holzbrett mit einer riesenhaften Pizza darauf bedeckt ist. »Schaffst du die?«

Ich mache irgendeine linkische Geste und erkundige mich dann, ob sie vielleicht noch etwas anderes empfehlen könne.

»Na klar, wir haben auch tolle Suppen. Oder Thai-Curry, das esse ich oft.«

Sie hält sich das Tablett jetzt vor den Bauch gepresst. Selbst das sieht gut aus. Dazu geht die Sonne immer weiter unter. Allerdings kommt es mir vor, als ginge sie jetzt *langsamer* unter.

»Pass auf, ich komme gleich noch einmal wieder und du schaust dir inzwischen alles an. Mit den Getränken noch alles ok?«

Die Zeit, in der eine gute Frau, die angekündigt hat, bald wiederzukommen, nicht da ist, ist eine entspannte Zeit. Es ist schön, allein zu sein, wenn die Aussicht besteht, bald wieder Gesellschaft zu haben. Und es ist noch viel besser, allein zu sein mit Aussicht auf ein Rendezvous, das aber wiederum bereits die Perspektive darauf eröffnet, erneut in ein erholsames Alleinsein zurückzusinken. Der Wechsel macht den Reiz aus. Sonne und Regen. Orangensaft und Wodka-Orangensaft. Mallorca und Hokkaido. Konsul Raphael Gonzales-Blanco und Dr. Yves Niederegger. Die Welt ist voller Antagonismen, sie wird im Innersten zusammengehalten von einer verborgenen Dialektik, und da Claudia schon wieder zu uns auf die Terrasse gekommen ist, da sie sich unter Umständen anschickt, erneut auf meinen Tisch zuzusteuern, schlage ich die Karte noch einmal auf und lasse eine eklektische Ansammlung von World-Food-Gerichten vor meinen Salzwasser-getränkten Augen verschwimmen.

»Hast du dich entschieden?« Claudia sprüht richtig.

»Glaube schon«, flüstere ich.

»Hast du Lust, mir deine Entscheidung mitzuteilen?«

Ich gebe zu, Claudia versteht ihr Handwerk. Sie und natürlich auch Adela sind Musterbeispiele einer neuen, selbstverständlichen, Professionalität, die es vielleicht eines Tages vermögen wird, mich mit den Kapitalverhältnissen zu versöhnen. Oder mich ihnen endlich, je nach dem, vollkommen zu entfremden.

»Du sagst, das Thai-Curry ist gut?«, fange ich wieder an.

»Finde ich zumindest. Ist ziemlich scharf, ich weiß ja nicht, ob du darauf stehst … Ich kenne dich ja erst seit zehn Minuten.« Diesen letzten Satz umrahmt sie mit einem amüsierten Verziehen ihrer ungeschminkten Lippen.

»Ich glaub, das macht mir nichts aus. Wenn es scharf ist, meine ich.«

»Wir haben das Curry mit Fisch, Geflügel, Rind und mit Tofu.« Ihr Ausdruck ist plötzlich konzentrierter. Ich bemerke an der Hand, die das Tablett weiterhin gegen ihren Bauch presst, einen Ring mit einem großen, wässrig grün leuchtenden Stein. Ein magischer Quarz, irgendein Wunder vollbringendes Mineral, könnte ich mir vorstellen; ich bestelle daher intuitiv das Thai-Curry mit Tofu. Augenblicklich kehrt Claudias Lächeln zurück, strahlender, infektiöser denn je.

»Hey, freut mich, dass du dir das ausgesucht hast.«

»Dass ich mir was ausgesucht habe? Das Curry?«

»Nein, das *Tofu*-Curry.«

»Weil es am besten schmeckt?«

»Hmmm, glaube ich gar nicht. Vermutlich schmeckt es mit Fisch noch viel besser. Das sagt Xavier auf jeden Fall.«

»Xavier sagt, mit Fisch schmeckt es besser? Und was sagst du?«

»Kann ich nicht beurteilen, habe ich noch nie probiert. Aber Xavier ist unser Koch, der muss es wissen.«

»Ok, ich fasse zusammen: Du freust dich, dass ich das Thai-Curry mit Tofu bestelle, obwohl du andererseits annimmst oder zumindest nicht ausschließt, dass es mit Fisch noch besser ist, richtig?«

»Hmm … stimmt.«

»Ok, und nun siehst du die Zeit für eine wasserdichte Bestellung gekommen … stimmt das auch?«

Claudia macht kleine Pendelbewegungen mit ihren alles Mögliche signalisierenden Hüften, weswegen das Tablett vor meinen Augen nun hin und her wandert. »Nicht unbedingt. Wir können noch ein bisschen warten, wenn du noch nachdenken möchtest. Du stehst nicht unter Druck.«

»Nein, ich bleibe beim Thai-Curry mit Tofu.«

»Klasse. Und vielleicht einen neuen Orangensaft dazu? Allerdings finde ich, zum Curry schmeckt am besten Bier.«

»O là là«, sage ich idiotischerweise. »Das klingt verführerisch, aber ich würde zum Curry lieber ein Mineralwasser trinken. Ist das in Ordnung für dich?«

»Natürlich. Auch eine gute Wahl.« Die Pendelbewegung verwandelt sich in eine echte Drehung. Claudia verlässt mich und geht an den anderen Tischen vorbei zum Eingang. Ihre Figur ist mehr als akzeptabel, und in den Sekunden, nachdem sie drinnen verschwunden ist, schleicht sich dennoch eine Art Ekel, der sich als Mischung aus Dienstleistungs- und Selbstekel präsentiert, in meine ansonsten nach wie vor relativ gute Laune. Zudem ist die Sonne anscheinend immer noch nicht untergegangen. Sie klebt irgendwo hinter den westlichen Bergen, sie ist auf Claudias Haut festgebrannt und Lynberg bleibt den ganzen Abend verschwunden.

Als ich am nächsten Morgen aufwache, füllt sich mein Kopf sofort wieder mit nutzlosen, unprofessionellen, in letzter Konsequenz gefährlichen Detailgedanken. Zum Beispiel die Vögel im Innenhof. Ich gehe davon aus, dass sich deren Gespräche auf die jeweils eigene Vogelart beschränken, dass folglich nicht über die Grenzen der eigenen Subkategorie hinweg kommuniziert wird. Denn sonst, verdammt nochmal, könnten sich die Viecher auch gleich mit mir unterhalten. Ich hoffe wirklich, dass das nicht geschieht.

Mein erster Sonntag in Son Serra de Marina. Die Vögel *zwitschern*, die Morgensonne lacht, und den Orangensaft-und-Mineralwasserselbstmordversuch von gestern Abend habe ich ohne Folgeschäden überstanden. Meine Pläne für heute? Nun, ich habe keine. Ich habe nicht vor, jemals wieder Pläne zu haben. Stattdessen besitze ich ein intelligentes, wenn auch rasch alterndes Telefon. Liz Stevenson, deren Nummer ich interessanterweise nicht löschen konnte, schreibt zum

Prozedere am Montag. Absendezeit der Nachricht: 3:37 Uhr! Ich gehe barfuß auf die Terrasse und stelle mich auf die bereits warmen Steinplatten. Das Konzert der Vögel ist bei weitem nicht so entsetzlich, wie ich vorhin annahm. Die Katze von gestern ist wieder aufgetaucht. Sie liegt auf der im Morgenlicht orange leuchtenden Gartenmauer, an der Reptilien wie erstarrt kleben, dann plötzlich, auf ein geheimes Signal hin, mit konsulvisch-abgehackten Bewegungen hin und her huschen. Die verschiedenen Tiere, die verschiedenen Pflanzen, die Sonne, der Himmel – alles ist ok so weit. Ich setze mich an den mit Tautropfen benetzten Gartentisch, trage dann der Katze auf, mir einen Kaffee zu besorgen. Doch sie missversteht mich und kommt zu mir. Ein über vierzigjähriger, ungeduschter »PR-Spezialist«, konfrontiert mit einer schwarzbefellten, selbstsicheren Maschine. Die Scham im Angesicht der perfekten Kreatur – neulich noch habe ich darüber gelesen. Dieses Gefühl ist demnach verbreitet. Vielleicht definiert es sogar etwas grundsätzlich Menschliches, weswegen es keine Überraschung ist, dass ich Derartiges noch nie zuvor empfunden habe. Ich lasse mich von Tieren nicht deprimieren oder, anders ausgedrückt, wahrscheinlich ist es Tieren, selbst Vögeln, nicht möglich, mich *noch mehr* zu deprimieren. Die Katze sitzt jetzt neben meinem Stuhl auf den Platten. Ihre gelbgrünen Augen haben etwas aufrichtig Interessiertes, etwas Forschendes, ja Wissenschaftliches. Ein Blick, der mir von den Einzelgesprächen in Malagnou bestens bekannt ist. Ich lasse also den Arm herunterbaumeln, worauf die Katze meine Hand energisch mit dem Kopf anstößt. Physische Kontaktaufnahme, ein erster Vertrauensbeweis. Ich denke mir Namen für das Tier aus, kraule es; alles zerfließt zu haptischem Wohlbefinden, zu einem wundervollen Moment fast erträglicher Kommunikation, und gut eine halbe Stunde später sitze ich vor der Bar, die zu dem Laden gehört, in dem ich gestern diese winzigen Bierdosen kaufte. Heute werde ich nicht von der Alten, sondern von einem schwammigen Mittdreißiger bedient. Der Mann, eventuell der Sohn der Matrone, stand bereits an meinem Tisch, als ich mich noch gar nicht gesetzt hatte. Womöglich ist die Katze vorausgerannt und hat mein Erscheinen angekündigt. Service bedeutet vor allem Vernetzung, und gerade in kleineren Urlaubsorganismen ist der Einsatz aller verfügbaren Kräfte vonnöten. Ich bestelle also in irgendeiner Sprache einen Kaffee, der

Mann versteht, schlürft davon, kommt kurz danach wieder und stellt eine bräunlich-schwarze Flüssigkeit vor mir ab, die er sogar mit einem Keks auf der Untertasse garniert hat. Ich schließe die Augen. Alles, was jetzt noch fehlt, ist ein Inhalt, ein Thema, an dem ich gefahrlos eine Weile herumdenken kann.

»Hey, was machst du denn hier?« Plötzlich steht das Thema vor mir. Claudia trägt heute eine knallenge, dunkelblaue Jogging- oder Aerobic- oder was-weiß-ich-Hose und ein verwaschenes, ebenfalls sehr enges, hellblaues T-Shirt mit der Aufschrift: »It's a Fine Day«.

»Ich denke nach«, antworte ich sowohl absolut als auch absolut nicht wahrheitsgemäß.

»Ähh … okaaayy. Und dazu gibt's den berühmten Kaffee von Señora Sola?«

»So ist es. Möchtest du auch einen?«

»Eigentlich gerne, aber ich bin schon wieder unterwegs ins El Sol. Da gibt's ein tolles Müsli.«

»Du gehst an deinem Arbeitsplatz auch noch frühstücken? Wird dir das nicht zu viel?«

»Hmm, manchmal esse ich auch zu Hause, kommt darauf an. Und weißt du, hier in Son Serra hat man nicht so die Auswahl.«

»Was ist mit diesem Laden hier? Oder ist der nur für Einheimische?«

»Hey, ich *bin* Einheimische.«

»Wirklich? Seit wann lebst du hier?«

»Nächsten Sommer werden es fünf Jahre.«

»Fünf Jahre?«

»Hmmm.«

»Und?«

»Du meinst, wie es mir gefällt? Ob ich es bereue?«

»Genau.«

»Warum willst du das wissen? Möchtest du auch nach Son Serra kommen, Frank?«

Auf einmal nennt sie, und zwar mit leisem Spott, meinen Namen, den ich gestern mit Sicherheit nicht genannt habe.

»Keine Ahnung … vielleicht. Kannst du mir das empfehlen?«

»Na klar, ist super hier. Erzähle ich dir alles mal … aber nicht jetzt. Jetzt muss ich weiter. Tschüss, bis heute Abend.«

Ich sitze da und beobachte, wie sie unten auf der Straße – die Füße wie eine Balletteuse leicht nach außen gestellt – zunächst sehr langsam einige Meter geht, eher noch schreitet, um dann in einen kraftvollen, erstaunlich temporeichen Lauf zu verfallen, und nach einer Viertelstunde, über deren Verlauf ich nichts zu Protokoll geben kann, klettert eine perfekte Fliege über die Reste eines Croissants, den ich *meiner Meinung nach* weder bestellt noch gegessen habe. Der Spanier mit dem teigigen Gesicht liest drinnen Zeitung. Der Wind vom Meer hat etwas aufgefrischt. Alles ist so … Alles ist so seltsam. Aber nicht schlecht, gar nicht schlecht, und das Verlangen meiner Gehirnzellen nach Stoffen, die meine Gehirnzellen außer Funktion setzen, ist praktisch unstillbar.

Sonntag, 1. April, 22:51 Uhr, ich stehe unter einer Laterne, die einen kleinen Bereich einer schnurgeraden Straße erhellt, die sich zusammen mit einigen anderen Straßen zu einer Art Gitter fügt, das in den Sechzigern auf den absurd zutreffenden Namen Son Serra de Marina getauft wurde. Einige Insekten schwirren im Lichtkegel herum. Ich schaue ihnen dabei zu, während gleichzeitig mein Telefon seinen Dienst aufnimmt. Das Freizeichen ertönt, dann knackt es in der Leitung, jemand räuspert sich, sagt aber nichts.

»Hallo … Niederegger? Stremmer hier. Hören Sie, ich weiß, wie spät es ist aber ich …«

»Herr Stremmer«, unterbricht mich Niederegger, unterbricht mich Niederegger wahrscheinlich zum ersten Mal überhaupt. »Herr Stremmer, wie Sie ja wissen, führe ich am Sonntag generell keine Klientengespräche.«

»*Prinzipiell*? Erzählen Sie mir nichts von Prinzipien. Oder muss ich Sie an Ihren schwachsinnigen Eid erinnern? Ich meine, Sie sind doch Arzt, oder?«

»Ich bin Psychotherapeut.«

»Na also. Hören Sie, es sind zwei Sachen passiert, die … Keine Ahnung … Zwei Vorfälle. Gestern und heute. Welchen wollen Sie zuerst hören?«

»Ähmm … also …«

»Was ist los mit Ihnen? Haben Sie getrunken? Geben Sie's zu, Sie ertragen das Geschnatter der Irren nicht mehr. Wenn ich Sie wäre, ich wäre nach einer Woche verrückter als der Verrückteste der Verrückten, die Ihnen täglich in die Praxis fließen. Ich wäre ...«

»Herr Stremmer, ich möchte Sie bitten, meine Klienten nicht fortwährend als Verrückte zu bezeichnen. Immerhin sind ja auch Sie ...«

»Ja ja, wenn Ihnen das wichtig ist: Ich verspreche, ich werde die Irren nie mehr als Verrückte bezeichnen. Also, Ereignis Nummer eins. Bereit? Und stellen Sie bitte die Musik leiser? Ich meine, was hören Sie da überhaupt? Ist das Stockhausen? Moderne Klassik? Atonale Synkopen? Gott, Niederegger, wenn ich nicht genau wüsste ... Ich meine, beinahe könnte man Sie für verrückt halten, ist Ihnen das eigentlich klar? Vielleicht sind Sie ja in Wirklichkeit Schauspieler. Oder Maler. Sie waren ein armer, perpektivloser Maler in Wien-Brigittenau; Sie wohnten im Obdachlosenasyl. Das Leben meinte es nicht gut mit Ihnen. Sie brauchten dringend eine Idee. Doch eines Tages begegnete Ihnen der Doktor Freud auf der Straße und plötzlich hatten Sie eine Eingebung – war es so? War das die Idee?«

»Worauf wollen Sie hinaus? Setzen Sie mich mit Hitler gleich?« Niederegger klingt wirklich anders als sonst. Ärgerlich, beinahe schon bedrohlich. Ich bin überzeugt, dieser Mann besitzt eine dunkle, impulsive Seite.

»Auf gar keinen Fall!«, rufe ich deswegen. »Ich möchte Sie mitnichten mit Hitler gleichsetzen. Adolf Hitler, der übrigens wie Sie Maler war und ebenfalls in der Brigittenau herumsaß, entschied sich, wenn ich mich nicht täusche, für eine Laufbahn in der Politik. Allerdings, und da gebe ich Ihnen recht, für eine ziemlich psychologische Spielart der Politik. Seine ... ok, was erzähle ich hier eigentlich? Entschuldigen Sie bitte, dass ich so abschweife. Das ist auch so ein Problem von mir: Ich kann mich nicht mehr konzentrieren. Auf nichts. Ich meine, ich esse zum Beispiel. Essen – Sie verstehen? Ich sitze da, stochere mit der Gabel in irgendwas herum, entschließe mich dann, die Gabel zum Mund zu führen, und dann, während der Arm die Distanz vom Teller zum Mund überwindet, praktisch in der Bewegung, vergesse ich, was ich eigentlich vorhatte. In solchen Momenten gibt es zwei Möglichkeiten: Entweder bemerkt mein Arm nicht, dass ich meine Absicht vergessen habe, und vollendet die Bewegung. Im Autopilot-Modus sozusagen. Das ist Option 1. Option 2 bedeutet, mein Arm bleibt samt Gabel in der Luft hängen und irgendwann später werde ich aus dem Restaurant geschmissen. Ich meine, begreifen Sie, was ich sagen will? Ich kann mich nicht konzentrieren. Ich rufe Sie hier am Samstagabend an, während Sie ganz gemütlich Stockhausen hören und Ihre Frauen in der Küche den Kaiserschmarren vorbereiten, ich meine, ich labere hier herum, verstehen Sie? Ich rede, aber dieses Reden ist Schweigen. Wenn Sie hören könnten, wie still es geworden ist. Scheiße, ich …«

»Herr Stremmer, würden Sie mir bitte sagen, warum Sie angerufen haben? Sie sprachen von zwei Ereignissen, die vorgefallen sind.«

»Sie haben recht, verflucht. Also, Ereignis Nummer 1: Ich habe eine neue Idee für die Zwiebel-Geschichte. Zweitens: …« Ich breche ab. Ein Kleinbus, das erste Auto seit mindestens anderthalb Stunden, ist um die Ecke gebogen. Das Ding hält, kaum dreißig Meter von mir entfernt.

»Niederegger? Hören Sie, ich mache Schluss. Schönen Abend noch.« Ich lasse das verräterisch leuchtende Telefon in der Hosentasche verschwinden und bewege mich eilig aus dem Lichtkegel der Laterne. Die Schiebetür des Vans öffnet sich, jemand steigt aus. Das ist Wilson! Was macht Wilson hier? Also ist er doch mit von der Partie. Ich erkenne Lacroix, Liz Stevenson, Martinez. Zusammen mit Lynberg und mir sind damit beinahe alle Valparaiso-Leute vor Ort. Morgen früh um 8 Uhr sollen wir uns alle am Yachthafen versammeln. Morgen früh um 8 beginnt die Arbeit, aber bis dahin habe ich verdammtnochmal Freizeit, weswegen ich mich nur wenige Minuten später an der Bar des El Sol wiederfinde. Der Laden ist komplett leer. Claudia poliert mit dem Rücken zu mir Gläser und eben hat sie mich mit einem »Hey« sowie einer sanften Berührung, einem Streicheln meines Arms knapp unter dem Schulteransatz begrüßt. Das war angenehm. Letztlich gibt es wenig Dinge an ihr, die ich nicht angenehm finde. Die laszive Langsamkeit ihres Gangs, als sie eben von der Terrasse zurückkam, die balletttänzerinnenhafte Außenstellung ihrer Füße, die gleichgültige Sorgfalt, mit der sie jetzt die Gläser behandelt – wahrscheinlich verliebe ich mich gerade in Claudia. Ich verliebe mich in Claudia, obwohl ich mich natürlich auch schon in Malin, Myriam, Adela und was weiß ich noch wen verliebt habe. Im Urlaub geschehen oft merkwürdige, ungesunde

Sachen. Lynberg behauptet, der Aufstieg der Therapiebranche sei zeitgleich mit dem Einsetzen des Massentourismus erfolgt. Ich meine, ich bin nun wirklich keiner von denen, die überall Kausalbeziehungen wittern. Im Gegenteil, für mich hängt praktisch nichts mit etwas anderem zusammen. Alles geschieht gnadenlos zufällig. Dennoch ist es nicht von der Hand zu weisen, dass der moderne Tourismus und der Aufschwung einer arbeitsteiligen Irren-Industrie in irgendeinem Verhältnis zueinander stehen. Leute wie Claudia, die immer weiter mit den Gläsern herummacht, während aus den Boxen, es ist kaum zu fassen, das Lied »Pili Pili«, ein uralter holländischer Ethno-Dance-Schwachsinn tropft, Leute wie Claudia also könnten unter Umständen tatsächlich in doppelter Mission tätig sein. Sie und ihr Körper machen krank, aber nicht ernsthaft, und danach heilen sie, aber nicht vollständig. Claudia verspricht Fremdenverkehr. Sie ist Tourismus und Therapie, mit anderen Worten ein totales Unternehmen. Und die ruhig-sexuelle Bewegung, mit der sie sich jetzt umdreht und mir über den Tresen entgegenbeugt, ist von beängstigender Effizienz.

Montag, 2. April, 6:56 Uhr, mein erster Arbeitstag auf der Insel. Ich stehe auf der Terrasse, das Telefon in der Hand. Die Luft ist feucht und kühl, am Himmel flackern letzte Sterne. Vom Meer das Rauschen, von irgendwo ein Hundebellen, dazu, in Abständen, die langen, seltsam fremden Schreie eines Vogels. Diese Geräuschkomponente ist definitiv neu. Sie war weder eben vom Bett aus noch in den Tagen zuvor zu hören. Die einsamen Rufe eines Urwaldbewohners, der die helfenden Passatwinde herbeifleht. Den Schmuggler in eine Kiste gestopft und auf die Insel gebracht haben, halb verdurstet, das Gefieder voller Exkremente und Blut.

»Den höre ich auch manchmal … Wenn ich früh genug wach bin.«

Ich drehe mich um. Claudia steht in der Schiebetür. Ihr ungeordnetes Haar, ihr taubenblauer Slip, mein T-Shirt – das alles sieht gut aus. Gestern Abend, nach dem Sol, sind wir noch ein wenig am Strand herumgelaufen. Sie erzählte vom Leben in Son Serra, sprach vor allem über die Winter, über regnerische, windige Januartage. Das El Sol habe das ganze Jahr über geöffnet, sie müsse daher praktisch gar nicht mehr nach Deutschland. Ich fragte, ob sie dort nicht Menschen vermissten, worauf sie erklärte, via Skype Kontakt zu ihrer Mutter zu halten, die im Übrigen im Frühling gerne für ein paar Wochen herkomme. Irgendwann wurden wir dann müde, weswegen Claudia vorschlug, zu mir zu gehen. Etwas überrascht deutete ich an, nicht wirklich in der Stimmung für Sex zu sein – ein früher beliebter Schachzug von mir, um den Druck aus der Situation zu nehmen, mir andererseits aber maximale Handlungsfreiheit zu verschaffen. Gestern Abend entsprach die Aussage zudem der Wahrheit.

In meinem Apartment angekommen, putzten wir uns zunächst die Zähne, wobei Claudia keine Scheu hatte, meine Zahnbürste benutzen. Danach zog sie sich bis auf den Slip aus und legte sich ins Bett. Auch ich behielt meine Unterhose an. Wir lagen nebeneinander und redeten noch ein wenig, doch schon kurze Zeit später kehrte Schweigen ein. Sie drehte sich mit dem Rücken zu mir, vom Strand grollte das Meer, wir lauschten für einige Minuten den dunklen Rhythmen der Brandung. Dann, ich hatte angenommen, sie schliefe bereits, forderte Claudia mich auf, sie zu umarmen. Präziser formuliert, sie teilte mir mit, dass es »ok« sei, wenn ich sie in den Arm nähme. Also rückte ich näher zu ihr und umfasste sie von hinten. Ich roch ihr Haar, unsere Oberschenkel berührten sich, sie presste mir ihren Po in den Schoß. Meine Erektion entlockte ihr ein leises Kichern, doch die Erregung klang schnell wieder ab.

»Ich hab Xavier gefragt … Ralf, den Thorsten … alle eigentlich. Niemand weiß, was das für ein Vogel ist. Oder wo der überhaupt sitzt. Ein richtiges Mysterium.«

»Xavier? Ralf?«, frage ich, »die kenne ich noch nicht, oder?«

»Xavier war gestern nur kurz da. Er ist unser Koch.«

»Und Ralf?«

»Ralf ist mein Chef. Momentan in Deutschland.«

»Ihm gehört das El Sol?«, hake ich nach.

»Nee, das Sol gehört noch ganz anderen Leuten. Jürgen hat mit denen zu tun. Ralf macht für die den Geschäftsführer.«

Eine kleine Pause. Claudia steht immer noch im Türrahmen und schaut in den Himmel.

»Gestern Morgen war eine Katze hier«, fange ich wieder an. »Wir haben zusammen gefrühstückt.«

»Die kommt noch«, sagt Claudia. »Katzen stehen hier spät auf.« Danach dreht sie sich um, geht wieder hinein, begleitet von einem erneuten gellenden Schrei. Diese Laute sind *irre*. Sie stammen direkt aus der Finsternis, aus einem düsteren Tropen-Roman. Jemand hat sie komponiert, um dem Protagonisten sein Unglück zu vergegenwärtigen, sein Scheitern in der Zivilisation. Überstürzt hatte er London verlassen und sich hier, mitten im Dschungel, ansiedeln müssen – mit dieser schweigsamen Mulattin, hunderte Meilen von der nächsten Telegraphenstation, vom nächsten weißen Gesicht entfernt. *Die Schreie kamen jeden Morgen. Ismael Jameston konnte die Uhr nach ihnen stellen.* Ich tänzele barfuß auf den Steinplatten umher. Es ist nicht gerade warm, doch ich habe mir vorgenommen, bis zum nächsten Mal abzuwarten. Beim nächsten Ruf dieses gespenstischen Vogels, der irgendwo in einem Affenbrotbaum sitzt, um bald schon auf Kontrollflug ins Innenland aufzubrechen, wo er verdurstenden Eseln und Touristen die Augen aus den Höhlen zu picken beabsichtigt, beim nächsten Wehklagen dieses unendlich traurigen und grausamen Tieres, werde ich hineingehen. Dann plötzlich, nur Sekunden später, sitze ich schon am Fußende des Betts und tippe eine Nachricht für Lynberg, dessen Nummer, wie ich anschließend feststelle, verschwunden ist. Es war nicht klug, was ich neulich in meinem Speicher veranstaltet habe. Ich versuche es in den Gesprächsprotokollen. Auch dort nur noch Zahlenkombinationen. Das Telefon gleitet mir aus der Hand aufs Bett, mein Blick fällt auf meine idiotische Patek-Philippe: 7:04 Uhr. Abzüglich der fünf Minuten Fußmarsch hinunter zum Yachthafen bleiben mir genau einundfünfzig Minuten. Also nehme ich das Telefon wieder in die Hand und berühre damit ganz leicht die Zehenspitzen von Claudias linkem Fuß. Schwer zu beurteilen, ob ich mit dieser Aktion etwas ausdrücken möchte. Häufig bedeuten meine Handlungen gar nichts, was Claudia, die sich aufgerichtet hat, noch nicht wissen kann. Ich lasse das Telefon ein zweites Mal auf die Decke fallen, benutze statt seines Plastikgehäuses jetzt meine Lippen, dann meine Zunge. Ich ertaste damit die feinen Knochenverstrebungen ihres Fußrückens. Ich schmecke eine winzige Tätowierung auf Höhe ihres Knöchels. Claudias Füße, ihre Unterschenkel und Waden sind von gleichmäßigem dunklen Braun, keine Mittelmeer–, sondern eine andere, existentiellere Färbung, die aus ihrer Kindheit stammen muss, aus einer wohlbehüteten Zeit. *Bis zu ihrem dreizehnten Lebensjahr verbrachte Claudia Ehlers die großen Ferien zusammen mit ihren Eltern, dem Bramscher Pfarrersehepaar Bernd und Dorothea Ehlers, an der Nordsee. In Claudias Erinnerung schien die Sonne durchgängig während jener Sommer. Sie ging auch in den kurzen Nächten nicht unter, die das strohblonde Mädchen zusammen mit ihren Brüdern in der Dachstube des Hauses in Norddorf auf Amrum durchwachte – durch das Fenster in der Schräge die Sterne zählend, plaudernd, träumend. Nach dem Abitur zog Claudia von Bramsche nach Hamburg, näher ans Meer. Sie studierte, studierte nicht mehr, kellnerte, hatte ein alles in allem beherrschbares, aber nicht unerhebliches Party-Drogenproblem. Sie tanzte in diversen Deep House Clubs im Stadtteil St. Pauli Nord, unter anderem im* Noir, *wo am 14.7.2005 die Claudia äußerlich ähnelnde schwedische Künstlerin Malin Nordström ein beachtetes, jedoch von Claudia verpasstes Gastspiel gab. Im Frühjahr 2009 verbrachte die zum damaligen Zeitpunkt Dreiundzwanzigjährige mehrere Ausnüchterungswochen auf Mallorca, genauer gesagt im Haus des mit ihren Eltern langjährig befreundeten Osnabrücker Studienrates Jochen s. Das Feriendomizil des leidenschaftlichen Aquarellmalers und Hobbykochs befand sich am Rand des nordmallorquinischen Küstenortes Son Serra de Marina. Nach etwa zwei durchgängig in Son Serra verbrachten Monaten sowie einer zwischenzeitlichen Rückkehr nach Hamburg fasste Claudia im Juni 2007 den Entschluss, bis auf weiteres, wahrscheinlich aber für immer auf der beliebten Insel im westlichen Mittelmeer zu leben, wo sie schließlich im Frühjahr 2013 endgültig von ihren langjährig gehegten Selbstmordplänen Abstand nahm,* und unterhalb ihres Knies, am Ansatz dieses irgendwie anrührenden, im Morgenlicht schimmernden Schienbeins entdecke ich jetzt eine Einkerbung, eine Narbe. Ich küsse die Narbe, ertaste die schmale Hautverhärtung.

»Svennie, mein kleiner Bruder, mit einer Kinderschaufel.«

»Die Dinger, die man ins Watt mitgenommen hat?«

»Genau die.«

»Und wer ist *Ian*? Ian Curtis?«

»Ian Sparmann, mein erster Freund.«

»Wie alt warst du, als du deinen ersten Freund hattest?«

Sie überlegt. »Vierzehn, glaube ich. Oder fünfzehn.«

»Und du lässt dir seinen Vornamen auf den Knöchel tätowieren?«

Claudias Kopf sinkt zurück aufs Kissen, sie sagt nichts mehr, und nach einer Weile befinden sich meine Lippen wieder in der Nähe dieser Narbe. Absolut irre, wie inoffiziell die Dinge zwischen uns ablaufen. Es ist, als ob gar nichts geschieht, beinahe als wären wir jeweils allein. Aber es geschieht etwas. Claudia winkelt ein Bein an, gleichzeitig legt sie die Decke zur Seite, aber nicht völlig. Teile ihres Oberkörpers, des Beckenbereichs sind nach wie vor verhüllt. Diese Unentschlossenheit macht mich an. Schätzungsweise weiß sie ebenso wenig wie ich, wozu sie eigentlich Lust hat, und wenn ich die Wahl hätte, diese Schwebe, diese aufgeladene Ambiguität wäre der Zustand, in dem ich meine Tage verbringen, in dem ich sie ertragen könnte. Andererseits behauptet das vulgäre Ding an meinem Handgelenk jetzt, dass es mittlerweile 7:20 Uhr ist. Um 8 steigt das GEF-Rendezvous am Hafen. Die Männer und Frauen des Valparaiso-Projekts, die Fortsetzung einer Mission, und Claudias Knie sind die Knie einer schönen Hockeyspielerin. Ich entdecke weitere, tadellos verheilte Verletzungen. Ich höre irgendwo hinter mir in einer Zimmerecke Niederegger in seine kalte Pfeife pusten. Niederegger bläst bittertrüben Speichel-Teer-Nektar aus seiner im dritten Gemeindebezirk entwendeten Ebenholzpfeife, während die Haut an Claudias Oberschenkeln nun endgültig makellos ist. Damals Maris malaiisch-japanische Exotik, später Malin, Adela – in Sachen Haut habe ich immer wieder Glück. Sogar Lynbergs ledriger Epidermis kann ich etwas abgewinnen. Vielleicht mag ich Haut grundsätzlich, immerhin ist es am Ende sie, die Menschen trennt.

»Hey«, sagt Claudia sanft. Es ist 7:24 Uhr. Meine Zunge beschäftigt sich mit dem Saum ihres Slips. Diese wirklich betörende Weichheit, lediglich von einer dünnen Stoffschicht verborgen – ich schätze, sie ist der wahre Grund, warum sich die Anschaffung der Patek-Philippe am Ende doch rechnet. Denn wenn alles vorbei ist, wenn einem nichts und niemand mehr geblieben ist und sich die wodkaunterlaufenen Augen in die nächste Pfandleihe saugen, kann man immer noch dieses Ding auf den Tisch knallen, ein Hundertstel seines Wertes kassieren, mit dem Geld sofort zu einer Adela, einer Svetlana oder wem auch immer rennen, zu irgendeiner Haut, und sich dort jene Zeit kaufen, die nötig ist, um ein letztes Mal zu erfahren, wie es ist, existentiell allein zu sein. *Dafür* sind High-End-Uhren da. Meiner Meinung nach. Darin besteht der ungemein werthaltige Wertanlageaspekt eines Genfer Premium-Chronometers. Allein deswegen haben einschlägige Manufakteure noch eine Daseinsberechtigung, wobei ich der Letzte bin, der anderen Berechtigungsbescheinigungen ausstellt. Meinetwegen kann alles da sein, einfach nur existieren, so wie etwa dieser kleine ovale Speichelfleck, den meine Zunge auf Claudias Slip hinterlassen hat. Wenn ich jetzt nicht aufhöre, wird es schwer mit dem 8 Uhr Termin. Selbstverständlich ist mir der Termin scheißegal, aber ich habe mir nun mal vorgenommen, nicht in alte Suisse Forex-Verhaltensmuster zu verfallen. Die Suisse Forex-Fallen lauern überall an meinem Weg, aber dank Niederegger bin ich in der Lage, solche Herausforderungen zu meistern. Ich schaue dem Fleck beim Verblassen zu. Unter ihm, das spüre ich, sammeln sich Erregungsatome. Keine Ahnung, was Claudia eigentlich von mir hält, doch es ist unverkennbar, dass etwas in ihr zu zittern begonnen hat. Sie streckt sich mir entgegen. Ihr Becken pendelt sich in einen Rhythmus ein, der langsamer ist als derjenige, zu dem sie früher auf dem Kiez tanzte, in den Methamphetamin-Nächten, die erst am frühen Morgen begannen, um dann nicht mehr zu enden. Der Urwaldvogel schreit. Auf einmal schreit das Ding wieder. Ein wirklich langer, fast kreischender Schmerzenslaut.

Montag, 2. April, 8:07 Uhr, *immerhin* 8:07 Uhr, etwas außer Atem treffe ich unten am Yachthafen ein. Liz Stevenson steht da mit einem Clipboard. Sie begrüßt mich mit ihrem nasalen, heute trotzdem singenden, fast zwitschernden Cornwall-Akzent.

»Frank, my dear, how are you?«

»Very good, Ma'am.«

»This place is lovely, isn't it?«

»It is. Absolutely.«

»So quiet, so calm. Gosh, I'd like to be here on holidays.«

»Well, we are, aren't we?«, sage ich und lache dabei, wobei ich nie wirklich sicher bin, ob mein Lachen nicht als etwas völlig anderes rüberkommt. Es ist besser, glaube ich, wenn ich nicht lache.

»We are *not*, Frank«, entgegnet Liz mit gespielter Strenge.

»Ok«, sage ich, und das war es dann fürs erste. Ich wende mich den Kollegen zu. Über seinem massigen Körper trägt Wilson ein noch einmal mehrere Nummer zu großes, lachsfarbenes Lacoste-Poloshirt. Es ist immer noch kühl, dennoch haben sich auf seiner Stirn Schweißperlen gesammelt. Könnte sein, dass er nervös ist, was ich wiederum verständlich fände. Jede Ansammlung gibt Anlass zur Besorgnis. Menschen, speziell wenn sie gemeinsam ein Ziel verfolgen, sind gefährlich. Tröstlich, dass demnächst die Bakterien das Ruder übernehmen. Lacroix (dunkelblaues Sakko, dunkelblaues T-Shirt, Jeans) ist vor allem Franzose, was seine Beteiligung an einem englischsprachigen Projekt generell zu einem Witz macht. Ich kenne ihn nicht gut. Allerdings hat er mein Alter, also kenne ich ihn vermutlich immer noch *zu* gut. Ich sage: »Ça va?«, er sagt: »Et toi?« – fertig. Dann schüttele ich Martinez (weißes Hemd, brauner Pullover, graue Stoffhose, bürgerliches Spanien) die Hand. Ich sage: »Señorita Martinez?«, er sagt: »Frank« – fertig. Die Dinge mit Martinez laufen noch reibungsloser als mit Lacroix. Ab und zu unterhalten wir uns über die Situation bei Real Madrid, in seltenen Fällen sogar über den *Executive Chairman*. Florentino Martinez, geschieden, zwei Kinder, trotz Glatze Jahre jünger als ich.

Ich schaue wieder zu Liz. Sie tippt eine Nummer in ihr Telefon, hält sich das Gerät ans Ohr, wartet einen Augenblick, wiederholt den Vorgang. Im Hintergrund, etwas weiter die Straße hinauf, entdecke ich plötzlich Claudia. Sie kommt mit gesenktem Kopf in unsere Richtung, und auch sie macht etwas mit ihrem Telefon. Dann biegt sie, ohne aufzuschauen, nach rechts ab, zum El Sol, zu ihrer Wohnung, was weiß ich wohin.

»Frank«, sagt Liz, »have you got any idea where Erik could be?«

Ich schüttele den Kopf.

»I received a text message the day before yesterday. He said that he's already in Son Serra. But now I cannot get him on the phone.« Liz wirkt etwas beunruhigt und auch ich wundere mich auf einmal, warum mir Lynberg seit unserer Ankunft nicht mehr über den Weg gelaufen ist.

Das alles ist in der Tat merkwürdig. Ich betrachte Liz mit ihren vielleicht fünfundfünfzig Jahren, ihren hageren, skeptischen Gesichtszügen, den dunkelblonden Pagenschnitt, den dezenten, in verschiedenen Erdtönen gehaltenen Kleidungsstücken. Aufgrund der Ereignisse dieses Morgens versuche ich sie für einen Moment als Sexualobjekt zu sehen. Das, es ist gespenstisch, gelingt, doch weiterhelfen kann ich ihr trotzdem nicht: Lynberg ist nicht da. Unter Umständen hat er in seinem kokszerfressenen Gehirn ein paar weitreichende Entscheidungen getroffen. Bravo!

Freitag, 6. April, 22.12 Uhr, die Terrasse des Sol. Das Seminar ist seit gut drei Stunden Vergangenheit und selbstverständlich sind wir in den letzten Tagen nicht einen Zentimeter vorangekommen und Gonzales-Blanco (angeblich Verhandlungen mit einem neuen »major donor«) hat sich ebensowenig blicken lassen wie Lynberg (angeblich schwere Erkältung). Valparaiso entpuppt sich immer mehr als anspruchsvolles Projekt. Ein derart schillerndes Berufsleben wie das des EC zwischen die Deckel nur eines Buches zu pressen, erfordert Zielstrebigkeit, Professionalität und vor allem einen langen Atem. Geduld, die ich unter allen Umständen aufzubringen bereit bin, im Hinblick auf Claudia allerdings kaum benötige. Denn sie ist da, ihre Haut schimmert, und wir unterhalten uns über Tiere. Ausgangspunkt war erneut dieser gespenstische Vogel.

»Echt? Du findest Hunde *naiv*?« Sie schüttelt ostentativ den Kopf, was ihren Pferdeschwanz in charmante kleine Schwingungen versetzt. »Weißt du, Tiere haben ein unheimliches Gespür. Die kannst du nicht verarschen. Hunde wissen intuitiv, was mit einem los ist.«

»Und was wusste Blondie über Hitler?«

»*Häh*?«

»Ich will nicht übertreiben, aber irgendwie scheint Blondies moralischer Kompass auf Höhe des Berghofs nicht mehr funktioniert zu haben.«

»Ja, ja, die Leier kenn ich schon: ›Was? Du bist Vegetarier? Wie der Führer, wa? Ha, ha, ha‹. Tiere können natürlich nur bestimmte Sachen beurteilen. Stimmungen, Atmosphäre, verstehst du? Wie soll denn ein Hund schnallen, welche politischen Ansichten sein Herrchen hat?«

»Neuere historische Forschungen besagen: Blondie hat sämtliche Führerbefehle gegengezeichnet.«

»Oh man, du bist ja drauf … Na ja, trotzdem, wenn man dich so mit der Katze rummachen sieht … Das sieht süß aus.«

»Reines Theater«, erkläre ich, »Täuschung und …« Ich breche ab, denn soeben hat mein Telefon zweimal gerüttelt: Niederegger! Per Textnachricht teilt mir mein Freund und Therapeut Dr. Yves Niederegger mit, dass er sich vom zehnten bis zum vierzehnten April nicht in Genf aufhalte und daher die für diesen Zeitraum vereinbarten Termine absagen müsse. Offenkundig eine an die gesamte Patientendatei versandte Sammel-SMS, was mich enttäuscht. Wie die meisten Verrückten lebe ich in der Annahme, mein Betreuer sei allein für mich, für meine Beschwerden da. Das Bedürfnis nach Exklusivität war schon immer ein Merkmal, wenn nicht der entscheidende Indikator der Geisteskrankheit. Ich meine, warum stellen sich die Leute eines Tages, nachdem sie gerade ausgerastet sind, als Napoleon verkleidet an die Bushaltestelle und nicht, sagen wir, als kaufmännischer Angestellter? Als gewöhnlicher PR-Sklave. Der Gestörte hält sich für ein Individuum, der Gesunde weiß, er ist eine Nummer. Dem Abnormen geht es daher auch nicht primär um Beachtung, denn er hält sich quasi instinktiv für interessant. Diese Tatsache nährt übrigens den Verdacht in mir, doch nicht verrückt zu sein. Schließlich gebe ich mir mit den anderen, speziell mit Niederegger, oft noch wirklich Mühe. Manchmal, wenn ich bei ihm sitze, fürchte ich regelrecht, ihn zu langweilen mit dem ganzen Schwachsinn, der tagtäglich aus meinem Leben tropft. Andererseits bleibt mir stets bewusst: Das alles ist Dienstleistung. Ich bezahle den Mann dafür, sich mit mir durch meine Alltagsdelirien zu wühlen. Durch die kalten, Leuchtstoffröhren meines Nach-Pillen-, meines Nach-allem-Daseins. Ich gebe ihm Geld, und dieses Geld befreit tatsächlich ungemein. Am liebsten würde ich jedem, mit dem ich zu tun habe, zum Beispiel Claudia jetzt, einen gewissen Betrag zustecken, um die Dinge fluider, unangestrengter zu gestalten. Allerdings *ist* es mit Claudia schon unangestrengt. Wir fläzen uns unter eine Decke gekuschelt auf diesem großen Lounge-Sofa vor dem jetzt leeren El Sol. Lacroix und Wilson sind längst verschwunden, Claudia trinkt Mojito, während ich mich mit einem Bier begnüge, meinem ersten alkoholhaltigen Getränk an diesem Abend, nachdem ich vorher nur Säfte und Wasser zu mir genommen habe. Die Dinge zwischen Claudia und mir sind so leicht, dass ich Lust bekomme, an eine wirkliche Verbindung zwischen uns zu glauben. Es ist nicht zu fassen, wie gut mir das Leben auf dieser Insel, das Leben mit ihr gefällt, und sie hat ihre Beine jetzt quer über meinen Schoß gelegt, meine Hände ruhen auf ihrem Oberschenkel wie auf einer Tastatur. Ich sollte zu Übungszwecken einen kleinen Text verfassen, ein Gedicht über den EC, doch stattdessen streiche ich von Zeit zu Zeit mit den Fingerkuppen hinauf zu Claudias Becken, ihrem Bauch, der freiliegt unter dem hochgerutschten T-Shirt. Drinnen läuft die dazu passende Musik, irgendein gedämpfter, billiger Trance-House-Mix. Der Himmel ist schwarz, manche Sterne blinken wie festgefrorene Flugzeuge, wir machen uns gegenseitig auf Sternschnuppen aufmerksam. Ich meine, es *gibt* Sternschnuppen. Zutaten einer perfekten Nacht. Die Himmelskörper muntern Lynberg auf, der draußen auf dem Meer in einem Schlauchboot liegt. In seinen Armen hält er einen schweren Anker, der das Boot beinahe unter Wasser zieht. Der Anker ist durch eine ebenfalls schwere Kette mit Lynbergs Hals verbunden. Doch es kann sein, dass ich dieses Bild schon träume, denn irgendwann schlafen wir ein wenig, umhüllt von unserer wärmenden Decke und dieser fließenden Musik, und wir wachen erst dann wieder auf, als es Zeit für neue Getränke ist. Wir holen den Nachschub direkt aus der Bar. Ich trinke wieder Orangensaft, jetzt jedoch mit Wodka darin. Wir werden vielleicht die ganze Nacht hier verbringen – auf unseren Polstern, mit den Zigaretten und den Sternen. Claudias Haare sind sonnengebleicht und strähnig; sie riechen nach Meerwind und Parfüm. Ich küsse diese Haare, dann erst ihren Mund. Ich spüre die Glätte, das irreale Schneeweiß ihrer Zähne. Ihr Speichel schmeckt nach Limonen und Rum, ihr Mund öffnet sich etwas weiter, alles spielt sich vermutlich auf Symbolebenen ab, doch dann ist es plötzlich Claudia, die ganz konkret die Initiative übernimmt. Sie küsst meine Lippen, berührt meine Nase, meine Nasenlöcher, wobei sie mich nicht nur mit ihrer Zungenspitze trifft, sondern mit einer viel breiteren, weicheren Fläche. Beinahe muss ich an ein Kind denken, das sich vorsichtig über das erste Eis des Frühlings hermacht. Unwahrscheinlich, aber vielleicht bin ich Claudias erste Portion Stracciatella nach einem langen Winter voller Dunkelheit, nach einem Winter ohne Haut. Ich würde das wirklich gerne glauben. Ich würde das so gerne glauben, *dass* ich es beinahe glaube, und ich sehe förmlich Niedereggers kleine behaarte Hand, wie sie hektisch mit einem billigen Kugelschreiber über das Papier seines Notizblocks rast.

Samstagabend, wieder das Sol, wieder die Terrasse, die Lounge Sofas: Jürgen setzt seine Flasche Beck's an, verzieht dann angewidert das Gesicht.

»Mensch, ich versuch's ja immer wieder, aber schmecken tut's mir net. Ihr da oben seids schon komisch mit eurem Bier.«

Wie um etwas zu demonstrieren, greift Thorsten zu seiner Flasche, trinkt jedoch vorerst nicht, studiert stattdessen das Etikett.

»Wird eben nicht für Bauern gebraut, das Zeug«, lautet sein Kommentar, bevor er sich schließlich doch zu einem Schluck durchringt. Er lässt die Flüssigkeit im Mund herumfluten, betrachtet erneut das klassisch designte Produkt und resümiert: »Großdeutsches nordisches Kompromissbier. Kann man überall bringen.«

Thorsten kombiniert heute zu seinen üblichen Surfershorts und Badeschlappen kein Runen-T-Shirt, sondern ein kurzärmeliges, ungebügeltes, trotzdem teuer aussehendes Karohemd.

»Für den Thorsten«, Jürgen wendet sich zu mir, »für den sind wir ja alle nur Bauern. Dabei ist *er* der Ignorant. Tausendmal hab ich dem gesagt, ich bin kein Bayer. Ich komm aus *Nürnberg*. Eigentlich ja Erlangen. Zwecklos. Der versteht's nicht.«

Die See liegt ruhig da. Die Sonne geht in warmen, kommerziell vielfältig verwendbaren Orangetönen unter. Wenn nicht bald etwas geschieht, wenn nicht irgendjemand eingreift, wird sie hinter den westlichen Küstengebirgen versinken, und natürlich hat Thorsten auf Jürgens neuerlichen Diskussionsbeitrag nicht mehr reagiert. Er schaut hinaus auf die Bucht. Seine Ray-Ban klebt in seinen dicksträhnigen, teilweise schon sonnenblondierten Locken. Das Tiefbraun der nichttätowierten Bereiche seines Bizepses bietet einen intensiven Kontrast zu der Weiß-

Grün-Blau-Rot-Musterung des Hemds. »Also«, versucht es Jürgen erneut, »kannst dir das ja mal in aller Ruhe überlegen. Fahr mal heim in deine schöne Schweiz und dort lass dir das mal durch den Kopf gehen. Tranquilo, verstehst?«

Ich nehme mir eine Zigarette. Wovon redet dieser Idiot eigentlich? Warum schaffe ich es nicht mehr, bei Menschen, die keine Titten haben, länger als zwei Sekunden aufmerksam zu bleiben? Nun, vermutlich, weil diese Leute keine Titten haben.

Jürgen schaut mich an. Thorsten observiert die See. Ich starre in irgendwelche Grabkammern.

»Und wie gesagt«, Jürgen wird leiser, »da werden wir dann auch jemand brauchen, der da die Finger draufhält. Wie der Ralf das hier im Sol macht.«

»Der Laden gehört euch? Claudia erzählte was von Leuten in Deutschland.«

»Sagen wir mal, es ist eine Art Konsortium. Oder wie nennt man das ...«, er stößt Thorsten an. Thorsten reagiert nicht.

»Eigentümergemeinschaft?«, biete ich an.

»Genau, wir sind 'ne Eigentümergemeinschaft. Aber nicht nur vom Sol. Wir haben schon noch'n paar andere Sachen hier auf der Insel.«

»Ok«, sage ich.

»Und du denkst jetzt wahrscheinlich: Was sind das denn für Vögel? Sehen aus wie ... wie ... na ja, schau dir den da mal an ...«, er deutet mit dem Kinn auf Thorsten, der Richtung Norden, Richtung französisches Festland grinst, »... Tattoos, Narben ... fehlt nur noch 'ne blaue Träne unterm Auge, oder Punkte auf der Pranke, sowas, verstehst? Du denkst wahrscheinlich, was quaken diese Kriminellen mich hier voll, stimmt's? Frank, wo kommst her? Genf? Kenn ich, die Stadt. Hatte dort zu tun.«

»Ah ja? ...«, mache ich. Ich versuche mir Jürgen in der Stadt vorzustellen – mit dieser ... Was ist das? Eine Dauerwelle? Mit diesem weit geöffneten Hemd, den Ketten, dem ganzen Achtziger-Zuhälterstyle, angereichert durch eine Heroin-Vergangenheit, die später durch eine Koks-Vergangenheit ersetzt wurde, die wiederum durch was weiß ich ersetzt wurde. Ich sehe Jürgen mit seinen Kaninchen durch den Parc des Eaux-Vives tollen.

»… Und was?«, füge ich irgendwie hinzu. Keine Ahnung, wie lange die Pause gedauert hat. Jürgen beobachtet mich. Seine Augen sind – wie soll man das ausdrücken? – *lebhaft*. Er denkt nach, dieser Trottel. Er fragt sich, wie er es am klügsten anstellt.

»Was ich in Genf gemacht hab'? Na, was macht man in der Stadt? Geld, Frank. Ich war da und hab Geld mitgebracht. Gehörte aber net mir. Zum größten Teil jedenfalls net.«

»Und wo hast du du dieses Geld hingebracht?«, frage ich, obwohl mich wirklich nichts, nichts auf der ganzen Welt weniger interessiert als Geldanlagemärchen aus der Gegend zwischen Fluss und Place Neuve.

»Na ja, wir haben uns mit einigen Herren getroffen. Persönliche Beratung. Normalerweise wären wir natürlich immer nach Zürich gegangen oder auch St. Gallen. Ich sprech ja kein Wort Französisch. Und Englisch auch net so recht. Aber Genf war damals gerade etwas weniger … tja, wie erklär ich dir das jetzt? In Genf funktionierten damals gewisse Dinge noch etwas reibungsloser. Kannst mir folgen?«

»Absolut«, sage ich. Weil ich ihm absolut folgen kann. Aber mindestens ebenso absolut nicht folgen will.

»Wir hatten da so einen Laden. Der hat Geld angesaugt wie ein Staubsauger. Aber seriös. Währungen. Also Geldhandel. Das waren ganz offizielle Investitionen. Da konnt einem keiner was. Aber die haben eben nicht so genau nachgefragt, verstehst? Hatten andere Regularien als die richtigen Banken. Vermut ich jedenfalls mal. Kenn mich da ja auch nicht so aus.«

Ich sage schon wieder »Aha«. Doch diesmal könnte es eine Spur weniger gelangweilt, weniger geheuchelt geklungen haben. Ich meine, *wie bitte*? Redet der von meinem ehemaligen Arbeitgeber? *Suisse Forex* revisited? Niederegger, bitte übernehmen Sie. Zu all den anderen Dingen, zu der mindestens fünfgesichtigen Medusa, die mich zu Stein verwandelt hat, zu den schwarzen Geysiren, die in mir herumsprudeln, kommen jetzt also auch noch Wahnvorstellungen? Verflucht, das kann einfach nicht sein. Alles ist Zufall, davon werde ich niemals abrücken. Doch innerhalb des riesenhaften gesellschaftlichen Dominanzsystems Zufall, das alles und sämtliche Subsysteme bestimmt, indem es nichts bestimmt, innerhalb des generellen Großzufalls ist das hier *kein* Zufall. Das gibt es einfach nicht.

Jürgens muntere Zuhälteraugen fixieren mich. Thorstens Aufmerksamkeit gehört der See. Warum kann ich mir aus den beiden keinen Reim machen? Zwei Anlagebetrüger reden über Abenteuer, die sie selber als Anleger durchgestanden haben? Das könnte Psychologie sein. Wie dem auch sei, es ist unmöglich, dass Jürgen jemals die Lobby von einem Laden wie *Suisse Forex* zu Gesicht bekommen hat.

»Finde ich interessant, dass du Genf kennst«, sage ich. »Aber lass uns nochmal kurz zu dieser Sache von vorhin kommen, ok?«

»Na klar«, pflichtet Jürgen mir bei, »wollt ich auch grad.«

»Ihr wollt also noch so einen Hippie-Laden am anderen Ende des Strandes aufmachen. Und dafür sucht ihr noch Investoren, vielleicht sogar einen Geschäftsführer – habe ich das so weit richtig erfasst?«

»Genau so ist es. Und ich dachte an dich, weil … Du hast ja erzählt, dass du dich hier ansiedeln willst. Dass du dir das vorstellen kannst.«

»Und auf der Basis *solcher Informationen* unterbreitest du mir hier ein Angebot?«

Thorsten dreht seinen Kopf in meine Richtung. Für seine Verhältnisse eine fast abrupte Bewegung. Es ist klar, dass er zu ganz anderen Überraschungen fähig ist.

»Na, komm Frank … Wir sitzen hier rum und reden ein bisserl. Angebot – naah. Wir machen uns Gedanken, mehr nicht. Und sieh mal, da ist die Claudia.«

Er hat recht. Claudia ist auf die Terrasse getreten. Sie hat sich wieder ihr rundes Kellnerinnen-Tablett vor den Bauch geklemmt.

»Claudi, kommst mal zu uns rüber? Wir möchten noch etwas trinken. Frank, was möchtest du? Wieder Mineralwasser? Komm, trink noch ein schönes, stilles Wasser mit uns. Thorsten, wieder Beck's?«

Ich schaue hinaus auf die Bucht und zähle die rotblinkenden Positionslichter der Fischerboote. Momentan verspüre ich keine unmittelbaren Bedürfnisse. Körperlich geht es mir ausgezeichnet.

In dieser Nacht gehe ich allein nach Hause. Claudia muss noch die Bar wischen, Stühle hochstellen, die Abrechnung machen. Sie wird nachkommen, mich ein letztes Mal in meinem Appartment besuchen; sie wird, genau wie ich jetzt, unter sirrenden Laternen durch diesen einsamen, merkwürdigen Ort spazieren. Heute schweigen sogar die Tiere. Alles verhält sich ruhig, wartet ab, doch die Luft ist dennoch voll mit Geräuschen. Dattelpalmen wiegen sich im böigen Wind, knarren dabei, Zwergpalmen zittern, ein Bougainvillea-Strauch raschelt. Dazu vom Meer das Rollen der Brandung, deren Rhythmus sich noch von einem anderen Rauschen abhebt. Es klingt, als würde sich weit draußen, knapp unter der Oberfläche, etwas zusammenbrauen. Ich biege nach links ab, und dann, nach fünfzig Metern bergauf, wieder nach rechts: die nächste, etwas weiter vom Strand entfernt gelegene Planquadrat-Straße. Keine Ahnung, ob die Höhe ausreichen wird, wenn das Wasser kommt. Tsunamis, Springfluten, generell der Tod, der aus dem Meer kommt – man stellt sich ihn immer als ein beleuchtetes Ereignis vor. Die alles zermalmende, Gehörgänge und Hafenanlagen zerfetzende Welle scheint immer im Sonnenlicht zu glitzern, sich unter perfekten Bedingungen in die Sucher der Kameras zu brechen. Aber ich glaube das nicht. Es ist die Nacht, in der das Meer seinen maximalen Schrecken entfaltet. Wenn es schwarz und tödlich an Land kommt, wenn einen herumwirbelndes Treibgut, Latten mit Nägeln darin in die Tiefe pressen und man Luft braucht, damit die Schmerzen weitergehen können, man wirklich dringend nach oben zum Atmen muss, doch es gibt kein Oben, es gibt überhaupt nichts mehr außer diesem reißenden, gurgelnden, keine Widerstände akzeptierenden Strom in der Dunkelheit, der einen weiter landeinwärts schwemmt, dann plötzlich verharrt und schließlich die Leichname zurücksaugt, weit hinaus, in die schweigenden Gräben, Tausende von Metern tief, in die Mägen der Ungeheuer …

»Oh … Frank? … Oh, I didn't hear you coming. Well … How … how are you?«

Sie hat sich aufgerichtet, ordnet hektisch das Haar. Ein Träger-Nachthemd hängt an ihr herab, an den Füßen trägt sie Turnschuhe, die Schnürsenkel offen. Was hat sie da unten gemacht? Unwillkürlich suche ich das Pflaster ab, entdecke im schwachen Laternenlicht eine Untertasse mit etwas, mit einer dunklen Masse darauf. Daneben steht eine Schale mit Wasser.

»I thought I saw it again. I mean … this dog. He never barks. He comes always at night and sits in front of the Gate.«

Ich scheine nicht der Einzige zu sein, der in Son Serra Erlebnisse mit Tieren hat.

»So, you got up to feed a dog?«

Liz ist nicht abgereist. Ich betrachte diese Schultern, die heraussstehenden, aber nicht fragilen, nicht eleganten Knochen. Ich entdecke kleine Flecken, wahrscheinlich Sommersprossen. Mein Blick, für den ich mich fast schäme, bohrt sich in fünfundfünfzig endlose Jahre.

»Yes«, erwidert sie, immer noch mit dieser brüchigen, belegten Stimme. »Silly, isn't it?«

»No. I find it … I don't know … I find it beautiful.«

In ihren Augen schmilzt etwas.

»Really?« Sie wischt sich ungeschickt eine Strähne aus dem Gesicht.

»Yes«, sage ich. »Have a good night, Liz.«

»We still haven't talked about December, have we?«

»Yes«, wiederhole ich. »But we will. Have a good night, Liz.«

V.
Houston/Texas

»Ok, ready?«

»Well …« Wilsons Gesichtszüge können sich auf keinen Ausdruck einigen.

Ich schiebe den Teller etwas zur Seite, lege die beiden Blätter vor mich, räuspere mich. Ich spüre leichte Nervosität.

»Heute Morgen roch es in der Stadt nach Zwiebeln. Nicht überall, aber verbreitet. In ganzen Straßenzügen, sogar unten am See. Es war der Geruch von rohen Zwiebeln, die man gerade gehackt, aber noch nicht angebraten hat. Zwiebeln, die in öligen Pfannen abwarteten.

Ich saß auf meinem Rad. Ich fuhr tatsächlich zur Arbeit. Und dazu roch es nach Zwiebeln. Man muss wissen, dass ich olfaktorisch völlig unbegabt bin. Mein Geruchssinn ist unterentwickelt. Das heißt jedoch nicht, dass ich zu Gerüchen keine Meinung entwickeln könnte. Dem ist nicht so, das kann ich versichern. Ich rieche schlecht, ja. Aber wenn ich etwas rieche, dann bewerte ich das, was ich rieche, durchaus. Denn mir ist klar, dass das, was *ich* rieche, eben weil ich so gut wie nichts rieche, vergleichsweise stark, eventuell sogar extrem riechen muss. Ich …«

»Frank, look: Jeff Bellinghusen and this new one.«

»I wasn't done yet.«

»Sorry but … look at her! The legs …«

»Where's she from? The States?«

»No idea. Africa hopefully.«

»You dirty swine.«

»And? They're more relaxed, you know?«

»All right. Ready for the rest?«

»You really wrote it this morning?«

»Well, sort of. Let's say I worked on it this morning. It was …«

»… fuck, they're coming our way. Do something, Frank, *please.*«

»…«

»…«

»Hey Jeff, what's up?«

»Hello, Frank … Richard … ähm … this is Karen. She comes from Nairobi.«

»Enchanté, Karen.«

»Hello.«

»So, why don't you sit down and eat with us?«

»Thanks, Frank. But Karen and I … we have to talk a little bit … you know, team stuff.«

»Ok, then just a few seconds. Just listen. Karen, please listen. It's about you.«

»Ähm, Frank … we …«

»Ich fuhr heute Morgen zur Arbeit und es kostete mich einige Mühe, nicht mit meinem Rad direkt in den Gegenverkehr zu halten, und dazu hat es nicht einfach nur, so wie es mir vorkam, nach Zwiebeln gerochen, vielmehr hing der Geruch wie eine beinahe flüssige Dunstwolke über der Stadt. Eine alles durchdringende, sich für ewig in Mäntel und Brustwarzen einfressende Zwiebelgeruchsatominvasion …«

»… Ähm … Frank, sorry to interrupt but …«

»This is literature«, informiere ich ihn.

»Literature?«

»Yeah. About onions.«

»Listen, Frank, I didn't understand a single word … but it sounds … interesting.«

»Interesting?«

»Yep … Anyway, see you, Frank … Richard.«

»See you, Jeff.«

»Hmmm, see you.«

»See *you*, Karen.«

Drei Tage später begegnet sie mir wieder. Ich stehe mit Lynberg auf dem Flur zwischen unseren beiden Büros, wir verhandeln ein weiteres Mal in Sachen EC-Reisebegleitung (mein Angebot für die zweite Jahreshälfte: er bekommt die attraktiven Destinationen San Francisco, New York, muss dafür aber nach Afrika. Sein Vorschlag: Alles losen. Auch gut. Wir treffen uns im irgendwann im Juni, wenn es schon warm ist, unten am See und regeln die Sache. Ich meine, falls Liz nicht gerade andere Pläne hat), als sie mit Spasowsky-Taylor den Gang entlangschreitet. Schreiten ist genau das richtige Wort: Ein Meter achtzig ohne Absätze, ein schlichtes, schwarzes, irgendwie nach Vierzigerjahre aussehendes Kleid, kein Schmuck, die Haare geglättet und glänzend, eine schwarz gerahmte Brille. Ich kann mir nicht helfen, aber ich war immer schon der Meinung, dass die Farbe Schwarz Schwarzafrikanerinnen ganz ausgezeichnet steht – speziell gut aussehenden, jungen. Eventuell auch älteren, unattraktiven, wer will das schon beurteilen? Valerie Spasowsky-Taylor – Darstellerin in Wilsons wuchernden Angst-Lust-Tagträumen – kommt also mit Karen über den Flur gerauscht, und Lynberg bricht, als der die beiden erblickt, mitten im Satz ab.

»Erik, Frank, I would like to introduce to you Karen Msuva from Nairobi. She's our new intern and she will support the Bureau of the Executive Chairman.« Kurze Pause, Valerie gibt uns Gelegenheit, die Informationen zu verarbeiten.

»Karen, this is Erik Lynberg. He's Swedish and works for our Internal Communications section.«

»Hello Erik«, sagt Karen. Ihr Akzent klingt alles andere als afrikanisch.

»Hello Karen«, erwidert Lynberg. Sie will ihm die Hand reichen, doch er – es ist unfassbar – legt beide Hände auf ihre Oberarme und gibt ihr, rechts-links-rechts, drei kaum noch ironische, letztlich bereits gierige, ich jedenfalls erkenne die Gier, er gibt ihr drei jener in der angelsächsischen Organisationswelt radikal unüblichen, beinahe als unschicklich geltenden, frankophilen Wangenküsse. Ich werde Zeuge eines komplexen Schauspiels. Karen steht mit dem Rücken zu mir, ihre Haltung ist mehr oder weniger erstarrt, und über ihrer Schulter ist Lynbergs Kopf aufgetaucht: geschlossene Augen, steinerne Mimik, Konzentration. Ich kann nichts hören, aber es ist unmöglich, dass er in diesem Moment ihren Geruch *nicht* einsaugt, katalogisiert, abheftet. Er sieht aus wie ein hochverschuldeter Parfümtester, dem man in einem dieser Pariser Speziallabore unter Androhung der sofortigen Kündigung aufgetragen hat, die zehn haarsträubendsten Unterschiede zwischen zwei identischen Geruchsproben zu identifizieren.

Dann jedoch öffnen sich seine Augen, sein Blick trifft mich, zielt deswegen – wortwörtlich – ins Leere. Schließlich lässt er von Karen ab: »Sorry, this is what we do in Geneva.«

»But not at the GEF, Erik«, informiert ihn Valerie. Ihr Ton ist von mineralischer, mit einem Spritzer Ekel versetzter Sachlichkeit. Irgendwann vor Jahren ist etwas vorgefallen zwischen den beiden. Ich weiß das, aber leider nichts Näheres.

»And by the way«, ergänzt Valerie, »Karen knows Geneva quite well. Her father was head of the Kenyan Mission.«

»Ah oui? Ok, *enchanté*, Karen.« Lynbergs Sonnyboy-Grinsen ist wie festgefroren.

»Karen will stay with us for just a month. She's studying International Politics at … Where was it, Karen? Harvard, right?«

»Stanford.«

»Ah, d'accord.«

Eine Sekunde Schweigen. In all dem Trubel hat Valerie offenkundig vergessen, mich vorzustellen. Oder weiß sie von Bellinghusen, dass Karen und ich uns bereits kennen? Dass sie sogar schon mit meiner Prosa vertraut ist?

»Well, let's move on then.« Die beiden Frauen schicken sich an, weiterzugehen. In Richtung der Büros von Martinez und Lacroix, vorbei an Wilsons klebrigem Verschlag.

»Bye, Karen«, sagt Lynberg. Karen lächelt ihn an. Das Lächeln ist nicht direkt freundlich und es verändert sich nicht, als sie mich anschaut. Ich versuche, mit den feinsten mir zur Verfügung stehenden Sensoren eine Modifikation zu erkennen, eine Nano-Beifügung von Sympathie oder Wärme, doch da ist nichts außer einer perfekt professionellen, hundertprozentig einsturzsicheren Fassade. Also gut, welchen Monat haben wir gerade? Mai? Die Sache wird schwierig. Eine echte Herausforderung. Aber was habe ich gerade heute Morgen gelesen? Wie lautete das Grußwort dieses Idioten zum letztjährigen GEF-Nachhaltigkeitskongress in Stockholm?

»*As soon one has found a goal, one has found the way to achieve the goal.*«

Am *selben* Nachmittag, mein Drang, im nächsten Winter aus dem Leben zu scheiden, erscheint schier unbezähmbar:

»Hello Karen? This is Frank. Frank from Internal Communications. We met this morning.«

»Hello Frank.«

»You already got an office number. Congratulations!«

»Thank you.«

»Look, I just wanted to ask you two questions? Ok?«

»Go ahead.«

»Well, you might find the first one a little bit strange.«

»Don't worry, Frank.«

»Ok. Question one: How are you?«

»Fine, thank you.« Kein Lachen, kein Zögern, auch keine – soweit ich das beurteilen kann – Verärgerung. Einfach nur »Fine, thank you.« Die Kommunikationseffizienz der kenianischen Funktionselite.

»Ok, ready for the next question?«

»Sure.«

»But it's work related. So, it might be boring.«

»As I said: Don't worry.«

»It's about Africa. In December the EC, Mr Gonzales-Blanco, will visit one or two African countries, sub-Saharan countries, as far as I know, and it's not unlikely that I will have to join him. For that reason I need to gather as much information as possible, you understand? It's for this Valparaiso project – you might have already heard about it.«

»You're talking about which countries?«, erkundigt sich Karen. Ihr Ton ist der eines unterforderten Geheimdienstoffiziers. Eines Vernehmungsbeamten in Diensten eines Staates, in dem Folter noch nicht aus dem Methoden-Bouquet gestrichen wurde.

»It's not clear yet. The GEF is active in many places. There are many different GEF-sponsored projects the EC could visit. Congo might be a good guess.«

»Which Congo? There are two.«

»Ähmm.« Verflucht, sie hat recht. »Well, I think this is not decided yet.«

»So, you are asking whether I know something about a country you cannot even name?«

»Well, more about the region, you know. General stuff.«

»You know what, Frank? I also have a question for you.«

»Oh really? Go ahead.«

»What's the name of the leader of the second largest Romanian opposition party?«

»Romania?«, frage ich leutselig, obwohl ich natürlich weiß, worauf Karen hinaus will. Ärger ist gut. Zumindest besser als nichts. Ärger ist – sagt man das nicht so? – eine Emotion.

»Yes, Romania. Or Portugal. Whatever. Why do you guys always think that Africa is one big black block without any differences? I am not one of your …«, ihre Stimme nimmt einen ironisch-offiziellen Tonfall an, »… *Africa experts*. Why should I know anything about Congo?«

»Wow, really interesting, Karen! Thank you for making me aware of this … problem. And I'm sorry, I didn't want to sound like a post colonial dickhead. You're right: Why should a member of the Kenyan upper-class know something about the problems of ordinary Congolese people? Why …«, ich zögere; die Notwendigkeit, Karen zu kriegen, damit die Lust, bald schon zu sterben, hält sich für einen Augenblick die Waage mit meinen sonstigen Charaktereigenschaften, mit dem, was ich sonst noch so *fühle*, »… should a member of the Kenyan upper-class know about anything? But listen, maybe we should talk about all this tomorrow? What about having lunch together?«

»So that you can read out one of your short stories to me?«

»If you are interested – why not? Do you like onions?«

Sie lacht. »Onions?«

»Yes.«

»Well … look Frank, I'll let you go now. Bye, bye.«

»Wait: Pjotre Petrescu.«

»*What*?«

»The name of this Romanian guy.«

»The answer is incorrect.« Ihre Stimme klingt wie eine Telefondurchsage.

»Well, he's some sort of informal leader. You know, the powerful man in the background.«

»Bye, bye, Frank.«

»See you, Karen.«

An einem der nächsten Werktage stehen Lynberg und ich schon wieder auf dem Flur und reden über ... ich habe keine Ahnung, worüber wir reden, Lynberg und ich stehen also wie so häufig zwischen unseren beiden Büros herum, als Spasowsky-Taylor den Gang herunter kommt. Das Ganze trägt Züge eines Déjà-vus, mit dem einzigen Unterschied, dass sie diesmal nicht von einer gazellenhaften Ostafrikanerin, sondern von Wilson begleitet wird. Wir grüßen, sie grüßt, Wilson, der Valerie überall hin, selbst bis in die schattigen Zonen jenseits des Klimakteriums begleiten würde, lächelt nur. Eine weitere Kommunikation ergibt sich nicht und Lynbergs amüsierte Blicke folgen den beiden, bis sie am anderen Ende des Gangs verschwunden sind. Dann schaut er mich an.

»Quite a difference, isn't it?«

Natürlich ist klar, worauf er anspielt, trotzdem frage ich nach: »What difference?«

»Wilson and Karen.«

»Karen?«

Lynberg seufzt. »Karen Msuva, this new ›short term intern‹.«

»So, you say that there's a difference existing between our colleagues Wilson and Msuva? Please expand.«

»I like him more«, erwidert Lynberg trocken.

»You do?«

»Yeah.«

»So, you tried it?«

»Of course.«

»And?«

»She's an arrogant bitch. A fucking ice-block.«

»How did you try it?«, bohre ich nach. Es gibt nicht mehr viel, was mir noch gute Laune verschaffen kann, doch Geschichten des Scheiterns zwischen Mann und Frau liebe ich nach wie vor.

»Pfff … the usual stuff. We were talking about the GEF, the colleagues, Geneva … I told her about some new clubs down in Acasias.«

»There are new clubs in Acasias?«

Lynberg zuckt mit den Schultern. Und grinst.

»Did you also talk about me?«

»Yeah. She calls you ›the poet‹. She didn't say it but she thinks you are an idiot.«

»Oh really, and what does she think about you?«

Lynbergs sieht beinahe verärgert aus: »Oh, probably that I am a little bit too young and too important for her? Something like that?« Karen ist also nicht in Lynbergs legendäres, angeblich bereits einhundertfünfzig (Frauen-)Namen umfassendes Adressbuch gewandert, weswegen ich mich fragen muss, ob es klug war, ausgerechnet sie als Zielobjekt für den Monat Mai zu identifizieren, und nicht als das, was sie vor allem ist: eine eingebildete Oberschichtsziege, die bei der nächsten Revolution in ihrem Heimatland exekutiert wird. Andererseits ist nicht auszuschließen, dass mir Niederegger exakt dieses Projekt ins Unterbewusste eingepflanzt hat, um mich zu ewigem Leben zu verurteilen. Karen ist unknackbar. Zeit, mich umzuorientieren. Ich bin *unfähig*, mich umzuorientieren. Der Monat hat nur noch acht Tage.

Nur zwei Tage später, man schreibt mittlerweile Samstag, den 25. Mai meines hoffentlich letzten Lebensjahres, spielt mir das Schicksal, das in meinem dialektisch-materialistischen Weltbild ansonsten keine Rolle spielt, gleich mehrere kleine, für sich genommen alberne Streiche. Am Morgen zunächst dies:

Gesendet: Samstag, 25. Mai 2013 um 9:01 Uhr
Von: «Jürgen Stedmeyr» <jstedmeyer@t-online.de>
An: «Frank Stremmer» f.stremmer@bluemail.ch
Cc:
Betreff: Projekt
Grüß Gott, Frank, ein fröhliches Hola in die Schweiz! Die Claudia hat mir Deine Mail-Adresse

gegeben, weil ich wollte fragen, ob noch Interesse an unserem kleinen gastronomischen Projekt besteht. Das Konzept steht soweit.
Also, sieht man sich wieder?
Saludos,
Jürgen

Jürgen plant tatsächlich immer noch an diesem El-Sol-Klon herum? Die Langeweile rund um seine Kaninchenställe muss phantastisch sein. Außerdem: Warum gibt Claudia eine Adresse weiter, in deren Besitz sie eigentlich gar nicht sein dürfte? Meine Erinnerungen verschwimmen. Es gelingt mir nicht mehr, Claudia von Malin zu trennen; sie haben sich zu einem duftenden Schleier hellblonder, in der Sonne noch weiter ausbleichender Haare vereinigt, und es ist wahr, ich vermisse die beiden. Meine 12-Frauen-Zielvorgabe birgt Härten, die sich im Hinblick auf einen langfristigen Heilungserfolg jedoch als wertvoll erweisen könnten. Wenn ich so weitermache, verabschiede ich mich am Jahresende als geheilter, widerstandsfähiger Mensch aus dem Menschsein. Die Dinge sind polydimensional, alles ist so unangenehm vielschichtig, es erscheint kaum noch möglich, Meinungen zu entwickeln, und wie auch immer, kaum zehn Minuten nach Jürgens Botschaft erklingt das Nachrichtensignal meines Notebooks erneut:

Gesendet: Samstag, 25. Mai 2013 um 09:10 Uhr
Von: «Mari Takano» <mari.ta@hotmail.com>
An: «Frank Stremmer» f.stremmer@bluemail.ch
Cc:
Betreff: Re: Rain
Yes. I can remember when we first met, Frank. This evening in the Sumo Kushiyaki with your colleagues. And later on the boat. At that time I was very experimental, I took the XXX all the time. I liked making love while being influenced, and I also thought that it could help me with my poetry. I was writing a lot but I never showed the stuff to someone, except of course my aunt. Now I am different, Frank. Much more sober but also much more open. I rarely write these days. Instead I listen to the birds. To the rain. To the things around me. Funny to read that you are now doing somehow the same. We are influencing each other, Frank, although we don't see each other anymore. I like that thought. As I told you, I do not write too much these days but sometimes I do. This is one of last pieces. Don't know, maybe I'll give it your name.

Sometimes I wake up at night
When the rain is talking to the windows
When the wind is caressing the trees
All the animals are in the garden
And there's a sound coming from the kitchen
But I won't get up
And I won't sleep

M.

Mari! Zum ersten Mal seit … ich weiß es nicht. Sie antwortet auf eine Mail, die ich vor Ewigkeiten abgeschickt habe. In einer Phase, in der mein Hunger nach ihren Pillen kaum noch bezähmbar war. Mari will mich nach wie vor nicht sehen, meine Augen brennen deswegen, dennoch bringt mich ihre Nachricht auf einen naheliegenden Lösungsansatz: Warum nicht auf bewährte Kräfte zurückgreifen? Marion, Frauke, was weiß ich wen noch. Céline! Ich meine, warum nicht ernten, was man einst gesät hat? Andererseits bereitet mir die Vorstellung, meinen Psychotherapeuten in einer so wichtigen Angelegenheit zu hintergehen, Unbehagen. Mir liegt etwas daran, die Wette fair zu gewinnen, und am späten Nachmittag dieses ins Mysteriöse abgleitenden Samstags entdecke ich auf dem Boulevard-Helvetiquezwei dunkelhäutige Frauen, die vor einer dieser Banker-Weinbars stehen. Karen Msuva trinkt am hellichten Tag – ich schaue genauer hin – Limonade? Ich schnippe meine Zigarette zwanzig Zentimeter am Kopf einer am Nachbarstehtisch vertäuten Genfer Zwerghundmischung vorbei auf den Asphalt, richte meine Sonnenbrille und begrüße die Damen mit einem lebhaften, bereits Tage zuvor einstudierten: »Shikamoo.«

Karens deutlich kleinere, aber insgesamt auch nicht üble Begleiterin hält sich die Hand vor den Mund, lacht verstohlen. Karen selber verzieht keine Miene. Sie sagt: »Hello Frank.«

Ich erwidere: »Hello Karen, hello …«

»This is Joanne, she's from Houston.«

Joanne Charlene Williams, 24, Aussehensgesamtnote gut minus, erblickte am 2. August 1989 um ca. 19:24 Uhr per Hausgeburt und während einer Feuerpause einer sich über den gesamten Block erstreckenden Familienstreitigkeit im Houstoner Kleinbürgerstadtteil »Third Ward« das Licht der Welt. Früh schon fiel Joanne nicht nur durch ihre messerscharfe Intelligenz, ihr unabhängiges Urteilsvermögen sowie ein unbestechliches Gerechtigkeitsempfinden, sondern auch durch eine schon im Alter von zwölfeinhalb Jahren ausgeprägte und darüberhinaus formschöne Oberweite auf. Folgerichtig machte die begabte Afroamerikanerin ihren Weg, der sie über eine Reihe von glanzvollen Ausbildungserfolgen und Förderstipendien schließlich zu der hochreputierten Stanford University führte, wo sie auf die von den meisten wissenschaftlichen Organen übereinstimmend als arrogante, wenn auch langgliedrige ostafrikanische Ober-

schichtsziege bezeichnete Karen Msuva, Aussehensgesamtnote sehr gut minus, traf. Die beiden jungen Frauen, obwohl charakterlich unterschiedlich konstelliert und darauf bedacht, Beziehungen nicht nur innerhalb der eigenen Ethnie zu knüpfen, freundeten sich an, und als Karens Vater Jonathan George Msuva, der vielleicht einflussreichste und geschickteste keniatische Diplomat der Neuzeit, seiner Tochter ein dringend benötigtes einmonatiges Komprimierungspraktikum bei der angesehenen Global Enhancement Foundation seines Männerfreundes Raphael Gonzales-Blanco verschaffte, nötigte Karen Msuva ihren stets besorgten Vater dazu, auch ihrer neuen Freundin Joanne die Reise nach Genf und einen dortigen Praktikumsaufenthalt zu ermöglichen. So ergab sich, dass Joanne Charlene Williams, eine hoffnungsvolle junge Politologin und bereits jetzt engagierte Streiterin für eine rationalere US-Außenpolitik, im Rahmen eines beim UNHCR glanzvoll absolvierten Praktikums an einem milden Samstagnachmittag im Spätfrühling des Jahres 2013 auf dem Boulevard Helvetique im Genfer Stadtteil Eaux Vives auf ein nach innen schielendes, in seine Gehirnwindungen tropfendes PR-Wesen namens Frank Stremmer, Aussehensgesamtnote sehr gut plus, traf, der an diesem Samstag seinerseits bereits eine Reihe … und so weiter und …

»Hello Joanne, how are you?«

»Fine, thank you. How are you, Frank?«

»Well, quite ok. I was just trying to think about the poem I wrote this morning. It's … I don't know. It's still not totally satisfying.«

Während ich diesen letzten Satz spreche, beobachte ich Karen: kein ärgerliches Zucken, kein Augenverdrehen. Was muss ich eigentlich noch tun, um bei diesem Kühlschrank eine Reaktion zu erzielen? »So, you're a poet? Wow, that's interesting!« Joanne klingt alles andere als interessiert, aber immerhin.

»Well, I don't know«, sage ich. »It's a hobby.«

»So, you're writing about what?«

»Onions!« Das war Karen. Sie hat unsere erste Begegnung nicht vergessen!

»Correct«, bestätige ich, »sometimes I write about onions. «

»That's funny«, Joanne lacht jetzt sogar. »What can one write about onions?«

»They're seeking power. They wanna rule the world.«

»Oh really?«

»Yeah, only a few people know about their plans. But Karen here, she knows.«

»Do you?« Joanne stupst Karen mit der Schulter an. Auf Karens Gesicht will ein Lächeln durchbrechen, schafft es aber nicht.

»But currently I'm working on something else«, informiere ich die beiden und ziehe den Zettel mit Maris ausgedruckter Email aus der Tasche. »This I wrote for the international market, so it's in English.«

»Great! Can we listen to it?«

»Well, I don't know. It's still not absolutely perfect.«

»Come on, Frank. I'm curious.«

»You are, Joanne?« Wir schauen uns an. Ich versuche zu kalkulieren, ob das Blitzen in ihrer schwarz-braunen Iris ausreicht, um sie von Karen loszueisen und heute noch oder spätestens in den nächsten zwei oder drei Tagen zu erledigen. Ich taxiere auch, und zwar so, dass sie das merkt, ihre nicht übergroßen, fast waagerecht nach vorne abstehenden Brüste, und über all dem, was ich tue, was ich speziell mit Frauen tue, liegt ein bleischwerer psychotischer Schatten, und ich lese den beiden daher Maris Gedicht vor und danach unterhalten wir uns eine Weile über meinen lyrischen Ansatz, und es ist alles einigermaßen amüsant, selbst Karen bringt sich mehrfach ein, doch weder bei ihr noch bei Joanne ergibt sich die unmittelbare Chance zum Angriff, also verabschiede ich mich von den beiden, steige in einen Bus, der ungefähr in meine Richtung unterwegs zu sein scheint, werde unterwegs von Kontrolleuren belästigt, bezahle per Kreditkarte, steige an einer Haltestelle, die ich noch nie gesehen habe, die aber trotzdem nur drei Minuten von meiner Wohnung entfernt liegt, aus, schalte dort sofort den Rechner ein und stoße darin nach einigen Minuten in dem eher hedonistisch orientierten meiner drei Partnerfindungsportale auf BAH11KJ6, die Lehrerin aus Biel (»Ich mag es, mit einem Mann sinnlich nachzudenken; ich bin jetzt bereit dazu«), die, wie ich nur drei Stunden später erfahre, tatsächlich Karin heißt. Die Namensverwandtschaft und natürlich der Umstand, dass der Mai sehr bald vorbei ist, lassen mich schon am nächsten Tag einen Zug in jene Stadt Biel besteigen – eine rapide, hastige Annäherung, die ich mit einer lächerlich klischeehaften Geschichte (Entwicklungshelfer, kurz vor dem Aufbruch, neuer Einsatzort weit abseits jedweder Zivilisation) so lange zu rechtfertigen versuche, bis mir klar wird, dass eine derartige Phantasieleistung gar nicht notwendig ist. Karin (brünett, kurzhaarig, recht groß gewachsen, etwas jungenhaft, nicht ganz mein Geschmack) weiß genau, was sie will. Wir verbringen zwei, drei kurzweilige Stunden, wir essen in einem schrecklichen mexikanischen Restaurant, spazieren danach durch die Altstadt, unterhalten uns dabei über verschiedene, radikal unerhebliche Themen (Arbeit, Kinder, etc.), während sich die Frequenz kleiner, halb zufälliger Berührungen langsam steigert. Zu guter Letzt schaffen wir es, noch am selben Abend auf einem riesigen, brettharten Futon zu landen. Als ich in sie eindringe, flüstert sie den Namen Thorsten. Ich denke zunächst, sie phantasiert von ihrem Ex-Mann, von ihrem Vater, ihrem Labrador, was weiß ich, dann jedoch geht mir auf: Sie meint mich. Auf dieser Singlebörsen-Seite heiße *ich* Thorsten. Vollkommen vergessen! Während des gesamten Nachmittags und Abends wurde mein Künstlername nicht ein einziges Mal erwähnt. Sie haucht mir also immer wieder dieses »Thorsten« ins Ohr; was mir einigermaßen bizarr vorkommt, und nachher schaffe ich es mittels einiger wirklich durchgeknallter Flunkereien, ihr meine Telefonnummer nicht zu geben. Spätabends, ich bin wieder zu Hause, sind auf der Seite bereits zwei neue Nachrichten eingegangen. Karin schreibt schön. Ganz ruhig und doch leidenschaftlich. Und sie roch gut.

Montag, 27. Mai 2013, 0:12 Uhr, ich lösche mein Thorsten-Profil und überdenke bei einem Glas Wein – Erik? Jean-Amethyst? Anselm? – mögliche Alternativ-Pseudonyme. Schließlich gehe ich mit dem alles in allem erwartbaren Gefühl völliger innerer Leere zu Bett.

VI.
Sevastopol plage

Ich trete an dieses Wandboard und ziehe aufs Geratewohl eine Broschüre heraus:

Gelbfieber

Erreger und Übertragung
Gelbfieber ist eine durch Gelbfieberviren ausgelöste Infektionskrankheit, die durch Mücken der Gattungen Aedes und Haemagogus übertragen wird. Die Mücken nehmen das Virus beim Stich von infizierten Tieren (Vögel, Affen) oder infizierten Menschen auf.

Krankheitsbild
Drei bis sechs Tage nach der Infektion kommt es zu plötzlich einsetzendem, hohem Fieber, Schüttelfrost, Kopf- und Gliederschmerzen, Übelkeit und Erbrechen, das während 3 bis 4 Tagen anhält. Bei der milden Verlaufsform ist die Krankheit damit überwunden. 15 % der Erkrankten erleiden jedoch nach einem beschwerdefreien Intervall von ein bis zwei Tagen einen erneuten Fieberanstieg. Dazu kommen Bauchschmerzen, Leberschwellung, Entwicklung einer Gelbsucht, Nierenversagen und Blutungen in der Haut, den Schleimhäuten und im Magen-Darmtrakt. Bei dieser schweren Form beträgt die Sterblichkeit 20 bis mehr als 50 %. Touristen und Einwanderer erkranken häufiger an der schwerwiegend verlaufenden Erkrankung, Einheimische eher an der milden Form.

Verbreitung und Häufigkeit
Das Gelbfiebervirus kommt in den tropischen Gebieten Afrikas sowie Mittel- und Südamerikas vor. Nach Schätzung der WHO leiden weltweit jährlich rund 200 000 Menschen an Gelbfieber, 30 000 sterben daran. In der Schweiz wurde die Krankheit in den vergangenen Jahren einmal diagnostiziert.

Vorbeugung / Impfstoffe
Das Ausgangsmaterial der bis heute wirksamsten, wenn auch kostspieligsten Gelbfieberimpfstoffvariante wird aus den Blut- und Gehirnströmen frisch erlegter bolivianischer Hochlandbewohner extrahiert. In den vergangenen Jahren sind immer wieder kritische Stimmen gegen diese Form der Rohstoffgewinnung laut geworden, eine verlässliche, in seiner Effektivität vergleichbare Alternative zum herkömmlichen Verfahren, das übrigens eine beträchtliche Einnahmequelle lokaler Populationen darstellt, lässt jedoch bis zum heutigen Tag und trotz verstärkter Forschungsbemühungen auf sich warten. Am Ende, Sie korrupter, dekadenter Teufel, ist es allein Ihr Geld, das den Unterschied zwischen Leben und Gelbfieberaustrocknen ausmacht, glimmendem Leberschluchzen, rötlich schwelendem Schleimhautkollaps, zwischen … und so weiter und so fort, und während ich noch über die Farbe des Fiebers in meinem Kopf nachdenke, darüber, gegen welche Krankheit der Sud meiner eingekochten Gehirnzellen immunisieren könnte, öffnet sich die zweite Tür dieses nüchtern eingerichteten Tropenseuchen-Wartezimmers. Herein tritt … ich meine, ist das sein Ernst? … herein tritt angeblich der Grund, warum Lynberg, der hier schon letzte Woche gesessen hat, erklärte, im Netz immer weiter nach impffähigen Erkrankungen forschen zu wollen. Lynberg muss ein kranker Mann sein, denn sie sieht alles andere als spektakulär aus. Eine akzeptable junge Frau, mehr nicht. Brünett. Vernünftige Figur. Schwesternkittel, aber nicht ganz so provokant geschnitten wie damals bei Adela. Eine Französin aus den Arzthelferinnenrekrutierungsschichten der umliegenden Arzthelferinnenrekrutierungsdepartements. Ich spüre, wie sich mein Gesicht zu einer heuchlerischen Maske verzieht, und sage: »Bonjour.«

»Bonjour.« Interessante, etwas heisere Stimme. Ein klein wenig kann ich Lynberg plötzlich doch verstehen (*Michelle Catherine Dugary, 25,*

Nikotineintrittsalter: schätzungsweise 14, Nikotinaustrittsalter: ca. 20, alleinerziehende Mutter von Brian, 5, Tante von Sophie, 8, und Mirabelle, 11, eine Tätowierung hinter dem linken Ohr (Stern), eine weitere oberhalb der linken Brust (Schriftzug, »Brian«), Anzahl der bisherigen Sexualpartner: 34, Anzahl der bisherigen, über einen Zeitraum von 2 Wochen hinausgehenden Beziehungen: 6, Urlaube in Indien, Burma, Vietnam und Thailand, Anzahl der dort erworbenen Infektionskrankheiten und Immunschwächen: (erstaunlicherweise) 0, Anzahl der Gewaltphantasien gegen die Genfer Geldsäcke, die stinkreichen Heuchler aus den Organisationen, die sich in der Praxis Beatrice Romelli gegen Armutsplagen sowie Armut als solche impfen ließen: 10456 (stetig wachsend), Anzahl der Streitereien mit Leon, dem jüngsten der irren Romelli-Söhne: 4 (pro Arbeitstag), seit dem 13. Lebensjahr Engagement in der Parti Socialiste Haute Savoie, Sektion Annemasse Agglomeration, Aggressionen gegen die ganzen beschissenen Lehrer in der Partei, die alles besser wussten und nie da waren, wenn es wirklich was zu tun gab, Aggressionen, aber auch Augenblicke beunruhigender Sympathie hinsichtlich einer gewissen Marine le P., Aggressionen ganz allgemein gegen eine Menge Leute und natürlich auch diesen Typen im Wartezimmer, der ihr zur Begrüßung unverhohlen in den Kittelausschnitt starrte, der sie zudem auf eine verquere Weise an den permanent verhinderten Kindsvater Karim erinnerte, deswegen Schmerz in ihr auslöste, ein Stechen, das sich wiederum sofort in schlechtgelaunte Gleichgültigkeit transformierte, der Typ also starrte sie an, und na ja, warum nicht?, sollte er doch, sie hatte zu tun, sie hatte Aufgaben, zum Beispiel Überwachung, aufpassen, dass der verrückte Leon keinen , bzw. nicht noch mehr Mist baute; sie hatte es gleich gesehen, als die alte Hexe den zum ersten Mal in die Praxis mitgeschleppt hatte, ihren vertrottelten Sohn, ein Blick hatte genügt, sie hatte sofort gewusst, was mit dem los war …). Sie verschwindet durch die zweite Tür hin zum Empfangsbereich, wo ich eben aus was für Gründen auch immer Probleme hatte, gegenüber dem Homosexuellen hinter dem Schalter auch nur die grundlegendsten Angaben zu meiner Person zu machen. Woran merkt man, dass die Dinge aus dem Ruder laufen? Gibt es diesbezüglich verlässliche Indikatoren? Etwa, wenn man beginnt, sich sein eigenes Geburtsdatum nicht mehr zu glauben? Und zwar nicht etwa den spezifischen Tag, das bestimmte Jahr, sondern die Tatsache, überhaupt ein

Geburtsdatum zu besitzen. So ging es mir eben, als ich diesen Zettel ausfüllte. Als ich mich zwingen musste, nicht an Ort und Stelle unter den – was war das? Ein Kajalstift? – irgendwie dunkelumrandeten Augen dieses blassen, schon etwas verlebten jungen Mannes *(Leon Clerceau-Romelli, 23, abgebrochenes Studium der Sozialpädagokik, abgebrochene Lehre zum Restaurationstischler, gegenwärtig stundenweise Tätigkeit als Arzthelfer in der Praxis seiner Mutter, der bekannten Genfer Tropenmedizinerin und Vertragspartnerin zahlreicher namhafter Organisationen Beatrice Laetitia Romelli, wachte am 11. November 2011 in einem sehr dunklen, mit einigen sehr interessanten und interessierten Körpern besetzten Keller eines Abbruchhauses in der slowakischen Hauptstadt Bratislava auf. Anschließend, nachdem er zuvor noch verschiedene Dinge ausprobiert und dann mit einiger Mühe eine Tür entdeckt hatte, lief er barfuß und hungrig durch schlammige Straßen. In einer Bäckerei gab man ihm Brot und ein Glas Orangensaft, zudem verständigte man die Polizei, die den zitternden, dabei in einem Fort vor sich hin murmelnden und kichernden Schweizer nach einigem Hin und Her der Obhut der eidgenössischen Vertretung übergab, wo man wiederum erstaunlich reibungslos eine vorläufige Unterkunft und dann den Rücktransport des jungen Mannes in den Genfer Nobelvorort Collonge-Bellerive organisierte. Clerceau-Romelli, seit frühester Jugend ein Experte in Sachen Partydrogen, reist gerne zu Raves in exotische Ostblock-Destinationen. Er genoss die offen aggressive, minderheitenfeindliche Atmosphäre in den Vororten der Stadt Donezk, amüsierte sich in transnistrischen Fernfahrerkneipen und Arrestzellen, nahm in Begleitung anderer lange, unfassbar physische Bäder in einem sehr Schwarzen Meer bei Sewastopol. Clerceau-Romelli befindet sich seit vielen Jahren in multiplen Behandlungen. Gegenwärtig sieht er sich in der Lage, gut Dreiviertel seiner Aufgaben in der Praxis Beatrice Romelli ordnungsgemäß zu erfüllen. Er träumt von einem längeren Studienaufenthalt in Moldavien, seine seit gut zwanzig Jahren getrennt lebenden Eltern hingegen … und so weiter, jeder, wirklich jeder Mensch, außer Adela, ist ein Abgrund, in den hineinzustarren mir tatsächlich immer noch Spaß macht)* durchzudrehen. Ich füllte also diesen Zettel aus, gab ihn bei Leon ab, setzte mich ins Wartezimmer, schlug eine Zeitschrift auf, informierte mich über Explosionen im europäischen Hochadel, entdeckte dann das Board mit den Broschüren, informierte mich über Fiebersorten, und während all der ganzen Warterei wartete mein Telefon missgelaunt in der Innentasche meines Jackets. Um mich von den Menschen zu unterscheiden, habe ich mir beigebracht, mein Telefon bei solchen Gelegenheiten zu ignorieren. Ich habe gelernt, Zeit als solche zu ertragen, was aber gar nicht mehr nötig ist, denn jetzt öffnet sich die Tür zum Empfang erneut. Michelle nennt mit ihrer zugegebenermaßen bemerkenswerten Stimme meinen Namen, anschließend folge ich ihr und ihrem, auch das gebe ich zu, nicht üblen Hintern durch die labyrinthischen Windungen dieser Praxis. Hinter einer der Türen warten die Substanzen, die mich, obwohl ich unter Umständen gar nicht geboren wurde, *noch länger* leben lassen.

Liz hat uns einen genauen Fahrplan in Sachen Afrikavorbereitungen erstellt. Ich betrachte das Metalltablett mit dem in Plastik eingeschweißten Spritzbesteck und diesem mit einer Art Barcode etikettierten Fläschchen. Ich versuche, mir Gedanken zu machen über den Kontinent, gegen den ich geimpft werden soll, über die ›politische Lage‹ dort, über Afrika als Großsystem, doch alles, was ich sehe, sind ungepflegte Hotelpools sowie eingetrocknete Blutlachen in der rötlichen Erde am Rand unbefestiger Straßen.

Pablo E., Sohn des Aztekengottes Pocapetquetzekel, urkundlich erstmals erwähnt zu Beginn der Achtziger Jahre des 20. Jahrhunderts in der mexikanischen Stadt Ciudad de Mexico, Ausbildung zum Sozialwissenschaftler an den Stränden Miamis, Fortbildung zum Geldstromarithmetiker in Harvard (MIT), seit mittlerweile gut 15 Jahren in der westschweizer Finanzindustrie tätig, Pablo E. also beschloss an einem warmen Abend des klimahistorisch angeblich auffälligen Jahres 2018, das sich besonders während der Sommermonate durch eine Häufung angeblich witterungsbedingter Anomien sowie durch eine extreme … und so weiter und so weiter. Ein Samstag, ein Samstag Mitte Juni, glaube ich. Ein Strandclub in der Nähe von »Genève-Plage«. Der See verarbeitet die Abendsonne, liegt da wie eine riesige Lache eines toxisch flackernden Weltraummetalls. Die Leute entspannen sich auf luftgefüllten Plastikungetümen, die ich vorhin glatt für Ledersofas gehalten habe. Bedienungen rotieren, reißen im Vorbeieilen Flaschen aus Eiskübeln, schenken permanent nach. Alle tragen diese neuen beängstigenden Sonnenbrillen, und neben mir sitzt jetzt – José? Jorge? Wirklich Pablo? Ich habe schon wieder vergessen, wie der Mann heißt, der vor circa einer Viertelstunde neben mir Platz genommen hat, dessen Bewegungen ich auf den Luftkissen genau, für meinen Geschmack zu genau mitbekomme. Andererseits: Ich hatte noch nie Geschmack, weswegen es mich auch nicht stört, dass die Musik sich während der letzten Minuten verändert hat, dieser monotone, perlende, direkt in den See träufelnde Lounge-Mix einem Frühachtziger-Party-Medley gewichen ist. »Kool and the Gang« sind von den Toten auferstanden und es ist interessant zu beobachten, was ihr Werk in unserer Nachbarschaft, im Sofageviert links neben uns auslöst. Die Formation besteht aus vier jungen, undefinierbar, schätzungsweise aber legal zu Geld gekommenen Männern, Südamerikaner bzw. Osteuropäer, die aufgestanden sind und nun euphorisch zu »Celebration« rund um das Cocktailtischchen tänzeln. Der Gruppe, diesem vorübergehenden Subsystem (neulich noch war alles »Projekt«, jetzt ist alles »System«. Eine Mode, die ebenso plötzlich da war, wie sie wieder verschwinden wird. Alles wird verschwinden), das ich trotz allem dem sozialen Großsystem »Wirtschaft« zuordnen würde, gehören folgerichtig auch zwei Frauen an, und die beiden sind wirklich – ich sage das nur noch ungern, ich vermeide so etwas schon seit einiger Zeit – eine *Sensation*. Eine Offenbarung. Enge, durch großflächige Haut-frei-Zonen akzentuierte Cocktailkleider, sehr lange, makellos braungebrannte, täglich gecremte und gewartete Beine, blondfließende Haare, braunwallende Haare, perfekt symmetrische, attraktiv erloschene Gesichter, und unter normalen Umständen ist schlichtweg unmöglich, was jetzt schon zum dritten Mal innerhalb der letzten fünf Minuten geschehen ist: Die Braune hat zu mir herübergeschaut! Sie hat ihren Kopf gedreht und mich ohne einen begleitenden Gesichtsausdruck ins Visier genommen. Neugier vielleicht? Oder Aufbegehren. Wie auch immer, am Nebentisch ist man – animiert von »Kool and the Gang« – aufgestanden, während wir natürlich sitzengeblieben sind, weswegen sich dem Mexikaner und mir gegenwärtig intime Einblicke bis hinauf zu zwei raffinierten, extrem knappen, letztlich unsichtbaren Slips bieten, die wiederum Lynberg, dessen »alter Freund« Sancho angeblich ist, nicht zu interessieren scheinen. Lynberg schaut nicht einmal auf. In einem Wachkoma streift er durch das mentale System Genf: Die Hitze, die schlechte Musik, die zerfließenden Bilder, Frauen, die jeden Moment in tausend Glasscherben zerspringen, sich in Barcodes verwandeln können, in Kassenmelodien. Ich stoße noch einmal mit José an, deute dabei auf die beiden tanzenden Nur-noch-Körper links von uns, doch von ihm kommt lediglich ein resigniertes Schulterzucken: »Eye candy. Interested in your wallet. *Exclusively.*« Nochmals die Schultern, dann eine Denkpause, schließlich: »That's the way it is.«

Celebration geht zu Ende und der Nachfolgesong zündet nicht genug, um den Nachbartisch auf den Beinen zu halten. Zunächst lassen sich die beiden Candies fallen, dann, einer nach dem anderen, die verzweifelte Entourage. Gelegenheit für mich, Josés systemische Daten abzufragen.

»Still working in the finance sector«, lässt er mich wissen. Amerikanisches Englisch, minimaler, dekorativer Hispano-Akzent. »But soon I'll do something else.«

»And what will you do?«, bohre ich ohne einen Funken Interesse nach.

»Tequila«, lautet seine Antwort.

»Tequila?«, wiederhole ich.

»Yes. My family owns a Tequila brand back home in Mexico. I'll try to organize the distribution in Europe.«

»So, you cannot buy it here?«

»Of course, but it's difficult.« Er schaut mich an. Die Trauer Mittelamerikas. Der Schmerz der Spanier, während sie die Azteken ausrotteten.

»You know«, fährt er fort, »up to now this was more like a pet business. But I think that's gonna change.«

Pet business? Ich fische einen Eiswürfel aus dem Kübel, in dem unsere Sauvignon-Flasche herumtreibt, und werfe ihn in Richtung Lynberg.

»Erik, what's your *pet business*?«

Lynberg wacht auf. Nachdem seine Aufmerksamkeit die letzten zehn Minuten von etwas in seinem Glas absorbiert worden war, fixiert er jetzt plötzlich mich, zumindest einen Punkt in meiner Nähe.

»My *what?*«

Die Sonne geht seit einer Ewigkeit unter. Der Jura lauert schwarz. Der See funkelt. Lynberg betrachtet jetzt seinen Kumpel Ramon. Der wiederum observiert erneut die beiden Systemkerne am Nachbartisch; genau das mache ich eigentlich auch, doch die Brünette hat das Interesse an mir verloren, weswegen ich den Blick noch einmal über die Gesamtheit der Sofalandschaften schweifen lasse. Unwahrscheinlich, dass hier tatsächlich irgendwo Französisch gesprochen wird, französische Gehälter verpulvert werden. Alles ist so vertraut, so, wie es war, bevor die Dinge außer Kontrolle gerieten: Finanzindustrie allenthalben, ein paar Spritzer irgendwas, immer wieder Einsprengsel des dynamischen Teils der Organisationswelt, Leute wie Lynberg und ich. Überall entdecke ich Konstellationen, die der unseren oder der links von uns gleichen. Die Qualität der Frauen, obwohl ich die Qualität von Frauen nicht mehr beurteilen kann, die Güteklasse der Frauen an diesem Ort, den ich gar nicht kannte und der »Les Voiles« heißt, ist ganz ausgezeichnet, mindestens zwei Klassen besser als in dem Open-Air-Laden, an dessen Bar ich kaum eine Stunde später ein neues Getränk erwarte und der angeblich auf den Namen »Wakeboard-Center« hört. Ich frage Lynberg, was dieser Name, überhaupt, was das Theater hier soll, doch seine zerfließenden Poolwasseraugen sind schon wieder auf irgendeine entrückte Brennweite gestellt. Langsam macht er mir Angst. Jemand sollte ihn warnen, dass es so nicht weiter geht mit ihm. Unser eigentliches ›Projekt‹ für heute Abend, nämlich die Klärung der Afrika-Frage: zwecklos, zum x-ten Mal vertagt.

»They call it wakeboard center«, fängt Lynberg schließlich doch an »… because *it is* a fucking wakeboard center.«

Ich schaue mich um. Ein riesiges Areal, das auf einer Seite vom See und auf der anderen Seite vom – was ist das? –, vom Fundament der Uferstraße begrenzt wird. Das Gelände haben wir eben durch einen Tunnel betreten müssen, an dessen Eingang zwei schwarzgekleidete Männer standen und die Taschen der Leute auf *mitgebrachte* Alkoholika untersuchten. Unglaublich, dass so etwas nur zweihundert Meter vom Les Voiles entfernt geduldet wird. Noch unglaublicher, dass ich mich von Lynberg habe hierher schleppen lassen. Mit Jorge drüben bei der dritten Flasche herumzusitzen, dabei seinen Wahnvorstellungen zu lauschen, dabei wiederum die beiden Wahnvorstellungen am Nachbartisch, die anderen Frauen an den anderen Tischen zu beobachten – das hätte mir vollkommen ausgereicht für diesen Abend. Ich wollte und will wirklich, wirklich nicht mehr. Doch Lynberg meinte, im Wakeboard seien die Dinge realistischer. Das waren seine Worte: »Things are more real over there.« Also gut, wir stehen an dieser zwanzig Meter langen Theke herum. Lynberg nippt an einem gefährlich aussehenden, in einem Plastikbecher servierten Cocktail, während ich eine Dose fade schmeckendes Cardinal-Blanche bereits zur Hälfte geleert habe. Der Wein drüben war in Ordnung, lieferte einen Teppich, der Unangenehmes – Geräusche, Gesprächsbeitrage, *Gedanken* -elegant abfederte, in etwas anderes, beinahe Produktives verwandelte. Generell jedoch gibt mir Alkohol nichts mehr. Speziell für Bier fehlt mir mittlerweile jedes Verständnis. Um mich von meinem Getränk abzulenken, nehme ich wieder einmal Lynberg ins Visier, sein lockiges, blondes Haar, das er eigentlich als klaren Pluspunkt verbuchen könnte, rahmte es nicht dieses zerfurchte, durch jede einzelne der sehr großen Poren Enttäuschung und Aufgabe verströmende Gesicht, dessen tiefes, Alkoholrötungen erstickendes Braun in einem irritierenden Kontrast zu diesen entsetzlich leuchtenden Stahlaugen steht. Paul ist tot, Lynberg auf dem Weg dahin – meine Kumpels scheinen immer wieder in ernste Schwierigkeiten zu geraten. Eventuell ist es kein Spaß, mit mir zu tun zu haben, weswegen ich mich von der Bar abstoße und zu einem kleinen Rundgang über das Gelände aufmache. Meine Füße, die in Ibiza-Techno-Hippie-Sandalen stecken, knirschen durch groben Kies. Die Sonne ist endlich verschwunden, Claudia, die mir die Sandalen geschenkt hat, ebenfalls; der See liegt schwarz und glatt, ein monströses Bassin unangenehmer Erinnerungen. Die Musik ist aggressiver als eben im Les Voiles; die Leute sollen tanzen, manche tun das sogar. Der Franzosenanteil unter den Leuten ist *unglaublich*. Im Vorbeiwischen scanne ich Dutzende Frauen, von denen eine Menge irgendwie nicht schlecht aussieht, mit denen aber durch die Bank etwas nicht stimmt, und plötzlich schleudere ich meine noch viertelvolle Cardinal-Dose in den See. Zumindest dorthin, wo ich den See vermute. Als nächstes dringt eine Frauenstimme durch das Bassgehämmer, ein Schmerzensschrei, der übergangslos in ein langgezogenes »Merde« mündet. Ich gehe ruhig weiter, mische mich unter die halb tanzende, halb nur herumwogende Masse, doch man hat bereits die Verfolgung aufgenommen. Jemand läuft aufgeregt zwischen den Leuten umher. Ich erkenne einen bulligen, eher kleinwüchsigen Endzwanziger mit dunklem, besonders an den Seiten kurzgeschorenem Haar. Annemasse, Lyon, Grenoble – ganz egal, aus welcher Banlieue-Hölle er sich bis hierher durchgeschlagen hat, sollte er mich erwischen, bin ich erledigt. Allerdings habe ich eine Million Optionen, mich dem Ärger zu entziehen. Es ist voll und wird immer voller. Die Leute kommen langsam in Stimmung. Zum Les Voiles sind es nur 200 Meter, doch die ideologische, die anthropologische, soziographische Distanz muss gigantisch sein. Ich streife über ein von feiernden Servicekräften bevölkertes Areal, ich werde dabei von einem wütenden Automechaniker verfolgt, und in meinem Gehirn, so fühlt es sich an, werden dicke Stahlfedern von einer barbarischen Kraft zusammengedrückt. Allerdings nicht mehr lange. Ich höre bereits ein Knuspern, das Knacken einer berstenden Schädeldecke. Ich freue mich darauf. Es ist das, was ich eigentlich will, worauf ich die ganze Zeit warte, doch dann gerate ich plötzlich in die Scheinwerferkegel eines Paares ausdrucksloser, cyanblauer Suchtstoffaugen. Folglich presse ich ein irgendwie zu hohes, heiserpfeifendes »Hejsan« heraus. Malin habe ich auch mit »Hejsan« begrüßt, damals in Zürich. Ich meine, ich glaube, dass ich Malin so begrüßt habe. Später habe ich sie in Claudia umgetauft. Vorher, vor Jahren, hieß sie Marion.

»Where the fuck have you been?«, beginnen die Augen zu sprechen.

»Well … here«, antworte ich nicht unbedingt wahrheitsgemäß.

»Come on, I found them. The girls … These two … you know? Told you about them.«

»The hairdressers from Annecy?«

»Yeah, come on, they are hot. We have to speak French but … you know.«

Ich denke an die beiden Nutten aus dem Les Voiles und danach, nur der Himmel weiß warum, an die große Reise, die der EC 1974 über den afrikanischen Kontinent machte. Dem Vernehmen nach war es ein hitzedampfendes, schimmelbesetztes Hotelzimmer im nächtlich brodelnden Kinshasa, wo dem noch jungen Gonzales-Blanco erstmals die Idee zu einer Organisation kam, deren einziges Ziel es sein sollte, altruistische Tendenzen in den transglobalen Konzernetagen zu züchten bzw. in Spendenbereitschaft zu transformieren, jene Gelder dann abzusaugen und schließlich auf der eigenen Hazienda oder im Rahmen irrsinniger Konferenzen und Projekte zu verbrennen. *Communicating for a better tomorrow. Communicating for a world without a tomorrow.* Kommunikation ist doch auch ein System, oder? Ich denke an eine Menge Dinge gleichzeitig, ich übe freies Assoziieren für Niederegger, werde dann jedoch von dem Mechaniker abgelenkt, der jetzt auf einer Empore steht und mich offenkundig entdeckt hat, mich mit einem düsteren, Gesichtsausdruck anstarrt. Er schaut mich an, also schaue ich notgedrungen zurück.

»Come on«, sagt Lynberg noch einmal, »come on, they are waiting.«

Montag, 24. Juni 2013, 14.13 Uhr, die psychotherapeutische Praxis Dr. Yves Niederegger, Route de Florissant, Genève-Champel

»Später in der Nacht lag ich auf einem Futon in Annemasse. Ich meine, da bin ich aufgewacht. Am Morgen.«

»Das heißt, Sie und Ihr Kollege, sie waren also … erfolgreich?«

»Was meinen Sie damit? Sex?«

»Nun, darum ging es Ihnen doch, nicht wahr?«

»Mir nicht.«

»Sind Sie sich da sicher?«

»Ich bin mir bei gar nichts sicher, Herrgott. Woher soll ich wissen, worum es mir … was weiß ich … meinem *Unterbewusstsein* gerade wieder ging? Ich meine, Lynberg hat die Sache angeleiert. Ich war nur dabei. Am Anfang jedenfalls … am Anfang habe ich gar nichts gemacht … nur rumgestanden, während Lynberg die beiden aus Annecy bearbeitet hat. Ich habe mich noch manchmal umgeschaut, um zu sehen, ob dieser Zwerg aufkreuzt. Habe ich ja eben erzählt, die Sache mit der Bierdose.«

»Darauf möchte ich gleich noch einmal zu sprechen kommen. Aber vorerst: Wie haben Sie sich dabei gefühlt? Angesichts dessen, was ihr

Kollege da versuchte. Ihnen war doch klar, welchen weiteren Verlauf der Abend nehmen konnte, n'est-ce pas?«

»Bei Lynberg habe ich noch nie einen anderen Verlauf erlebt. Das ist ein ganz simples Zwei-Alternativen-Szenario: entweder Koma mit anschließend Frau oder nur Koma, aber ein ungleich intensiveres. Win-Win-Situation. So hat er das mir gegenüber mal beschrieben. Scheitern unmöglich. Ich meine, der Mann ist verrückt, das wissen Sie ja. Haben sie den eigentlich auch in Ihrer Irrenkartei?«

»Sie wissen, dass ich zu anderen Patienten keine Angaben machen kann.«

»Natürlich. Aber Sie könnten mir einen Hinweis geben. Ein Zwinkern zum Beispiel. Ich frage: Ist Lynberg einer Ihrer Irren? Und Sie zwinkern einmal, wenn das stimmt, d'accord? Also: War oder ist eine Schwedenruine namens Erik Lynberg in Ihrem Kundenverzeichnis gelistet?«

»…«

»…«

»Gut, kommen wir mal zu Ihrem Wochenende zurück. Ich …«

»Moment, war das jetzt ein Zwinkern? Ich meine, ein absichtliches?«

»Auf dem Futon. Wie war die Situation, als Sie dort aufwachten? Je suppose que vous n'étiez pas seul.«

»Je suppose que je suis *toujours* seul. Das ist strukturell, verstehen Sie? Egal. Wie die Situation war? Ich bin aufgewacht, hatte etwas Kopfschmerzen, weil ich an diesem Abend natürlich etwas getrunken hatte, nicht viel, aber ich kann auch nichts mehr vertragen. Also, Kopfschmerzen, flaues Gefühl im Magen, etwas Hunger auch. Ich lag da auf einem großen Futon mitten in einem Raum, nicht zu groß, nicht zu klein, ein Raum eben, und um den Futon waren lauter so Sachen verbreitet. Dieses Zeugs, keine Ahnung. Öle, Kissen, Bambushölzchen. Das fand ich komisch, weil mir Michelle gar nicht so asienmäßig vorgekommen war.«

»Michelle? Die Frau, die Sie kennengelernt haben, hieß also Michelle?«

»Ja. Sie und eine Freundin standen plötzlich neben den zwei Friseusen aus Annecy, die Lynberg ja eigentlich für diesen Abend auserkoren hatte. Die Friseusen haben wir dann natürlich stehengelassen.«

»Weshalb?«

»Weil … keine Ahnung. Die Friseusen sahen nicht übel aus, aber Michelle hatte ältere Rechte, nehme ich an. Die kannten wir ja schon aus der Praxis Romelli, von dieser Impfgeschichte.«

»Hatten Sie mit Michelle … Oder nein, ich möchte das anders formulieren: Ist Michelle Teil Ihres Vorsatzes, dieser Zielsetzung geworden, von der Sie am Jahresanfang gesprochen haben?«

»Was für eine Zielsetzung? Was glauben Sie, hat jemand wie ich Ziele? Und wenn ja, erreicht jemand wie ich Ziele?«

»Nun, darauf wollte ich hinaus, Monsieur Stremmer. Wir haben uns ja relativ lange nicht gesprochen. Sie haben alle Sitzungen seit März abgesagt. Und jetzt plötzlich, Ende Juni, wollten Sie außer der Reihe einen Termin. Das letzte Mal haben wir vor Ihrer Reise nach … warten Sie … nach …«

»Mallorca. Ich war auf Mallorca. Son Serra de Marina. Von dort habe ich Sie übrigens einmal angerufen. Können Sie sich erinnern? Oder schiebt nachts ein Roboter für Sie Dienst?«

»An Ihren Anruf kann ich mich sehr gut erinnern.«

»Ach wirklich? Was habe ich gesagt?«

»…«

»…«

»Vielleicht bleiben wir doch erst mal bei Ihrem Wochenende. Sie wollten eben über Ihre Erlebnisse vom letzten Samstag sprechen. Warum genau?«

»Tja, warum eigentlich? Mit irgendwas muss ich Sie doch unterhalten, oder? Dieser Abend war letztlich nichts Besonderes. Jedenfalls nicht im Hinblick auf Michelle und ihre Freundin … Auf jeden Fall ist nichts gelaufen. Wir vier, also Lynberg, die Frauen und ich, wir haben ein Taxi nach Gaillard genommen. Das kennen Sie, oder? Hinter der Grenze. Nicht gerade eine Nobelgegend. Die beiden wohnten da, nur zwei Straßen voneinander entfernt. Wir also das Taxi genommen und uns in Gaillard getrennt. Was Lynberg dann veranstaltet hat – keine Ahnung. Wir haben das noch nicht besprochen. Bei mir lief auf jeden Fall nichts. Ich verstehe nicht, warum ich überhaupt mitgekommen bin, denn schon im Taxi war klar, weder sie noch ich hatten Lust. In ihrer Wohnung durfte ich mich dann auf dieses Futon legen und sie hat woanders geschlafen; ich glaube, im Kinderzimmer. Sie hatnämlich einen Sohn. Fünf Jahre, oder so. Am nächsten Morgen haben wir dann alle zusammen gefrühstückt. Croissants, Café, Tartine, usw. Wir saßen da in dieser kleinen Küche im siebten Stock eines Plattenbaus in Gaillard und ich habe mit zwei wildfremden Personen französische Croissants gegessen, und genau darüber haben wir uns auch unterhalten, falls ich mich richtig erinnere.«

»Worüber haben Sie sich unterhalten?«

»Über die Croissants. Michelle hat erklärt, warum die nur zwanzig Meter hinter der Grenze, gleich in der ersten Boulangerie auf französischem Territorium anders, nämlich viel besser schmecken als hier. Darüber hat sie gesprochen. Der Kleine und ich haben zugehört. Und danach bin ich gegangen. Zu Fuß über die Grenze rüber nach Thonex. Das war der Samstagabend. Bizarr eigentlich.«

»Inwiefern? Hatten Sie einen anderen Verlauf erwartet?«

»Tja, wahrscheinlich schon. Ich wollte nicht, aber als wir dann in diesem vergammelten Fahrstuhl nach oben fuhren ... na klar, das stellte sich doch eine gewisse Erwartungshaltung ein. Ich meine, warum nimmt eine normale junge Frau in einer Samstagnacht jemanden mit in ihre Wohnung? Noch dazu einen Bierdosen in der Gegend herumschmeißenden Irren? Da gibt es nicht gerade viele Möglichkeiten, wenn Sie verstehen. Kurz und gut, im Fahrstuhl dachte ich, es läuft was. Ich hatte zwar keine Lust, ich habe nichts gemacht, doch ich hätte mitgemacht. Aber dann lief eben nichts und beim Frühstück war ich sogar froh darüber, obwohl ihre ... Brüste nicht übel waren. Ihr Gesicht war mysteriös. Da stimmte etwas nicht, doch ich habe nicht herausgefunden, was. Ein unsichtbarer Fehler. Insgesamt wusste ich nicht, ob sie mir gefiel oder nicht. Obwohl ... ich denke schon, dass sie ok war. Nein, sie war sogar gut: Braunes Haar, blasser Teint, Tattoos. Ihre Stimme war sehr gut. Rauchig, heiser. Kommt aus der Gegend von Nancy. Na ja, Michelle ... ich hab ihre Nummer.«

»Wie würden Sie Ihre Verfassung an diesem Morgen beschreiben? Wie haben Sie sich gefühlt?«

»Schwer zu sagen. Ich denke, ich habe mich gut gefühlt. Ganz ok. Der Kater war weg. Der war ohnehin nicht schlimm gewesen. Ich habe gut gefrühstückt mit meiner Frau Michelle und meinem Sohn, dessen Namen ich allerdings vergessen habe und der meinen Namen auch vergessen hat, und dann bin ich aus dem Haus gegangen, um – keine Ahnung – irgendetwas zu machen.«

»Hätten Sie das gern: eine Familie?«

»Ja.«

»Wirklich?«

»Absolut.«

»Ihnen ist klar, dass diese Aussage in einem … sagen wir ›Spannungsverhältnis‹ zu Ihren Zielen vom Jahresanfang steht?«

»Habe ich doch eben schon gesagt: Aussagen von mir, die irgendeine Form von Zukunft betreffen, sind null und nichtig. Was war das damals? Jeden Monat eine neue Frau, oder?«

»So lautete Ihr Plan. Sie haben sogar darauf gewettet. Und in den ersten Monaten des Jahres hatte ich durchaus den Eindruck, dass Sie es ernst meinten.«

»Nun, wenn ich darüber nachdenke: kein schlechter Plan. So vermeidet man das Sonntagsfrühstück mit der Familie.«

»Aber eben haben Sie noch behauptet, dass Sie gerne eine Familie hätten.«

»Stimmt.«

»Und jetzt sagen Sie, dass Sie Familie, die alltäglichen Prozesse, die Rituale einer Familie lieber vermeiden wollen?«

»Stimmt auch.«

»Sie vermeiden die mögliche Erfüllung Ihrer Wünsche? Sie arbeiten dagegen an?«

»Ich halte das Wort Wünsche in Bezug auf meine Person für unangebracht.«

»Inwiefern?«

»Keine Ahnung, es klingt lächerlich. Ich spreche lieber von Projekten, von systemischen Zielen. In unserem Laden, bei der GEF, da haben wir andauernd Projekte und Ziele. Das wechselt praktisch wöchentlich.«

»Gibt es auch Ziele, die Sie wirklich erreichen wollen? Die Sie nicht aktiv sabotieren?«

»Und ob!«

»Möchten Sie eines nennen.«

»Keine Ahnung. Die Zwiebelgeschichte. Die endlich fertig machen. Oder Mallorca. Vielleicht ziehe ich nach Mallorca. Mal schauen. Kann sein, dass, wenn das Buch über diesen Idioten fertig ist … dass ich dann sowieso gefeuert werde … oder sogar freiwillig aufhöre.«

»Von Mallorca haben Sie ja schon früher gesprochen, wenn ich mich recht erinnere. Ein Umzug wäre ein radikaler Schritt. Sind Sie sich über die Konsequenzen im Klaren?«

»Ja, natürlich. Vor allem wäre es mit Sicherheit ein Fehler. Andererseits, was würde ich hier vermissen? Sie vielleicht. Habe ich Ihnen das schon einmal gesagt: Ich mag Sie, Niederegger. Sie würde ich vermissen. Und Freizeitmann auch. Den vermisse ich ja jetzt schon.«

»Moment … ähmm … der Mann in Ihrer Tiefgarage.«

»Exakt. Seit Monaten nicht gesehen. Allerdings habe ich das Gefühl, dass Sie und Freizeitmann … dass sie in geistiger Verbindung stehen.«

»…«

»…«

»Können Sie das etwas genauer erklären?«

»Was?«

»…«

»Ich meine, *was* soll ich erklären?«

»…«

Nicht zum ersten Mal erlebe ich unmittelbar nach Niederegger einen Energieschub. Plötzlich sehe ich mich in der Lage, Nägel mit Köpfen zu machen, und mittlerweile glaube ich, mein Therapeut legt es regelrecht darauf an, dass ich diese schwachsinnige Wette gewinne. Das wäre, zumindest moralisch gesehen, Mord.

Es ist also früher Nachmittag und ich fahre nicht zurück ins Büro, sondern auf direktem Weg zur Praxis Romelli, wo ein verdutzter Leon meiner Anordnung, Michelle nach vorne an den Empfang zu holen, ohne Widerspruch Folge leistet. Sie erscheint, ich bitte sie auf eine Zigarette vor die Tür, sie sagt, sie rauche nicht mehr, worauf ich – dabei hoffentlich irgendwie lausbübisch lächelnd – erwidere, sie solle jetzt verdammt nochmal bitte kurz mitkommen. Nun, sie kommt mit, und draußen, beziehungsweise noch im Windfang dieses mit einer Reihe obskurer Unternehmen und Praxen, aber immerhin auch mit der malaiischen und senegalesischen Vertretung besetzten Geschäftshauses, küsse ich Michelle dann ohne langes Federlesen. Ihr Atem schmeckt nach Kaugummi, dazu ganz leicht nach Knoblauch, nach in Knoblauch und Olivenöl angebratenen Scampi. Verrückt, was sich selbst Franzosen der nicht gerade besitzenden Schichten heutzutage zu Mittag leisten. Vor allem aber: Michelle macht mit. Ohne jede Schrecksekunde ist sie *sofort* bei der Sache – so sehr, dass mir der Verdacht kommt, bei dieser Aktion gehe es um alles Mögliche, aber nicht um mich. Was mir wiederum nur recht sein kann. Denn von meiner Seite aus geht es natürlich erst recht nicht um mich, beziehungsweise, wahrscheinlich geht es schon um mich, jedoch ausschließlich in einem langfristigen, perspektivischen Zusammenhang. Wir küssen uns, meine Hand tastet sich unter ihren Kittel, draußen kommen Passanten vorbei; eine traditionell gekleidete Chinesin tippelt aus den Aufzügen, lässt sich anschließend von der Drehtür, uns bewusst ignorierend, aus dem Gebäude wedeln. Endlich lösen sich Michelles Lippen von meinem Mund.

»Bon, on se voit ce soir? Brian sera chez sa grand-mère.«

Ich sage: »Bien sûr«, mache mich anschließend auf den Weg zurück zur GEF, und während der ganzen Zeit auf den verstopften Straßen dieser gespenstischen Stadt denke ich darüber nach, wie ich Lynberg, der schon neulich im Wakeboard in Sachen Michelle angesäuert war, am effektvollsten von meinem Rendezvous berichten könnte.

Insgesamt aber und vor allem: Juin? Voilà, reglé. Executé.

VII.
Buffalo (New York)

Gesendet: Samstag, 06. Juli 2013 um 10:22 Uhr
Von: «Malin Nordström» <malin.nordstroem@gmail.com>
An: «Frank Stremmer» <f.stremmer@bluemail.ch>
Cc:
Betreff: Ausstellung
Hej Frank!
Long time no see – this is at least what the Ex-Pats in Zürich always said. I think it sounds terrible, I don't know, almost childish. And somehow grammatically wrong. But it's true, I didn't hear of you for a long time, so: How are you? Are you still working on this book about your boss? I moved back to Stockholm in May and I think this was a good decision. I am painting a lot, it seems that I'm going through a productive period. For example I tried to make a picture, something like a comic strip of our afternoon in Zürich. Can you remember? That was one of the strangest encounters I ever had. You are a strange man, Frank. Anyway, I just wanted to tell you that there's a little event going on in Lausanne (Saturday, 7. September, »Le troi deceptions«, good name for a gallery, isn't it?). It's a vernissage with works of mine (amongst others) and also later a party with me as a DJ. If you like, come over and join. You know, Lausanne is not too far away from Geneva. And … you know.
Kisses. Or one kiss. But a real one.
Malin

Gesendet: Samstag, 06. Juli 2013 um 23:52 Uhr
Von: «Claudia Ehlers» <c_ehlers@web.de>
An: «Frank Stremmer» <f.stremmer@bluemail.ch>
Cc:
Betreff: …
Na du.
Ich komme gerade von der Arbeit, bin aber noch nicht müde. Eben waren Jürgen und Thorsten im Sol und die beiden haben wieder über ihr tolles neues Projekt geredet. Die sind echt nicht ohne, und manche von den Leuten, mit denen die zu tun haben, erst recht nicht. Wenn Du mich fragst, gib denen bloß kein Geld, ok?
Ich höre das Meer und den Wind. Ich liege auf dem Bett, mit dem leuchtenden Tablet neben mir.
Hey, wolltest Du Dich nicht melden?
L.G,
Claudia

Gesendet: Dienstag, 09. August 2013 um 14:01 Uhr
Von: «Stevenson, Elizabeth» <elizabeth.stevenson@gef.org>
An: «Stremmer, Frank» frank.stremmer@gef.org;
Cc: »Park, Dae-Hyun« <dae.hyun.park@gef.org
Betreff: Valparaiso
Frank,
Could you please forward us your draft of chapter 4 and 5 (the 3rd version) a.s.a.p. ? That would be nice.
And I think we have to talk a little bit about Richard Wilson. Maybe we need to re-define his job description.

Regards,
Liz

P.S.: We also have to talk about December (… yes, once again …) I think the EC now decided that we'll visit at least 2 of the following 4 countries: **Central African Republic, Democratic Republic of the Congo, Republic of Uganda and Republic of Rwanda.** The GEF is, as you might be aware of, engaged in each of those places.

Gesendet: Mittwoch, 10. Juli 2013 um 14:07 Uhr
Von: «Mari Takano» <mari.ta@hotmail.com>
An: «Frank Stremmer» f.stremmer@bluemail.ch
Cc:
Betreff: back from hokkaido
This time it was different. I was alone since my uncle had to work and couldn't leave Tokyo (he's not a fisherman anymore; he's back in the financial sector). I found the little sack with all the gifts in the hut. I was raining. I sat down and listened to the rain like we did it, Frank. But I didn't try one the … you know … I was just sitting there and the rain was falling and then I started to hear them: children. The sound of whispering children, mixed with the raindrops. That was strange. I thought about this old story. The children who disappeared with their teacher while searching this special plant which is only growing on Hokkaido. I was listening to their thin little voices but I was not scared. I felt like joining them. It seemed as if they were playing and having fun. It was like a birthday.

M.

Gesendet: Donnerstag, 11. Juli 2013 um 00:01 Uhr
Von: «Mari Takano» <mari.ta@hotmail.com>
An: «Frank Stremmer» f.stremmer@bluemail.ch
Cc:
Betreff: Re: Aw: back from hokkaido

Good question. Maybe I like writing to you, thinking of us, of this intensity. But, yes, we will never meet again. If I see you somewhere, I will hide.
And I won't give you one of … them. You told me once to tell you this in case you were asking, remember?

M.

P.S.: No, IT was raining. Just a spelling mistake. As I told you, I didn't try one of them this time. But yesterday I did.

Gesendet: Donnerstag, 18. Juli 2013 um 20:29 Uhr
Von: «Beatrice Mullholland» <bea.mul@gmail.com>
An: «Frank Stremmer» f.stremmer@bluemail.ch
Cc:
Betreff: Re: Re: Re: Re: Re: Aw: Einsam in Genf

Frank,
I would like to know more about this survey you are participating in. »Promiscuity? Soul?«
Sounds promising. We should discuss this personally.
Didn't you mention that you don't know Bern very well? Well, then come over!
Saturday?

Beatrice

xxxxxxxxxxxxxxxxxxxxxxx

Gesendet: Freitag, 19. Juli 2013 um 14:01 Uhr
Von: «Jürgen Stedmeyr» <jstedmeyer@t-online.de>
An: «Frank Stremmer» f.stremmer@bluemail.ch
Cc:
Betreff: Sol II
Ja, Grüß Gott!
Hier nochmal der Jürgen aus Son Serra. Frank, wenn Du noch einsteigen willst: Zeit wird's langsam.
Saludos,
Jürgen

Als hätte ich ihn bei Niederegger herbeibeschworen: In der Tiefgarage treffe ich auf Freizeitmann. Wo hat er die ganze Zeit gesteckt? Sein Dresscode hat sich jedenfalls nicht verändert: Sandalen, Shorts, ein fleckiges, über dem Bauch spannendes T-Shirt. Sein Haar ist wirr, das Gesicht aufgequollen und von einer graubraunen Färbung, die man nicht mit Sonneneinstrahlung, sondern mit Abgassedimenten assoziiert. Freizeitmann lehnt rauchend an der hüfthohen Betonbalustrade und sagt: »Bonjour.«

Darauf ich natürlich: »Bonjour, ça va?

Seine Replik lautet: »Ça va«, was bedeutet, dass bei Freizeitmann nach wie vor alles ok ist. Ihm geht es den Umständen entsprechend. Die Umstände lauern oben in seiner Wohnung, die weiß Gott wer für ihn bezahlt und die ich sehr gerne einmal in Augenschein nehmen würde. Ich schließe den Fahrradkeller auf, stelle mein mattschwarzes 5000-Franken-Trekking-Ungetüm ab. In Gegenwart von Freizeitmann kommen mir konventionelle Konsumartikel, irgendwelche Geldfetische noch alberner vor als sonst schon. Der Mann hat definitiv eine Wirkung auf mich, und der Sog, mich zu ihm zu stellen, zunächst nur für eine Zigarette, ist groß. Allerdings gibt es immer noch Dinge, die uns trennen. Zum Beispiel habe ich vermutlich immer noch einen Job. Ich sehe es als gesichert an, dass ich mir wesentlich teurere Prostituierte leisten kann als er, weswegen unsere Positionen im Sozialgefüge zweifelsohne nicht identisch sind. Andererseits habe ich gelernt, dass derlei scheißegal ist. Bei Licht betrachtet ist jede Differenzierung sinnlos. Ich könnte mich zu ihm gesellen, mir eine Zigarette anbieten lassen, und danach würde alles seinen Gang nehmen. Stattdessen schlage ich meinen gewohnten Weg ein, und als ich an der Tür angekommen bin, hinter der sich der Gang zu den Aufzügen verbirgt, die mich hinaufbringen werden in jene Zone, die nachts meine kranken Träume ausbrütet, in dem Moment, in dem ich die Klinke bereits in der Hand habe, höre ich den in vielerlei Hinsicht verrückten Satz: »Je vais me marrier«. Ich lasse die Klinke wieder los, drehe mich theatralisch langsam um. Er lehnt mit der Hüfte an der Balustrade, neben ihm steht sein Motorrad, eine leichte Enduro, abgesehen von seiner Bald-Ehefrau die wahrscheinlich einzige Maschine auf der Welt, der er sich wirklich anvertrauen kann. Sein T-Shirt ist von einem ausgewaschenen, ins Bonbonfarbene ausgewanderten Rot, die Shorts haben vor lauter Querfalten jede Form verloren. Ich betrachte diese Beine, die knotigen Schienbeinknochen. Mit jedem Schritt, den ich auf ihn zu mache, plustern sich die Tränensäcke unter seinen Augen mehr auf. Wobei Tränensäcke unter Umständen nicht das richtige Wort ist. Keine Ahnung, welcher Natur die Flüssigkeiten sind, die Freizeitmann in diesen glänzenden Hautlappen auffängt, womöglich weiterverwendet. Ich komme näher und entdecke noch einmal ganz neu seinen beinahe weiblich geschwungenen Mund, die an den Winkeln schmalen, in der Mitte hingegen vollen, beinahe keck aufgeworfen Lippen. Eine Manga-Comic-Schnute, die unter der fleischigen Nase, den wässrigen Basedow-Augen, der breiten, hohen Stirn unpassend, nein, im Gegenteil, mit Bedacht platziert wirkt. Das Gesicht sieht aus, als wollte jemand damit eine Aussage machen, womöglich eine Kritik üben. Wie auch immer, dieser Mund wird also seit neuestem geküsst. Eine Hand fährt durch dieses strähnige, schüttere, über den eigentlich bereits kahlen Schädel gelegte Haar. Eine Zunge zeichnet sensibel die fleischigen Wölbungen seiner mehrfach durchstochenen Ohrläppchen nach. Ich komme auf ihn zu, behalte ihn dabei fest im Blick, registriere jede Nuance seiner Mimik. Er lächelt nach wie vor, doch der Unsicherheits-, der Schreckensanteil wächst wieder, erhöht sich sehr schnell. Niemand, nicht seine Mutter, nicht sein Schöpfer hat ihn auf das vorbereitet, was jetzt passiert. Aber, verfluchtnochmal, hat er es nicht selber herausgefordert? Ich war bereits auf dem Weg zu den Aufzügen! Gut, ich habe »ça va?« gesagt. Keine Ahnung, was ich damit meinte. Meistens meine ich nichts mit dem, was ich sage. Ich schaue mir die Dinge an, lasse sie durch mich hindurchfließen, ohne aus ihnen Einstellungspartikel, irgendwelche Charakteristika herauszufiltern. Mit Freizeitmann wäre alles ganz genauso gelaufen, wenn er nicht verrückterweise auf einmal mit einer wirklichen Antwort gekommen wäre. Es war, das werden mir die Instanzen bestätigen, seine Schuld, und jetzt bin ich bei ihm. Seine Augen sind angstgeweitet; ich entdecke in ihnen sowohl die weißen Neonschwerter an der Decke als auch eine dunkle Silhouette, einen schwarzen Kopf. Später, wenn man die Bilder aus ihm herausschrauben wird, um an verwertbares Material für den Fahndungsfilm zu kommen, dürfte es eine Enttäuschung geben. Diesen Typen würde selbst ich nicht wiedererkennen. Ein Schatten, der eine blitzartige Bewegung ausführt. Eine Reihe perfekt gepflegter, halbjährlich gewarteter Zähne. Eine Art Geräusch dazu, ein im Gurgeln untergehendes Zischen, womöglich ein Wort. Ich schüttele ihm also die Hand und bringe dazu ein »Felicitation« heraus. Bei ihm plötzlich der Ausdruck aufrichtiger Dankbarkeit: »Merci.«

»Je n'ai jamais vu votre petite amie«, bohre ich ein wenig nach.

»Oui, elle n'habite pas à Genève.«

Sie wohnt nicht in Genève? Ich lasse ihm einen Augenblick, seine Angaben zu präzisieren, doch es kommt nichts mehr. Wir stehen voreinander, wir lächeln, ich meine, ich hoffe, dass auch ich lächele, und wir schweigen. Weil das nicht geht, sage ich »Bon« und dann »Bonne chance en tout cas«, und oben in der Wohnung, die mir toter und schöner als je zuvor erscheint, achte ich eine Weile auf jedes Geräusch, jedes Knacken, das irgendwo im Haus produziert wird.

Freizeitmann heiratet – es ist nicht zu fassen.

Nichts in meinem Leben ist unwichtiger als die genaue Uhrzeit, aber dennoch: Am Samstag, dem 20. Juli, treffe ich um exakt 14 Uhr in der Berner Lorrainestraße, einer hübschen Gegend unweit der Altstadt, die einundvierzigjährige Amerikanerin Beatrice Catherine Mulholland. Beatrice ist, wenn man ihrem Profil auf diesem Akademikerportal Glauben schenken darf, *Psychologin*, was den Reiz um viele, viele Prozentpunkte steigert, und gestern, kurz bevor wir die Einzelheiten unseres heutigen Dates festlegten, habe ich ihr gebeichtet, noch bis zum Ende des Kalenderjahres an einer von den Harvard-Koryphäen Dr. Ken Nakayama und Dr. *Karen Msuva* konzipierten, international angelegten Feldstudie teilzunehmen. Titel: »Voraussetzungen, Techniken und Folgeschäden der Vielweiberei« (Original: »Promiscuity and Soul«).

Gut, die Sonne scheint, es ist halbwegs warm, ich nähere mich mit verlogenen federnden Schritten dieser Konditorei, vor der Beatrice mit der »International Herald Tribune« unter einer Markise sitzt. Sie trägt eine kecke Jean-Seberg-Frisur, dazu eine sandfarbene Leinenhose, ein blaues, etwas ausgewaschenes T-Shirt sowie sehr casual aussehende, flache Sandalen. Auf dem Foto, das sie mir zuvor gemailt hatte, war nur ihr Kopf zu sehen (einzelne weiße Fäden im kastanienbraunen Haar), doch sie ist, soweit ich das ad hoc beurteilen kann, vernünftig proportioniert. Wir begrüßen uns per Handschlag, ich setze mich. »How are you – Great – Was it easy to find – No problem«, usw., sie hat bereits einen Kaffee vor sich stehen, also bestelle ich auch einen und dazu – aus Angst, aus Antiamerikanismus, ich weiß nicht – einen Cognac. Beatrice lacht auf, ruft die Bedienung zurück, ordert ebenfalls einen Cognac, ändert dann nochmals ihre Meinung und erkundigt sich nach dem Whiskey-Sortiment.

»Da muss ich nachfragen«, erwidert die Bedienung. Ich meine, das ist die Übersetzung dessen, was die Bedienung gerade gesagt haben *könnte*. Beatrice hingegen scheint mit der lokalen Mundart keine Probleme zu haben. Wie lange sie schon in der Schweiz ausharrt, will ich folglich wissen, worauf sie mich, noch bevor das mein Unterbewusstsein erledigen kann, mit einem Abriss ihrer faszinierenden Vita versorgt:

Geboren in Upstate New York, Vater Ire fünfte Generation, Großeltern mütterlicherseits Flüchtlinge des Prager Frühlings, Studium irgendwo, nichts Aufsehenerregendes, Jobs in kommunalen Beratungsstellen für Suchtgefährdete und Essgestörte in der absterbenden Hottentottenstadt Buffalo (NY), Eheschließung mit einem Schweizer Gastdozenten, Umzug vor vierzehn Jahren, zwei Töchter, dreizehn und zehn Jahre alt, beide in Bern geboren, halbtägige Tätigkeiten zunächst für die Konsularabteilung der amerikanischen Botschaft, später abermals in einer kommunalen Beratungsstelle (Spezialisierung diesmal: Gewaltprävention), findet Bern »cosy«, »incredible quality of life«, könnte sich aber vorstellen, eines Tages zurückzukehren, lebt seit gut acht Jahren mit ihrem Mann in einer »endlich ehrlichen, daher offenen« Beziehung.

Wie es der (mit beängstigender Absolutheit herrschende) Zufall so will, schleicht, während Beatrice noch erzählt, ein hagerer, nach Schweizer Maßstäben geradezu ärmlich gekleideter, ca. fünfundvierzigjähriger Mann vorbei. Ein substituierter Drogensüchtiger, ein von seinen Begierden ins Abseits gepeitschter Bundesrat, es gibt viele Möglichkeiten. Ich deute mit dem Kinn in seine Richtung.

»Dein Mann?«

Wieder dieses Auflachen, zu dem ich mir noch keine abschließende Meinung gebildet habe. Möglich, dass es mit dem Gedanken der Gewaltprävention in einem gewissen Spannungsverhältnis steht.

»Keine Sorge«, antwortet sie, »he's fine.«

Ich mache eine Kopfbewegung, die man hoffentlich vielfältig interpretieren kann. Beatrice versteht und legt in einem bemerkenswerten, helvetisch-amerikanisch gefärbten Hochdeutsch nach: »Es gibt Männer, die sich vom Herrschafts- und Kontrollanspruch gelöst haben … und denen es dabei gut geht, besser als zuvor.«

Oh là là! Die schläfrige Herfahrt, die Routine meiner Jagdausflüge in die Schweizer Provinz – alles wie weggewischt. Derlei Töne hört man in Genf viel zu selten. Eine weiterer Passant kommt vorbei, eine Passant*in*: Mitte dreißig, leicht aufgedunsenes, rötlich eingefärbtes Gesicht, blonde Dreadlocks, Trägerhemd, Indienrock, barfuß, Claudia in zehn, in zehn halbwegs katastrophal verlaufenen Jahren, Malin nach der Aufgabe aller Ambitionen. Eine Frau, wie sie in Genf einfach nicht existieren könnte. Ich meine, wie soll ein Saudijungfürst plus Entourage auf so jemanden reagieren? Existieren für solche Leute überhaupt Paragraphen in der arabischen Rechtsfindung?

Wieder meine Bewegung mit dem Kinn: »Dein Mann?«, doch diesmal bereue ich die Provokation sofort. Mit derart plumpen Anspielungen konnte man eventuell frühere Generationen des Feminismus hinter dem Ofen hervorlocken, Beatrice ist aber ein garantiert anderes Kaliber.

»Ich meine«, fahre ich verrückterweise fort, »›Mann‹ unabhängig von kulturellen Denksystemen, von sozialen Konstruktion des Männlichen. Mann im Sinne von physisch nicht männlich ... oder ... als ... ach, was weiß ich.« Ich lasse mich in den Stuhl zurücksinken. Beatrice betrachtet mich spöttisch. »Whiskey haben wir nicht.« Zum Glück ist die Bedienung wieder aufgetaucht. Sie stellt Kaffee und Cognac trotzig vor mir ab. Ich ergreife das Glas, will das Zeug in einem Zug runterstürzen, beherrsche mich im letzten Moment. Herrgott, was geschieht hier gerade? Endlich, endlich das Rendezvous mit Judith Butler und ich versage bereits bei der Ouvertüre? Das Problem ist, ich bin theoretisch einfach nicht auf der Höhe. Ich spüre, dass ich der Gewaltberaterin Beatrice Mulholland wissenschaftlich nichts entgegenzusetzen habe, und plötzlichbricht die Sinnlosigkeit meiner Anwesenheit in diesem Café, meiner Anstrengungen generell, über mich herein. Warum müssen Menschen sich Projekte suchen? Warum können sie nicht ruhig vor sich hinleben, bis sie die Kraft gefunden haben, Schluss zu machen?

»Ok, ich nehme auch einen Cognac«, sagt Beatrice, und dann fragt sie mich, dabei fröhlich dreinschauend: »Ist der gut?«

»Anständig«, lautet meine Antwort. Ganz der abgeklärte, snobistische Alkoholfachmann. Gott, was ist heute nur los? Ein Einbruch! Eine Krise! Ich überschlage, wann ich, wenn ich sofort aufbreche, wieder in Genf bin. Ich könnte Lynberg anrufen und mir jemanden aus seinem komischen Adressbuch, aus seinem Vorrat an Bedienungen, Sekretärinnen, Verkäuferinnen etc. zuteilen lassen. Lynberg hat die Frauen in dieser Kladde, das habe ich erst neulich mitbekommen, nicht nach Buchstaben, sondern sozial-hierarchisch gestaffelt, was ich, das gebe ich hiermit zu, ebenso interessant wie innovativ finde.

»So, you are a psychologist?«, höre ich jemanden mitten hinein in meine Überlegungen fragen.

»Ja. Aber wir können ruhig Deutsch reden.«

»Well, I've got a question.«

»Na klar. Lass hören.«

»You know«, fange ich zögerlich an. Falls ich wirklich eine Frage hatte, ist sie bereits wieder vergessen. »You know … I am in therapy. Normally I see my shrink once a month but lately I had to cancel a lot of appointments, and …«

»Einmal im Monat?« Beatrice wirkt empört. Ihr Kopf ist leicht zur Seite gedreht, die Augenbrauen sind hochgezogen. »Was ist das für eine Therapie?«

»Franchement, j'ai aucune idée. Gespräche. Er hat mir zu Anfang mal seinen Ansatz erklärt, aber … ›Daseinsanalyse‹, an den Begriff kann ich mich noch erinnern … was auch immer das sein mag. Ich sitze auf jeden Fall da und erzähle irgendwas und er hört zu und stellt manchmal Fragen. Seit ich das mache, fühle ich mich besser. Irgendwie angenehmer krank. Mein Therapeut und ich, wir haben sogar eine Wette am Laufen. Wir …« Ich breche ab. Patentienschweigepflicht. Außerdem, was ist das jetzt für eine Masche? Eine Frau, die man innerhalb der nächsten Tage rumkriegen *muss*, vorsorglich darüber informieren, dass man … *Probleme* hat? Nun, Beatrice scheint zumindest nicht abgestoßen. Wahrscheinlich ist meine Geschichte Urlaub gegen das, was sie tagtäglich zu hören bekommt. Familien in Bern: stundenlanges Gebrüll, dumpfes Rumpeln, schmelzende Schrankwände, Ehemänner, die morgens ihre frisch amputierten Ohren im Toaster wiederfinden.

»Na ja«, unterbricht Beatrice meine Überlegungen, »von außen ist das schwer zu beurteilen, aber das kommt mir etwas … *weird* vor … also der Sitzungsrhythmus … normally it's once a week … *at least* once a week.«

Ich nehme das plötzlich leere Cognacglas in die Hand, lasse den winzigen Flüssigkeitsrest darin herumlaufen. Ich habe keine Lust mehr, die Methoden eines anerkannten Fachmanns wie Dr. Niederegger zu besprechen. Genaugenommen habe ich keine Lust, *irgendetwas* zu besprechen. Die Trostlosigkeit in meinem Leben ist einfach überwältigend, und es gibt nichts, kein Ereignis, keine Konstellation, die ihr etwas anhaben könnte. Die schimmernde, wie eine Morgenröte in der Ferne leuchtende Option eines endgültigen Endes – einzig diese Perspektive lässt mich die Sache mit den Frauen überhaupt noch durchstehen. Ich hänge konturlos in meinem Bäckereistuhl herum, jemand hat mir das Rückgrat entfernt; Beatrices analytischer Blick ruht auf mir wie eine Bleiplatte.

»Und du?«, fange ich schließlich wieder an. »Bist du auch verrückt?«

Sie verschluckt sich fast an ihrem Kaffee.

»Oh, ein bisschen schon.«

»Inwiefern?«

»Ich mache, was ich will. Ich lasse mir nichts vorschreiben.«

»Das ist verrückt?«

»In Bern schon.«

»Was zum Beispiel lässt du dir nicht vorschreiben?«

»Zum Beispiel ... tja ... zum Beispiel, wie und wo und mit wem eine Frau, eine verheiratete Mutter, Sex haben soll.«

Ich warte einen Moment, lasse sie denken, dass ich diese überdeutliche Anspielung erst einmal verdauen muss. Nun, das muss ich tatsächlich.

»In dieser Hinsicht gibt es in Bern Vorschriften?«

»Oh ja. In Genf nicht?«

»In Genf herrscht Anarchie.«

»Auch zwischen den – das Wort ist echt schlimm in Deutsch – *Geschlechtern*?«

»Gerade dort. Riesige herrschaftsfreie Räume. BH-Verbrennungen, Bakunin, Befreiungsjoga – alles im Angebot.«

Sie lacht. Die Dinge laufen jetzt einigermaßen. Aber der Schreck von eben sitzt mir noch in den Gliedern. Das Tief kam ansatzlos, wie aus dem Nichts. Solche Sachen muss ich einfach besser unter Kontrolle haben. Die letzten Monate waren in dieser Hinsicht ermutigend. Die alptraumhaften Szenen aus dem vorletzten Frühling, dieses Zittern – ich dachte, das läge endgültig hinter mir.

»Hey!«, flötet Beatrice Mulholland. »Dann bist du ja von zu Hause schon einiges gewöhnt. Gut!«

»Warum?«

»Weil ...«, eine kokette, beinahe französische Pause, die weder zu diesem Ort noch zu ihrer Aufmachung passt, »weil das die Dinge hier vereinfacht.«

»Was für Dinge?«

»Nun ...« Und so weiter und so fort. Als Interviewer bin wesentlich talentierter. Wir werfen uns die Bälle zu, entwickeln einen frivolen Rhythmus, amüsieren uns. Die Straße verhält sich ruhig: ab und zu ein

Auto, ein Fußgänger, ein Vogel. Auf der anderen Seite rauschen Bäume im Sommerwind. Bern gefällt mir. Als Gehörloser könnte ich hier leben. Wir reden also, meine Pulsgeschwindigkeit pendelt sich im unteren Normalbereich ein, steigt dann aber schlagartig wieder an, als Beatrice plötzlich – trotz des ganzen Animiergeredes für mich überraschend – initiativ wird. Sie klemmt einen Schein unter die Untertasse, steht auf und sagt: »Komm, ich wohne hier.« Sie deutet nach oben auf die Fensterfronten im zweiten oder dritten Stock über dem Café. Respekt! Diese Frau versteht es, Dinge zu vereinfachen, lokale Synergien zu nutzen.

»Und deine Töchter?«, wende ich ein.

»Was soll mit denen sein?«

Stimmt, was soll mit ihnen sein? Mami kommt mit dem dritten austherapierten Gestell in dieser Woche nach Hause. Kein Grund, gleich in die Familienberatung zu rennen und sich dort bei … Mami … auszuheulen. Kein Grund, schon wieder die Blumen auf Vaters Grab zu gießen. Die Dinger ersaufen ja praktisch.

Knarrende Altbautreppen. Dunkles Holz, schöne alte Wohnungstüren mit Schuhpaaren in unterschiedlichen Größen davor. Eine Hausgemeinschaft, in der jeder jeden kennt. Ich steige die Stufen hinter Beatrice hinauf, betrachte ihren angedeuteten Hüftschwung, schüttele drinnen die schlaffen Hände zweier gelangweilter Prä-Teenager-Mädchen, die – unglaublich eigentlich – *tatsächlich* zu Hause sind. Anschließend verschwinden wir ohne weitere Erklärungen in einem großen, behaglich eingerichteten Raum mit einem Kamin in der Ecke. Beatrices Zielstrebigkeit verwirrt mich. Sie geht methodisch und – wie mir scheint – routiniert vor. Eine der konsequentesten Jägerinnen, der ich bis dato untergekommen bin. Eine engagierte Feldforscherin. Wir betreten also diesen Raum, sie schließt die Tür, kommt dann fröhlich, doch irgendwie auch in sich gekehrt lächelnd, mit einem Lächeln, das man früher in Diskotheken sah, wenn Frauen zu ihrem Lieblingssong die Tanzfläche betraten, auf mich zu und schlingt die Arme um meinen Hals.

»Na?«

Ich ebenfalls: »Na?«

Die erste wirkliche Berührung zwischen uns – wie kommt sie darauf, was macht sie so sicher, dass ich *deswegen* hier bin? Ich meine, könnte ich nicht auch an einer behutsameren Anbahnung interessiert sein, an etwas

Wertvollem, einer Gütergemeinschaft zum Beispiel? Unsere Hüften berühren sich. Der Druck ihrer Brüste, dazu ein frischer Duft, der von einem Parfüm, aber auch von Waschpulver herrühren könnte. Insgesamt ist die Situation gar nicht so schlecht. Egal, was noch passiert, der Juli ist abgehakt; diese merkwürdige Choreographie reicht auf jeden Fall, um in die Wertung einzugehen. Ich könnte mich entspannen, dem weiteren Verlauf der Ereignisse als Beobachter beiwohnen. Doch ich bin nicht entspannt. Im Gegenteil, die Psychologensicherheit, mit der Beatrice meine Motive zu durchschauen glaubt, macht mich aggressiv. Zum Glück entdecke ich in der Ecke neben der Tür ein Podest, eine Art Thron, von dem mich eine Art Katze anstarrt. Eine riesige, graue Persianerin, falls diese Typenbezeichnung korrekt ist. In Gegenwart eines Tieres wäre es schamlos, einfach weiterzumachen. Folgerichtig löse ich mich von meiner Partnerin, mache einen Schritt zurück in Richtung Zimmermitte, verliere mich aber augenblicklich in der Geographie dieses merkwürdigen, abgesehen vom Laptop auf dem Schreibtisch wie ein Fin de Siècle-Salon wirkenden Raums: Lüster unter der Decke, dicke orientalische Teppiche, Zimmerpalmen, schwere, überladene Bücherregale, in den Sonnenstrahlen tanzende Staubpartikel, und vor allem zwei einander gegenüberliegend angebrachte Spiegel, die mein Bild ins Unendliche vervielfältigen, gleichzeitig verschlucken, kurzzeitig meine Hoffnung nähren, *gar nicht da* zu sein.

Ich sage also: »Da ist eine Katze.«

»Minette«, sagt Beatrice, ohne sich umzudrehen.

»Minette?«, wiederhole ich. Zu dem Namen fällt mir nichts ein.

Die Katze sagt: »Lasst alle Hoffnung fahren. Die Feuer der Hölle brennen lichterloh, sie brennen für Euch und für mich und für alles, was je gelebt hat«, und anderthalb Stunden später, auf der leeren Autobahn kurz hinter Murten, dem Abschnitt, der den Übergang vom deutschen zum zivilisierten Teil der Schweiz markiert, bin ich endlich in der Lage, die Ereignisse des Nachmittags noch einmal Revue passieren zu lassen. Eine wirklich erlesen jämmerliche Erfahrung, die sich wiederum aus etlichen verstörenden Erlebnispartikeln zusammensetzt: Meine wiederholten und ergebnislosen Versuche, in Mulholland einzudringen, zum Beispiel. Minettes Blicke, ihre höhnische Regungslosigkeit. Das Rascheln hinter der Tür. Das saugende Ploppen, mit der die Kontaktlinse der Älteren der beiden Gewaltberaterinnentöchter am Schlüsselloch kleben blieb. Oder meine Drittelerektion in Beatrices Mund, ihr letztendliches Aufgeben, das Zusammensuchen unserer Kleidungsstücke, meine Schlüssel, die unangemessen laut auf einen vom Teppich ungeschützten Teil des Parketts knallten. Ich schaue auf den Tacho. Die Geschwindigkeit beträgt 120 Stundenkilometer, was bedeutet, dass ich in etwa einer Stunde in Genf ankommen werde. Minette, das denke ich jetzt, hatte natürlich recht, und ich spüre wieder Beatrices Hand auf meinem Rücken, den sanften Nachdruck, mit dem sie mich zunächst aus dem Zimmer und dann aus der Wohnung beinahe wirklich *schob*.

Was hat sie gesagt? Was waren ihre Abschiedsworte?: »Promiscuity is quite a challenge, isn't it?«

»With you: a pleasure«, fiel mir halbwegs zeitnah ein. Nach all dem Horror erstaunlich. Dennoch, Beatrice hat davon nichts mehr mitbekommen. Die Wohnungstür war bereits ins Schloss gefallen.

Der Streckenabschnitt liegt schnurgerade vor mir. Die Sonne scheint, die Dunkelheit ist noch Stunden entfernt. Ich erhöhe die Geschwindigkeit.

Gesendet: Donnerstag, 25. Juli 2013 um 08:43 Uhr
Von: «Stevenson, Elizabeth» <elizabeth.stevenson@gef.org>
An: »Lynberg, Erik« Erik.Lynberg@gef.org; »Stremmer, Frank« frank.stremmer@gef.org;
Cc:
Betreff: December
Frank, Erik,
Another update regarding the December schedule: It has been confirmed that the EC will visit around the 10th of December the (partly GEF sponsored) child soldiers rehabilitation center near the eastern Congolese city of Goma. Shortly before or afterwards, this is still to be decided, the EC will go to Bangui which is, as you surely know, the capital of the Central African Republic. It is planned to set up a similar rehab center there as well. The EC will talk to government officials and also to representatives of other organizations willing to participate in the project. Due to recent political events and the rather unclear situation, the Central African part of the trip may be subject to short-term decision changes. The EC, however, is very eager to visit Bangui and to contribute to a peaceful conflict settlement.

It has been decided that **both of you** will accompany the EC and me. You will cover the events for *GEF latest* and with regards to the Valparaiso project. You will also serve as contact persons for external media.

Have a nice day,
Liz

Im sommerlich heißen, zu allerlei außerhäusigen Aktivitäten verlockenden Spätjuli des Jahres 2013 kam es nicht häufig vor, dass sich Erik Lynberg (43, in Genf als Sohn eines schwedischen Diplomatenpaars geboren, langjährige Aufenthalte in London und New York, seit 13 Jahren wieder fest in Genf, geschieden, bisher gut 71 feste Beziehungen, unzählige Affären, seit Geburt in psychiatrischer Behandlung) und Frank Stremmer (41, Deutscher, seit 10 Jahren in Genf, Jungfrau, deswegen seit anderthalb Jahren in psychiatrischer Behandlung) zur gleichen Zeit in den Räumlichkeiten der Global Enhancement Foundation (GEF) aufhielten. Zu dicht gestalteten sich die Terminkalender der beiden PR-Experten, zu vielfältig ihre Freizeitaktivitäten. An jenem strahlend sonnigen 25. Juli jedoch, einem Donnerstag, in dessen Morgenstunden auf der GEF-Managementebene einige schwerwiegende Entscheidungen getroffen worden waren, wollte es das Schicksal, dass beide Kommunikationsfachmänner quasi simultan ihren Dienst in der sachlich elegant gestalteten Organisationszentrale versahen, sich somit dem geschliffenen Satz, der wohlformulierten Rede, allgemein gesprochen: ihren komplexen beruflichen Aufgaben widmeten. Von diesem seltenen Zufall inspiriert, erhob sich Stremmer irgendwann in den schläfrigen Tiefen des frühen Nachmittags, überquerte den Flur und positionierte sich im Türrahmen des Lynbergschen Büros.

»Sir. Have you, by any chance, already read this message our team coordinator Liz Stevenson sent this morning?«

Lynberg schaut verwirrt auf; offenkundig habe ich ihn bei etwas gestört. Also trete ich an seinen Schreibtisch und werfe einen Blick auf den Bildschirm. Dort ist auf der gesamten Monitorbreite ein buntschillernder Kolibri zu sehen, der, quasi in der Luft schwebend, mit einem unnatürlich langgezogenen Schnabel etwas, Nektar vermutlich, aus einem Blütengebilde saugt, wobei, und darauf kommt es offenkundig an, besagte Blüte überdeutlich die Züge einer weiblichen Vulva trägt. Ich weiß nicht, soll das eine Montage sein? Oder gibt es solche Blumen? Wenn ja, wo in Genf kann man die Dinger erstehen? Ich stelle mir mein nächstes Date vor, meinen nächsten Ausflug nach Bern, wo ich Beatrice mit einem Strauß Gendertulpen überrasche. Lynberg muss das Bild schon eine Weile ohne irgendwelche sonstigen Aktivitäten betrachtet haben, denn nun schaltet sich der Bildschirmschoner ein, der für sich genommen ebenfalls Anlass zu weitreichenden Spekulationen bietet: ein offenkundig selbst gemachtes Foto, das einen feuchtes und verrußtes Auspuffrohr samt Auspufftopf zeigt. Der Auspuff liegt auf dem feuchten Asphalt vor einer geschlossenen, schon halb verwitterten Garage. Im Bildhintergrund sind weitere Garagen zu sehen. Eine ziemlich lange Reihe von Garagen vor grau-braunen, vierstöckigen, schätzungsweise in den Fünfzigerjahren errichteten Mietshausblöcken. Glasgow, Bratislava? Schwer zu sagen, warum, aber beide Bilder, Sex-Kolibri und Auspuff, gefallen mir, auch wenn bzw. weil ich sie in 30 Sekunden vergessen haben werde, und dann ist Lynberg endlich so weit, sich zu einer Reaktion vorzuarbeiten. Diese besteht ausschließlich aus dem Wort »what?«

»Open your Outlook.«

Lynberg bewegt die Maus, der obszöne Kolibri beginnt erneut zu saugen. Dann flattert er davon und Lynbergs Mail-Speicher taucht endlich auf. Beziehungsweise das Log-in Pop-Up, in dem er User-Name und Passwort eingibt. Ist das zu fassen? Dieser Typ hatte nicht mal seine Emails auf! Also gut, er sucht Liz' Mail, liest, schaut mich dann fast hilfesuchend mit seinen Heliumaugen an.

»Well, that's a catastrophe, isn't it?«

Ich betrachte zum hundertsten Mal seine Haut, dieses ausgeglühte Schwedensommerbraun, das tausende sozialdemokratischer Sonnen in seine Gene brannten und dem selbst die Genfer Dekadenz, die nach innen blendende Blässe dieser Totenstadt, nichts anhaben konnte.

Ich sage: »It is«, drehe mich dann um und starre für den Rest des Tages auf *meinen* neuen Bildschirmschoner, dessen Motiv so entsetzlich ist, dass ich jedes Mal in Panik die Maus berühre, wenn jemand auf dem Flur vorbeikommt.

Ende Juli: Mit etwas Herzklopfen lege ich Wilson die vorläufige Endversion der Zwiebelgeschichte vor:

La ville d'onion*

Heute Morgen roch es in der Stadt nach Zwiebeln. Nicht überall, aber verbreitet. In ganzen Straßenzügen, sogar unten am See. Es war der Geruch von rohen Zwiebeln, die man gerade gehackt, aber noch nicht angebraten hatte. Zwiebeln, die in öligen Pfannen abwarteten.

Ich saß auf meinem Rad. Ich fuhr tatsächlich zur Arbeit. Und dazu roch es nach Zwiebeln. Man muss wissen, dass ich olfaktorisch völlig unbegabt bin. Mein Geruchssinn ist unterentwickelt. Das heißt jedoch nicht, dass ich zu Gerüchen keine Meinung entwickele. Dem ist nicht so, das kann ich versichern. Ich rieche schlecht, ja. Aber wenn ich etwas rieche, dann bewerte ich das, was ich rieche, durchaus. Denn mir ist klar, dass das, was ich rieche, eben weil ich so gut wie nichts rieche, vergleichsweise stark, eventuell sogar extrem riechen muss. Ich fuhr heute Morgen zur Arbeit und es kostete mich einige Mühe, nicht mit meinem Rad direkt in den Gegenverkehr zu halten, und dazu hat es nicht einfach nur, so wie es mir vorkam, nach Zwiebeln gerochen, vielmehr hing der Geruch wie eine Dunstwolke über der Stadt. Eine alles durchdringende, sich für ewig in Mäntel und Brustwarzen einfressende Zwiebelgeruchsatominvasion. So ein Ereignis lädt zum Nachdenken ein. Man stellt Überlegungen an. Fragen tauchen auf, zum Beispiel, was das soll. Was zum Teufel sollte das? Ich meine, war es nicht genug, dass ich selbst an diesem Morgen das Haus verlassen und mich zu meiner ekelerregenden Arbeit geschleppt hatte? War das nicht bereits mehr, als man von einem Mann verlangen konnte? Andererseits: Nichts gegen Zwiebeln. Die Zwiebel als solche muss als unschuldig betrachtet werden. Die Zwiebel gilt bis zum Beweis des Gegenteils als im juristischen Sinne nicht belangbar. Eher schon wurde sie missbraucht. Jemand hat die Zwiebel instrumentalisiert, um mich schon auf dem Weg, während dieses schrecklichen Transformationsprozesses, an die

* Email-Anhang. Nachricht gesendet am 27. Juli 2013 von »Stremmer, Frank« frank.stremmer@gef.org an »Wilson, Richard, Richard« <richard.Richard.wilson@gef.org, Nachricht geöffnet am 09. August 2013, 16:12 Uhr und gelöscht am 09. August 2013, 16:14 Uhr.

Arbeit zu erinnern. Denn Zwiebelgeruch am Morgen bedeutet in jeder Hinsicht: Arbeit. In Hunderten von Kantinen saßen sie herum und schälten Zwiebeln. Sie häuteten und schnitten, sie hackten, würfelten, modellierten, scheibelten. Sie schufen Zwiebelstückchenberge. Sie bauten Zwiebeltürme. Sie schütteten Zwiebelmeere in heiße Pfannen. In den Kantinen. In der ganzen Stadt. Und in den Restaurants. In den Restaurants, wo man auf diese Scheißbanker wartete, deren Scheißbanken natürlich zu edel waren, um selbst eine Kantine zu haben. Es war schier unglaublich, aber überall um mich herum wurde die Zwiebel verarbeitet. Es war schlimmer, nein, das ist eine Bewertung, ich bewerte ja nicht mehr, es war intensiver, als ich es je erlebt hatte. Diese Irren saßen in den Kantinen und kümmerten sich um die Zwiebeln. Sie produzierten Zwiebeldunst, der hinaufstieg zum Himmel, zu den Sternen, um sich dort zu verteilen und dann wieder herabzusinken auf die Stadt, in die Straßen, in mein Gehirn. Und das alles ausgerechnet an diesem Morgen. Ich meine, so verrückt verzwiebelt war mir die Stadt noch nie entgegengetreten. Ich dachte: vielleicht kein Zufall. Unter Umständen gehörte das schon zur Strafe. Für einen Moment hatte ich tatsächlich das Gefühl, meine Strafe habe bereits begonnen. Heute Morgen setzte ich mich aufs Rad und fuhr praktisch in die Zwiebeln und mir fiel dazu kein einziger angenehmer Gedanke ein. Menschen am Morgen wollen nicht an Zwiebeln denken. Menschen am Morgen wollen überhaupt nicht denken. Unter den noch unentdeckten Indianern des Orinoko-Beckens soll es bis ins letzte Jahrhundert Sitte gewesen sein, Zwiebeln in die offenen Särge zu schütten, um den Leichengeruch zu überdecken und so die Arbeit des amtlichen Leichenbeschauers zu erleichtern. Anschließend füllte man den Leichensaft mit den Zwiebelringen in große Gefäße und kochte daraus jene nahrhafte Elsässer Zwiebelsuppe, die sich in den Kantinen nach wie vor enormer Beliebtheit erfreut. Ich war auf dem Weg zur Arbeit und der Zwiebelwind gurgelte durch meine ansonsten geruchstote Nase. Ich sagte mir: eventuell irgendein Feiertag. Während die beißenden Schwaden langsam den Lack von meinem Rad ätzten, stellte ich geschichtswissenschaftliche Nachforschungen an. Ohne Ergebnis. Trotz einer Reflektionsschärfe, die als ungewöhnlich gelten muss, stieß ich auf kein historisches Ereignis, das die Zwiebeln an diesem Morgen gerechtfertigt hätte. Ich versuchte es deswegen mit Gesichtern. Ich fuhr über die Brücke und beobachtete Bataillone von

Bankmenschen. Alles und alle unauffällig. Überall, selbst in den Maserungen des Gehirnfetts, in den Abstellkammern der Geschlechtsorgane lagerten sich Zwiebelmoleküle ab, aber diese verfluchten Trottel bewahrten die Contenance. Das gab mir zu denken. Ich fragte mich, ob mir die Zwiebelstrahlen eventuell das Gehirn püriert hatten und ich mir das Zwiebelaroma der Stadt nur einbildete. War ich verrückt? Ich beschäftigte mich kurz mit meiner Wohnung. Mit den Sachen darin. Mit dem klebrigen Teppich. Mit diesem Ding, das da bestimmt immer noch im Flur lag. Aber dann, weiterhin auf der Brücke, wurde mir wieder klar: Es roch nach Zwiebeln. Es roch ganz unbestreitbar und ohne jeden Zweifel nach Zwiebeln, und wenn irgendwelche Schalterbeamten das zu ignorieren beschlossen hatten, so war das ihr Problem, nicht meins. Hört zu, Ihr Finanz-Tucken, dachte ich, dachte ich auf meinem armen, nach frischer Luft japsenden Rad, hört zu, Banker, es interessiert mich einen Dreck, was ihr in Sachen Zwiebel ausgeheckt habt. Ich konnte und wollte nicht über Motive dieser Leute spekulieren. Das einzige, was ich konnte, wenn auch nicht wollte, war festzustellen: Die Zwiebel ist real. Der Zwiebelwind blies mir mit voller Wucht ins Gesicht. Es war, als wollte er mich, indem er mich dauernd an die Arbeit erinnerte, von der Arbeit abhalten. So etwas war mir noch nie passiert. Dieser Morgen war anders als die anderen. Kein Wunder, dachte ich. Absolut kein Wunder, dass die Zwiebeln ausgerechnet heute durchdrehten. Die Wohnung lag Kilometer entfernt. Die Dinge darin, das tropfende Zeugs, das war schon nicht mehr mein Problem. Ich war auf dem Weg zur Arbeit. Bekanntlich hasse ich meine Arbeit. Lieber fahre ich durch hochkonzentriertes Zwiebelkonzentrat. Ich fuhr durch siebzigfach konzentriertes Zwiebelkonzentrat. Und ich hatte keinesfalls vor, irgendwo anzukommen. Ich weinte. Die Zwiebeln sowie mein Leben trieben mir Tränen in die Augen. Die Banker schauten mich an. Ich schluchzte auf meinem Rad. Ich heulte mich inmitten der Zwiebelschwaden dem Büro entgegen. Ich empfand die Situation als schwierig. Viele Leute empfinden mich als schwierig. Heute Abend, ich weiß nicht, ich schätze, ich werde nicht nach Hause können. Ich werde vermutlich einen Heimwerkermarkt aufsuchen. Ich werde mir dort einen funktionstüchtigen und nicht zu kostspieligen Fuchsschwanz aussuchen, diesen sodann käuflich erwerben und mir gleich anschließend unter freiem Himmel oder im Eingangsbereich eines Unternehmens der

Finanzindustrie, und ganz egal, wonach es gerade riechen sollte, mit meinem neuerstandenen Fuchsschwanz beide Kniescheiben heraussägen.

Natürlich war es ein Fehler, die Geschichte unmittelbar nach dem Abschicken der Mail an Wilson noch einmal zu lesen. Plötzlich wieder schwere inhaltliche und konzeptionelle Bedenken. Ich verstehe den Plot nicht mehr. Vor ein paar Minuten glaubte ich noch ernstlich, die Aufgabe sei erledigt, nun erwäge ich, mehr noch, ich sehe es als unvermeidlich an, noch einmal ganz von vorne zu beginnen. Schätzungsweise werde ich die Zwiebeln niemals beenden. Freizeitmann dagegen wird heiraten. Ich habe das jetzt begriffen. Aus unerfindlichen Gründen beinahe Freude deswegen.

VIII. In den Ebenen von Alberta (CN)

Im Job laufen die Dinge immer besser. Lynberg und ich sind von den redaktionellen Herausforderungen in Sachen GEF *latest* mehr oder weniger befreit, dafür aber die einzig verbliebenen ›Autoren‹ an der großen, sich nach wie vor in diversen Vorstufen befindlichen Lügenfibel über den Executive Chairman. Martinez und Lacroix wurden von der Aufgabe abgezogen und unterstützen jetzt die Leute um Valerie Spasowsky-Taylor, während Wilson zwar noch bei uns ist, aber seit neuestem nur noch zu Recherche- und anderen Handlangerdiensten verwendet wird. Irgendetwas muss vorgefallen sein. Etwas Gravierendes. Seine jetzt offizielle, von Liz mit Leichenmiene verkündete Degradierung zum Büroboten nahm Wilson übrigens gelassen hin. Jener ausgeklügelte Psychopharmakacocktail, der ihn seine Tage in einer Art Stoffwechselnebel erleben lässt, dimmte die Reaktion zu einem Nicken und einigen merkwürdigen Bewegungen mit dem Unterkiefer herab.

Der Schwede und ich sind dagegen ohne jeden Zweifel im Geschäft. Liz zeigt sich von unseren »Zwischenergebnissen«, jenen Textandeutungen, den fein austarierten Mischungen aus phantasievoller Tatsacheninterpretation und reiner Erfindung derart angetan, dass wir sogar von der täglichen Anwesenheitspflicht entbunden wurden. Seit neuestem können wir kommen und gehen, wann es uns passt, eigentlich müssten wir überhaupt nicht mehr erscheinen, solange wir uns nur ab und zu in das interne GEF-Netzwerk einloggen und vor allem solange wir immer weiter handfeste Resultate zumindest in Aussicht stellen. Das wiederum bereitet mir absolut keine Schwierigkeiten mehr. An die Erinnerungen, die ich in das Gehirn des EC implantiere, glaube ich mittlerweile selber. Lynberg berichtet von ganz ähnlichen Mechanismen. Auch bei ihm laufen die Dinge wie am Schnürchen. Wir beide sind fest entschlossen, für immer und ewig am Valparaiso-Projekt zu arbeiten, wir wollen nichts anderes mehr tun, und heute Abend sind wir unterwegs hinaus nach Cologny, wo Liz anlässlich ihres – laut Lynberg vierundfünfzigsten – Geburtstages zu einer sommerlichen Garten- und Grillparty eingeladen hat, zu der wiederum, man wohnt schließlich nicht weit voneinander entfernt, der EC höchstpersönlich erwartet wird. Wir sitzen also im Taxi. Der S-Klassen-Motor summt, der Fahrer ist irgendwie unsichtbar, weswegen mir Lynberg den Vorschlag unterbreitet, etwas Kokain zu schnupfen. Wider besseres Wissen lehne ich ab. Lynberg zieht aus der Innentasche seines Jackets eine lange, extrem professionell gedrehte, respekteinflößende Zigarette und hält sie mir unter die Nase. Ich spüre einen gewissen, nein, einen beträchtlichen Substanzhunger, aber ich schüttele erneut den Kopf. Ich bleibe bei dem Vorsatz, den ich vor ziemlich genau zwei Jahren fasste, am Ende eines Tages, den ich frühmorgens mit der lethalen Dosis von *zweieinhalb* Mari-Takano-Hokkaido-Pillen begrüßte und der mich sowohl an die Pforten des Himmels als auch der Hölle klopfen, der mich in den Stimmbändern brüllender Gnus vibrieren ließ, die sich in einem braunen afrikanischen Fluss stauten und deren Bäuche von fanatischen Krokodilen zerfetzt wurden. An diesem Tag dörrte ich als rotglühende Weltraumsonne die Graslandschaften meiner Seele aus, ich verbrannte und ertrank gleichzeitig, ich erstickte in tonlosem Lachen, ich zerstob zu feinem Straßenkehricht, ich sah meinen Schwanz zu monströser Größe anwachsen, ich sah ihn sprießen, Triebe ausbilden, an deren zartgrünen Blättern ich als hungriges Junggnu wiederum knabberte, während ich einen meiner Hinterläufe im Maul einer Echse den Fluß hinabtreiben sah. Mari hielt zeitweise meinen Kopf; ich küsste ihre Brüste, glaube ich, ich küsste das, was ich für ihre Brüste hielt.

»If you change your mind, don't worry. There's plenty.« Lynberg lässt den Joint verschwinden, ich schaue wieder aus dem Fenster und dann erreichen wir Cologny, die Villenzonen hoch über dem See, und von hier aus sieht die Welt noch einmal anders aus, von hier aus hat man das Gefühl, sie ließe sie sich genauso gestalten wie jene absolut wahnsinnigen Gärten, für die man in dieser Gegend Greenkeeper per Headhunter suchen lässt.

Volià, ich zahle, wir steigen aus und fließen in einen warmen Augustabend in einer der privilegiertesten Wohngegenden *der Welt*, zu der Liz selbstverständlich allein aufgrund ihres früheren Gatten, eines britischen UN-Urgesteins, Zugang gefunden hat. Ich drehe mich einmal um die eigene Achse. Auf dem Rasen kleinere Gruppen, Kollegen, Schemen. An einem kleinen Teich tropisch wuchernde Gewächse mit riesigen blutroten Blütenköpfen. Nach dem Ding auf Lynbergs Bildschirm schon wieder verrückte, irgendwie bedrohliche Pflanzen, deren süßlicher Duft sich mit dem Aroma gegrillter Meeresbewohner vermischt. Ich verliere Lynberg sofort, dafür findet ein Glas Sancerre in meine Hand, nach zwei Minuten ein weiteres und zwanzig Minuten später sitze ich auf einer Art elektrischer Hollywoodschaukel mit niemand anderem als Estrella Gabriella Gonzales-Blanco, der jüngeren, im Gesicht an ein halbwüchsiges Maultier erinnernden Tochter des geachteten Philanthropen Raphael Gonzales-Blanco. Estrella gibt sich amüsiert von meiner Tätigkeit bei der GEF. Sie schwört, noch nie von einem Valparaiso-Projekt gehört zu haben. Berufliches sei im Hause Gonzales-Blanco selten Thema. Eigentlich, fügt sie nachdenklich hinzu, sei so ziemlich *alles* selten Thema. Allerdings verbringe sie nur noch wenig Zeit in Genf. Ich nicke und blicke dabei in die Menschen–, Blumen- und Speisenarrangements hinein. Diese Schaukel ist ein Wunderwerk, der ganze Abend lässt sich wundervoll an. Estrella verschwindet irgendwann, was ich ihr nicht verdenken kann. Meine Augen sind geschlossen, öffnen sich erst dann wieder, als ich die Stimme Liz Stevensons vernehme.

»Frank, come on. Let's talk to Raphael. Where's Erik?«

Sie trägt ein geblümtes Sommerkleid und teure halbhohe Sandalen, auch ihr Haar scheint frisch gemacht. Es ist ihre Party und irgendetwas an ihrem Anblick rührt mich einfach.

»I don't know«, sage ich. Diese Antwort könnte ich praktisch auf jede Frage geben.

»But I saw you arriving together with him.«

»Yeah … but you know … we …« Diese Schaukel, ihre schläfrigen Schwünge, das jetzt vierte Glas in meiner Hand, meine bleischweren

Augenlider – zweifelhafte Startbedingungen für die Diskussion mit dem EC, in der ich mich nur gut fünf Minuten später an der Seite eines kokainüberdrehten Schweden und einer tiefendeprimierten Engländerin wiederfinde. Der Chef jedoch gibt sich jovial. Eben, bei einem seiner selbstironischen Scherzchen, hat er mich am Ellenbogen berührt. Raphael, wir nennen ihn so, sagt Dinge wie: »Well, another book about a vane old man – Thank God it's not about me.« Oder: »The GEF is one of the most respected and one of the most pointless organizations around – what does it tell you about its creator?«

Plötzlich bin ich voll da. Creator? Ich frage ihn, ob ich das Wort benutzen darf. Ob das nicht sogar ein schöner Titel sei. Liz Gesichtsfarbe wechselt augenblicklich von Sheffield-Grau in ein zunächst schwächliches, sich jedoch schnell aufladendes Zinoberrot. In den Augen des EC ist währenddessen etwas aufgeblitzt.

»Creator? Catchy, but people could call it pretentious«, gibt ein blonder Mann neben mir zu bedenken. Der Mann heißt Erik Lynberg.

»True«, räume ich ein. »But we need something strong, even provocative. I don't care if some people feel offended.«

Liz beobachtet mich nicht mehr panisch, aber immer noch ängstlich. Ich habe keine Ahnung, worüber ich gerade spreche, aber der EC tätschelt schon wieder meinen Arm. Ich fühle, zwischen ihm und mir, doch auch zwischen ihm und Erik, ist etwas im Entstehen begriffen.

»I want this book to be a shining light«, rufe ich euphorisch. »I want it to be a message of ... whatever ... of hope!«

Liz ist nicht naiv, vermutlich weiß sie, was von meinem Gerede zu halten ist. Trotzdem: Ihre Augen verschwimmen. In einer Vision leuchtet mein weiterer Karriereweg vor ihr auf: Ich bin auf dem Durchmarsch nach oben, ich bin der kommende Mann bei der GEF, und später verschwinde ich mehrfach mit Lynberg in irgendwelchen dunklen Gartenecken, während in der Ferne die Lichter der Stadt auf so verführerische Weise funkeln, dass ich wünschte, endlich Teil von all dem zu sein zu können.

Wenn ich über mein Verhältnis zu Frauen nachdenke, was ich in letzter Zeit häufiger tue, komme ich immer wieder zu demselben überraschenden Ergebnis: Ich mag sie. Ich habe wirklich erstaunlich wenig gegen sie und darüber hinaus erstaunlich wenig Probleme mit ihnen. Juli-Beatrice war ein gutes Beispiel – natürlich hat sie mich verunsichert mit ihrer Psychonummer, zudem irritierte mich das Graumelierte ihres Kurzhaarstyles, generell war ich nicht gerade in Form an diesem Nachmittag, doch alles in allem fand ich diese Frau *interessant*. Wir haben uns blendend unterhalten und sind auch mit den späteren Peinlichkeiten souverän umgegangen. In meiner Erinnerung zumindest, auf die man allerdings normalerweise keinen Pfifferling geben kann. In Bezug auf mein Erinnerungsvermögen ist das Wort »selektiv« eine blasse, euphemistische Schimäre, hinsichtlich meiner wählerischen Erinnerungsknospen ist das Wort Euphemismus selber ein Euphemismus. Wie auch immer, wenn ich zurückblicke, fallen mir tatsächlich kaum Katastrophenszenarien mit Frauen ein. Sie sind immer da, obwohl ich ihnen andererseits nie wirklich nahestehe. Sie sind da, *weil* ich ihnen nicht nahestehe. Sicher, die Geschichte mit Mari ist damals etwas aus dem Ruder gelaufen, doch im Allgemeinen ist das vielleicht sogar mein Erfolgsgeheimnis: Frauen, die mit mir zu tun haben, haben gleichzeitig herzlich wenig mit mir zu tun. Wir koexistieren fried- und freundschaftlich, und ich denke, es gibt in meinem Alter Männer mit schlimmeren Bilanzen, weswegen Niederegger, dessen Termin ich leider schon wieder canceln musste, die Sache aus der Januarsitzung einfach falsch verstanden hat. Misogyn? Ein Rachefeldzug? Ich würde es als Abschiedstournee bezeichnen, als eine Art Alterswerk, eine letzte Herausforderung, der man sich zu stellen hat, bevor man in Ruhestand gehen, in die undurchdringlichen Nebelwände der Ewigkeit eintauchen darf.

Nun, Theorie hin oder her, auf der Fahrt von Liz' Gartenparty zurück in die Stadt sitzt zwischen mir und Lynberg, in dessen malträtiertem Nordlandkörper das Koks den Kampf gegen Alkohol und Cannaboide verloren zu haben scheint, die ebenfalls gefährlich angetrunkene Internal Communications-Vorsitzende Valerie Spasowsky-Taylor im Fond dieses Taxis, das sich anders als auf der Hinfahrt als erstaunlich geräumiger Peugeot oder Citroën oder was weiß ich herausstellt und an dessen Rückspiegel eine Art Wimpel hängt, ein grün-weiß gestreiftes, auf dem Kopf stehendes Dreieck mit einem Kreis in der Mitte, auf dem wiederum eine bauchige, mit komischen Verstrebungen versehene Krone thront. Ich beuge mich etwas vor, werfe einen Blick auf den Fahrer (*Manuel-Joaquin-Lionel s., Sohn eines Landarbeiters und einer Eselzüchterin aus der Region Cadiz, entfloh im Jahre 1989 den 27 Prozent Erwerbslosigkeit seiner andalusischen Heimat, in dem er eines Tages nach Norden aufbrach und sich in der Schweiz, genauer gesagt in der direkt im Fegefeuer geschmiedeten Geldstadt Genf ansiedelte. Dort, nach schwierigen Anfangsjahren in einem großen Wäschereibetrieb, erwarb s. im Januar 1994 die Taxilizenz und nur eine Woche später einen vw Jetta-Jahreswagen. Fortan …* der Tag, an dem ich nicht nur in jede mögliche Vergangenheit, sondern auch in die Zukunft blicken werde, erfüllt mich nicht gerade mit Vorfreude), deute auf das Emblem und sage: »Votre club?«

Er nickt und sagt: »Betis«.

Ich nicke ebenfalls, eine weitere Frage fällt mir nicht ein. Allerdings möchte ich mich noch nicht wieder auf die sesselartige, französisch-dekadente Rückbank zurückfallen lassen, denn Valeries und mein Oberschenkel berühren sich in dieser Sitzposition intensiver als zuvor.

»Ils jouent où maintenant? Primera Division, no?«

»Si.«

Er hat recht. Dienstleistung ist Sklaverei, Zusatzgespräche sind Folter. Ich versinke wieder in den Polstern, versuche aber, den Kontakt zu Valeries Körper zu halten, wobei ich gleichzeitig den Eindruck habe, dass von ihrer Seite ein gewisser Gegendruck entwickelt wird. Ich schaue Valerie an; sie blickt an mir vorbei aus dem Seitenfenster. Lynberg schläft. Aber er ist ohnehin aus dem Rennen. Ich besitze keine präzisen Informationen über die Geschichte zwischen ihm und Valerie, doch es steht fest, dass damals etwas, etwas sehr Kurzes, abgelaufen ist, dass die beiden aber nachher wieder zu einer professionellen, letztlich unbelasteten Distanz zurückgefunden haben. Genau das schwebt mir auch vor. Der August ist gerade erst angebrochen, es bleibt noch jede Menge Zeit, doch warum die Gelegenheit nicht beim Schopfe packen? Ich starre Valerie jetzt wirklich unverhohlen an, ihre überglatte, fast wächserne Haut, die pfirsichhälftenrunden Wangenknochen. Wie wenig ich über ihr Privatleben weiß! Anständige Karriere, die noch nicht vorbei ist, schon lange geschieden, keine Kinder, oft drüben in Kanada, Riesenwohnung in Grand-Saconnex. Eine straighte, Wilson bis in seine Alpträume verfolgende Mittelmanagerin, die sich zwar habituell scharf anzieht, sexuell aber normalerweise (mit Lynberg als bizarrer Ausnahme) eher an der Geschäftsleitungsebene interessiert sein dürfte.

»Valerie, have you ever been told that you look like … ähmm …« Ich habe die Zentralinformation des Satzes nicht parat. »… like this actress?«

»Lena Olin?«

»Yeah.« Lena Olin? Der Name klingt vielversprechend.

»A million times«, seufzt sie.

»So, you don't like her?«

»Pfff … don't know. Maybe I feel …«, sie bricht ab. Ihr mit Liz Stevensons Cocktail-Granaten angereichertes Internal-Communications-Blut pulst durch deutlich sichtbare Schläfenadern. Dort entdecke ich jetzt – zum zweiten Mal innerhalb weniger Wochen! Ich verplempere meine Zeit mit Pensionärinnen! – zwei winzige graue Härchen.

»I don't like it«, beginnt Valerie erneut, »when people think of that scene when they see me, you know? The one with the hat. Now the film is forgotten but it used to happen all the time. People were like: ›come one, jump on this mirror!‹«

»What did you do with the mirror?«, will ich wissen. Unsere Oberschenkel berühren sich weiterhin auf ganzer Länge. Ich spüre straffe, mit tausendprozentiger Sicherheit studiogestählte Muskulatur. Wie Liz eben, aber mit – ich weiß nicht – mehr *Berechtigung* trägt sie ein leichtes, knielanges Sommerkleid, das die Wärme und Feuchtigkeit ihrer Haut direkt zu mir weiterleitet. Wenn ich es nicht besser wüsste, ich würde denken, wir beide säßen nackt nebeneinander und neben Lynberg natürlich, den jedoch die Rückseite seiner Augenlider mehr zu interessieren scheint als mein Animiergerede mit der Vorgesetzten unserer Vorgesetzten.

»So, you don't even know the movie?« Gespielte Empörung. Spöttisches Mundwinkelverziehen. Die Muskeln um ihre Mundpartie funktionieren unabhängig von denen um die Augen. Ein Paar wirklich bemerkenswert kalter brauner Augen.

»Not yet. But I'll download it tonight, don't worry.«

»Why?«

»Because I want to see you and the mirror.«

»It's not me.«

»But almost.«

Und so weiter und so weiter. Ihre Stimme ist nicht so rauchig bardamenhaft wie die von Michelle, klingt aber dennoch vielversprechend. Regelrecht verdorben. Merkwürdig, dass mir das im Büro nie aufgefallen ist. Damals, in den unendlichen Weiten von Alberta, in den Meeren aus Korn und Himmel, muss sie eine Menge Dinge gesehen, ein Menge Dinge erlebt haben: *Valerie Josephine Maria Spasowsky-Taylor erblickte das dunkle, rätselhaft glimmende, auf keinen Fall hoffnungsspendende Licht der Welt als einzige Nachkommin einer polnisch-kanadischen Fallenstellerdynastie gut 170 Meilen nordwestlich von Fairview, Alberta, Kanada. Ihr bester Freund in jungen Jahren war Toddler, der riesenhafte, aber gutmütige Novo Scotia Tolling Retriever. Die beiden besuchten dieselbe Schule, die New Mauthausen Elementary, und ihre Jugend, überhaupt ihr weiteres Leben verliefen zufriedenstellend.*

Wir passieren Genève-Plage, sind bereits auf dem Quai Gustav-Ador. Wir kommen von Nordwesten in die Stadt, was günstig ist, denn Lynberg wohnt in Eaux-Vives. Zwei Minuten später lässt er den Wagen stoppen und seine Verabschiedung ist nicht einmal ironisch, kein Augenzwinkern oder Grinsen. Dieser Mann hat seine eigenen Projekte; er blickt niemals zurück, nicht einmal zur Seite. Dafür respektiere ich Erik. Er ist eines der wenigen wirklich autarken Individuen. Ein Mensch, der mit anderen Menschen, wenn man die Variationen physischen Missbrauchs ausklammert, endgültig und für immer abgeschlossen hat. Seine Therapeutenkollektion ist immens, doch lediglich Hobby. Das seien nichts als Motive, hat er mir neulich anvertraut, Szenen. Eines Tages wolle er über all das schreiben.

»So, what's next?«, frage ich Valerie, nachdem das Taxi wieder angefahren ist. »Un dernier verre?«

»Sure«, sagt Valerie.

»I know somewhere nice, up there in Malagnou.«

»Not far from your place, isn't it?« Der Ton der Frage ist sachlich.

»More or less. I'm living in Champel. Florissant, to be precise.«

»Well, let's go to Malagnou then«, sagt sie und ihr Oberschenkel klebt nach wie vor an meinem, obwohl jetzt auf der Rückbank viel mehr Platz ist, und all das hier, das ganze Setting, der Sommer, die Substanzen, die warme Luft, die durch die geöffneten Fenster zu uns hineinwirbelt, und einzelne ihrer Haarsträhnen, die sich aus der provisorischen Steckfrisur befreit haben, wehen herum, teilweise fast durch mein Gesicht, was zwischen uns bereits eine Atmosphäre der Intimität erzeugt, die wir erst später in dieser Nacht beziehungsweise natürlich nie erreichen werden, all das also, erinnert so intensiv an frühere Zeiten, an meine ersten Jahre in dieser Stadt, dass ich – es ist noch ein langer Weg, bis ich Lynbergs state of mind erreicht habe – wehmütig werde. Denn es gibt nicht viel, was dieses Gefühl toppt: Genf, Hitze, Haut. Geld, Dienstleistung, Kontrollverlust.

Gesendet: Dienstag, 09. August 2013 um 14:01 Uhr
Von: «Stevenson, Elizabeth» <elizabeth.stevenson@gef.org>
An: «Stremmer, Frank» frank.stremmer@gef.org; »Lynberg, Erik« Erik.Lynberg@gef.org
Cc: »Park, Dae-Hyun« <dae.hyun.park@gef.org>; »Bellinghusen, Jeff« <jeff.bellinghusen@gef.org>
Betreff: September/October schedules
Frank, Erik

The schedule for September and October has now been confirmed.
The EC will go to Vienna (11.) and Helsinki (23.) in September and to Berlin (13.) and New York (19) in October.
For obvious reasons Frank will cover the events in Vienna and Berlin.
Further details will be forwarded to you soon.

Also, please find attached two articles from the Guardian and the NY Times regarding recent events in the Central African Republic.
The EC is also very much aware of the current situation especially in the capital but so far Mr Gonzales-Blanco is determined to stick to the initial schedule for December.

Regards,
Liz

P.S.: Frank, so far I didn't receive any information regarding your holiday plans for the second half of the year.

Urlaub? Der Gedanke kommt mir absurd vor. Wovon? Trotzdem, Liz hat natürlich recht. Ibiza? Hokkaido? Oder wieder Mallorca? Eine Rückkehr nach Son Serra, in Jürgens fiebrige Immobilienträume?

Nicht nur Liz, auch Niederegger ist an meinem weiteren Schicksal interessiert. Als ich am Abend nach Hause komme, hat er sich zum wiederholten Mal bei meinem Anrufbeantworter über die ständigen Absagen beklagt. Mittlerweile sei er »etwas beunruhigt« und bitte daher um eine »definitive« Bestätigung des Septembertermins. Ich nehme das Telefon, rufe seine Handynummer auf, zögere, lasse das Gerät neben mich aufs Sofa rutschen. Hören Sie mich, Niederegger? Es geht voran! Die Dinge sind im Fluss.

Irgendwann, in den späten Nachmittagsstunden des einundzwanzigsten oder zweiundzwanzigsten oder zweihundertsten Augusts, begegnet mir Valerie vor den Aufzügen im zweiten Stock. Sie steht da, ist vertieft in die Druckversion der GEF *Latest* Septemberausgabe.

»Bonjour Valerie.«

Sie schaut mich über ihre Lesebrille hinweg an: »Hello Frank. How are you?«

Wir steigen ein und fahren gemeinsam hinauf zum Vierten. Während der Fahrt versuche ich mir vorzustellen, wie ich ihren Rock hochziehe, ihre Strumpfhose zerreiße. Doch schon die Phantasie gelingt nicht. Die Atmosphäre in der Fahrstuhlkabine ist nicht angespannt, wir müssen uns weder beherrschen noch Normalität vorheucheln. Ich habe nicht vergessen, was vor anderthalb, zwei Wochen vorgefallen ist, ich erinnere mich an die zarte Haut rings um ihr Rektum, an den Geruch, den ihre Scham verströmte, diese Mischung aus Sexualsekreten, Schweiß und irgendeinem teuren Intimduftstoff. Der auch an meinen Fingern klebte. Der Fahrstuhl setzt sich in Bewegung und oben angekommen verabschieden wir uns, gehen in verschiedene Richtungen davon. Ein, wenn man das Gesamtbild ins Auge nimmt, beinahe idealer Verlauf, der jedoch ein schwer zu definierendes Gefühl hinterlässt. Vorstellbar, dass professionelle Ratgeber aus diesem Grund, aufgrund genau dieser speziellen Form der Bitterkeit, die ich in letzter Zeit notgedrungen häufiger, die ich eigentlich zeitlebens spüre, vor einem Freizeitverhalten wie dem meinigen warnen. Mir jedoch macht der Schmerz, denn es ist ein Schmerz, nicht viel aus. Er ist im Gesamtpaket inbegriffen, und eigentlich, wenn ich ehrlich bin, gefällt mir das sogar ganz gut. Er bedeutet … nun, er bedeutet zumindest *etwas*.

Die frühzeitige Erledigung der Augustaufgabe hat ein Vakuum erzeugt, eine beunruhigende Orientierungslosigkeit. Ich verstehe jetzt, wie richtig es ist, sich nicht nur zeitweilig, sondern permant Herausforderungen zu konstruieren. Ich begreife, dass Menschen klug handeln, wenn sie sich zum Beispiel in Karrierekämpfen aufreiben.

Am See stapeln sich unterdessen die Sommergäste, Familien und junge Paare von den blutdurchtränkten Sandhaufen der arabischen Halbinsel. Ansonsten ist die Stadt still und abgestorben.

IX.
Die Quellen von Charmilles

Gesendet: Mittwoch, 04. September 2013 um 11:11 Uhr
Von: «Mari Takano» <mari.ta@hotmail.com>
An: «Frank Stremmer» f.stremmer@bluemail.ch
Cc:
Betreff: Fish
Frank,
I like to write to you what I write:

The fish are playing
Just beneath the waves
They're joyful
And impatient
But the ships will soon arrive
To collect them
To arrange a journey for them
Into the ice chambers
Into the tin cans
The fish are playing
They are sticking together
In a grey and silent ocean

M.

Gesendet: Mittwoch, 04. September 2013 um 12:23 Uhr
Von: «Jürgen Stedmeyr» <jstedmeyer@t-online.de>
An: «Frank Stremmer» f.stremmer@bluemail.ch
Cc:
Betreff: AW: Las vacaciones

Hola, Frank, hätte da evtl. etwas ganz Tolles für Dich. Noch viel schöner als beim letzten Mal. Neubau. Blick zum Meer, Terrasse, Satellit, W-Lan, alles da. Ein Traum. Halber Kilometer Sicherheitsabstand zum Sol ☺. Letzte Septemberwoche?

Saludos,
Jürgen

Gesendet: Mittwoch, 04. September 2013 um 23:26 Uhr
Von: «Claudia Ehlers» <c_ehlers@web.de>
An: «Frank Stremmer» <f.stremmer@bluemail.ch>
Cc:
Betreff: …
Lieber Frank,
Du kommst? Das erzählt Jürgen jedenfalls. Vielleicht sollte ich Dir sagen, dass ich momentan (und wahrscheinlich noch eine ganze Weile) Besuch habe. Von Tobias. Es wird also nicht so werden wie beim letzten Mal. Trotzdem, ich freue mich.
Claudia
P.S.: Während ich das hier schreibe, höre ich draußen diesen Vogel schreien, von dem Du immer gesprochen hast. Du weißt schon, Urwaldvogel. Unheimlich.

»Monsieur Stremmer, bevor wir anfangen, würde ich gerne mit Ihnen über die … die zeitliche Struktur unserer Termine reden. Wie Sie wissen, halte ich bereits die Frequenz von nur einem Gespräch pro Monat für sehr problematisch. Und wenn dann auch noch andauernd Termine abgesagt werden, dann …«

»… ja, ja, ich weiß. Das wird sich ändern, Niederegger, versprochen.«

»Es ist wirklich essentiell notwendig, den Sitzungsrhythmus zumindest konstant zu halten … Gab es denn einen Grund für Ihre Absagen?«

»Bestimmt. Ich … Hören Sie, wir verplempern Zeit. Wollen Sie mich nicht langsam mal fragen, wie es mir geht, was ich gerade fühle, so etwas?«

(Seufzt) »Gut, wie geht es Ihnen heute, Herr Stremmer?«

»… Gut … Ich fühle mich gut. Ich verspüre weder körperliche noch seelische Schmerzen.«

»Gibt es etwas, worüber Sie gerne sprechen möchten? Vielleicht ein Ereignis aus der letzten Zeit, das Sie beschäftigt hat?«

»Und ob. Mich beschäftigen viele Dinge, wissen Sie? Ich bin ein offener und nachdenklicher Mensch, der Anteil nimmt am Weltgeschehen, aber auch an den kleinen Ereignissen seines persönlichen Umfeldes.«

»…«

»…«

»Vielleicht fangen wir bei Ihrem – wie Sie es nennen – ›persönlichen Umfeld‹ an?«

»Wie Sie wünschen, das Problem ist allerdings: Ich besitze kein persönliches Umfeld.«

»Nun, gerade eben haben Sie noch behauptet, dass…«

»… Letzten Monat war ich auf einer Gartenparty. In Cologny. Und morgen Abend bin ich zu einer Vernissage nach Lausanne eingeladen. Von Malin … Habe ich Ihnen von Malin erzählt?«

»Der Name sagt mir spontan nichts.«

»In Malin war ich im Februar verliebt. Quatsch, Januar. Künstlerin … Künstlerin und DJ … aus Schweden … genau, wie man sich eine schwedische Künstlerin vorstellt, wenn Sie verstehen, was ich meine.«

»Moment, Sie waren im Winter verliebt?«

»Vielleicht auch nicht, keine Ahnung. Versteht ja ohnehin jeder etwas anderes drunter.«

»Was verstehen *Sie* darunter, Herr Stremmer?«

»Hmmm, das ist schwer. Extreme körperliche und … tja … psychische? … psychische Nähe. Man will einfach mit jemandem zusammen sein.«

»Und das haben Sie in Bezug auf … Malin … gespürt?«

»Nein, definitiv nicht. Aber etwas anderes, Niederegger, ein echter Hammer. Wissen Sie, was ich letztens erfahren habe? Ich meine, ich konnte es fast nicht glauben.«

»Sie möchten Ihre … Affäre … mit Malin nicht weiter ausführen?«

»Affäre? Das wäre zu viel gesagt. Aber nein, möchte ich nicht. Vielleicht beim nächsten Mal. Wenn Sie mich auf Mallorca besuchen.«

»Moment, das ist jetzt alles etwas unstrukturiert. Mallorca? Sie verreisen wieder?«

»Verreisen ist nicht das richtige Wort. Verreisen beinhaltet die Wahrscheinlichkeit einer Rückkehr. Aber hören Sie, wissen Sie, wen ich neulich getroffen habe?«

»Sie werden es mir hoffentlich berichten.«

»Freizeitmann! An seinem Stammplatz in der Tiefgarage. Einfach so. Ich meine, wo war der Kerl die ganze Zeit? Wirklich komisch.«

»Hatten Sie ihn vermisst?«

»Verlieben, Vermissen … Verreisen … immer versuchen Sie, mir irgendwelche Emotionen anzudichten, Niederegger. *(Plötzlich leiernde Stimme)* Aber gut, ich habe Freizeitmann vermisst. Wilson, Freizeitmann – das sind gute, sympathische Leute. Nonkonformisten.Über die kann man nachdenken. Ich habe mich definitiv gefreut, als ich Freizeitmann in der Tiefgarage wiedersah. Seine Augen, und so weiter. Diese Uniform, die Zigarette, der Konservenbüchsenaschenbecher. Alles wie gehabt. Irgendwie beruhigend.«

»Haben Sie sich unterhalten?«

»Ja! Das will ich ja die ganze Zeit erzählen. Normalerweise läuft das so ab: Bonjour – Ça va? – Bonne jounée – Abgang. Keine Nervereien, kein Eingriff in die Privatsphäre. Wobei das Wort Privatsphäre natürlich idiotisch ist. Genau wie Privatbesitz. Überhaupt, eine ganze Menge Worte sind Irrsinn, finden Sie nicht auch? Wenn es nach mir ginge, müsste jedes einzelne Wort auf seinen Irrsinnsgehalt hin noch einmal neu analysiert werden und für die Dauer der Untersuchung unter Quarantäne, unter Hausarrest gestellt werden. Ich meine, verstehen Sie? …Ich finde immer weniger Worte, die ich noch mit gutem Gewissen benutzen kann. Die nicht schon wieder in sich schwachsinnig sind. Für einen Literaten kann so eine Situation zur Bedrohung werden.«

»Sie bezeichnen sich als Literaten?«

»Ja.«

»Aufgrund ihrer beruflichen Aufgaben?«

»Unter anderem.«

»Sie schreiben also auch … ähm … entschuldigen Sie … *privat*?«

»Ja.«

»Davon haben Sie noch nie berichtet.«

»Doch habe ich.«

»Ich kann mich nicht entsinnen.«

»Das will nichts heißen bei all dem durchgedrehten Gerede, das Sie sich jeden Tag anhören müssen. Aber meinetwegen, vielleicht haben Sie Recht. Schätzungsweise habe ich von einer ganzen Menge Sachen noch nie berichtet.«

»Zum Beispiel?«

»Zum Beispiel: von meiner Schulzeit, von meiner achtköpfigen Tante Marta … ich meine, wollen Sie jetzt hören, was mit Freizeitmann war oder nicht?«

»Biensure.«

»…«

»Ich höre Ihnen zu, Herr Stremmer.«

Samstag, 7. September 2013, Genève-Centre, Rue de la Rotisserie am Fuß der Altstadt. Überall Geschäfte, überall idiotische Waren, aber es ist *unmöglich*, ein sinnvolles Hochzeitsgeschenk für Freizeitmann zu finden. Ich meine, ich kenne die beiden nicht; ich weiß nicht einmal, auf welchem Kontinent er seine Frau erstanden hat. Also gehe ich runter zur Rue de Marché und kaufe in einem Zigarrenladen eine Stange *Parisienne jaune*. Einmal auf den Geschmack gekommen, suche ich gleich anschließend in einer stadtbekannten Feinkostabteilung einen teuren, aber bei weitem nicht den teuersten Champagner aus. Dabei stelle ich mir Szenen aus Freizeitmanns künftiger Ehe vor, die spärlichen Worte, ihre unendlichen, ruinösen Telefonate in die Heimat, die schwitzigen Körperkontakte, die Essensdünste, wenn sie endlich wieder in die Küche entkommen ist, das Unglück in seinen sanften, riesigen Triebtäteraugen. Das alles muss begossen werden. Ich nehme also eine Flasche aus dem Regal, gehe damit zu den Kassen und treffe dort – ich brauche nicht einmal eine Hundertstelsekunde, um sie wiederzuerkennen – die brünette der beiden Nachbartisch-Nutten aus dem Les Voiles. »Eye-Candy«, flüstert Juan-Pedro mit mexikanischem *und* amerikanischem Akzent in mein Ohr. Sie steht direkt vor mir; auf dem Band liegt eine Packung in blassen Pastelltönen gehaltener Macarons. Ihre Haare schimmern matt und gesund, die surreal langen Beine stecken heute in einer grau-dezenten Stoffhose, die – merkwürdig an einem Samstag – das Wort »Finanzindustrie« förmlich herausschreit. Hinsichtlich ihrer Erwerbstätigkeit habe ich mich offenkundig getäuscht, in Bezug auf alles andere nicht: Es gibt keine Chance auf Glück. Es hat überhaupt keinen Sinn, sich jemand anderem anzunähern, und keine Ahnung, ob Freizeitmann mich darauf gebracht hat. Ich glaube eher nicht. Diese Erkenntnis funktioniert ganz ohne die Tränen, die er und seine Braut mit Sicherheit vergießen werden. Es ist schmerzhaft, Hoffnungen zu haben, doch ohne Hoffnungen zu sein, ist auch kein Zuckerschlecken, und Candy vor mir nimmt jetzt die Macarons vom

Band, schaut sich etwas an der Packung genauer an, vielleicht den Schriftzug auf der rotgoldenen Banderole. Dann plötzlich, als ob ihr diese Dinger den Befehl dazu erteilt hätten, dreht sie sich zu mir um. Meine Blicke rasen von ihren Brüsten (gut, glaube ich. Groß! Eventuell, *hoffentlich* operiert) über den Hals (beinahe olivfarbene Bräunung, dünne Silberkette ohne Anhänger) hinauf zu ihrem Gesicht. Wir schauen uns an. Mittelmeerblau, mit smaragdgrünen Einsprengseln – unwahrscheinlich, dass so eine Augenfarbe in natura existiert. In ihrem Lächeln liegt nicht die geringste Spur eines Wiedererkennens. Sie sagt lediglich »Pardon«, legt dann die Macarons zurück aufs Band und platziert anschließend einen dieser Plastiktrenner zwischen unsere Waren. Wieder zu Hause, arrangiere ich Champagner und Zigaretten zusammen mit einer (optimistischen, regelrecht fröhlichen) Glückwunschkarte auf der Fußmatte vor Freizeitmanns Wohnungstür. Gegen Abend setze ich mich in einen Zug nach Lausanne und gehe, nachdem mir ein Taxifahrer den Weg beschrieben hat, zu Fuß vom Bahnhof zu Malins Galerie. Die schrägstehende Sonne bringt Hausfassaden zum Erglühen, durch Bebauungslücken fällt der Blick auf den tief unten, breit wie ein Meeresarm daliegenden See. Lausanne, denke ich, und 50 Meter vor dem Laden sehe ich Malin zusammen mit einem Mann etwas aus einem Lieferwagen herauswuchten, was nach einem Mischpult, nach professionellem DJ-Equipment aussieht. Malin trägt ein taubenblaues, enges, knielanges Kleid. Ihr Haar leuchtet beinahe weiß. Sie sieht reizend aus. Ich verharre einen Moment unschlüssig, drehe mich dann um und gehe zurück zum Bahnhof.

Mitte September, später Nachmittag, ich sitze – nachdem ich vorher 45 Entspannungsminuten bei einer weiteren »Masseuse diplomée« absolviert habe, die sich als freundliche, mindestens 40-jährige, portugiesisch-brasilianisch-angolanische Mulattin herausstellte und deren Service sich nicht zwischen mit Schwellenland-Esoterik garnierter Erotik und Krankenkassenzertifikat entscheiden mochte – ich sitze also an diesem sonnigen, aber bereits frischen Spätsommertag wieder einmal im Bus Richtung Flughafen, mein albernes GEF-Kurzreisenrollköfferchen kauert neben mir und aus irgendeinem verfickten Grund geht es nicht weiter. Seit mindestens fünf Minuten stehen wir an der Haltestelle Gare Cornavin; der Fahrer hat sogar den Motor abgestellt. Ich schaue auf die Uhr am Bahnhofsgebäude, danach, zur Kontrolle, auf meine (obszöne) Armbanduhr, schließlich auf mein Telefon. Sämtliche Chronomter bestätigen: Ich liege schlecht in der Zeit. Hätte Adelas Großmutter vorhin nicht die Restbestände beruflichen Ehrgeizes aus mir herausgewalkt, ich stünde kurz vor einer Panikattacke. Gleichzeitig – auch das eine Folge des Massage – bin ich zu faul, körperlich zu träge, um einfach auszusteigen und einen Zug zu nehmen. Die fortwährende Gegenwart von Optionen, der permanente Zwang zur Wahl, vielleicht der eklatanteste Nachteil unseres Wirtschaftssystems, von dem sich die Gestalten dort draußen, auch wenn es den Anschein hat, ganz und gar nicht verabschiedet haben. Ich starre aus dem Busfenster und diese Leute an. Insgesamt zehn bis zwölf, einige blicken schweigend und schwankend zu Boden, die Mehrheit hingegen scheint permanent zu verhandeln, Informationen auszutauschen, generell zu *reden*. Das Mitteilungsbedürfnis da drüben muss enorm sein. Ich registriere ausgemergelte, aufgedunsene, teils auch narbenzerfurchte Gesichter, tief in den Höhlen sitzende, halb geschlossene Augen; eine Frau betastet ihre thrombosenübersäten Unterarme. Es ist schwierig, einen Kleidungsstil zu identifizieren. Leicht heruntergekommene Sports-Wear vielleicht, Baseball-Caps, zwei Bomberjacken mitten im Sommer. Insgesamt stehen diese Menschen nicht auf der Sonnenseite des Lebens. Die sind eindeutig *nicht* glücklich – warum, verdammt nochmal, kommen sie mir dann so vor? Ich meine, worüber unterhalten die sich bloß die ganze Zeit? Wie viele Geschichten, wie viele essentielle, unbedingt weiterzugebende Neuigkeiten lassen sich aus dem Alltag eines durchschnittlichen Straßenfixers pressen? Mein Blick bleibt an einem großen, muskulösen Mann Ende dreißig hängen, dem Wortführer in einer der Gruppen. In seinem Gesicht vermischen sich Alkohol-Rot und Heroin-Grau zu einem eitrigen Gelbton, der sich wiederum kaum von der Färbung seiner Zähne unterscheidet. Der Mann zeigt seine Zähne ausgiebig. Er lacht und gestikuliert und er wurde heute Morgen aus dem Knast entlassen, wo er eine diesmal anderthalbjährige Freiheitsstrafe wegen fortgesetztem Ladendiebstahl und Rezeptbetrug zu zwei Dritteln tatsächlich abzusitzen hatte. *Dominic Lapin, geboren 1974 La-Chaux-de-Fonds, Sohn eines Schreiners und einer weiblichen Person, Volksschulabschluss, abgebrochene Uhrmacherlehre, habitueller Heroinkonsum seit dem Sommer 1995, genauer gesagt seit dem 11. Juli 1995, dem Tag, an dem der Schädel seines über alles geliebten Schäferhundes Roquentin von einem Lieferwagen eines national operierenden Einzelhandelsgrossisten zum Zerplatzen gebracht wurde. 1998 Umzug nach Lausanne, 1999 Umzug in den Genfer Vorort Vernier, im selben Jahr die Geburt seines Sohnes Dominic und Eheschließung mit der ebenfalls drogengebrauchenden ehemaligen Altenpflegeassistentin Catherine Lagrange. Seit etwa 1997 diverse Strafverfahren und Gefängnisaufenthalte. 2001 Aufnahme in das kantonale Methadon-Programm, jedoch weiterhin Beikonsum von Heroin, Kokain, vor allem aber von Alkohol und verschiedenen Benzodiazepinen. Gegen 17:45 Uhr des 11. Septembers 2013 stand Lapin an einer als Szenetreffpunkt bekannten Bushaltestelle vor dem Genfer Bahnhof Cornavin sowie unter dem Einfluss einer Injektion, die neben einer kokainhaltigen Lösung auch eine mittelmäßig starke Dosis Lorazepam enthielt, was zur Folge hatte, dass Lapin sowohl ein komatöses Wohlbefinden als auch ein erhöhtes Mitteilungsbedürfnis verspürte und deswegen seine Kumpels Riad und Cédric mit geschlossenen Augen zu verschiedenen Sachverhalten argumentativ bearbeitete. Lapin thematisierte an diesem warmen, wenn auch bedeckten Spätsommertag unter anderem den insgesamt noch akzeptablen Zustand einer sich in seiner linken Leistenbeuge befindlichen Vene, die Lage einer neuen Albaner-Heroin-Verkaufswohnung im Stadtteil Charmilles sowie gleich anschließend, ohne dass dabei für Riad und Cédric, denen allerdings, bedingt durch eine erst vor wenigen Minuten gerauchte Portion stark verschnittenen Straßenheroins, alles, zumindest relativ viel egal war, ein Zusammenhang erkennbar gewesen wäre, eine Urlaubsreise an die französische Atlantikküste, die er, Lapin, zusammen mit Roquentin kurz vor dessen Ableben unternommen habe. Trauer um seinen vierbeinigen Gefährten überwand die im zentralen Nervensystem des 39-Jährigen errichtete Lorazepam-Mauer; Lapin öffnete die Augen, wandte den Blick danach in Zeitlupe von seinen beiden Gesprächspartnern ab und entdeckte hinter dem Fenster eines an der Haltestelle ungewöhnlich lange wartenden 5er-Buses das insgesamt freundlich-interessiert wirkende Gesicht eines im Be-*

reich Kommunikation tätig gewesenen Leichnams namens Frank Stremmer. Stremmer, selbst mit suchterzeugenden Substanzen keineswegs unerfahren, jedoch anders als Lapin mit unmenschlicher Selbstdisziplin ausgestattet, war an diesem unauffällig wundervollen, sonnendurchfluteten Septembernachmittag unterwegs zu einem weiteren beruflichen Abenteuer, das er an der Seite seines charismatischen Chefs, des chilenischen Universalgelehrten Raphael Gonzales … und so weiter und so weiter. Der Motor wird angelassen, ein Zittern durchläuft das Fahrzeug. Unmöglich zu sagen, wie ich reagieren würde, wenn man meinen Hund ermorden würde. Derartig Dramatisches ist mir nie widerfahren. Der Bus fährt langsam an; ich werfe einen letzten Blick auf die Junkies. Jemand ist in die Hocke gegangen, es hat den Anschein, als suchte er etwas am Boden. Er verharrt in dieser Position, die Kapuze seines Sweaters über den Kopf gezogen, und etwa zweieinhalb Stunden später sitze ich neben einer nervösen, irgendwie über afrikanische Problemlagen plappernden Liz Stevenson am Fenster eines startenden SWISS-Airbus A 320, und die Stadt, in der ich seit einer Million Jahren lebe, entfernt sich rasch von mir, sie weicht zurück, es macht beinahe den Eindruck, als ließe sie von mir ab. Ich beuge mich vor, erkenne die Industriekomplexe und Raffinerien in der Nähe des Flughafens, dann die Wohngebiete in der Nähe, vielstöckige Behausungen derjenigen, die es höchstens in die Dienstboteneingänge, die Kantinenküchen der Banken oder Organisationen geschafft haben. Weiter hinten die markanten, tourismusfähigen Strukturen. Deutlich sichtbar: der Jet d'Eau. Er leuchtet in der Abendsonne. Dahinter Eaux-Vives, irgendwo dort sitzt Lynberg jetzt und arbeitet an seinem Teint, nein, er lässt seinen Teint in einer der Bars arbeiten. Den Hügel hinauf, Malagnou, Florissant, Champel, meine Gegend. Ich versuche genau zu ergründen, wirklich präzise in mich hineinzuhorchen, was ich beim Anblick dieser Stadt empfinde. Das ist meine Stadt, ich denke, das kann ich mittlerweile sagen. Doch andererseits: Besitz hat mir nie etwas bedeutet. Liz erzählt, sie habe schreckliche Bilder gesehen. »Horrible scenes.« Das Flugzeug neigt sich zur Seite, beschreibt eine weit ausholende Kurve. Liz' Finger krallen sich in die Lehne neben mir. Es hätte nicht viel gefehlt und sie hätte meinen Unterarm malträtiert. Dazu redet sie immer weiter. Ich sage ihr, dass ich von diesen Sachen gehört hätte. Dass es schon gutgehen werde.

Dass man ohnehin nichts machen könne. Dann schlage ich ihr vor, nach vorne in die Business-Klasse zu marschieren und den EC über die Absage seiner Afrikapläne zu unterrichten. Jetzt lacht sie wenigstens. Und dann ist sie still. Sie sagt kein Wort mehr während des gesamten Flugs. Also schweige ich auch. Ich scanne die Flugbegleiterin auf eventuelle Verwendungsmöglichkeiten, versuche, visuell Kontakt aufzunehmen. Sie hält diesen Blicken ohne weiteres stand. Wir fliegen über weiß-rosa glänzende Alpenkämme nach Osten.

»Leben? In der Summe uninteressant. Die Dichte an wirklichen, nachhaltig in Erinnerung bleibenden Ereignissen ist so gering, dass man, wenn ein solches Ereignis einmal eintritt, nichts weiter spürt als den Nachhall der Leere, die die Perioden zwischen den wenigen Höhepunkten eben nicht füllt. Eine lange, schnurgerade Autobahn, rechts und links komplett mit Lärmschutzwänden verkleidet. An deren Ende eine drei Meter dicke magnetische Mauer wartet.« Liz lauscht meinen auf Deutsch vorgebrachten Einsichten, die ich im Übrigen für ausgemachten Unsinn halte. Die ich nur verbreite, um den schnaubenden Typen neben mir zu provozieren. Mein erster Eindruck von Wien: ein fünfzigjähriger Mann in kurzen Hosen, knotige Beine, kariertes Hemd, roter, aggressiv wirkender Schädel, auf dem ein fettiger Seitenscheitel wie angeklebt wirkt. Wer oder was soll das sein? Ganz im Gegensatz zum Tenor meiner Ansprache ist das Leben von »Ereignissen« geradezu überfüllt, von denen viele wiederum sehr wohl interessant sind. Das Problem mit dem Leben ist meines Erachtens ein ganz anderes; ich würde sagen, ganz oberflächlich gesprochen besteht der große Nachteil des Lebens schlicht darin, *dass* man lebt Liz benimmt sich wirklich merkwürdig in letzter Zeit. Ich versuche zu ergründen, wann das losging mit ihr, seit wann bei ihr immer wieder so etwas wie ein ›Mensch‹ hinter der Fassade, der Benutzeroberfläche dieser automatenhaften, auf englische obere Mittelklassefloskeln programmierten Arbeitsmaschine hervorblinzelt. Zweifellos hat sie, das war in den letzten Monaten nicht zu übersehen, ein Problem mit dem afrikanischen Kontinent. Ich bin mir nicht sicher, aber eventuell hält sie sich bereits für eine Art Cassandra, eine prophetische Unheilkünderin. Ich glaube, auch darum, wegen ihrer andauernden Schwarzmalerei, habe ich ihr eben etwas von der beruhigenden Ereignislosigkeit des Lebens vorgeflunkert. Ich meine, man landet und betritt eine s-Bahn im, wie ich neulich las, »Laboratorium des Weltuntergangs«, man kommt neben rötlich-explosionsgefährdeten Einheimischenköpfen zum Sitzen, und das einzige, was Mrs Stevenson dazu einfällt, sind raunende Andeutungenzu einem wirklich bemerkenswert weit entfernt liegenden Kontinent. Zu einem Hotel in einem Ort, dessen Namen ich schon wieder vergessen habe, eine Station unserer Dezembertournee vermutlich, einem Gebäude, das uns überdies definitiv nicht mehr als unser Herberge dienen wird, da es nämlich laut Liz vorgestern bei einem Angriff der ADFLC? MLC? RAF? von irgendeiner verrückten Buchstabenkombination – und zwar mitsamt Gästen und Angestelltenschar – dem Erdboden gleich gemacht wurde.

Apropos Hotel, apropos Erlebnisse: Ich weiß nicht, wer bei der GEF aus welchen Gründen auf diese Schnapsidee verfallen ist, aber Tatsache ist, dass Liz und ich für die Dauer unseres Wien-Aufenthalts, also immerhin vier Tage, nicht wie sonst in einem dieser gehobenen Vertreterkästen untergebracht sind, sondern *gemeinsam* in einer der beiden ständigen Gästewohnungen der hiesigen GEF-Dependance. Eben als wir nach der Gepäckausgabe, nachdem der EC von einem kleingewachsenen, uniformierten, südamerikanisch aussehenden Mann in Empfang genommen wurde, der sich mit einem großen Pappschild, auf dem tatsächlich »Seine Exzellenz Dr. Raphael Gonzales Blanco« stand, an der Schleuse postiert hatte, nachdem also alles im Flughafen so weit erledigt war, ich mich folglich auf den Weg zu den Taxis machen wollte und Liz deswegen schon mal nach der Adresse unseres Hotels fragte, sagte sie nur: »Not a hotel, Frank. Didn't you read my email?« Ich schätze, Liz hat mir das alles haarklein erklärt, wahrscheinlich auch schon vor einiger Zeit, allerdings kann angesichts der Eventdichte in meinem Leben niemand von mir verlangen, dass ich jede der Nachrichten, die mich aus allen Teilen der Welt und aus allen Teilen meines Unterbewusstseins permanent erreichen, ordnungsgemäß abspeichere. Nun, wie auch immer. Liz und ich beziehen unsere erste gemeinsame Wohnung. Wir werden zusammen leben, zusammen fernsehen, ich werde mich dezent mit ihrem Eau de Toilette bestäuben. Die Wohnung liegt in Alsergrund. Wir fahren in die Heimat Sigmund Freuds und eine Stunde später sitzen wir bei einer Flasche Weißwein, die man uns als Willkommensgruß in den insgesamt bestens präparierten Kühlschrank gestellt hat, im Wohnzimmer unserer riesigen, mehr als nur großbürgerlich eingerichteten neuen Heimat. Ich frage mich, wie Liz auf Damenbesuch reagieren wird, was geschieht, wenn ich, während sie duscht, ins Bad spaziere, mir in ehelicher Selbstverständlichkeit die Zähne putze, mich rasiere, mein Genital von bereits getrockneten Vaginalsekreten befreie.

Später am Abend verlasse ich die Wohnung noch einmal, streife durch die Gegend um den Franz-Joseph-Bahnhof. Die Luft ist warm, wärmer als in Genf zumindest, dennoch ist es still, sind kaum Menschen unterwegs. Immerhin, im Schaufenster eines Thai-Salons blinken Leuchtketten und ein Neonschriftzug mit dem Wort »open«. Ich fühle weder Begehren noch Neugier, dennoch öffne ich die Eingangstür, schiebe einen Vorhang beiseite, stehe plötzlich in einem im Dämmerlicht liegenden Raum, in dem zwei Frauen fernsehen, die eine in Unterwäsche, die andere in einem Jogging- oder eher noch Hausanzug. Auf einem flachen, diffus asiatisch anmutenden Wohnzimmertisch stehen Gläser, Fläschchen, andere Konsmetikbehälter, sind Tuben und Wattebäusche verstreut. Das Sofa, auf dem beide sitzen, ist noch einmal von Handtüchern bedeckt, hat praktisch Schutzbezüge.

Ich sage: »Guten Abend«, gleichzeitig springt eine der Frauen, die in Unterwäsche, auf. Teile ihres Gesichts sind zu einem Lächeln verzogen, einer Grimasse, deren Falschheit überwältigend, ja rührend ist, mir verrückterweise trotzdem Angst macht. Die Frau sagt »ouelca, Sa«, womit sie unter Umständen »Welcome, Sir« meint. Sie winkt mich heran, mehr ins Zentrum des Raums, doch ich zögere, mache nur einen vorsichtigen Schritt nach vorne, und der Fernseher leuchtet irre intensiv, etwas stimmt mit der Farbeinstellung nicht. Bilder eines Menschenauflaufs. Ein Straßenfest offensichtlich, ein Umzug. Eine Menge Leute auf einem nächtlichen Platz, viele davon kostümiert. Stimmen, Rufe, Musik, im Hintergrund auch Elefanten, geschmückte Elefanten. Die Frau im Bikini, ich glaube, das ist ein Bikini, und sie ist sicher über 40 und klein, vielleicht 1,55 Meter, die Frau also winkt immer weiter. Sie sagt »Kam, Kam«, steht dann plötzlich vor mir, ergreift meinen Unterarm. Die Berührung ist nicht stark, auf keinen Fall schmerzhaft, drückt dennoch eine Dringlichkeit aus, mit der ich nicht klarkomme.

»Excusez-moi. Je me suis trompé.« Ich drehe mich halb um, versuche, diesen Vorhang irgendwie auseinander zu kriegen. Die Frau greift nochmal nach mir, diesmal jedoch weiter oben, im Bereich des Oberarm-Bizeps.

»Kam, Kam. Massaje, Blas. Hmmm.«

»Non merci. Excusez-moi.«

Ich höre ein Lachen, das von der anderen Frau auf dem Handtuchsofa stammt, das sich auf mich oder auf etwas im Fernsehen beziehen kann. Der Vorhang teilt sich, ich öffne die Tür, bin draußen, gehe ein paar Meter, bleibe stehen, zünde mir die erste Zigarette seit Tagen an.

Das war gut. Gute Bilder. Das Leben besteht *eindeutig* aus Erlebnissen, Liz. Wien lässt sich vielversprechend an.

Wenn ich eines in den acht abgeschlossenen Monaten des Experiments gelernt habe, dann dies: Zeitdruck wirkt kontraproduktiv. Es ist einfach entspannter, sorgt für mehr Lebensqualität, wenn eine Frau sich bereits im ersten Monatsdrittel eingestellt hat, womöglich sogar abgeschlossen wurde. Aufgrund von Faulheit, Ermüdung oder Überdruss ist mir das im September mal wieder nicht gelungen. Wie auch immer, ich bin in Wien, es ist 18:30 Uhr, das Restaurant heißt Finkh und liegt in einer hübschen Gegend, »jung«, Galerien usw., und die zwei Frauen mir schräg gegenüber, kaum anderthalb Meter entfernt, an einem der Tische vor dem Laden, lesen sich gegenseitig aus Büchern vor. So etwas, ich meine das mit den Büchern, habe ich in Genf noch nie gesehen. Das finde ich originell. Außerdem sehen die beiden natürlich gut aus: jung, allerhöchstens Mitte zwanzig, Gesellschafts- und/oder Literatur- und/oder Medienwissenschaften im fünften bis siebten Semester, Gesellschafts- und/oder Literatur- und/oder Medienwissenschaften darüber hinaus nicht als Alibi-Lösung sondern als Leidenschaft, die eine, ich nenne sie vorerst »Nr. 2«, mit dunklen Haaren, einer frechen Mischung zwischen Pagen- und Kurzhaarschnitt, feinen Gesichtszügen, großen, schläfrigen, halb geschlossenen Augen, ein Augenaufschlag, der mir bei den Heerscharen von Französinnen, die mir tagtäglich über den Weg laufen, praktisch nie begegnet, den ich aber trotzdem mit Frankreich verbinde, vermutlich wegen dieser Schauspielerin aus den Sechzigern, Stéphane … ich komme nicht mehr drauf … Audran, Stéphane Audran. Lena Olin, Stéphane Audran – ich entwickle mich zum Cineasten. Die Frau, zumindest die Partie um ihre Augen erinnert mich an das, was ich während meiner Kindheit, vor betörend vielen Jahren, vor mehr als einer Generation von den Bunuel-Filmen im dritten Programm abgespeichert hatte, lange bevor ich Frankreich das erste Mal betrat, bevor ich überhaupt ahnen konnte, dass ich einmal in einer Stadt leben würde, die permanent von Frankreich umhüllt, versorgt und bedroht wird. Ihre Haut ist gebräunt, südfranzösisch (Gott, was ist los?) gebräunt, dazu trägt sie ein graues Tank Top. Grau zu braun, ein reizvoller Kontrast, finde ich. Es ist hilfreich, diese Farbkombination einzuordnen und zu analysieren, denn auf diese Weise entfernen sich meine Gedanken ein wenig, aber eben nicht vollends von Stéphanes Zentralmerkmal, von einem Paar sehr großer, augenscheinlich ohne die Hilfe eines BHs in Idealposition, wie sagt man: stehender? liegender?, sich in Idealposition befindlicher Brüste. Ich meine, dieser Busen wirkt nicht obszön oder übertrieben, er lässt weder an San Fernando-Valley-Filme noch an die Trophäen jener im Kern nach wie vor sowjetischen Lebenskünstler denken, die in den Genfer Sommermonaten zusammen mit ihren saudi-arabischen Amtskollegen die Boutiquen und Uhrmacherpaläste der Rue du Rhone plündern. Im Gegenteil, diese Brust korrespondiert, ja sie kommuniziert auf eine komplexe Art und Weise mit Stéphanes hochzivilisierten Augen, den amüsiert-intelligenten Augenaufschlägen, jenem kecken Gesellschaftswissenschaftshaarschnitt. *Communication for a better tomorrow?* Jemand sollte dem EC berichten, dass es noch Kommunikationsformen gibt, die nicht GEF-zertifiziert sind.

»Haben's schon etwas gefunden?«

Mein Blick springt förmlich nach oben: Verdammt, auch nicht schlecht! Qualitätsgastronomie, dieses Finkh: Anfang Dreißig, brünett-schulterlang, schlank, Jeans, weißes Hemd, schmales Gesicht bei vollem Mund, wahrscheinlich gibt es eine Menge Schauspielerinnen, die so ähnlich aussehen, mir fällt nur momentan keine ein.

Ich werfe einen hektischen Blick in die Karte, bleibe beim Erstbesten dieser verrückten Wiener Wörter hängen.

»Einmal Blutwurstgröstl mit frischem Kren und Salat, bitte.«

Sie schaut von ihrem Notizblock auf, betrachtet mich zweifelnd.

»Und zu trinken?«

»Einen Viertelliter Weißwein. Trocken. Fruchtig. Können Sie da etwas empfehlen?«

»Unseren Hauswein? Ein leichter Grüner Veltliner. Der ist gut.«

»Den nehme ich. Und ein Glas Wasser, bitte.«

Sie dreht sich um, federt durch den kahlen, zur Abschreckung klassischer Wien-Touristen spartanisch gehaltenen Innenraum davon. Zum Glück haben die beiden Frauen draußen nichts von meiner Bestellung mitbekommen. Blutwurst? Mir fällt die Geschichte ein, die Wilson, der angeblich aus Gary, Indiana (»A dying town that makes you die. Absolutely murderous.«) stammt, einmal erzählt hat. Mit seinem Vater habe er seinerzeit, also während Wilsons Kindheit, häufig Ausflüge in die Umgebung der Stadt gemacht. Sein Vater, ein Geschichtslehrer, sei in seiner Freizeit eine Art Industriearchäologe gewesen, der sich für verrottete Stahlwerke und verlassene Fabrikhallen, für das gesamte Kaleidoskop des mechanisierten Untergangs begeistern konnte. Natürlich liegt die Frage auf der Hand, was dieses Hobby mit dem kleinen Wilson gemacht hat, ob hier nicht vielleicht das Fundament für seinen enormen Appetit auf Psychopharmaka und Salzleuchten gelegt wurde. Eines Tages jedenfalls machten Wilson Senior und Wilson Junior einen Ausflug in das nahe Chicago, genauer gesagt: auf das riesige Gelände der ehemaligen Union Stockyards. Dort, wo man bis in die Sechzigerjahre und vorher über viele Jahrzehnte »myriads«, wie Wilson sich ausdrückte, »of hogs und cattle« im Fließbandverfahren für den menschlichen Verzehr präpariert habe. Auf dem Gelände der Yards befinde sich, fuhr Wilson fort, auch ein Seitenarm des Chicago River, den man, wie sein Vater ihm stolz berichtet habe, nach wie vor »Bubbly Creek« nenne, weil aus ihm bis auf den heutigen Tag Gasblasen aufstiegen. Die Blasen, so Wilsons Vater, seien Ergebnis der Verrottungsprozesse innerhalb der meterdicken Sedimentschichten aus Blut und Innereien, die man während der aktiven Union Stockyards-Jahre bei Tag und Nacht in das Gewässer eingeleitet habe, genauso wie ich mir jetzt gleich sofort ein Glas trocken-leichten Weißwein einleiten werde, denn die Bedienung ist bereits an meinen Tisch zurückgekehrt, bereitet mein erstes Alkoholerlebnis an diesem Tag vor.

»Entschuldigung, von diesen Blutwurstdingern, gibt es da auch eine vegetarische Version?«

»Nein«, sagt sie. Und lacht.

Ich sage: »Ok.«

»Möchten Sie etwas anderes bestellen?«

»Geht das noch?«

»Sicher.«

»Gut, dann bitte eine *doppelte* Portion Blutwurstgröstl … bitte.«

»…«

»Nein, nein, ich mache Spaß. Ich hätte gern … Moment …« Mein Blick wandert erneut über die Karte, über die Speisen unter der Rubrik »Klassiker«, in der es – schreiende Kälber, trüb dreinschauende Rinder, hysterisch flatterndes Geflügel – vor Tierleichen nur so wimmelt. Plötzlich dieses Bild, als Claudia vor mir stand, mit dem Tablett vor die Hüften gepresst, ihre Ausführungen zum Thai-Curry, ihre Freude über meine Wahl, der Geschmack ihrer Zunge, die Kühle ihrer Gesäßbacken, auf denen ich irgendwann einschlief. Dazu das Geschrei dieses Vogels. Ich werde Jürgen noch von Wien aus schreiben und die Woche auf der Insel für Ende des Monats klarmachen.

»Einmal die Spinatschafskäseknödel an Kräutersaiblingen.«

»Gerne.« Ihr Blick ist eine Spur verächtlich. *Andrea Schranzenmacher, 31, letzter Spross einer dem Nationalsozialismus eng verbundenen Kopfschlächterdynastie aus dem Raum Graz, Studentin der Filmwissenschaften, auch Filmemacherin, Traum vom ersten 90-Minuten-Werk, das Script steht bereits, Arbeitstitel »Ragout«, eine lustig-absurde Gaunerposse im Entbeinermilieu des jungen Wien, verschiedene Nebenjobs, zum Beispiel im … usw.* Ich lasse den Veltliner die Kehle herunterfließen, nach all den Ablenkungen wandert mein Blick zurück zu den beiden am Tisch draußen, zu Nr. 2 und ihren Brüsten. Sie sitzt kerzengerade, mit voller Oberkörperspannung, alles an ihr ist Konzentration, denn Nr. 1 schickt sich an, die Lesung fortzusetzen. Nr. 1, nebenbei bemerkt, ist besser als die positiven Eigenschaften von Nr. 2 und Andrea kombiniert. Der Laden ist leer, die einzigen Personen, die sich mit mir zusammen hier aufhalten, sind drei attraktive, in jeweiligen Qualitätsabstufungen attraktive Frauen. Nr. 1: dem Augenschein nach europäisch-indischer oder eventuell auch, falls irgendeine abgelegene Sure so etwas legitimieren sollte, europäisch-pakistanischer Mix. Ein schlichtes weißes, eng anliegendes T-Shirt, sandfarbene, weite Leinenhose, Sandalen, kleine bis höchstens mittelgroße Brüste, lange, schlanke, fast dünne, dennoch muskulöse Arme, alle Gliedmaßen, soweit ich das überblicken kann, sind irgendwie langgezogen. Dazu wilde Locken, voller Mund, ein Hautton, der dem von Adela ähnelt, aber nicht gleicht; es gibt Unterschiede, doch ich könnte sie nicht benennen.

»Pass auf«, beginnt Nr. 1, »hör dir das an.« Kein indischer, erst recht kein österreichischer Akzent, vielleicht eine winzige südwestdeutsche Färbung. Zwei Freundinnen vor einem Restaurant, Kommilitoninnen im angeregten Austausch, und drinnen, im Halbdunkel hinter der geöffneten Fenster-Flügeltür, ein lauernder Schatten, ein Paar glühender kranker Augen, eine sich rasend schnell leerende Karaffe Veltliner.

»Also, die Stelle hier: Hans atmete tief durch und heftete seinen Blick erneut auf Vivians Bildschirm. Butlers Kritik an Wittig: Wenn sich das Lesbentum in radikaler Ausschließung von der Heterosexualität definiert, beraubt es sich selbst der Fähigkeit, jene heterosexuellen Konstrukte zu resignifizieren, die es selbst zum Teil konstituieren. Damit würde die lesbische Strategie gerade die Zwangsheterosexualität in ihren repressiven Formen festigen.‹«

Nr. 1 schaut von dem Taschenbuch auf und lacht, offenbart zwei Reihen stereotypisch strahlender, wirklich blendendweißer Zähne. Ich denke: Judith Butler? Schon wieder? Damals, in Beatrice Mulhollands Salon in Bern: meine Achtelerektion. Meine Konstruktion einer zwangsheterosexuellen Achtelerektion.

»Das Lesen wir als Zitat ganz vor«, ruft Nr. 2. »Hast du gemerkt, wie er keinen Übergang macht? Erst Handlungsebene, dann sofort theorieimmanente Argumentation. Irre.«

»Entweder so oder er macht die Übergänge total fließend«, ergänzt Nr. 1. »Die Handlung fließt durch die Theorien hindurch, ist damit verwoben. Aber letztlich nur ein Vorwand für Theorie. Das passiert im ganzen Text. Pass auf …«, sie klappt das Buch zu, schaut demonstrativ zur Seite, schlägt dann wahllos nach dem Zufallsprinzip eine Seite auf, liest wieder vor, »Wenn die Frau die Schöne, die Seiende, war, der Mann aber der Bedeutende, der Werdende, fragte sich, während Korinna oben im Bad ihre Haare ondulierte, Vivian, ihr expressiv, nahezu expressionistisch wie im Stummfilm geschminktes Gesicht in der Schneide des Brotmessers betrachtend, was symbolisierte dann eine werdende Mutter? Nach Ortega y Gasset bestand der Beruf des Weibes darin, des Mannes konkretes Ideal zu sein. Frauentum. Hatte sich Angela diese brotlose Kunst mit Hilfe ihrer monatlich erscheinenden, bigotten Monika aus Donauwörth erwählt.‹ Boah, schon ganz raue Kehle.«

Sie legt das Buch auf den Tisch und nimmt einen Schluck Limonade, leert aufgeregt das ganze Glas. »Das Irre ist, das sind alles Literaturwissenschaftler. Die studieren. Genau wie wir. Die machen andauernd, was wir gerade machen. Irgendwie sind das *wir* in dem Buch. Und dein Weininger kommt auch andauernd vor.«

»Ach, der Otto?«, sagt Nr. 2 spöttisch. Otto Weininger? Ich kenne diesen Namen, ich weiß, dass ich mal etwas über den Mann gelesen habe, aber ich kann mich an nichts, nicht an ein Spurenelement einer Information erinnern. Andrea kommt und stellt einen Korb Brot vor mir ab. Sie bemerkt meine bereits geleerte Karaffe, den spärlichen Rest Wein in meinem Glas.

»Noch ein Viertel?«

Ein kurzes Nicken, Andrea verschwindet, ich wende mich wieder den Nummern zu. Meine Biographieproduktions- und Namenszuordnungsprogramme sind unter Kontrolle, oder springen aus irgendwelchen Gründen bei den beiden nicht an. Ich schaffe es, über einen längeren Zeitraum zwei Menschen zu observieren, ohne plötzlich deren Vorleben zu kennen. Andererseits weiß ich, nicht zuletzt aufgrund unterschiedlicher Oberweiten, dass Nr. 2 *nicht* Stéphane Audran heißt. Sie räkelt sich auf dem Restaurantstuhl, macht Stretchingübungen, verschränkt dabei die Arme hinter dem Kopf. Mein Achselfetischismus geht mir mittlerweile selbst auf die Nerven, aber diese Achselhöhlen sind perfekt rasiert. Unwillkürlich frage ich mich, was Judith Butler dazu sagen würde, wobei mir klar ist, oder zumindest vermute ich, dass sich hinter dieser perfekt rasierten und getunten weiblichen Achselhöhle multipel gebrochene gesellschaftliche Codes und Konventionen verbergen, dass es sich hier eventuell um eine souveräne Ironie handelt, und ganz unbewusst, beziehungsweise jetzt ja doch bewusst, aber nicht gesteuert, habe ich den Slang dieses Taschenbuchs übernommen, in dem Nr. 1 immer noch blättert.

»Entschuldigen Sie.«

Die beiden schauen überrascht zu mir herüber. Es ist tatsächlich möglich, dass sie meine Anwesenheit bisher nicht bemerkt haben. Bei Nr. 2 mischt sich in den Ausdruck der Überraschung eine milde Form, ein Anfangsverdacht von Irritation.

»Entschuldigung, aber ist Ihnen zufällig hier in der Nähe ein Gewässer namens Bubbly Creek bekannt?«

Bei der heiligen Maria der Genfer Geldschlachthöfe, ich schwöre, dass mir bis vor anderthalb Sekunden der Inhalt dieser Frage nicht bekannt war. Sie stellte sich praktisch von allein, sie stellte sich durch mich aus sich selbst heraus. Die beiden werfen sich Blicke zu, deren Charakter ich nicht identifizieren kann. Womöglich überlegen sie bereits, die Gestapo zu verständigen, oder wer auch immer in Wien über die öffentliche Ordnung wacht.

»Bubbly Creek? Das ist doch Sinclair, oder? ›Der Dschungel‹.« Das war Nr. 1, und zwar zu Nummer 2, nicht zu mir.

»Stimmt«, entgegnet ihre Kommilitonin. »Chicago.«

»Aha«, sage ich. »Dann befinde ich mich momentan nicht im wunderschönen Staate Illinois? Ich …« Zum Glück erscheint in diesem Augenblick Andrea mit dem neuen Viertel und dem vegetarischen Blutwurstkalbsschnitzel. Ich beginne unverzüglich mit meiner Mahlzeit, denn ich bin außerordentlich hungrig. Der Tag in dieser cremefarbenen Kongresshalle war anstrengend und lang. Morgen wird »RGB« seine Rede halten, deren Abschrift ich zum Glück bereits von Liz erhalten habe, die sie wiederum von der Autorin, also Lena Olin alias Valerie Spasowsky-Taylor, erhalten hat. Der Moment, in dem mein Schwanz, die Unterseite der Eichel, sich an Valeries Klitoris zu reiben begann, dann auf der gesamten Länge der Schamlippen auf und ab wanderte, am Ende der Bewegung immer ein wenig tiefer in sie eindringend. Ich schaue stur auf meinen Teller, doch ich spüre, wie die beiden mich nach wie vor beobachten. Der Monat vergeht, wie alles vergeht. Eventuell sollte ich noch etwas sagen, eventuell werde ich noch etwas sagen, und niemand in diesem Universum, am allerwenigsten ich, weiß, was das sein wird.

Die restlichen zweieinhalb Tage in Wien verliefen ohne nennenswerte Ereignisse. So sehr ich auch Ausschau hielt, eine realistische Septemberoption stellte sich nicht mehr ein. Beruflich hingegen gab es keine Probleme. Dank meiner speziellen Akkreditierungskarte verbrachte ich Stunden mit Wanderungen durch die Gänge des riesenhaften Wiener UN-Komplexes, manchmal saß ich auch in diesem in angenehm gedeckten, regelrecht einschläfernden Farben gehaltenen Kongresssaal herum, in dem der EC eine nichtssagende, ausschließlich aus Phrasen und Floskeln bestehende Rede hielt, die im Wesentlichen behauptete, dass man mit Kommunikation sämtliche Probleme dieses Planeten und des zugehörigen Sonnensystems lösen könne. Ab und an, vor allem wenn Liz in der Nähe war, machte ich mir Notizen. Ich versuchte nachzuvollziehen, was andere Konferenzteilnehmer in Gonzales-Blanco sahen, letztlich aber stand der Tenor meines kleinen Beitrags für *GEF Latest* schon vor dem Abflug fest. Den Rest meiner Wiener Zeit verbrachte ich auf den Straßen und in den Cafés dieser merkwürdigen Stadt. Um nicht mit Liz am WG-Tisch irgendwelche Sachen, womöglich sogar Persönliches zu besprechen, lief ich bis spät in die Nacht durch die Gegend. Ich erkundete ganze Stadtbezirke, sammelte Erfahrungen mit der lokalen Küche. Ich saß in einer albernen Lounge hoch über den Dächern der Stadt, umgeben von österreichischen Profifußballern. Ich beobachtete weit nach Mitternacht einen alten, hageren Mann, der in einem Laden namens »Rundfunk« zwanzig Minuten lang ohne jegliche Regung über seinem noch zu einem Viertel gefüllten Bierglas kauerte. Der Alte gefiel mir. Überhaupt, die Stadt als solche gefiel mir, obwohl oder gerade weil sich das Frauenniveau nach Genfer Maßstäben als katastrophal herausstellte. In Wien konnte man tatsächlich stundenlang durch die Landschaft spazieren, ohne irgendeine qualitativ angemessene Suizidhilfe zu entdecken. Ich meine, es war wirklich verrückt. Nach und nach begriff ich, welches Glück ich am ersten Abend im Finkh gehabt hatte. Ich wanderte von Viertel zu Viertel, von Café zu Café, von Bar zu Bar, und die beinahe totale Abwesenheit weiblicher Verlockungen befremdete, ängstigte mich zunächst, wirkte dann aber befreiend, fast wie eine Erlösung. Als ich akzeptiert hatte, dass Wien mir in Sachen Frauen nichts zu geben bereit war, lustwandelte ich regelrecht durch Gegenwart und Geschichte dieser vielschichtigen Nekropole. Ich war so entspannt, so jenseits meiner sonstigen Bewusstseinszustände, dass ich in einer dunklen Seitenstraße irgendwo hinter dem Bahnhof Praterstern den Annäherungsversuchen einer sogar relativ ansehnlichen und beinahe nackten Osteuropäerin ohne weiteres zu widerstehen in der Lage war. Ich lief diese ärmliche Gasse entlang, vorbei an komischen Etablissements, als sie aus dem Schatten eines unbeleuchteten Hauseingangs trat und sich bei mir einhakte. Eine merkwürdige Begegnung. Fast schämte ich mich meiner Absichtslosigkeit, doch ich sah keinen Sinn mehr darin, mit diesem vielleicht zwanzigjährigen Mädchen irgendwelche geldwerten Handlungen zu vollziehen. Die, ich war mir sicher, hätten weder sie noch mich weitergebracht. Also löste ich mich von ihr, kramte einen Zehn-Euroschein aus meiner Hosentasche und flanierte fröhlich weiter durch die warme Nacht. Ja, es ging mir erstaunlich gut in diesem Moment, ganz grundsätzlich in Wien, doch von dieser Stimmung ist jetzt, nur drei Tage später, wirklich gar nichts mehr übrig. Wir trinken einen Kaffee unten in der Kantine, Lynberg sitzt mir gegenüber, er hat mir zugehört, mich dabei nachdenklich beobachtet. Ich erkläre ihm, dass mein 12-Monate-Projekt Gefahr läuft, schon im September auf Grund zu laufen. Er zuckt mit den Schultern und sagt: »Tinder.«

»What?«

»Tinder«, wiederholt er.

»Online dating?«

»Yeah. But better and more effective than anything else. You just need to find an acceptable picture of yourself, put it online, and off you go.«

»Are *you* a Tinder man, Erik?«, frage ich. Vor sozialen Netzwerken, diesem ganzen anstrengenden Kram, habe ich bisher zurückgescheut. Das höchste, was ich mir in Sachen technologische Unterstützung zu gönnen bereit bin, sind jene kostenpflichtigen Partnersuch-Seiten. Wobei ich mir auch bei denen schon wie ein Betrüger vorkomme. Aber es lässt sich nicht von der Hand weisen, der September ist so gut wie erledigt. Und ich fliege in zwei Tagen nach Mallorca. Auf rechtschaffene Weise dürfte der Monat kaum noch zu retten sein.

Später am Nachmittag schlägt Lynberg vor, die Gonzales-Blanco-Angelegenheit auf irgendeiner Thai-Insel zu bereinigen. In w-Lan ausgestatteten, weit voneinander entfernten Strandhütten, mit Cocktail-Frühstück und sechzehnjährigen australischen Tauchlehrerinnen. Außerdem müsse man den Text womöglich »even more artistic, even more artificial« angehen. Was auch immer er damit meint, ich stimme zu und fummle dabei die ganze Zeit mit meinem Telefon herum, das aus seinem Dornröschenschlaf erwacht ist und nun permanent die Tinder-Optionen aus einem Umkreis von hundert Kilometern abspult. Viele der Bilder sehen ok aus, manche beinahe *zu* gut. Leider bietet Tinder keinerlei Zusatzinformationen, weswegen ich nicht gezielt auf junge, verzweifelt alleinerziehende und deswegen verzweifelt kompromissbereite Mütter gehen kann. Typen wie Michelle aus Annemasse. Kurz vor Feierabend habe ich bereits Kontakt zu sieben Frauen aufgenommen, die sich angeblich allesamt innerhalb eines Radius' von 15 Kilometern aufhalten. Andauernd tippe ich etwas ein, schreibe Nachrichten, versuche möglichst schnell konkrete Dates herauszuschlagen. Es ist sehr anstrengend. Meine Spaziergänge durch Wien – ich vermisse diese Stunden hormoneller Stille. Gegen 5 sitze ich im Bus, um mich mit Sharon zu treffen, die laut Tinder nur 2,7 Kilometer von mir entfernt, in der Bar des Kempinski, der vielleicht jämmerlichsten Location überhaupt, auf mich wartet. Ich bewege mich also in Richtung See zu den arabischen Bentley-Cabrios, zu Uniformierten, die Achtzehnjährigen beim Aussteigen behilflich sein müssen, in die Zone der schwachsinnigen Cocktail-Namensgebungen. Die Sache mit Sharon oder, wenn das nicht klappt, mit Catherine, mit Josey, mit Chiara, ist noch gar nicht erledigt, doch ich habe bereits *Erinnerungen* daran, einen melancholisch-sarkastischen Geschmack auf der Zunge, der mich an den von Blut erinnert, während mein Kopf sich fester an die Busfensterscheibe presst und ich Wilson an einer zwei Stationen von der GEF entfernten Haltestelle entdecke. Wir stoppen, Wilson kommt heran, dann jedoch, noch bevor sich die Türen öffnen, weicht er wieder zurück unter das Vordach des Wartehäuschens. Sein Körper wirkt versteift, das Gesicht hinter der Retro-Ray-Ban steinern. Es ist klar, der Mann ist erledigt, die Medikamente haben den Kampf verloren, und das alles ist außerordentlich bedauerlich, doch dann fährt der Bus wieder an und Wilson verschwindet.

X.
(L'île de) Koh Yao Noi

Tinder war erschreckend effektiv. Innerhalb von zwei Tagen lernte ich Sharon, Marissa oder Marussia, und Eglantine kennen, die zusammengenommen, nach meiner privaten Rechtfertigungslogik ein vollwertiges Resultat ersetzten. Ich bin mir nicht sicher, eventuell wird auch das Gegenteil eintreten, doch vermutlich werden sich Plattformen wie Tinder auf die Reste abendländischer Familien- und Beziehungsstrukturen auswirken wie Salzsäure, die man im Rahmen eines Experiments in die Augapfel unschuldiger flauschiger Kaninchen träufelt. Die App, von der ich gerade sogar geträumt habe, ist daher schon seit gestern Abend von meinem Display verschwunden.

Ich bin aufgewacht: eine Tragfläche im Morgenlicht, Kilometer darunter eine blendendweiße, gleichmäßig gemaserte Wolkenschicht. Ein Flugbegleiter kommt den Gang herunter. Der Mann verteilt wohlgefällige, regelrecht *zufriedene* Blicke. Zu so einem Auftreten wäre ein Raymond Glec niemals imstande. Mit Raymond, dessen vierzehnstöckiges Elternhaus im Norden von Marseille wir bald überfliegen dürften, hat unser heutiger Steward höchstens die Gehaltsklasse gemein. Sein Lächeln in meine Richtung war gerade wie? Wissend? Offenkundig weiß der Typ etwas. Also gebe ich ihm ein Handzeichen. Sofort kommt er heran, beugt sich mir entgegen, ein wenig auch über diese Frau, die am Gang sitzt und ihre *NZZ am Sonntag* auf den freien Mittelplatz platziert hat und die … keine Ahnung. Ich bitte den Steward um Mineralwasser. Die Frau hat sich gesetzt, als ich bereits die Augen geschlossen hatte, um das ganze Vorflugtheater zu verpassen. Das allerdings war selber nur Theater, denn in Wirklichkeit finde ich diese Rituale interessant. Ich habe die Frau gehört, mich aber gezwungen, sie vorerst nicht zu sehen, und der Kellner teilt mir mit, dass man gleich mit der Verpflegungsausgabe beginne. Ob ich es noch so lange aushalten könne. Ich erkläre, dass ich diese Frage unbeantwortbar finde, worauf der Steward immer weiter lächelt und vor allem worauf jetzt auch die Frau lächelt, und es ist ihr plötzlich freundliches Gesicht, ihre genau so vorausberechnete Reaktion, die mir einen zwar kaum noch überraschenden, aber dennoch schockierend tiefen Traurigkeitsschub verpasst. Keine Ahnung, was das immer ist. Vielleicht ist es einfach keine besonders gute Idee, Niederegger fortwährend abzusagen. Ich fühle mich wie ein Schausteller, der beobachtet, wie sich sein spärlich besetztes Kettenkarussell zum zehntausendsten Mal in Bewegung setzt. Jeden Haarriss kennt er an dem altersschwachen Ungetüm, jedes verräterische Knirschen. *Nachts, wenn Helmut Cameier (geb. am 14.4.1955 in Wattenscheid) in seinem Wohnwagen lag, phantasierte er häufig davon, die Ketten anzusägen, der kaum noch vorhandenen Kundschaft andere grausame Streiche zu spielen, und am 23.04.81, anlässlich des traditionellen Lüneburger Frühjahrsmarkts, begegnete Erwin, damals noch in Diensten seines Vaters, des Schaustellerfürsten Wilhelm Cameier, für etwa zehn Sekunden der sechsjährigen Svenja Nolting, die zusammen mit ihren Großeltern und ihrem Bruder Ole einen nachmittäglichen Gang über den Rummel genoss und die später in ihrer Heimatstadt Hamburg Kommunikations- und danach Rechtswissenschaften studieren sollte. Nolting ist heute in irgendeiner Branche tätig und sie sucht weiterhin das Glück, das ihr als attraktiver Enddreißigerin eigentlich zustehen müsste, aber nicht zusteht, und sie reist von Ort zu Ort, von Hotel zu Hotel, von Mann zu Mann,* und so weiter und so fort, und die *NZZ am Sonntag* auf dem Zwischensitz hat heute die Schlagzeile »Sozialämter zahlen für Stellensuchende aus der EU«. Svenja bemerkt mein Interesse bzw. mein völliges Desinteresse an den neuesten Nachrichten aus der Schweiz. Also deute ich auf die Zeitung und sage: »Bon à savoir, n'est-ce pas?«

Sie nickt eifrig, hat dabei einen fröhlichen Gesichtsausdruck, aber sie sagt nichts.

»Wohnen Sie in Genf?«, erkundige ich mich, obwohl ich die Antwort kenne.

Sie schüttelt den Kopf. Dabei fallen ihre roten Haare weich auf die Schultern. Ich entdecke feine Sommersprossen auf der Nase. Die Haut des Dekolletés ist etwas gerötet, weist erste Fältchen auf, ihre Brüste sind höchstens mittelgroß, die Nippel trotz BH deutlich sichtbar. Sie trägt ein lindgrünes, langärmeliges T-Shirt, eine dunkelblaue Jeans und – ich beuge mich unauffällig, aber nicht zu unauffällig vor – Tennisschuhe. Das alles sieht sehr casual aus, unserer Destination angemessen. Aber etwas an ihrem Aussehen, vielleicht der breite, mattsilberne Ring am kleinen Finger oder der perfekte Zustand der Haarspitzen, die Makellosigkeit der nicht lackierten Fingernägel, irgendetwas an ihr sagt mir, dass der heutige Look alles andere als casual, sondern vielmehr durchdacht ist. Eine Art Statement. Eine Ironie auf die Kulturtechnik des Modestatements. Diese Svenja hier neben mir arbeitet in einer ironischen Branche. Medien. Werbung. Vor allem aber ist sie beinahe schön. Wieder einmal beschert mir der Zufall eine gute Frau. Eigentlich begegnen mir nur noch gute Frauen, was daran liegt, dass mir alle anderen *nicht* mehr begegnen. Es ist beängstigend, aber meine Wahrnehmungsfilter erreichen mittlerweile eine annähernd hundertprozentige Ausschlussgenauigkeit. Tiere sind etwas anderes, Tieren gegenüber bin ich offen für die Mannigfaltigkeit der Schöpfung. Bei Menschen hingegen dringen nur noch Extreme zu mir durch: Männer mit geistigen oder seelischen Defekten, bei Frauen äußerliche Anomalien, insbesondere die verschiedenen Spielarten physischer Attraktivität. Alles andere, alle anderen existieren praktisch für mich nicht mehr, oder nein, sie existieren natürlich, so wie Fahrstühle existieren. Oder Tetrapacks.

»Deutschland, oder?«, fahre ich also fort. »Sie wohnen in Deutschland. Aber Sie fliegen von Genf. In Genf hatten Sie wahrscheinlich Berufliches zu erledigen. Und jetzt machen Sie noch einen privaten Abstecher. Wie nennt man das? Gabelflug, oder? Sie haben eine Gabel gebucht. Vielleicht besuchen Sie jemanden auf Mallorca. Ihren Hund, den Sie letztes Jahr dort ausgesetzt haben.«

Sie lacht, legt den Kopf in den Nacken. Die Bewegung ihrer Haare fächelt mir einen Dufthauch zu, den ich einsauge wie ein Erstickender. Es ist wahr, ich liebe so etwas. Ich liebe es, ganz egal, wie sehr es mich anödet, wie viele Tinder-Dates mir in den Knochen stecken. Ich stelle mir vor, ihrer Haut ganz nahe zu kommen, dem Haaransatz hinter ihrem Ohr. Ihren Achseln. Ich habe Lust, diese Frau einzuatmen. Dazu stelle ich mir vor, wie ihre Schamhaare aussehen, wie sie rasiert sind. Lynberg und ich haben das früher manchmal diskutiert: Typologien. Vorhersagegenauigkeiten. Zugehörige Charaktere. Lynberg sitzt jetzt wahrscheinlich schon vor seiner Thai-Hütte. Er hat das neulich wirklich ernst gemeint. Die Sonne geht unter; er sieht hinaus aufs Meer. Es ist still. Die Vögel im Palmenhain verhalten sich ruhig. Vielleicht sind sie davongeflogen, hin zur nächsten, komplett identischen Landzunge. Lynberg nimmt einen Schluck von seinem Mai Thai. Die junge Frau neben ihm hält die Augen geschlossen; ihr Kopf lehnt an seiner Schulter, während er seinen Touchscreen bearbeitet. Doch das versprochene w-Lan funktioniert nicht. Er wirft das Tablet in den Sand und schaut wieder aufs Meer, das merkwürdig weit zurückgewichen ist an diesem Abend, das praktisch nicht mehr da ist.

»Außerdem«, füge ich nach einer unbekannten Zahl von Sekunden hinzu, »heißen Sie Svenja und Sie sind in Hamburg geboren.«

Jetzt dreht sie mir ihren ganzen Oberkörper zu. Dazu sind ihre Augenbrauen zusammengezogen. Ich vermute, Sie möchte irritiert wirken, doch ihre Mundwinkel machen nicht mit. Ihre Mundwinkel gehorchen nicht. Die Dinge sind in der Schwebe.

»Eben beim Boarding stand ich hinter ihnen«, lüge ich.

»So?«

Ihr erstes Wort.

»Außerdem arbeite ich als Hellseher … für eine Bank in Zürich.«

»Aha. Verdient man gut als Hellseher?«

»Weniger, als die Leute vermuten.«

»Hmm, und deswegen arbeiten Sie jetzt noch ein wenig nebenher?«

Der Steward rattert mit dem Metalltrolley den Gang entlang. Weiter vorne wartet seine Kollegin. Ich deute auf die beiden und frage Svenja, auf welches Getränk ich sie einladen könne.

Winzige spöttische Explosionen in ihren Augen. »Als Hellseher … sagen Sie's mir.«

»Ich bin ein schlechter Hellseher.«

»Aber gut genug für eine Bank?«

»Meine Bank ist auch schlecht.«

»…«

»…«

»Tee«, sagt sie schließlich, »ich glaube, ich hätte gerne einen grünen Tee.«

Am vorderen Ende des Gangs hat unterdessen die Proviantausgabe begonnen. Der Steward und seine Kollegin verteilen Sandwiches, füllen Plastikbecher. Ich lehne mich zurück und drücke den Kopf in den Sitz. Svenja beobachtet mich dabei. Eigentlich möchte ich die Unterhaltung nicht mehr fortsetzen. Zudem habe ich keine Vorstellung davon, was auf Mallorca geschehen wird. Ich denke an Claudia und ihren neuen Mitbewohner. An Jürgens milchig glänzende Immobilienblasen. Meine »Pläne« für die nächste Zeit zerfließen in alle Richtungen.

Svenja sagt: »Grüner Tee ist super. Eine Wunderwaffe.«

»Gegen was?«, frage ich.

»Gegen alles«, antwortet sie bestimmt, und als unser jetzt plötzlich ernster Flugbegleiter bei uns angekommen ist, bestellt sie grünen Tee *für uns beide*.

Zwei Wochen nach Mallorca, nach den Dingen, die sich dort und danach und in meinen verklebten, unappetitlichen Bewusstseinsebenen abspielten, stehen Liz und ich mit unseren GEF-Rollkoffern (ich habe diesmal die größere Version gewählt) an einer Ampelkreuzung in der Nähe des Berliner U-Bahnhofs Moritzplatz. Ich tippe eine Nachricht an Svenja, wir warten auf zwei Taxen, die uns in unterschiedliche Richtungen transportieren werden, und Liz berichtet von ihrem gestrigen Dinner mit dem EC, das sie in einem Restaurant in Mitte eingenommen habe: »A quite unconventional place, Berlin-like somehow. But Raphael *loved* it. He loves Berlin.«

Ich sage: »Aha.«

»And you? What where you up to yesterday evening? Raphael was quite … disappointed that you couldn't make it.«

»I had to meet some old friends.«

»Oh, yes?«

»Yes.«

Ich schaue vom Display auf und Liz ausnahmsweise direkt in die Augen, überprüfe die Wirkung meiner Worte. Sie glaubt mir kein Wort und sie hat recht damit: Ich habe nirgendwo auf der Welt alte Freunde, erst recht nicht in diesem Nest hier. Mein Blick wandert über ihren Kopf hinweg die Straße hinab. Ein Radfahrer nähert sich, kommt rasch heran. Eine Radfahrerin. Ich erkenne dunkle Locken, einen braunen Teint. Eine große, eher dunkelhäutige, aber nicht afrikanische Frau auf einem Retro-Rennrad kommt in hohem Tempo auf uns zu, und bei dieser Frau – ich fasse es nicht, gibt es so etwas? – handelt es sich um niemand anderen als um Nr. 1 aus Wien. Die beiden Studentinnen vor dem Finkh. Tofu-Blutwurstgröstl an Zwangs- und Pseudoheterosexualität.

Ich sage, irgendwie hilflos: »Hey.«

Sie bemerkt mich, ist aber fast schon vorbei, bremst ab, dreht den Kopf zu mir und sagt: »Bubbly Creek!«

»Stimmt«, rufe ich. Merkwürdig beglückt. Ich fühle, dieser Zufall wird mein Leben verändern.

»Immer noch auf der Suche?« Sie steht praktisch mit ihrem Rennrad, ohne dass ihre Füße den Boden berühren.

»Ja und nein«, sage ich. »Aber irre, oder? Sollen wir nicht … ich meine … das ist ein Zeichen. Sollen wir nicht was trinken gehen?«

Sie lacht, macht eine Ausgleichsbewegung mit dem Lenker, bewegt sich vielleicht einen halben Meter vorwärts, betätigt nacheinander die Vorder- und Hinterradbremse.

»Beim nächsten Mal, ok? Wenn wir uns das nächste Mal über den Weg laufen, trinken wir einen Kaffee zusammen.«

Panik. Ein Anfall genuiner Verzweiflung. Es ist albern, aber ich könnte heulen.

»Aber wer weiß, ob es ein nächstes Mal gibt? Ob wir dann noch dieselben Gender haben?«

Sie lacht wieder. Unfassbare Zähne. Ein intelligentes, freundliches, gesundes, ein schmerzlich schönes Gesicht.

»Wir fordern das Schicksal einfach heraus, ok? Bis dann, tschüüss.« Sie setzt sich in Bewegung, kommt jedoch in dem hohen Gang nur langsam wieder in Fahrt. Ich will noch etwas sagen, sie mit einem unschlagbaren Argument zur Rückkehr zwingen, aber ein solches Argument existiert nicht, und der Blick, den Liz mir jetzt zuwirft, während das erste der bestellten Taxis vor uns zum Stehen kommt, drückt eine Mischung aus Mitleid und Ekel aus.

XI.
La provincia de Valparaiso

Die Tage auf Mallorca haben nicht gereicht. Laut HR bin ich mehr oder weniger verpflichtet, bis zum Jahresende noch mindestens zwei weitere Wochen Urlaub zu verbrauchen. Liz und ich trennten uns also vorgestern in Berlin, wo diese ganzen Idioten den EC wieder einmal feierten, als sei er der Messias, dessen Kommunikationsneurose tatsächlich ewigen Frieden, das Ende von Leid und Tränen herbeiführen könne. Ich stieg in ein Taxi, fuhr zu einem Bahnhof und setzte mich in einen Zug, dabei immer noch verwirrt von der Begegnung mit der Fahrradfahrerin. Erstaunlich, dass mir so etwas weiterhin passiert. Ich meine, Emotionen, usw. In Hamburg stand dann Svenja am Gleis. Ich erkannte sie schon von weitem. Es war, als würde ein Mann, irgendein Idiot, der von einem Geschäftstermin in Berlin zurückkommt, von seiner ziemlich scharfen Noch-Ehefrau abgeholt werden, damit gleich etwas unternommen werden kann, Essen gehen zum Beispiel oder, um der Beziehung noch irgendeinen Sinn zu geben, Sex in einer ungewöhnlichen Location. Ich hatte Sex mit meiner Frau Svenja im Vorraum des Toilettenbereichs eines nicht unbedingt vereinsamten Sushi-Restaurants in der Nähe des Hamburger Dammtors. Es war … was weiß ich, wie das war. Gut, glaube ich. Die Dinge mit Svenja haben eine gewisse Eigendynamik bekommen.

Freitag, der 1. November, der dreimillionste abgesagte Niederegger-Termin. Als ich vom Laptop aufschaue, scheinen die kleinen Boote und

Kutter im Hafenbecken niedriger im Wasser zu liegen. Der kleine Platz am Eingang zur Fußgängerzone ist menschenleer. Es ist erst fünf und bereits dämmrig, doch die Straßenlaternen sind noch nicht eingeschaltet. Ich winke die Kellnerin heran.

»Ja?«

»Ich würde gern noch etwas trinken.«

»…«

»Könnten Sie mir was empfehlen? Noch mehr Tee kriege ich nicht runter.«

Sie macht eine unbestimmte Geste. »Kaffee? Was Kaltes?«

Ich blättere durch die Getränkekarte. Die Seiten sind in verwittertes Plastik eingeschweißt.

»Pharisäer … das ist Kaffee mit Rum, richtig?«

»Und Schlagsahne«, ergänzt sie.

»Kann man die Sahne auch weglassen?«

»Nee, dann ist das ja kein Pharisäer mehr. Ich kann Ihnen Kaffee und Rum separat bringen.«

»Egal. Ich nehme einen Pharisäer.«

»Ein Pharisäer«, wiederholt sie, dreht sich praktisch gleichzeitig um und ist schon zwei oder drei Meter entfernt, als mir noch etwas einfällt: »Entschuldigung.«

»Ja.« Sie spricht den Vokal ganz kurz aus.

»Und dazu ein Mineralwasser.«

»Mit oder ohne?«

»Mit«, entscheide ich.

»Ein Wasser mit«, bestätigt sie. Ich schaue ihr nach, betrachte ihre langen, völlig unsexuellen Beine, den voluminösen, allerdings noch nicht schlaffen Hintern. Ihr gesamter Körper von der Hüfte abwärts hat etwas pferdehaftes, sie wirkt wie ein Mischwesen aus Mensch und Haflinger. Als Frau mit so einer Figur – welchen Sport betreibt man da? Diskurswurf? Irgendeine Sorte Tennis? Vielleicht war sie in jungen Jahren tatsächlich graziler und bevorzugte das klassische Aufschlag-Volley-Spiel. *Birte Petermann, geboren am 28.6.1975 in Melbourne im Bundesstaat Victoria, einzige Tochter von Bernd und Susanne Petermann (geb. Petermann), lernte bereits im Grundschulalter das einheimische und deswegen bedingungslos offensive Rasentennis kennen. Praktisch im*

Moment der ersten Konfrontation mit jener kleinen, neongelb leuchtenden Filzkugel entwickelte Birte, die sich ansonsten für nichts und niemanden interessierte, ein in Anbetracht ihres Alters erstaunliches, ja sensationelles Ball- und Raumgefühl. Mit ihren ungewöhnlich langen Beinen beherrschte sie als Achtjährige den Court, wie schwebend überwandt sie die Distanz zum Netz, wo sie ihre Gegnerinnen mit präzisen Schmetterbällen vernichtete. Selbst fachkundige Beobachter konnten sich an ein derartiges Talent nicht erinnern, weswegen es nicht verwundert, dass Birte als junger Teenager nicht nur dem regionalen, sondern auch dem nationalen Auswahlkader ihrer Altersklasse angehörte. Wenig später jedoch kehrte Bernd Petermann, der als gelernter Heizungsinstallateur in Australien nie hatte Fuß fassen können, zusammen mit seiner Familie ins norddeutsche Neumünster zurück. Aus Protest gegen die Remigration der Petermanns fasste Birte in der Folgezeit und überhaupt nie wieder ein Racket an. Ihr Talent verkümmerte, alles verkümmerte, und die heute 38-Jährige arbeitet seit circa zehn Jahren im Service eines gemütlich-traditionsverbundenen, w-Lan-fähigen, Selbstmordgelüste auf gar keinen Fall unterbindenden Rentner-Cafés an der schleswig-holsteinischen Westküste, usw.

Die Fahrt von Hamburg hierher dauerte übrigens lange. Der Zug hielt oft, wir stoppten in gespenstisch leeren, dunklen Stationen. Wir fuhren in einen tiefen, schwer über dem flachen Land lastenden Himmel hinein. Spärlich belegte oder ganz leere Weiden; ich sah Kühe beieinander im Morast liegen, alle in dieselbe Richtung schauend, als ob sie aus dieser Richtung etwas erwarteten: den reinigenden Sturm, der sich weit draußen auf See zusammenrührte, der sie davontragen würde. Oder den Transporter, den LKW mit den salzigen Metallbarren. Ich weiß nicht, warum die wenigen noch auf den Weiden verbliebenen Kühe beinahe ausnahmslos in eine Richtung schauten, doch es ist sicher, es war Westen. Nach einiger Zeit kamen Deiche in Sicht. Irgendwann wollte ein Schaffner meine Karte sehen und weiter vorne erkundigte sich dann jemand, der aussah wie ein junger Wirtschaftsjurist, ein Burschenschaftler, nach irgendwelchen Anschlüssen. Er tat das mit so wohlgesetzten Formulierungen, mit so konstruierter Höflichkeit, dass ich, wäre ich der Bahnprolet gewesen, diesen Menschen verhaften und umstandslos in eines der Lager sperren lassen hätte, für die dieses Land einstmals erfunden worden ist. Die beiden sprachen also und ich hörte zu und über den Kühen sammelte sich die Atemluft, verband sich mit den Wolken. Das Grün der Weiden, das Rot der Dörfer, das Grau des Himmels – die Farben, bevor der Zug endlich für mich hielt. Das Taxi, mit dem ich die letzten Kilometer zur Küste überwand, roch neu. Ich schaute aus dem Fenster. Die Straße verlief entsetzlich gerade. Über den Feldern verquirlten riesige rotblinkende Rotoren den wässrigen Nebel. Dann tauchten die Deiche wieder auf, die Konturen meines Zielorts, der direkt unter einer Art Luftmassengrenze zu liegen schien. Denn über dem Meer war der Himmel blau. Dort draußen schien die Sonne, alles wirkte wie ein Gemälde. Ich näherte mich diesem Bild, ich fuhr direkt hinein, und ich denke, das war ein guter Moment.

»So, einmal der Pharisäer und das Wasser für den Herrn.« Sie stellt zunächst ihr Tablett seitlich von mir ab und räumt es erst dann leer: eine große weiße, friesisch-blau verzierte Tasse mit einer über den Rand quellenden, mit Schokoraspeln besprengten Sahnehaube, dann ein Glas, schließlich die kleine Mineralwasserflasche. Es kommt mir vor, als läge etwas Widerständiges in ihren Bewegungen. Ich beobachte ihre Finger, ihre Arme, und versuche herauszufinden, wie sie das anstellt, womit genau sie ihren Unwillen verdeutlicht, meinen Unwillen herauskitzelt. Aber zwecklos. Alles, was sie tut, ist mehr oder weniger normal. Sie ist nicht einmal besonders langsam. Eventuell provoziert mich wirklich allein ihr *Aussehen*. Es ist nicht auszuschließen, dass etwas in mir allergisch reagiert, wenn eine unterdurchschnittliche Frau meine Wahrnehmungsfilter, meine Ästhetik-Lymphen überwindet und sich von einem notwendigen, aber zu vernachlässigenden Teil der Kulisse in eine echte Akteurin verwandelt. Ich schwanke zwischen zwei Denkansätzen: Entweder sollten Bedienungen, die nicht so aussehen wie Claudia oder auch Andrea Hitzelsmacher aus dem Finkh in Wien, durch automatisierte Einheiten ersetzt werden oder aber die Birte Petermanns dieser Welt sind gerade gesund für mich, da sie meine Abwehrsysteme stärken.

Ich sage also: »Danke.«

Sie sagt nichts, sie verschwindet einfach und ich bringe es endlich wieder fertig, auf den Bildschirm zu schauen: … *during the 1976 congress of exiled Argentinian trade unions in Paris G-B. explained for the first time in detail his concept of an ›institutionalized social voluntarism‹. Infront of a hostile audience, of men and women from the rather orthodox Argentinian communist movement, he managed to create a vision of a ›caring captitalism‹, in which the key actors develop a genuine interest in issues like sustainable development and equal opportunities on a global level. During his one and a half hour speech in a small communal congregation hall of the communist municipality of Bobigny in the so called red belt in the north of Paris, Gonzales-Blanco once again proved to be a charismatic and intoxicating but at the same time charming, in moments even funny speaker. »This was one of my most important speeches«, he stressed during his famous* BBC *television interview in 1987. »I was very nervous. They were a crowd of conservative Argentinians, some of them even outspoken Stalinists, but I knew that my message was in the end too attractive, almost irresistible. I knew that they would intuitively understand that I was portraying nothing less than hope for a whole continent, for the whole southern hemisphere.«*

Ich stocke. Plötzlich massive Zweifel, ob ich tatsächlich ein ganzes BBC-Interview, dessen Existenz zwar verbürgt, dessen Wortlaut aber nirgends aufzuspüren ist, erfinden sollte. Lynberg immerhin sagt eindeutig ja. *Factual fiction*, usw. Mein Blick kriecht erneut über den oberen Rand des Laptops, fällt praktisch aus dem Fenster, hinein in diesen stillen, rotgeklinkerten Eingang zur Fußgängerzone. Aus der Zeit meiner Kindheit weiß ich, wie es dort draußen, wie es in vergleichbaren Nordseeorten im Sommer zugeht. Ich erinnere mich an die Häuschen auf dem Deich, wo ältere Männer, tätowierte Alkoholiker, gestrandete Seemänner die Kurausweise kontrollierten. Wahrscheinlich sind die Deiche ursprünglich errichtet worden, um das Meer vor den Urlaubern zu schützen, und die Männer in ihren weißgetünchten Verschlägen habe ich als Sechsjähriger beneidet. Vorvorgestern, gleich nach meiner Ankunft hier, bin ich zum Deich gelaufen. Doch die Häuschen waren leer. Niemand fragte mich nach irgendwas. Enttäuscht erklomm ich die Deichkrone und betrachtete die See, die sich weit zurückgezogen hatte. Der Wind blies sehr stark. Im Watt waren nur einige Unentwegte unterwegs, Nordseeprofis, Wahnsinnige. Das Meer schimmerte silbrig, weit hinten schien immer noch die Sonne. Die exakt parallel zur Küstenlinie verlaufende Wolkengrenze sah merkwürdig aus. Außerirdisch.

Ich stand mit meinem Koffer auf dem Deich, sah mir das eine Weile an, dann ging ich zurück in den Ort, machte mich auf die Suche nach meiner Unterkunft, die zum Glück sehr zentral, nur fünfzig Meter entfernt von dem Café gelegen ist, in dem ich gerade sitze und mich immer noch nicht dazu entschließen kann, den ersten Schluck von diesem Pharisäer zu nehmen. Wenn ich noch länger zögere, wird Birte das Zeug wieder einkassieren. Oder fragen, ob etwas nicht in Ordnung ist. Ich reiße mich zusammen, probiere mein Getränk, betrachte dann das Muster dieser Friesen-Tasse.

I knew that they would intuitively understand that I was portraying nothing less than hope for a whole continent, for the whole southern hemisphere. Dieser Idiot! Die Argentinier haben unter Garantie nicht das Geringste verstanden. Das ist alles völlig unglaubwürdig und überhaupt, in Sachen BBC sollte ich mit Liz vorsichtig sein. Während ich also die gesamte Passage lösche, mich deswegen plötzlich besser fühle, meldet mein Telefon einen Anruf: Svenja.

»Frank Stremmer, was kann ich für Sie tun?«

»Oh …« Ein kurzes Lachen. »Guten Tag, Herr Stremmer, vieles. Sie könnten vieles für mich tun, wenn ich am Wochenende zu Ihnen ans Meer komme.«

Ich blicke wieder nach draußen. Jetzt steht jemand vor einem Restaurant, dort hinten, wo die Fußgängerzone beginnt. Ein Rentner mit aufrechter Haltung, die Hände über Kreuz hinter dem Rücken. Der Mann studiert das Speisenangebot im Schaukasten neben dem Eingang, obwohl in dem Restaurant alles dunkel ist. Der Laden hat geschlossen, und zwar wahrscheinlich gleich für den ganzen Winter. Den Rentner interessiert das nicht. Er will wissen, was er im Frühjahr essen wird, warum er bis dahin noch durchhalten soll.

»Und was genau?«, frage ich. »Ich meine, was könnte ich für Sie tun, wenn Sie am Wochenende hier erscheinen, Frau … Es tut mir Leid, ich habe Ihren Namen vergessen.« Das stimmt übrigens, mir fällt Svenjas Nachname nicht mehr ein. Allerdings erinnere ich mich an das exakte kleine Dreieck ihrer Schamhaare, deren Rotton heller, beinahe schon ein Blond war.

»Nolting, Herr Stremmer, mein Name ist Svenja Nolting. Wir sind vor einiger Zeit zusammen nach Mallorca geflogen und momentan lo-

gieren Sie in der Ferienwohnung meiner Eltern im Nordseeheilbad …«
Sie bricht ab. Ich höre eine Stimme im Hintergrund. Jemand sagt etwas, doch ich verstehe nicht, was. Wahrscheinlich hält sie die Hand auf das Mikrophon im Hörer. Fünf, zehn Sekunden Stille. Der Rentner steht immer noch da. Er lernt die fettigen Sachen auf der Karte auswendig.

»Frank? Sorry, ich muss Schluss machen.«

»Ok.«

»Ich … ich rufe gleich nochmal an. Nein, besser heute Abend.«

Wieder eine Stimme im Hintergrund. Mehrere Stimmen. Dann macht es klick in der Leitung und dann ist alles still. Birte steht weiter hinten vor einem der Tische. Die Tische sind allesamt unbesetzt. Ich kann nicht erkennen, was sie dort tut.

Während meiner ersten Tage an diesem schiefergrauen, unruhigen Meer erreichten mich eine Menge Nachrichten aus anderen Teilen der Welt. Es war, als hätte man mich andernorts noch nicht aufgegeben, sich noch nicht damit abgefunden, dass ich fort war.

Gesendet: Donnerstag, 31. Oktober 2013 um 21:56 Uhr
Von: «Mari Takano» <mari.ta@hotmail.com>
An: «Frank Stremmer» f.stremmer@bluemail.ch
Cc:
Betreff: Forest

I lost my way in a forest
The light faded away
The trees started to grow
Out of the misty shadows
Then I heard the murmur of a creek
So I followed its current
But soon I became tired
I closed my eyes
I sank into the fern
I melted into the green
Having a conversation
With the tip of a penis
Then it was all dark
It was silent
I heard my breath
And every beat of my heart
Was a coincidence.

Gesendet: Freitag, 1. November 2013 um 10:28 Uhr
Von: «Wilson, Richard, George« <richard.wilson@gef.org>
An: «Frank Stremmer» f.stremmer@bluemail.ch; »Lynberg, Erik« <Erik.Lynberg@gmail.com>
Cc:
Betreff: …
Hey Frank, Hey Erik
You know, it's getting kind of lonely here! So, where are you actually?
I mean, I've got NOTHING to do and Liz is thinking about transferring me to Internal Communications …
So what about coming back to beautiful old Geneva and giving me some work?
But not too much obviously. ☺

Cheers,
R. W.

Gesendet: Freitag, 1. November 2013 um 11:06 Uhr
Von: «Gerard Costeau» <costeau.g@yahoo.fr>
An: «Frank Stremmer» f.stremmer@bluemail.ch
Cc:
Betreff: Merci
Chèr M. Stremmer,
Je voudrais vous remercier pour la bouteille de Champagne et pour les Cigarettes. C'était très gentil ! Actuellement je suis au Vietnam pour rendre visite à ma nouvelle famille. Mais quand je serai de retour à Genève j'aimerais vous inviter pour une petite soirée chez nous.
Cordialement,
Gerard Costeau

Gerard Costeau? Man kann also seine Tage unten in der Tiefgarage in Rauch auflösen und sich gleichzeitig Gerard Costeau nennen? Wie ist Freizeitmann bloß an meine Adresse gekommen?

Der Flug nach Mallorca, gewissermaßen meine erste gemeinsame Unternehmung mit Svenja, entpuppte sich als schweigsame Angelegenheit. Eigentlich überraschend, aber in dem Moment, als sie grünen Tee für uns beide geordert hatte, brach unser Flirt ab, versickerte ansatzlos. Sie begann zu lesen, steckte sich zusätzlich die Stöpsel ihres Telefons ins Ohr. Ich beobachtete sie, zunächst verstohlen, analysierte die Art, wie sie mit der Zeitung umging, welche Themen sie interessierten. Ich erinnere mich an eine Theaterkritik, deren Überschrift (»Fuchs, Hase, Kollektivpsychose«) mir gefiel. Svenja mochte sogar den ganzen Artikel. Ihre Mundwinkel zuckten ab und zu, Schadenfreude spielte um ihre Lippen. Dennoch hielt sie sich nicht lange mit dem Feuilleton auf, sondern blätterte bald schon weiter zu den Wirtschaftsnachrichten.

Das hat mich irritiert. Ich hasse Wirtschaft. Abgesehen vielleicht von reißerischen Untergangsvisionen, brächte mich nichts auf die Idee, einen Wirtschaftsteil aufzuschlagen. Svenja dagegen amüsierte sich mit dem Zeug und ich observierte sie dabei immer schamloser. Trotz Lektüre, trotz Ohrstöpsel – es ist ausgeschlossen, dass sie das nicht mitbekommen hat. Ich betrachtete ihre Hände, studierte die Länge und Form ihrer Finger. Die wirkten feingliedrig und elegant, aber nicht fragil, nicht schwach oder gar hilflos. Diesen Fingern habe ich von Anfang an alles Mögliche zugetraut und natürlich waren die professionell gewarteten Fingernägel nicht lackiert, sie schimmerten matt und gesund, genau wie das rote Haar, das ihr leicht gewellt über die Schultern fiel und, wie ich später feststellen sollte, nach Ingwer und Zitrone riecht. Es ist schon ein paar Wochen her, die Tage auf Mallorca sind bereits verschwommen, ein paar blasse Schlieren, aus denen ich nur noch wenige klare Bilder herausfiltern kann, doch ich erinnere mich an meine Reaktionen, als ich ihren Geruch zum ersten Mal wirklich einatmete. Als sie das zuließ, mich eigentlich genau dahin steuerte.

Wie gesagt, während des Fluges haben Svenja und ich nicht gerade angeregt miteinander geplaudert. Dann landeten wir und wurden schon im Flugzeug, als alle nach dem Handgepäck kramten, getrennt. Im Schlauch aus der Maschine, in den Gängen danach war sie verschwunden, doch an den Gepäckbändern stand sie plötzlich wieder neben mir. Dort bemerkte ich auch zum ersten Mal, dass zwischen ihren Oberschenkeln, direkt unter ihrer Scham dieses – wer hat mir dieses Wort beigebracht? Lynberg? – *Thigh Gap* klaffte. Für Lynberg sind Thigh Gaps *das* Bewertungskriterium, sogar noch vor dem Alter, und Svenjas Version machte mich wirklich an, mehr als ihr fließendes Veronica-Lake-Haar, mehr als die Überschriften der NZZ. Wenn ich die Dinge rational betrachte, wenn ich ihnen einmal wirklich auf den Grund gehe, dann ist jene drei oder vier Zentimeter breite Lücke zwischen Svenjas Oberschenkelansätzen linear dafür verantwortlich, dass ich momentan durch die unbelebte, windige, etwas drogige Fußgängerzone eines norddeutschen Küstenstädtchens laufe. Es ist noch nicht Nacht, nicht einmal Abend. Aber es ist dunkel. Vereinzelte Regentropfen fliegen waagerecht durch die Luft. Der Wind brüllt mir ins Ohr, so dass ich selber Lust habe zu schreien. Ich könnte zum Meer gehen oder zurück in die Wohnung. Ich betrete ein ziemlich großes Geschäft, in dem, soweit ich das auf die Schnelle mitbekomme, Funktionskleidung angeboten wird.

»Moin.«

»Hallo«, erwidere ich.

»Kann man schon helfen?«

»Nein.«

»Erstmal umschauen, näch?«

»Ist das möglich?«

»Möglich ist alles.«

Ich schaue mich also um. Einige der Sachen, die hier angeboten werden, könnte ich gebrauchen. Ich greife eine wattierte, wahrscheinlich 100% feuchtigkeitsresistente und atmungsaktive Manteljacke vom Ständer. Das Ding sieht gar nicht so schlecht aus, ist mir aber offensichtlich zu klein.

»Der ist für Damen. Herrenjacken sind da drüben.« Ich sehe ihn in einem Spiegel, er deutet irgendwohin, und die Jacke, die ich natürlich, was weiß ich warum, trotzdem anprobiere, die Jacke also sitzt so eng, dass ich sie kaum zubekomme.

Ich drehe mich zu ihm um und sage: »Ich suche etwas für meine Frau.«

»Ach so. Wir groß ist sie denn, die Frau Gemahlin?«

Jetzt nehme ich ihn erstmalig wirklich ins Visier. Der Mann sieht nicht aus wie eine Fachkraft im Bekleidungseinzelhandel. Eher könnte er im Sommer als Strandwärter jobben. Auf einem Handrücken prangt eine vielzackige Tattoo-Windrose. Seine Haare sind mit Pomade nach hinten gekämmt, dazu trägt er einen grauen, stoppeligen Zehntagebart, und bevor man ihm das abgewöhnte, bevor man ihm diese Arbeit beschaffte und er für immer an Land blieb, hat er filterlose Zigaretten aus gelben Packungen geraucht. *»Rolf Hüsenbeek, 58, ehemals zweiter Steuermann auf der ›Svenja‹, einem Zerstörer der Holz-Klasse …* usw., usw.

»Etwa eins achtundsiebzig«, sage ich. »Rote lange Haare, schlank.«

»Hmmm«, macht er, »dann könnte das Modell, das sie da …«

»… ziemlich ausgeprägtes Thigh Gap«, fällt mir noch ein.

»Aha«, sagt er und kratzt sich am Kinn. Dazu grinst er. Wahrscheinlich grinse auch ich, aber aus anderen Gründen. Schließlich ziehe ich die Jacke wieder aus, hänge sie sorgfältig zurück und gehe zu den Männersachen. Mich fasziniert die Funktionalität der hier angebotenen Kleidung. Oft sind es gerade Leute, die in ihrem Leben absolut niemals etwas Sinnvolles anstellen, die ein Faible für Zweckmäßigkeit entwickeln. Diese Sachen hier wurden für ein Wetter wie heute konzipiert. Draußen herrschen perfekte Anwendungsbedingungen. Mein eigener Mantel, der in Genf nüchtern wirkt, kommt mir in dieser Umgebung fast kapriziös vor. Ich probiere also erneut etwas an, eine Art Manteljacke mit einem hohen, weichen Kragen.

»Da is die Kapuze drin«, erklärt der Captain. »Können'se rausnehmen, wieder reinstopfen, je nachdem. Das Innenfutter können'se auch rausnehmen.«

Mir gefällt die Jacke; ich betrachte mich aus allen möglichen Perspektiven. Neben dem Spiegel, halb verdeckt von einem Wandregal mit Outdoorkram darin, elektrischer Unterwäsche usw., verläuft ein schmaler, nicht erleuchteter Gang: der Zugang zu den rückwärtigen Räumen, zum Lager, womöglich zur Treppe in den Keller. Vermutlich wegen der ganzen Langeweile heute und in den letzten Tagen, keine Ahnung, wieso, aber ich würde sehr gern erkunden, was am Ende dieses Ganges liegt. Wie es dort aussieht. Die Neugier tritt ganz plötzlich auf und ist erstaunlich intensiv.

Ich deute also auf den Gang: »Und da vorne? Geht's da noch weiter?«

»Nee, was es zu kaufen gibt, is alles hier.«

»Kann ich trotzdem mal schauen?«

»Was is'n das für 'ne Frage? Vom Gewerbeamt, oder was?«

»Zoll«, kläre ich ihn auf. »Es hat Hinweise gegeben.«

»Was für Hinweise?«

Aber ich antworte ihm nicht mehr, sondern taste mich in diesem dunklen Gang vorwärts. Zum Glück finde ich einen Schalter und im plötzlich gleißenden Licht einer nackten Glühbirne tatsächlich eine Treppe, die rechts in den Keller hinunterführt und deren Stufen beim Heruntersteigen ein wenig knistern. Es ist, als liefe man über trockenes Stroh oder Heu. Auch diesen Geruch hätte ich nicht erwartet. Je tiefer ich nach unten steige, desto wärmer wird es und es riecht nach … was ist das? … es riecht eindeutig nach Stall. Dann bin ich unten angekommen und das Bild, das sich mir nun bietet, ist so ungewöhnlich, so auch schön, aber gleichzeitig so beunruhigend, so letztendlich entsetzlich, aber zu gleichen Teilen auch lächerlich, ja regelrecht lustig, dass ich die Augen schließe und mich auf etwas anderes zu konzentrieren versuche. Etwas, was noch nicht von den Säuren des Zweifels zersetzt ist. Die Fahrradfahrerin in Berlin. Das Buch, das sie in Wien ihrer Freundin vorlas. Deren Brüste und Achselhöhlen. Im Vergleich zu Svenjas Brüsten und Achselhöhlen.

»Und wohin fahren Sie jetzt weiter?« – Svenjas Frage bei den Gepäckbändern in Palma. Beiläufig. Beinahe gelangweilt. Aber in dem Moment war die Grenze überschritten. Und das Oktoberproblem gelöst. Die Dinge entscheiden sich oft in Sekundenbruchteilen, durch minimale Sinnverschiebungen. Denke ich. Aber ich kann mich täuschen. Ich täusche mich oft und hoffentlich auch jetzt, wo ich ernsthaft darüber rätsele, wann dieser Traum begonnen hat, ob ich im Café bei Birte eingenickt bin oder schon lange vorher, auf Mallorca zum Beispiel, eingeschläfert nicht von Svenjas, sondern Claudias Atemzügen. Claudia, die jüngere und verlorenere Schwester Malins. Michelle in ihrer stickigen Bude im Gaillard. Der Fünfjährige im Nachbarzimmer. Das Problem ist, wenn ich die Augen im Wachzustand zu lange geschlossen halte, verlieren selbst Dinge und Menschen, die ich *eindeutig* konsumiert habe, sehr schnell an Glaubwürdigkeit. Also öffne ich die Augen wieder. Ich kehre zurück in diesen Keller und betrachte eine Reihe von fünf an schmale Pflöcke gebundene Ziegen, die im Stroh stehen und Stroh kauen. Vor der sechsten Ziege hockt jemand auf einem Melkschemel. Obwohl ich den Mann nur von hinten sehe, weiß ich genau: Gonzales-Blanco. Aus den Zitzen schießen abwechselnd zwei weiße Strahlen in einen Plastikeimer mit GEF-Logo. Dann plötzlich schaut eine der Ziegen zu mir herüber. Ich weiß, die Szene ist belanglos, das alles hat hoffentlich überhaupt keinen Symbolwert, aber das Tier hebt jetzt zu einem langgezogenen, erstaunlich melodischen Meckern an. Sein Blick dabei ist klar und kalt und ohne Mitleid.

Svenja wird morgen von Hamburg raufkommen. Ich bewohne das Ferienapartment ihrer Eltern. Mein Aufenthalt hier war ihre Idee, genau wie alles, was sich daraus noch entwickeln wird, ihre Idee ist, und jetzt klingelt, kaum dass ich vom Hafen und von den Ziegen zurückgekehrt bin, das Telefon.

»Hallo?«

»Na, das klingt ja vergnügt. Fühlst du dich nicht wohl?«

»Doch. Mir geht's gut, Niederegger. Tout va bien.«

»Niederegger? Hmm, warte mal, von dem hast du mir doch erzählt, oder?«

»Habe ich?«

»Ja klar. In Palma, in diesem Tapas-Laden. Ich erinnere mich genau.«

»Verstehe ich nicht. Was soll ich Ihnen denn über Sie erzählt haben? Ich meine, ich kenne Sie doch kaum.«

»Nun, Sie haben zum Beispiel erwähnt, dass Sie mich für einen ausgemachten Scharlatan halten, der es aber trotzdem geschafft hat, Sie von sich abhängig zu machen. Und um die Sucht zu beherrschen, canceln Sie andauernd die Termine.«

»Das habe ich gesagt?«

»Ja, sicher«, antwortet mein Telefon. »Und dann haben Sie sich über meine Kleidung ausgelassen. Über meine Shetland-Pullover, die Hemden, die Krawatten, die Hausschuhe, alles. Sie haben die Vermutung geäußert, dass diese – wie Sie sagten – ›Psychologen-Kostümierung‹ Teil der Therapie, nein, ich zitiere wörtlich, Teil der ›Therapie-Schimäre‹ sei. Und dann haben Sie hinzugefügt, dass diese Therapie-Attrappe allerdings im letzten Jahr erstaunlich schnell zu wirken begonnen habe. Sie verglichen den Prozess mit einem Placebo-Effekt.«

»...«

»...«

»Also, ich weiß nicht, Niederegger, sind Sie sicher, dass ich das war, der das erzählt hat?«

»Darauf gebe ich Ihnen mein Wort, Herr Stremmer.«

»Und jetzt sind Sie mir böse. Jetzt wollen Sie mir mitteilen, dass Sie die Therapie abbrechen wollen, habe ich recht?«

»Therapie-Schimäre, Herr Stremmer.«

»Keine Ahnung, warum ich das gesagt habe. Ehrlich. Ich meine, ich rede manchmal so herum, das wissen Sie. Aber das ist alles Quatsch. Im Gegenteil, Ihr Behandlungs-Ansatz hat sich als richtig herausgestellt.

Als total effektiv. Klar, ich habe in letzter Zeit andauernd abgesagt, aber nur, weil es mir jetzt besser geht. Ich bin davon überzeugt, dass ich beinahe geheilt bin.«

»So? Warum glauben Sie das?«

»Na ja, kein Ahnung. Ich lebe noch, oder? Ich habe Ziele.«

»Und das ist für Sie bereits ein Indikator für eine Verbesserung?«

»Absolut«, antworte ich. Plötzlich bin ich ganz versessen darauf, Niederegger von meiner Genesung zu überzeugen.

»Mir geht es definitiv besser«, fahre ich also fort. »Alle Indikatoren deuten auf eine essentielle und nachhaltige Stabilisierung hin. Ich werde auf jeden Fall bis Ende des Jahres durchhalten. Unsere Vereinbarung ist nicht in Gefahr.«

»Unsere Vereinbarung? Und was sind das für Indikatoren? Geben Sie ein Beispiel.«

»Kein Problem. Ich trinke praktisch nicht mehr. Maris Pillen sind weit weg. Ich arbeite konzentriert und bin dabei produktiv. Selbst im Urlaub. Außerdem habe ich schon wieder eine nette Frau kennengelernt. Sie heißt Svenja und hat rote Haare.«

»Aha, eine neue Frau in Ihrem Leben. Können Sie das vielleicht etwas genauer ausführen, Herr Stremmer?«

»Ich weiß nicht, interessiert Sie das wirklich? Intime Details und so weiter?«

»Aber natürlich. Deswegen …«, die Stimme bricht ab. Im Hintergrund sagt jemand etwas. »Ja gleich«, antwortet die Stimme, »zwei Minuten, ok? Ich komme rüber … Hmm, entschuldigen Sie, Herr Stremmer, wo waren wir stehengeblieben?«

»Ich fragte Sie, ob Sie wirklich meine intimen Details mit Svenja hören wollen.«

»Selbstverständlich, Herr Stremmer. Deswegen habe ich schließlich diesen Beruf ergriffen. Aber vielleicht sollten wir diesen Teil der Unterhaltung lieber unter vier Augen führen, was meinen Sie?«

»Pff … wenn Sie meinen.«

»Ja, das meine ich, Herr Stremmer. Ich schlage daher den Samstagvormittag als Termin vor.«

»*Morgen*? Ich bin an der Nordsee, Niederegger. Wie stellen Sie sich das vor? Soll ich einen Hubschrauber chartern?«

Sie lacht. Ich mag dieses Lachen sehr. Es ist ein charmant jugendliches, ansteckend fröhliches, zugleich sehr erwachsenes, erfahren-erotisches Lachen. Ich stelle mir ihr Gesicht dazu vor. Wie sie sich die Haare abwesend hinter ein Ohr streicht.

»Machen Sie sich keine Sorgen, Herr Stremmer. Ausnahmsweise mache ich am Samstag Hausbesuche. Ich werde morgen Vormittag bei Ihnen erscheinen, wenn Ihnen das recht ist. Aber jetzt muss ich unser Gespräch beenden. Ein anderer Patient wartet, verstehen Sie?«

»Ich verstehe.«

»Also, bis morgen. Ich küsse dich.«

»Bis morgen, Niederegger. Ich … ich küsse Sie auch.«

Gesendet: Freitag, 1. November 2013 um 23:11 Uhr
Von: «Stevenson, Elizabeth» <elizabeth.stevenson@gef.org>
An: «Frank Stremmer» f.stremmer@bluemail.ch; »Stremmer, Frank« frank.stremmer@gef.org;
Cc:
Betreff: Erik
Frank,
How are you? I hope things are fine up there at the Nordsee. Thank you also for the updates regarding the Vp.-P.
It seems that you are making progress. But I'm a little bit hesitant regarding this BBC interview. Where did you find the footage?
Berlin was a success, wasn't it? RGB was very happy. BTW, the EC will become 67 tomorrow. It would be nice if you could write him a little message and send it to me. I will create a little folder with all the birthday greetings.

But the reason why I'm writing to you is Erik. You two are still in contact, aren't you? So you probably know that he started to write poems. Poems, Mr. Gonzales-Blanco apparently »composed«!!!
I know that we talked about it before and that we (and also Mr. Gonzales-Blanco) agreed about being not too strict regarding specific details in the book. But poems? I asked Erik whether he found any evidence about a poetic affinity of the EC. No reply. Nothing for more than a week now. I fear that something is going horribly wrong over there in Thailand.
So, could you please talk to Erik? Please tell him that artistic writing is not part of his job description.
And by the way, you should read one of the poems …
Regards,
Liz

Erik lässt den fetten Clown Gedichte schreiben? Er hätte sich ausrechnen können, dass das weiter oben nicht gut ankommt. Trotzdem eine gute Idee. Ärgerlich, dass ich nicht darauf gekommen bin. Dabei liefert Mari seit Wochen zitierfähiges Material.

Ich öffne mein privates Postfach, sieh an: Kaninchen-Jürgen aus Son Serra.

Gesendet: Samstag, 2. November 2013 um 07:03 Uhr
Von: «Jürgen Stedmeyr» <jstedmeyer@t-online.de>
An: «Frank Stremmer» f.stremmer@bluemail.ch
Cc:
Betreff: Der blanke Hans
Hola, Frank, wie läuft es da oben im hohen Norden? Auch so ein schönes Apartment wie hier? Na hoffentlich bezahlst Du bei den Kollegen wenigstens den vollen Preis.
Und nicht vergessen: Immer schön vorsichtig sein ;-)
Saludos,
Jürgen

Der Mann ist immer noch sauer. Offenkundig habe ich seinen Immobilien-Allmachtsphantasien einen empfindlichen Dämpfer versetzt. Die Frage ist allerdings: Woher weiß diese Witzfigur, dass ich an der Nordsee bin? Claudia? Habe ich ihr das geschrieben? Habe ich ihr überhaupt geschrieben?

Ich öffne, zum ersten Mal seit einer Ewigkeit, den Ordner mit den zwei Dutzend Versionen der Zwiebelgeschichte. Eine Atmosphäre der Verzweiflung und des Wahnsinns. Trotzdem schaffe ich es wieder nicht, das ganze endlich zu löschen.

Samstag, 2. November im Jahre des Herrn 67, ›Wir bei der GEF‹ feiern heute Weihnachten. Am frühen Morgen war ich deswegen bereits draußen, lief durch Nebel und Dunkelheit zum Deich, hinunter ans Wasser, beobachtete von dort das zögerliche, irgendwie unfreiwillige Einsetzen des Tages. Danach erkundete ich den Ort, kaufte in einem völlig verlassenen Supermarkt mit dem Namen »Sky« ein. Schließlich kehrte ich zurück, legte mich wieder hin, schrieb Emails, schrieb andere Sachen, und es ist schätzungsweise immer noch Vormittag, als ich wieder aufwache, weil … keine Ahnung. Jemand dreht einen Schlüssel im Wohnungstürschloss herum. Außerdem drückt das Laptop, durch die Bettdecke kaum abgefedert, auf meine Hüftknochen. Ich ziehe es etwas zu mir, dabei erwacht der Bildschirm aus dem Ruhemodus, mein Blick fällt auf einen dichten Textblock, dessen letzter Satz »Die Zwiebel wird ewig herrschen« lautet.

»Frank? … Hallo?«

Ich schließe die Datei. Dann den Ordner.

»Frank? Bist du da?« Schritte bewegen sich in Richtung Küche/Wohnzimmer.

»Frank?« Die Schritte sind jetzt wieder im Flur, setzen – vermutlich vor dem Spiegel – für einen Augenblick aus, werden dann lauter. Das sind keine Pfennigabsätze. Das könnten Stiefel sein. Flache Stiefel, wie man sie in diesen Kreisen für einen Winterspaziergang um die Alster benutzt. Ich klappe den Rechner zu, lasse ihn seitlich auf die Matratze rutschen.

»Hey! Hier bist du.«

Ein hochaufgelöstes 3D-Pop-Up-Window: Schon bevor ich die Augen wieder öffne, sehe ich sie im Türrahmen stehen. Die langen roten, durch den Wind etwas strähnigen Haare, der Kontrast, den sie zu der dunkelblauen Mikrofaser ihres Outdoormantels bilden. Der Mantel könnte aus dem Laden mit den Ziegen stammen, er ist wie gemacht für die Gegend hier, und unter ihm leuchtet ein limettengrüner Rollkragenpullover. Das Ding stimmt farblich mit Svenjas Porsche überein. Vor allem jedoch betont es ihre Brüste. Der graue Beinahe-Minirock betont die Hüften, die graubraune Strumpfhose die Beine. Alles an ihrer Kleidung betont alles an ihrem Körper und wirkt dabei trotzdem zurückhaltend, wie beiläufig. Wo lernt man, sich so widersprüchlich anzuziehen? Ich denke an Claudia, an ihre Hippie-Leggings-Kollektion. Mir fallen die beiden Wesen aus dem Les Voilles ein: Candys Schlauchkleid mochte ich auch. Genau genommen gefallen mir alle möglichen Kleidungsstile. Vielleicht finde ich es einfach gut, wenn Menschen angezogen sind. Die Jahre, die ich schon auf Erden verbringe, die zahllosen Röcke, Blusen, BHs, Nylons, Jacken, Ketten, Haarklammern, Tamponfäden, die ich schon gesehen habe – alles vermischt sich zu einem breiten, träge dahinfließenden Strom. Weiter hinten, einige Kilometer flussabwärts, kommt eine Staustufe. Baggerschaufeln arbeiten den sich permanent aufwerfenden Textilienberg ab. Die Sachen landen in riesigen Gruben, in denen Feuer brennen. Am Grund der Löcher befindet sich der Eingang zur Hölle und Svenja steht immer noch im Türrahmen. Ihr Gesicht ist ganz aufmerksam, wie das einer Malerin, die wichtige Merkmale eines kommenden Porträt-Motivs studiert. Sie sagt: »Na du.«

Ich sage »Na«, will mich dann aufrichten, aufstehen, um sie zu begrüßen, aber sie schüttelt den Kopf, macht etwas mit der Hand, was nach Abwehr aussieht.

»Bleib da. Warte.«

Ich lasse mich wieder ins Kissen zurücksinken. Sie geht in den Flur, ich höre es dort rascheln, sie kommt zurück, ihr Mantel ist verschwunden. Sie flüstert: »Schließ die Augen.«

Aber meine Augen bleiben geöffnet. Ich will sehen, was geschieht, spüre eine nervöse Vorfreude. Svenja beugt sich zu mir herunter, schlägt die Decke zurück. »Hey, ganz angezogen im Bett? Das soll man nicht ... hat zumindest meine Mutter immer gesagt. Das wäre der Anfang vom Ende.«

Sie setzt sich auf die Bettkante. Ihr Hintern berührt jetzt meine Oberschenkel. Das Haar fällt in weichen Strähnen auf die Schultern, ich rieche Lavendel. Wieder einer dieser Luxus-Bioladen-Düfte. Wenn man in Genf lebt, generell im Ausland, vergisst man schnell, was es mit den Frauen in Deutschland auf sich hat. Was an ihnen, wenn sie gut sind, gut ist. Svenjas Duft ist frisch, natürlich, er korrespondiert garantiert mit irgendwelchen körpereigenen Aromen. Ich weiß nicht, ob ich das richtig formuliere, aber ihr Parfüm transformiert nicht, es unterstreicht, und es wurde von einem Irren entwickelt, der Anfang der Zwanzigerjahre in die schwarzen Wälder östlich von Freiburg gezogen war. Dort sammelte er Blüten und andere Sachen, produzierte Essenzen und Schriften und mit seiner allmählich zahlreicher werdenden Gefolgschaft führte er ein Leben in der Nähe der Naturgesetze. *Wilhelm-Erich Harrass, 1887 als drittes Kind eines Volksschullehrers in Ludwigshafen geboren, machte erstmalig mit ...* Svenja riecht nicht nur gut, nicht nur irgendwie auffordernd naturkörperlich, sondern auch – das ist es! – *ideologisch*, und es gefällt mir jetzt bzw. es gefällt mir jetzt auf einmal anders, wie ihr Hintern meinen Oberschenkel berührt, während sie sich ohne Eile einen Stiefel abstreift. Dann wendet sie sich mir zu und küsst mich auf die Stirn. Ich stelle mir vor, dass die Stirn heiß ist, feuchterhitzt. Ein über vierzigjähriger Achtjähriger, der mit Fieber das Bett hüten muss. Schon in Palma ist mir aufgefallen, dass Svenja – wahrscheinlich nicht einmal bewusst – solche Rollenspiele, irgendwelche Settings provoziert. Sie küsst meine Stirn, zwei oder drei Sekunden lang. Ihre Haarspitzen streichen über meine Nase und Wangen, verfangen sich in meinen Wimpern. Dann lösen sich die Lippen von meiner Haut.

»Man soll nicht mit Straßenkleidung im Bett liegen – hat dir das deine Mutter nicht beigebracht?«

»Doch«, sage ich.

»Und warum bist du dann angezogen?«

Mir fallen gleich mehrere, wie ich finde, lustige Antworten ein. Ich behalte sie für mich.

Sie streicht über den Saum meines Pullovers. »Komm mal ein bisschen hoch.«

Ich richte mich auf, strecke meine Arme nach oben und sie zieht mir diesen Pullover (Kaschmir, ein Mitbringsel von Marions Mailand-Verzweiflungstrips damals) über den Kopf. Anschließend drückt sie mich wieder nach unten. Mein T-Shirt ist nach oben gerutscht. Sie betrachtet einen Moment meinen entblößten Bauch, die Region um den Nabel, fährt mit den Fingerkuppen durch die Haare dort, zieht dann aber den T-Shirt-Stoff glatt.

»Das T-Shirt ist ok?«, frage ich.

»Ja.«

»Warum?«

»Weil du nicht frieren sollst. Außerdem kommt Unterwäsche nicht mit der Außenwelt in Berührung.«

Schon während sie spricht, beginnen ihre Finger, an meiner Gürtelschnalle zu nesteln. Sie öffnet den Gürtel, dann den Knopf und zieht – langsam, wirklich sehr langsam, als müsste sie über jede einzelne der Metallkrampen gesondert nachdenken – den Reißverschluss nach unten.

»Für die Hose gilt dasselbe?«

Ein kleines Lachen. »Na klar. Unbedingt.«

Sie ergreift mit beiden Händen den Hosenbund, hebt mein Becken ein wenig an. Natürlich unterstütze ich sie dabei, aber wieder muss ich darüber staunen, wie stark Svenja ist. Ihre Umarmung vor dem Hotel in Palma, bevor ich ins Taxi stieg. Mir blieb fast die Luft weg. Ihre ausdefinierten Bizeps und Trizeps, die breiten Schultern. Ihr Bauch wirkte weich und rund, doch unter Anspannung traten auch hier Muskeln hervor. Dazu die schmale Taille und dieser schlanke, feste und trotzdem ausladende Hintern.

Svenja streift mir langsam die Jeans herunter, dann über die Füße, lässt sie anschließend achtlos zu Boden fallen.

»Was ist mit den Socken?«, frage ich.

»Hmm, mit den Socken ist das so eine Sache. Das ist schwierig.«

»Wieso?«

»Weil … Na ja, ich weiß nicht so genau, ob die zur Unterwäsche oder zur Straßenkleidung zählen. Direkt kommen sie mit der Außenwelt ja kaum in Kontakt, andererseits sind sie aber nicht so geschützt und abgeschlossen wie ein T-Shirt … oder eine Unterhose.«

Während sie diese letzten Worte ausspricht, deutet sie mit dem Zeigefinger auf meinen Slip. Aus der Zeigebewegung wird ein Sich-Annähern, eine Berührung, ein sanftes Kratzen mit dem Fingernagel entlang der Ziehrnaht.

»Mit den Socken ist es schwierig. Es kommt immer drauf an. Aber wenn es sehr kalt ist, dann finde ich, kann man sie anbehalten. Frierst du? Möchtest du die Socken anbehalten?«

Der Raum ist nicht unbedingt warm. Ein Fenster steht auf, andererseits läuft die Heizung. Nein, ich friere nicht, weswegen ich Svenja mitteile, dass ich nicht friere.

»Ok«, sagt sie. »Dann runter mit den Socken.«

Wieder diese Bedächtigkeit. Sie zieht mir die Socken nicht aus, sie rollt sie mir von den Füßen. Das klappt gut, nur an Knöchel und Ferse muss sie etwas nachhelfen. Schließlich hält sie beide Socken in Händen; sie schnuppert an den Spitzen.

»Hey, die riechen ganz frisch. Hast du die gerade aus dem Koffer geholt?«

»Die habe ich schon seit Tagen an.«

»Echt? Dann hast du diese … wie soll ich das nennen? … diese eingebaute Hygiene, verstehst du? Oder nein, Unsinn, Hygiene ist das ja nicht. Eher das Gegenteil. Du rennst wahrscheinlich wochenlang in denselben Socken herum, oder? Warte mal …«

Sie beugt sich über mein Becken, und zieht den Gummizug der Unterhose herunter. Ihre Zungenspitze trifft genau die Öffnung der Vorhaut meines kaum erigierten Schwanzes. Das würde ich mir gerne anschauen, aber ich kann hinter dem dichten Schleier roter Haare nichts sehen. Dafür höre ich, wie sie Luft mit der Nase tief einzieht. Dann lässt sie das Bündchen zurück in seine angestammte Position schnellen.

»Und?«

»Klar, da ist ein Eigengeruch, das ist immer so. Aber ganz schwach. Unaufdringlich. Eigentlich schade, denn ich mag deinen Geruch. Hab ich damals schon im Flugzeug gemerkt.«

»Im Flugzeug?«

»Ja, natürlich. Wir saßen ja nebeneinander. Ok, wenn man den leeren Mittelsitz vergisst.«

»Und da hast du mich gerochen?«

»Ja. Das war eine so Mischung aus Seife, einem Deostick und … und dir. Wie du genau riechst habe ich dann im Hotel rausgefunden.«

»Und wie rieche ich?«

»Hmm, es ist schwer, Gerüche zu beschreiben. Deine Haut riecht warm … und ganz leicht süßlich. Etwas Frisches, Minze oder so, ist auch dabei. Finde ich gut, die Kombination. Ich mag es auch, wie das bei dir in den verschiedenen Körperregionen variiert. Ich kann mich noch erinnern, dass dein Rücken noch eine andere Beimengung hatte. Etwas ganz Junges, Jungenhaftes. Das habe ich damals sofort gedacht: ein Junge. Und an so einen speziellen Honig, den wir in Argentinien immer hatten, habe ich, glaube ich, auch gedacht. Gerüche sind für mich absolut wichtig, verstehst du?«

»Für mich auch«, sage ich und es fühlt sich wie eine Lüge an, dabei ist es gar keine. Ich weiß, dass es mir mit Svenja im Flugzeug ganz ähnlich gegangen ist. Beide funktionieren wir über die Nase, schreiben womöglich zeitgleich an einer Geschichte über Zwiebeln. Allerdings funktioniere ich erst recht über die Augen, und momentan beobachte ich, wie Svenja sich wieder meinen Füßen zuwendet. Ihre Brüste berühren meine Knie, werden an sie gepresst und sie fängt an, langsam mit der Zunge den Fußrücken entlang zu den Zehen zu fahren. Dort zieht sie wie eben schon die Luft tief ein. Sie prüft das Aroma meiner Zehenzwischenräume, nimmt dann eine einzelne Zehe zwischen die Lippen; saugt ein wenig daran, vermisst sie mit der Zungenspitze, verhüllt sie in einem Kokon aus Speichel und Wärme. Ich schaue mir das genau an. Svenjas extreme Intimität, ihr Mangel an Zweifeln und Scheu stehen in totalem Widerspruch zum eigentlich noch vorläufigen Charakter unserer Bekanntschaft. Den Kontrast finde ich reizvoll, ich wünschte, er könnte bleiben. Svenja ist weiterhin mit meinen Füßen beschäftigt. Meine rechte Kniescheibe ist praktisch zwischen ihren Brüsten eingeklemmt. Ich habe das Gefühl, ihr wird das genau wie mir in diesem Moment bewusst, denn der Druck verstärkt sich, lässt dann plötzlich nach, verschwindet ganz. Svenja setzt sich wieder gerade hin und zieht sich den zweiten Stiefel aus. Wie am Anfang berührt sie mich jetzt wieder nur noch mit dem Po am Oberschenkel. Ihre Haare kommen mir im dämmrigen Licht des Schlafzimmers beinahe braun vor. Die Haare, die Gesten, ihre Freiheit – ich versuche mir vorzustellen, woran ich mich bei Svenja am meisten erinnern werde.

Schwer zu beschreiben, womit wir den Samstagnachmittag verbrachten. Auf jeden Fall war es nicht das, was ich erwartet hatte. Mit Blick auf das rein Faktische könnte man sagen, dass wir auf dem Bett lagen, halb an-, halb ausgezogen, halb auf, halb unter der Bettdecke, und uns dabei Dinge erzählt haben. Und zwar vor allem unwichtiges Zeugs. Marginalien, Anekdoten. Subtexte. Lynberg redet auch gerne von Subtexten. Lynberg meint, er und ich, wir schrieben in Wirklichkeit gar nicht über Gonzales-Blanco, sondern über uns. Das verstehe, wer will. Wenn man mich fragt, sind neunundneunzig Prozent aller Interpretationen von allen möglichen Sachverhalten oder Wortmeldungen überflüssig, und ich bin heilfroh, dass Niederegger mich mit dem Kram, mit neunmalklugen Deutungen meines Geredes in Ruhe lässt, und was ich eigentlich sagen wollte, ist: Ich fühlte mich wohl mit Svenja. Ich mochte jede ihrer Berührungen, die ebenso hemmungslos wie dosiert waren, die zu nichts weiter führten als zu weiteren Gesprächsabschnitten, weiteren Berührungen. Es kann auch sein, dass wir zwischendurch geschlafen, zumindest aber eine Weile wortlos nebeneinander gelegen haben. Dann, als es schon dunkel geworden war, schlug Svenja einen Spaziergang über den Deich vor. Wir marschierten gegen den Wind an, der wieder aufgefrischt hatte. Der Wind blies aus Nordwesten, vom offenen Meer her, wo er über dunkle Wellenkämme gestrichen war, über die Aufbauten gespenstischer Containerschiffe. Er hatte schon viel gesehen, bevor er uns erreichte und Svenjas Haar vom Mantel löste, einzelne Strähnen fliegen ließ. Einmal blieben wir stehen, ich berührte dieses Haar, blickte dabei in diese völlig schwarze Fläche im Hintergrund. Die Flut kam, das wusste ich aus dem Tiedenkalender der Kurverwaltung. Es herrschte kein Sturm oder so etwas, es war nicht gefährlich. Aber das Wasser näherte sich dem Land, und ich hatte Angst davor.

Svenja fragte, ob ich Lust auf das *Marevita* hätte. Das sei das frühere »Kurmittelhaus«, habe aber seit einigen Jahren einen richtigen Wellnessbereich. Sie gehe immer dorthin, wenn sie hier oben sei. Das sei Tradition. Ohne zu überlegen, sagte ich ja. Wer weiß, eventuell bin ich am Ende noch verrückter als Lynberg, aber die Dunkelheit dort draußen, das Schwarz, aus dem der Wind langsam stärker zu blasen schien, begann mich ernsthaft zu beunruhigen, ja mir etwas zuzuflüstern, und jetzt, kaum eine Dreiviertelstunde später, befinde ich mich im Männerumkleideraum des Wellness-Areals des »Gesundheits- und Thalassozentrums Marevita«, das man direkt auf jenem Deich errichtet hat, der das kleine Städtchen vor der See schützt. Ich stehe in dieser Umkleidekabine, es ist soweit wieder alles in Ordnung, doch ich bin noch nicht völlig relaxt. Meine Gedanken können sich noch nicht von den Schiffen lösen, von den Leuten, die man in diesem Moment über Bord wirft – Hunderte Seemeilen von jeder Küste entfernt. Die Lichter verschwinden, man strampelt in den kalten Anthrazitwellen, Kilometer unter einem nichts als Schlünde, saugendes Ersticken, alle Spuren beseitigendes Vergessen. Die Tür zu den Duschen wird geöffnet, ein Mann kommt herein: Mitte fünfzig, Handtuch über der Schulter, Badeschlappen, ansonsten nackt, Bauch, dünne Beine, beide Oberarme tätowiert, alkohol- und/oder hitzeerrötetes Gesicht.

Er sagt: »Moin.«

Ich sage: »Bonsoir.«

»Franzose?«, fragt er.

»Quebequois«, antworte ich.

Er zuckt mit den Schultern, öffnet einen Spind mit dem Schlüssel an seinem Marevita-Armband, trocknet sich dann ausgiebig ab. Ich schaue mir seinen Rücken an, den unbehaarten Hintern. Er steht breitbeinig da, sodass ich einen großen, regelrecht geschwollenen Hodensack erkennen kann. Die männliche Anatomie, deren irgendwie geile Absurdität. Der Typ muss die Dinger in einem Spezialstudio aufgepumpt haben, ein Hobby, das sich unter Küstenhomosexuellen langsam durchsetzt. Durch diesen enormen Hoden beinahe gutgelaunt, diffus angetörnt, jedenfalls nicht mehr voll Entsetzten, spaziere ich in die Dusche bzw. drei Minuten später, nur mit einem Bademantel bekleidet und mit einem Handtuch um den Hals, hinein in die *Marevita*-Wellness- und Saunalandschaft.

Svenja wartet schon auf mich. Sie trägt ebenfalls einen weißen Bademantel und sie streckt mir eine Hand entgegen.

»Komm. Ich zeig dir alles.«

Wir setzten also unseren Spaziergang von eben fort, diesmal durch eine in Terrakottatönen gehaltene Erholungs-, Sauna-, und Irrsinnslandschaft. Lynberg würde sagen, die Architekten hier hätten kein Wellness-Rentnerding gebaut, sondern innere Landschaften nachgebildet, Seelen-Canyons. Das beste: der Kneipp-Parcours in der Mitte des Areals. Ein kleiner Kanal, der eine kleine Insel fast vollständig umrundet. Die Insel ist mit vier Liegestühlen besetzt und mir gefällt die Installation auf der Stelle. Ich sagte Svenja, dass ich dort später liegen möchte, während um mich herum Männer mit Elefantenhoden durch kaltes Wasser trampeln.

»Elefantenhoden?«, fragt Svenja. »Gibt's hier nicht.«

»Doch«, widerspreche ich. »Eben schon einen gesehen.«

»Und? Warst du neidisch?«

Wir stehen neben der Kneipp-Rennstrecke; Svenja hat mich lachend zu sich gezogen. Sie lässt meine Hand, die Fingerspitzen unter ihren Bademantel und danach über ihre Schamlippen gleiten, sogar ein wenig, ein oder zwei Zentimeter vielleicht, eindringen. Weiter hinten sind Liegestühle besetzt. Zwei Figuren in Bademänteln, das Geschlecht unmöglich zu bestimmen. Ich schaue hinüber zur Bar. Dort steht jemand mit dem Rücken zu uns. Ein großer Glatzkopf in T-Shirt und kurzer Hose. Svenja löst meine Hand aus ihrem Schoß und hält sie sich vor das Gesicht. Wir betrachten die feuchtigkeitsglänzenden Fingerkuppen.

»Riech mal.«

Ich rieche – beinahe – nichts. Kein Wunder, sie wird vorhin ebenso wie ich geduscht haben. Der Mann an der Bar hat sich umgedreht, wir befinden uns direkt in seinem Blickfeld, doch er schenkt uns keine Beachtung.

»Was meinst du, womit sollen wir anfangen?«

»Keine Ahnung. Sauna?«

»Es gibt hier mehrere Saunen. Dazu einen Hammam und noch ein anderes Dampfbad – den Unterschied habe ich aber nie verstanden. Also, zuerst die Finnische Sauna? Das ist bei mir immer die erste Station. Die letzte auch.«

Ich sage »Ok« und wenig später, nach irgendwelchen Vorbereitungsritualen, sitze ich auf der untersten Stufe eines insgesamt dreistufigen, komplett holzverkleideten Raums, der bei voller Belegung vielleicht zwölf Personen Platz bieten würde, momentan jedoch leer ist. Svenja liegt hinter mir, auf der zweiten Stufe, wo es noch heißer sein muss als bei mir. Es ist *infernalisch* heiß. Ich kann beobachten, wie sich auf meiner Haut erste Schweißperlen bilden. Ich sehe in Echtzeit, wie Flüssigkeit durch meine Haut dringt, dazu spüre ich, wie Svenjas Finger über meinen Rücken streichen, die Feuchtigkeitsbildung dort überprüfen.

»Du schwitzt schnell. Das ist gut. Bei mir dauert das immer etwas.«

Sie richtet sich auf, leckt an meinem Rückrad entlang bis hinauf zum Nacken.

»Hmmmm, salzig.«

Sie lacht, vermutlich, weil ich irritiert geschaut habe. Aber ich bin nicht irritiert. Jedenfalls nicht von solchen Tierimitationen. Ich begreife nur das Prinzip Sauna nicht. Ich meine, was soll das? Menschen begeben sich in enge, alle möglichen Assoziationen erweckenden Kabinen, um sich freiwillig kochen zu lassen?

»Du bist kein Saunaprofi, oder?« Svenja kann unter Umständen meine Gehirnschrift entziffern. Allerdings nur für eine Sekunde, denn jetzt schießt mir ohne jeden Anlass, wirklich aus heiterem Himmel Estrella Gabriella Gonzales-Blanco durch den Kopf, diese Minuten auf der elektrischen Hollywoodschaukel. Herrgott, hätte ich diesen Idioten insgesamt eher als Familienmensch anlegen sollen? Als Vater und Ehemann, der aus dem harmonischen Zusammensein mit seinen Lieben erst die Kraft für globale Taten schöpft? Es ist, als wäre der Kleber, das logische Gerüst zwischen meinen Gedanken geschmolzen.

»Du musst ruhig atmen.«

»Ich atme ruhig.«

»Ok.«

Ich sitze in der ersten Reihe, sie liegt in der zweiten, wir beide atmen ruhig. Zeitpartikel vergehen, ganze Minuten, während draußen auf dem Meer, auf irgendeinem anderen Meer, halbwüchsige Haie mit Gliedmaßen von Passagieren einer untergehenden philippinischen Personenfähre spielen. Die tropische See ist ruhig, Wrackteile schaukeln sacht hin und her wie ich damals mit der zweiten Tochter des Executive Chairman, ich verstehe immer weniger, was eigentlich los ist, während Svenja von ihrer Stufe herunterklettert und sich direkt vor mich hinstellt. Ihr Körper glänzt, im rotblonden Dreieck ihrer Schamhaare haben sich Schweißperlen verfangen.

»Na?«

»Na«, erwidere ich.

»Geht es dir gut?«

»Ja.«

»Sehr gut?«

»Ja.«

»Möchtest du mich jetzt küssen. Ist das ok für dich?«

Aber ich küsse sie vorerst nicht. Ich starre nur weiter auf dieses Dreieck. Svenja spielt mit meinem durchnässten Haar, massiert meinen Hinterkopf, streicht über meine Nackensehnen. Die Schweißfilme auf meiner Stirn und ihrer Bauchdecke verbinden sich.

»Warte mal.« Sie rückt von mir ab, macht einen Schritt nach hinten. »Lehn dich zurück.«

Ich tue, was sie sagt. Sie dreht sich langsam um und rückt wieder an mich heran. Schweißbäche rinnen ihren Rücken herunter. Etwas in mir, lange nicht alles, hat plötzlich Lust, ihre Hinterbacken zu ergreifen, dort hineinzubeißen.

»Ich bin ganz vorsichtig, ok? Atme einfach ruhig weiter.«

Das Atmen kommt mir wie Trinken vor und ich beobachte, wie sich ihr Hintern beinahe in Zeitlupentempo auf mein Becken senkt. Sie setzt sich rücklings auf mich, spreizt dabei etwas die Beine. Dann nimmt sie meinen Schwanz, presst ihn gegen ihre Schamlippen, führt ihn dann ein. Erstaunlich, aber in all dieser Hitze ist die Wärme, die mich nun umhüllt, dennoch spürbar. Svenjas Beckenbewegungen. Ich spüre von innen ihre Bauchdecke, die Muskelstränge dort. Ich küsse ihre Schultern, das schweißdunkle Haar. Svenja hat zu stöhnen begonnen. Sie klingt – das ist tatsächlich das Wort, das nun in mir aufleuchtet – *vernünftig*. Die Vorstellung, dass sie weiß, was sie tut. Was ich tue. Eine Weile geht alles so weiter. Ich denke daran, dass ich später vielleicht an Niederegger denken werde, und durch die Haut ihres Rückens verfolge ich die elektrischen Impulse, wie sie vom Schoß hinauf ins Gehirn und wieder zurück schießen. Draußen im Vorraum sind jetzt Stimmen zu hören. Altmännerbässe, Lachen. Jemand pfeift Fragmente einer Melodie.

»Komm«, flüstert Svenja. Ein sachliches Flüstern. »Komm! Jetzt!«

Und dann plötzlich die Vorstellung, wie milchige Flüssigkeit aus ihr herausfließt, auf der Innenseite ihrer Oberschenkel zu kochen beginnt.

Mittwoch, 6. November, in den saugenden Mariannengräben der Zeit. Svenja ist längst wieder in Hamburg, heute, in diesem Moment, glaube ich, fliegt sie für zwei (!) Tage nach Philadelphia. Ich sitze wieder in diesem Café am Hafen und bearbeite eine Anzahl in kurzen Abständen eingegangener Emails, deren Absender ausnahmslos für ein in Genf beheimatetes, aber global operierendes Gebilde namens Global Enhancement Foundation (GEF) tätig sind. Thema des sich seit vorgestern immer weiter intensivierenden Nachrichtenverkehrs ist der Executive Chairman der GEF, ein lateinamerikanischer Gentleman namens Raphael Gonzales Blanco. Sich verdichtenden Gerüchten zufolge steht der Chilene kurz davor, einen hochangesehenen Preis für sein Lebenswerk entgegenzunehmen sowie GEF-intern, also innerhalb der von ihm selbst gegründeten, ebenfalls hochreputierten Nichtregierungsorganisation, wegen gleich mehrerer bizarrer, fast schon mittelalterlich-feudal anmutender Affären von seinem Posten entfernt zu werden. Mit anderen Worten: Gonzales-Blanco soll zeitgleich im eigenen Haus demontiert und auf internationalem Parkett heiliggesprochen werden. Liz ist in Aufruhr deswegen. Auf der mittleren und oberen Führungsebene sind Graben-, Positionierungs-, sogar bereits Erbfolgekämpfe ausgebrochen, während sich das glucksende Fußvolk, Leute wie Lacroix, Martinez oder Wilson, selbstmörderisch-schadenfroh die Hände reibt. Für Lynberg und mich jedoch, die einzig verbliebenen Hofbiographen, ergibt sich durch die veränderte Gemengelage eine neue, kaum lösbare Aufgabenstellung. Ich meine, sollen wir jetzt alles noch einmal und diesmal wahrheitsgemäß aufschreiben? Vor ein paar Wochen noch war klar, niemand wird das Zeug je lesen – eine Handvoll GEF-Satrapen vielleicht, naive Jünger in den GEF-Field Missions. Falls Gonzales-Blanco aber tatsächlich diesen Preis erhält, werden sich *alle* auf das Ding stürzen. Unser kleines Traktat, so es denn je fertig wird, dürfte dann einer ungesunden, pedantischen Evaluierung unterzogen werden. Journalisten werden recherchieren, Kritiker nachbohren, und ich bin mir nicht ganz sicher, ob man in diesen Kreisen Verständnis aufbringt für z. B. Eriks eher individuellen Zugang zu der Vita des EC. Außerdem: Welche Bedeutung hat eigentlich das Wort ›wahrheitsgemäß‹? Im Hinblick auf was hätten wir die Wahrheit gestalten sollen? Immerhin wird das fette Schwein demnächst in die Hölle und den Himmel gleichzeitig einziehen. Das einzig Vernünftige in der gegenwärtigen Situation wäre es, das Valparaiso-Projekt umgehend einzustampfen, zumindest aber auf Eis zu legen, doch diesen Ausweg scheint man in den höheren Etagen absolut nicht gehen zu wollen. Ich habe keine Vorstellung davon, wer dort was mit dem Buch bezweckt, welcher Fraktion dessen Existenz mehr nützt. Liz jedenfalls macht fanatisch weiter. Und Valerie, der Wilson eigenen Beteuerungen zufolge als Hauszofe dienen möchte, lässt sie gewähren. Lynberg glaubt daher, wir sollten es einfach durchziehen. Er ist von der Qualität unseres Produkts überzeugt. Das bin ich auch, doch ich sehe den Text eben nicht in der Sachbuch–, sondern in der Psychiatrie-Abteilung. Lynberg hält derlei Unterscheidungen für irrelevant. Wilson hofft, dass alles und er selber explodieren werden. Liz möchte längere Passagen lesen. Valerie will ebenfalls lesen. Sie hat unsere gemeinsame Nacht vergessen, denkt stattdessen über mögliche

Titel nach (»A great man«, »Fulfilling destiny«, »A man for mankind«, am besten: »Ambassador of excellence«). Auch ich denke über Titel nach (»The tortilla tales«, »The last emporer«, usw.); gleichzeitig versuche ich schon seit einigen Minuten, Birtes Aufmerksamkeit zu erlangen. Endlich bemerkt sie mich.

»Na, noch einen?«

»Hmm, lieber nicht. Kann jetzt schon kaum noch schreiben.«

»Wieder das Buch über deinen Chef?«

Ich nicke, doch Birte scheint mir nicht zu trauen. Sie beugt sich herunter und wirft einen Blick auf den Bildschirm. »Sieht aber mehr nach Emails aus.«

Ich versichere ihr, dass die Nachrichten sich samt und sonders um das Valparaiso-Projekt drehen.

»Valparaiso? Kenne ich. Da hatten wir mal ein Turnier mit der Mannschaft.«

»Was für eine Mannschaft?«, frage ich, obwohl ich die Antwort nicht hören will. Wenn man es genau nimmt, habe ich Angst vor dem, was Birte jetzt gleich sagen wird.

»Tennis. Ich war früher im australischen Sichtungskader.«

Erstaunlich, dass sie gerade heute mit ihrer Vergangenheit rausrückt. Bisher ging es immer nur um das Leben hier vor Ort.

»Wie alt waren Sie da?«, frage ich.

»Elf, zwölf … dreizehn. Kurz bevor ich vierzehn wurde, sind wir zurück nach Neumünster.«

»Und als Zwölfjährige sind Sie nach Südamerika zu Tennisturnieren geflogen?«

»Tja«, macht Birte, »so war das wohl.«

Ich überschlage, wann in etwa Birte dreizehn gewesen ist, ob Gonzales-Blanco zu diesem Zeitpunkt womöglich noch in Valparaiso und Umgebung sein Unwesen getrieben haben könnte. Aber nein, spätestens seit Anfang der Achtziger wirkte der EC primär in Europa und Nordamerika. Andererseits: Er hat schon seit einer Ewigkeit diese Hazienda in der Gegend. Wann genau hat er die gekauft? Was macht er, wenn er dort ist? Der EC auf Heimaturlaub: *Vom Haupthaus des Anwesens zu dessen Außengrenzen sind es anderthalb Tagesritte, weiter nach Valparaiso noch einmal drei. Der große Mann setzt sich auf seine Lieb-*

lingsstute, eine kräftigen Hannoveranerin namens Rosario, reitet allein durch wilde, bald gebirgige, bald prärieartige Landschaften, macht Rast in den Honigpalmenwäldern des La Campana-Nationalparks, trinkt das Wasser klarer Gebirgsflüsse, backt Maisfladen am Lagerfeuer. Ein Mann, ein Diplomat, ein Kommunikator auf der Suche nach Stille, dem Gesang der Vögel, dem Rauschen der Bäume, dem Gemurmel der Bäche. Sein Ziel ist jedoch: die Stadt, eine irgendwann auf seinen Namen umzutaufende Mehrzweckhalle, wo sich junge Chilenen mit der Tennisteenager-Elite der Welt messen. Seine Aufgabe: Ermutigen, Trösten, Pokale und Zärtlichkeiten verteilen.

»Haallo, aufwachen. Was soll's denn jetzt sein?«

Mein Blick wandert träge von Birtes ziemlich flächigem Becken hinauf zu ihrem ziemlich flächigen Gesicht.

»Stilles Wasser und einen Pfefferminztee, bitte.«

Sie quittiert die Bestellung mit einem halbseitigen Grinsen.

»Oha, der Mann hat für heute genug vom Jamaica-Rum.«

»So ist es«, sage ich, worauf Birte meinen Tisch verlässt. Wieder einmal bestaune ich ihre Proportionen, die zu langen, zu stämmigen Beine, den im Verhältnis dazu kurzen Oberkörper. Keine Ahnung, ob man mit so einer Figur wirklich in die Top 100 hätte einbrechen können. Vielleicht durch ein gleichmäßiges, zermürbendes Grundlinien-Stahlgewitter. Andererseits dürfte Birtes Reichweite am Netz beträchtlich gewesen sein. Nein, ganz sicher war sie Angriffsspielerin. Nicht umsonst ist sie Australierin. Die Defensiv- und Konterspezialisten, die Marathonballwechsel-Liebhaber sitzen in Spanien, in den lateinamerikanischen Kolonien, in der Heimat meines obersten Dienstherren zum Beispiel, und Lynberg behauptet in einer in diesem Moment eintreffenden Mail, auf neue und recht pikante Details aus dem Intim-Leben des EC gestoßen zu sein. Ein »alter Freund«, Genfer Diskothekenbesitzer, könne detaillierte Angaben zu diversen Damen machen, die in Begleitung des Executive Chairmans in einem Laden in der Nähe der Rue du Rhone die Nächte zum Tag gemacht hätten. Sein Kumpel kenne nicht nur die betreffenden Dienstleisterinnen, sondern auch den früheren Betreiber des zugehörigen Escort-Services. Es sei, so Lynberg, überhaupt kein Problem, mit diesen Leuten Kontakt aufzunehmen. Ich lese die Mail sorgfältig durch, und dann lese ich die Mail abermals sorgfältig durch: Kein Zweifel, Erik hat die Seiten gewechselt. Er hält den Chef für bereits erledigt und positioniert sich auf der Kritikerseite, dem GEF-Reformflügel. Ich antworte, dass das nicht geht, wobei ich mich zur gleichen Zeit frage, warum das eigentlich nicht geht. Die ehrliche Biographie eines komplexen Charakters: Theorie und Praxis, Licht und Schatten, Taten und Verfehlungen, Arbeit und Freizeit, Familie und Nutten, Frühsport und Koks, zum Glück ist Birte schon wieder auf dem Weg zu mir.

»So, einmal Kindertee und Wasser für den Heeeerrn.«

»Danke.«

»Vielleicht noch was essen? 'n Stück Kuchen? Gebe ich dir umsonst, der muss weg.«

Ich blicke in Birtes Territorialgesicht. Wie freundlich sie in letzter Zeit geworden ist! Norddeutsche, so sagt man, müssen erst auftauen. Birte *ist* aufgetaut.

»Nein, danke«, sage ich und deute dabei auf meinen Bauch, mache eine Geste, als ob dieser stark angewachsen wäre.

»Oha ... der Mann hat Figurprobleme? Sieht doch alles noch manierlich aus.«

»Danke«, sage ich. »Aber ich sitze zu viel.«

»Jeden Tag zehn Kilometer über den Deich, gegen den Wind. Ist gut für alles, auch ...«, sie deutet auf das Laptop, »... für das da.« Sie stapft davon, ist aber bereits nach wenigen Augenblicken mit einem ansehnlichen Stück Käsekuchen zurück. Außerdem lächelt sie. Das habe ich bei ihr bisher nur zwei- oder dreimal erlebt, immer in Situationen, in denen sie mir außer der Reihe etwas Gutes tat. Ich kann diesem Lächeln nicht standhalten und schaue auf meine Uhr. Es ist 16:11. Svenja schaut in diesem Moment auf das Meer herab, auf den Küstenverlauf Neufundlands, sie zählt Containerschiffe im Spielzeugformat. Philadelphia geschäftlich, dann New York privat, in zweieinhalb Tagen und am Samstag wieder Nordsee, bis zu meiner Abreise. Falls ich wieder abreise. Birte platziert den Teller vor mich, rückt anschließend die Kuchengabel irgendwie ironisch zurecht. Draußen biegt ein Lieferwagen von der Straße am Hafen in die menschenleere Fußgängerzone ein, bleibt dann stehen. Ich warte, ob etwas passiert, ob jemand aussteigt. Aber nichts rührt sich.

Freitag, der soundsovielte November, ich weiß nicht genau, wie lange ich mich schon an diesem Ort aufhalte, doch auf jeden Fall habe ich mich akklimatisiert, sogar bereits Gewohnheiten entwickelt: die Spaziergänge am Meer, über den Deich, durch das winzige Städtchen, die Nachmittage im diesem kleinen Café am Hafen.

»Was man hier Freitagabends macht?« Birte schaut mich belustigt an. »Dreimal darfst du raten?

»Sie bleiben zu Hause?«

»Nee. Und jetzt hör mal endlich auf mit dem ›Sie‹. Ist ja schlimm.«

Birte dreht sich kopfschüttelnd um und macht ein paar Schritte zum übernächsten Tisch, an dem eben drei Rentner, zwei Frauen und ein Mann, Platz genommen haben.

»So, die Herrschaften, schon was gefunden?«

»Haben wir, junge Frau, dreimal die Waffeln mit Sahne und Kirschen, wenn Sie nichts dagegen haben.« Der Rentner lacht, seine beiden Freundinnen schauen fröhlich.

»Dreimal Waffel-Kirschen-Sahne. Zu trinken?«

»Ach, Sie haben hier doch diesen herrlichen Tee«, mischt sich eine der Frauen ein. »Wie heißt der noch … Rosbusch?«

»Rooibos heißt der«, antwortet Birte.

»Ach, davon nehme ich eine Tasse.«

»Für mich auch«, sagt die andere Frau. Gleicher Haarschnitt, gleicher Kleidungsstil, gleicher Gesichtsausdruck – eventuell Schwestern. Alle Rentnerinnen in diesem Land sind Schwestern.

»Und ich bekomme«, er klappt die Getränkekarte zu, »einen Latte Macchiato, junge Frau.«

»Kännchen oder im Glas, junger Mann?«

Na, endlich! Birte weiß genau, dass ich zuhöre, dass ich alles beobachte. Sie, aber auch die Alten, führen etwas auf.

»Ähmm, tja, ich ähh …« Der alte Trottel weiß nicht mehr weiter. Seine beiden Gehilfinnen sind still.

»Der Italiener nimmt das Glas«, informiert ihn Birte und zwinkert mir über die grauen Köpfe hinweg zu.

»Mach ich genauso«, entscheidet der Rentner, und zehn Minuten später, die Pensionäre sitzen mittlerweile staunend vor drei riesigen Waffel-Sahne-Kirsch-Gebirgen, sagt Birte zu mir: »Falls du Lust hast, kannst du heute Abend mitkommen. Ich fahr später mit Beata ins Black Rose.«

»Black Rose?«, hake ich nach. Plötzlich bin ich hellwach.

»So eine Räuberhöhle. Kurz vor Weddingstedt. Freitags ist da ganz Dithmarschen.« Ihr Mund verzieht sich zu einem schiefen Grinsen. »Muss man gesehen haben.«

»Ich bin dabei«, sage ich. Entscheide ich mit absurder Bestimmtheit. Anschließend schließe ich endlich das Email-Programm, öffne stattdessen die EC-Textdateien, und am nächsten Morgen, gegen 5:15 Uhr, laufe ich diese kleine Straße vom Hotel Neptun hinunter zum Hafen. Um die Laternen haben sich dunstige Höfe gebildet. In meinem Mund vermischt sich der Geschmack der Zigarette mit dem von Beatas Vagina. Die Schiffe liegen ruhig im Wasser. Möwen sitzen auf Ruderhäusern und Funkmasten, in der Takelage. Die Vögel wirken regungslos, wie ausgestopft.

Samstag, früher Nachmittag. Svenja ist bald da. *Bei mir* hier oben.

»So, einmal Spülwasser für den Heerrn.« Birte stellt ein Kännchen grünen Tee auf meinem Tisch ab. »Danke, gute Frau.«

Rückzug hinter die Kuchentheke. Birte ist heute zwar tatsächlich zum Dienst erschienen, aber nicht sehr gesprächig. Von den Ereignissen der letzten Nacht, von dieser Geschichte nach dem Black Rose in Beatas Hoteldachkammer: kein Wort. Kein Gesprächsbedarf. Ich hingegen hatte zunächst Skrupel, das Café zu betreten. Ich hatte irgendwelche Befürchtungen.

Nun, wie auch immer. Svenja ist auf dem Weg zu mir. In weniger als einer Stunde wird dieser grüne Vintage-Porsche unten am Hafenbecken auftauchen. Ich nehme an, darüber freue ich mich. Ihr zweiter Besuch, und diesmal will sie länger bleiben. Ein richtiger kleiner Urlaub.

Die kleine Treppe vom dritten Stock hinauf zu den Personalverschlägen. Das Knarren der Stufen, dazu das unterdrückte Kichern der Frauen. Was war die offizielle Begründung? Noch ein Bier oder so ähnlich. Oben angekommen, in Beatas Dachkammer, haben sich die anderen dann erstmal wieder mit dem Speed beschäftigt, wobei der Mann, der mit uns gekommen war, sagte, Meth sei geiler. Ich schaute mir diese Menschen an, wie sie sich über die Platte des kleinen Schreibtisches beugten. Der Mann hatte mein Alter, trotzdem trug er einen dieser Ohrstecker, die riesige Löcher in den Ohrläppchen hinterlassen und die in Genf, wo die Leute noch etwas zu verlieren haben, unbekannt sind. Auf seinem Handrücken prangte eine Windrose – genau so eine wie bei diesem Jackenverkäufer, damals am Tag nach meiner Ankunft. Ich nehme den ersten Schluck; der grüne Tee schmeckt wie grüner Tee, der nach Spülwasser schmeckt. Birte hat recht und unrecht zugleich, und gestern Nacht, nach dem Black Rose, beschäftigten sie und der Mann sich bald schon ziemlich intensiv miteinander, während Beata und ich unschlüssig auf diesem ungemachten Bett saßen. Ich meine, kaum anderthalb Meter von uns entfernt – halb auf einem mit Kleidungsstücken bedeckten Sessel, halb kniend auf dem Teppichläufer – fummelte dieser Typ hemmungslos an meiner Lieblingsbedienung herum. Ich schaute mir das an, beobachtete das wirklich fasziniert. Trotz der Ewigkeiten, die ich schon auf diesem Planeten zubringe, so etwas war mir noch nicht untergekommen: Eine Vorführung im privaten Rahmen, sexuelle Realität. Ich weiß nicht genau, was Beata dachte, ob das alles nicht sogar eine geplante Geschichte gewesen ist, doch wenig später, während wir durch die Musik hindurchflüsterten, uns über Belangloses unterhielten, über Themen, die auf jeden Fall nichts mit dem zu tun hatten, was Birte und der Mann gerade veranstalteten, irgendwann also berührten auch Beata und ich uns – wenngleich zunächst noch halb zufällig und vorsichtig. Die ganze Situation war absurd. Beata und ich zögerten, tasteten uns behutsam vorwärts, Birte und ihr Partner hingegen verloren keine Zeit. Er hatte ihr das Oberteil und den BH ausgezogen, und ihre Brüste kamen mir sogar ganz ok vor, wenn auch – im Hinblick auf den Restkörper, auf jene Kaltblüteroberschenkel – zu klein. Sie saß mit geschlossenen Augen leicht nach vorne gerutscht auf diesem Sessel, der Mann mit den Ohrlöchern kniete tatsächlich vor ihr und saugte an ihren Nippeln herum. Schwer zu sagen, was ich von all dem hielt. Ich denke, letztlich fand ich die Situation ok, akzeptabel zumindest, interessant. Birte und der Typ bereicherten mein Leben, meinen Erfahrungsschatz, und sie kamen dabei immer mehr in Fahrt, doch die Dinge zwischen Beata und mir entwickelten sich ebenfalls. Mittlerweile waren wir bei irgendwelchen Spielchen angelangt, Neckereien, die wiederum, das war uns beiden klar, nur der Auftakt zu ganz anderen, richtig konkreten Sachen sein würden. Ich war müde, ich spürte kaum wirkliche Gier, es war eher ein Automatismus, eine blinde Mechanik, die die Sache vorantrieb, und dann entdeckte ich diesen Slip unter dem Kopfkissen, zog ihn hervor. Ich schaute mir das Ding eingehend an, inspizierte es regelrecht. Beata beobachtete mich dabei. Sie griff nicht ein, protestierte nicht einmal, obwohl ihr klar gewesen sein musste, dass der Slip benutzt war, dass er Spuren ihrer Flüssigkeit aufwies. Birte und der Ohrtunnel machten unterdessen immer weiter. Sie hatte sich auf dem Sessel vorgebeugt, während er jetzt vor ihr stand. Seine Hose war bis zu den Knöcheln heruntergerutscht. Ich warf Beata einen Blick zu, deutete dabei mit dem Kopf auf die beiden. Beata tat etwas empört, doch für mich stand fest: Sie erlebte das nicht zum ersten Mal. Birtes Auftritt schockierte sie nicht im Geringsten, und plötzlich strich ihre Zungenspitze am äußeren Rand meiner Ohrmuschel entlang.

»Sollen wir rübergehen?«

Mir fiel keine Antwort ein. Sicherlich wollte ich allein sein mit Beata, meinetwegen auch ohne sie, andererseits faszinierte mich, was sich da vor meinen Augen abspielte. Denn Birte hatte mittlerweile – leider von dem Typ halb verdeckt – einen Schwanz im Mund! Ich lehnte mich ein wenig zur Seite (zu Beates Seite), um mehr mitzubekommen. Tatsächlich, Birtes irgendwie grotesk verformte Lippen umschlossen, spielten mit einem ziemlich dicken, dafür aber nicht sehr langen, ich glaube, nur zu Dreivierteln erigierten Penis. So etwas hatte ich live noch nie zu Gesicht bekommen. Das waren Bilder, die ich unbedingt abspeichern musste, um später davon berichten zu können. Seht her, das hat Opa wirklich erlebt. Seht her, Opa hat wirklich gelebt. Er ist nicht nur ein Schatten, der über grau-grünen Wellen dieses entsetzlichen Meeres dahinwandert.

»Komm, wir gehen rüber«, sagte Beata. Keine Ahnung, was sie damit meinte, doch ich sagte: »Ok«. Dann allerdings geschah erstmal nichts. Weder sie noch ich machten Anstalten aufzustehen. Vermutlich fürchteten wir, Birte und ihren Partner zu stören. Die beiden waren weiterhin mit diesem Blowjob beschäftigt; ich bemerkte, wie der Typ von Zeit zu Zeit etwas einknickte, als würden ihm schwache elektrische Schläge verabreicht. Ich schaute mir seinen entblößten Hintern an und zumindest in dem dämmrigen Licht konnte ich kein einziges Haar entdecken. Glatt, straff und muskulös – dieser Arsch passte nicht zum Rest von ihm. Er spielte in einer anderen Attraktivitätsliga. Womöglich hatte Birte den Ohringträger genau deswegen ausgewählt. Der kleine Raum war von vier Menschen bevölkert, von denen zumindest zwei eindeutig sexuelle und immer sexuellere Handlungen vollzogen. Ich hatte das Gefühl, dass die Dinge, die ich gerade erlebte, mich irgendwohin brachten, auf ein neues Level sozusagen. Auf der anderen Seite störte mich natürlich die Anwesenheit eines anderen Mannes. Mit Männern hatte ich Zeit meines Lebens Probleme. Also schaute ich wieder Beata an, dann wieder ihren Schlafslip. Beata lächelte … *freundlich*. Ich denke, das ist genau das richtige Adjektiv. Freundlich, mit einer Beimengung Verlegenheit, einem Spritzer Provokation. Ein offenes, widersprüchliches Lächeln, reizend, wirklich toll. Ich weiß nicht, vermutlich liebte ich sie schon in diesem Moment. Ganz plötzlich.

»Wohin sollen wir gehen?«, fragte ich also. »In meine Wohnung?«

Sie schüttelte energisch den Kopf, ergriff dann meine Hand: »Komm.«

Das Bett quietschte, als wir aufstanden. Birte ließ Ohrtunnels Schwanz aus dem Mund gleiten.

»Na, viel Spaß euch beiden.« Dazu das rauhe Lachen des Mannes.

Beata zog mich auf den dunklen engen Flur. Unsere Schritte knarrten entsetzlich auf dem alten Parkettboden. Beata öffnete eine Tür, betätigte einen Lichtschalter, wir betraten ein anderes Dachzimmer, das ganz ähnlich eingerichtet war wie das vorhin, aber offenkundig momentan nicht genutzt wurde. Eine Fensterluke war auf Kippe gestellt. Der Leuchtturm streute sein Licht über die Dächer, in die Regenschleier.

Ich sagte: »Schöne Aussicht.«

Beata stellte sich dicht vor mich, mit dem Rücken zu mir. Mein Kinn berührte ihren Hinterkopf, ihre Locken kitzelten in meiner Nase. Wieder dieser leichte Parfümgeruch, der an sehr junge, noch schlaftrunkene Frauen denken lässt, an halbtransparente, fadenscheinige, etwas verschwitzte Nachthemden. Es ist wahr, solche Assoziationen hatte ich, während Beata meine Hände vor ihrem Bauch verschloss. Der Boden unter uns knarrte bei jeder Gewichtsverlagerung, ich spürte ihre Atembewegungen. Meine Hände schoben sich unter ihr Oberteil, wanderten über die Taille und Rippen nach oben. Sie trug keinen BH, ihre Brüste legten sich voll und weich in meine Handflächen. Ich spürte, wie sich ihre Nippel veränderten, wie sich eine Verhärtung zunächst andeutete, dann wieder nachließ, sich schließlich voll ausprägte. Sie legte ihren Kopf in den Nacken, auf meine Schulter, und meine Zähne bohrten sich in ihren Hals, umschlossen ihren Kehlkopf. In dem Moment, in dem ich den Druck meiner Hände und meines Kiefers verstärkte, entfuhr Beata ein Laut, ein Seufzen: weich, defensiv, trotzdem fordernd. Keine Ahnung, wie man das beschreiben soll. Ich habe dieses Seufzen noch öfter gehört in dieser Nacht, etwa als ich ihre Beine, ihre Oberschenkel spreizte, als meine Zunge wie zur Täuschung nur leicht über ihre halbgeöffneten Schamlippen strich, dann aber plötzlich und heftig in sie eindrang. Ihre Schamhaare waren schwarz und zu einem schmalen Strich rasiert. Ich denke an Beatas Venushügel und gleich darauf an den von Claudia, während meine Lippen jetzt, nicht einmal 12 Stunden später, über Svenja feuchtes rotblondes Vlies gleiten. Wir liegen auf meinem Bett, Svenja ist da. Verrückt, dass ich in diesen Zeiten immer wieder Frauen mit Schamhaaren erwische. Blond, rot, schwarz, das sind ziemliche Kontraste. Unterschiede existieren eindeutig und sie sind nützlich. Sie helfen mir, die Dinge noch vollständig mitzukriegen, doch wenn erst einmal ein gewisses Stadium erreicht ist, fallen sie kaum mehr ins Gewicht. Gonzales-Blanco hat das, wenn die Gerüchte stimmen, schon vor langer Zeit begriffen. Lynberg und ich begreifen es gerade. Wir befinden uns in der Phase des Lernens und Anerkennens und trotz allem mochte ich Beatas Körper, ihre Haare, den Druck, den sie auf meinen Schwanz ausübte. Ich meine, es ist verrückt, ich drang in sie ein, so wie ich gleich, in einigen Minuten und falls mir nicht irgendetwas – ein Gedanke, ein vorbeifliegendes Rotkehlchen, *ich* – dazwischenfunkt, meine fragile Konzentration sabotiert, in Svenja eindringen werde, wobei Eindringen wirklich nur die rein technische Umschreibung der Vorgänge ist. Eher integriere ich mich in ein chemisches System, ich übernehme Hautsäureformeln. Im Neptun integrierte ich mich in ohne weiteres Zögern in Beata. Schätzungsweise nahmen wir uns Birtes Hemmungslosigkeit zum Vorbild. Wir zogen uns aus und legten uns auf das Bett, ich küsste alles an ihr. Wenig später hatte sie plötzlich ein Kondom in der Hand, zog es mir über und legte sich dann mit dem Rücken zu mir auf die Seite. Der eindeutige Aufforderungscharakter machte mir Angst, so wie mir neuerdings, obwohl ich mit Svenja beinahe glücklich bin, vieles Angst macht. Die Ziegen zum Beispiel. Sie wollen mir nicht aus dem Sinn. Die Ziegen, dieser Vogel auf Mallorca. Angst ist das einzige Gefühl, das ich immer und völlig ohne Beimengungen identifizieren kann, doch ungeachtet solcher Befindlichkeiten spürte ich kurze Zeit später tief in Beata diesen Punkt, diesen leichten Widerstand, den ich nur bei manchen Frauen erreiche und den zu berühren scheinbar irgendwie gut ist. Sie sagte etwas, irgendwelche polnischen Sachen vermutlich, die zu meinem Erstaunen sexy klangen. *In den frühen Morgenstunden des 11. November 2009, nach insgesamt viereinhalb abwechslungsreichen Dienstjahren im gut eingeführten, sich im Besitz eines Hannoveraner Konsortiums befindlichen Kieler Massagesalon Mauseloch, entschloss sich die an der Universität Kattowitz diplomierte Mathematikerin Beata Kazcmierskyi, ihrer Karriere eine neue und nachhaltige Dynamik zu verleihen. Kurzentschlossen reiste die attraktive 35-Jährige noch am selben Tag an die schleswig-holsteinische Westküste, sondierte dort für kurze Zeit die Arbeitsmarktsituation und stellte sich schließlich im altehrwürdigen Dithmarscher Hotel Neptun einer neuen beruflichen Herausforderung. Kaszcmierskyi, die in ihrer spärlich bemessenen Freizeit gerne kalorienreich kocht und Hunde an Hamburger Forschungslabore verleiht, betrat in einer Freitagnacht im November 2013 in Begleitung eines nicht näher identifizierbaren Mannes eine zu diesem Zeitpunkt ungenutzte Personaldachkammer. Es war eine milde, regnerische Nacht, in der man zuvor …* und so weiter und so fort, und ich biss in Beatas Brüste, in dieses ziemlich perfekt gerundete, noch viele Jahre von seiner Zersetzung entfernte Gewebe. Ich meine, in all diesen schwachsinnigen, widersprüchlichen Empfindungen, trotz aller Müdigkeit, trotz allen Überdrusses hatte ich eine Menge Spaß. Es ist gut, mit Frauen zu schlafen, Frauen halbwegs nahe zu sein, die man erst Stunden zuvor kennengelernt hat. Das erfrischt, erinnert, täuscht. Wenn alles klappt. Wenn man noch ein Nanogramm Motivation in sich spürt, was ich definitiv tue. Eine Schande, dass mir derlei nicht noch öfter passiert, ein Rätsel, dass es mir überhaupt passiert.

Nun, wie auch immer man die Angelegenheit nachträglich bewerten mag, die November-Aufgabe war erledigt.

Gesendet: Samstag, 09. November 2013 um 08:38 Uhr
Von: «Mari Takano» <mari.ta@hotmail.com>
An: «Frank Stremmer» f.stremmer@bluemail.ch
Cc:
Betreff: Milk

Hello Frank,

Today I had a look at the calendar and I noticed: We haven't seen each other now for almost 2 years. This is good. After Hokkaido it was necessary.
Did I tell you that I won't go there anymore? To Hokkaido, I mean. We found a different way for the … you know … the deliveries ☺

I remember this last afternoon when we met. It was intense I thought. I liked the way you were interested in my tits. This inspired me. Read:

Milk
This cold shiver on my skin
Transforming the shape of my body
Hardening, erecting, swelling
A frozen drop of milk
Like a deadly white pearl
A shiny cancer
Born by the tip of my nipples

M.

Gesendet: Freitag, 09. November 2013 um 11:51 Uhr
Von: «Stevenson, Elizabeth» <elizabeth.stevenson@gef.org>
An: «Frank Stremmer» f.stremmer@bluemail.ch; »Stremmer, Frank« frank.stremmer@gef.org;
Cc:
Betreff: Scedule finalized
Frank,
Regardless of all the turmoil of the past few days (I guess you heard all about it) our trip with the EC will go ahead as planned. Please have a look at the schedule attached. We will, as you know, leave on 3 December. I know I told you already several times but please make sure that all your personal documents are up to date. Your vaccination certificates and the visas will arrive in due time.
I also attached two articles recently published by the Guardian regarding the political situation in the eastern parts of the Democratic Republic of Congo and the Central African Republic.
Regards,
Liz

XII.
Greater London

Montag, 1 Dezember, 17:05 Uhr, die psychotherapeutische Praxis Dr. Yves Niederegger, Route de Florissant, Genève-Champel

»So, Herr Stremmer.«

»Ja.«

»...«

»...«

»Ähmm ... gibt es etwas, worüber Sie heute gerne reden möchten? Etwas, das Sie beschäftigt?«

»Tja ... ich überlege die ganze Zeit. Eben auch schon, als ich draußen gewartet habe. Merkwürdig.«

»...«

»...«

»Vielleicht versuchen Sie erst einmal, ihren aktuellen Zustand zu beschreiben. Wie geht es Ihnen denn momentan?«

»Halten Sie das für einen guten Einstieg? Die Frage kann ich nicht beantworten.«

»Alors ... Sie wollten unbedingt heute einen Termin haben, nachdem Sie ... lassen Sie mich nachschauen ... die letzten ... drei Termine abgesagt haben. Und unseren regulären Termin am kommenden Freitag ebenfalls. Insgesamt haben Sie in diesem Jahr ...«

»... ja, ja, schon gut. Hören Sie, es tut mir Leid mit den ganzen Absagen. Aber ich bin nun mal ein vielbeschäftigter Mann. Mir fehlt schlicht die Zeit, um mich um meine psychischen Defekte zu kümmern.

Nächsten Freitag zum Beispiel muss ich absagen, weil ich und meine multiplen Persönlichkeiten übermorgen nach Afrika fliegen.«

»Afrika? Urlaub oder beruflich?«

»*Wie bitte?*«

»Ich fragte, ob Sie beruflich nach Afrika fliegen oder ob Sie dort Urlaub machen?«

»Akustisch hab ich das schon verstanden, Niederegger. Meine Nachfrage diente lediglich dem Zweck, meine Verwunderung zum Ausdruck zu bringen. Nein, nicht Verwunderung, meine Indignation.«

»Ihre Indignation? Weshalb?«

»Gute Frage. Ursprünglich dachte ich, ich könnte mich darüber empören, dass Sie annehmen, jemand wie ich habe Zeit, Urlaub zu machen. Dann aber fand ich es lustiger, sauer zu sein, weil Sie offenkundig annehmen, dass ich einen Beruf habe. Schließlich ist mir klar geworden, dass das alles Schwachsinn ist. Da ich aber trotzdem Lust hatte, irgendwie ärgerlich zu reagieren, kam eben dieses ›Wie bitte?‹ dabei raus. Vergessen Sie's einfach.«

»Sie hatten einfach ... *Lust*?«

»Mir war danach, ja.«

»Und was denken Sie, woher diese Lust stammt? Fällt Ihnen eine Erklärung dafür ein?«

»Na ja, in gewisser Hinsicht geht es doch immer darum, ein Gespräch interessant zu halten, oder? Irgendwie flüssig. Außerdem: beruflich, privat – die Frage war so langweilig, so entsetzlich naheliegend ... Sie haben mich quasi zu einer Überreaktion gezwungen. Wenn ich es recht bedenke, könnte man Ihre Frage bereits als Affront, als passive Aggression werten, die dann wiederum meine Reaktion nicht nur erklären, sondern sogar rechtfertigen würde. Und mal ganz abgesehen von diesem Quatsch: bei Leuten wie mir gibt es diese Trennung gar nicht mehr.«

»Welche Trennung?«

»Beruflich – privat.«

»Ah bon?«

»Bien sure! Oder schaffen Sie es ... ich meine, wenn Sie abends ihren Mantel nehmen und den Fiaker zurück Richtung Alsergrund anspannen lassen, schaffen Sie es dann immer, den Job einfach so abzulegen?

Kriegen Sie das hin? Diese ganzen Irren, das Geheule, das Geschrei? Apropos Alsergrund: Da war ich neulich. Ich habe praktisch ein paar Tage in Ihrer Nachbarschaft verbracht.«

»Alsergrund – das ist in Wien, n'est-ce pas?«

»Wunderbare Stadt. Erstaunlich wenig akzeptable Frauen. Die Ausnahme war dieses Restaurant. Dort waren *nur* hübsche Frauen. Die Bedienung war ok, und draußen saßen eine Gutaussehende und eine regelrechte Schönheit und lasen sich aus einem Buch vor, in dem es, glaube ich, um Gender-Fragen ging. Ich habe die beiden dann gefragt, ob sich in der Nähe zufällig ein permanent Blasen werfender Flussarm befände. In dem Laden hätte ich übrigens beinahe eine von Ihren Wiener Spezialitäten probiert: Blutschwammgröschtl oder so ähnlich, und die Blasen in dem Fluss sind das Resultat von Verwesungs-und Zersetzungsprozessen. Von Kadavern, von Eingeweiden und Blut, das man vor vielen Jahren und über Jahrzehnte dort eingeleitet hat.«

»Ähmm … ich …«

»Ich hab schon damals gedacht, in Wien meine ich, dass ich Ihnen die Geschichte unbedingt erzählen muss. Von wegen Unterbewusstes. Blasen der Traumatisierung, Gifte, die an die Oberfläche steigen. Der Fluss der Unterwelt, wie hieß der noch? Styx, oder? Wie diese grauenhafte Band damals. Na ja, lange Rede kurzer Sinn, Svenja meint auf jeden Fall, solche Sachen seien quasi Ihre Geschäftsgrundlage.«

»Ähmm … ich fürchte, ich komme nicht mehr ganz mit, Herr Stremmer. Svenja? Den Namen haben Sie noch nicht erwähnt, wenn ich mich nicht täusche.«

»Svenja ist meine Freundin.«

»Sie haben wieder eine Freundin?«

»Tja, zumindest habe ich im Apartment ihrer Eltern gewohnt. Oben an der Nordsee.«

»Ähh … Sie … ich meine, ist Ihre …«

»… lassen Sie mich raten: Sie wollen wissen, ob Svenja an diesem Zwölf-Monate-zwölf-Frauen-Ding teilnimmt, stimmt's?«

»Tut sie das?«

»Natürlich.«

»Ist das nicht ein Widerspruch?«

»Widerspruch? Inwiefern?«

»Nun, einerseits reihen Sie … Svenja … in eine Abfolge anderer Frauen ein, Sie serialisieren sie praktisch, nehmen ihr dadurch die Individualität, ordnen sie wahrscheinlich sogar einem Monat zu …«

»… korrekt. Oktober.«

»… andererseits aber bezeichnen Sie sie als ihre Freundin, also als einen Menschen mit einer sehr speziellen Funktion in Ihrem Leben, jemand, der gerade nicht Teil einer Serie, ein Kettenglied ist, sondern besonders. Sehe ich das richtig?«

»Ich denke schon. Manch einer würde ihre Definition des Begriffs ›Freundin‹ blauäugig finden, aber im Großen und Ganzen: ja, Sie haben recht.«

»Und dieser Widerspruch belastet Sie nicht?«

»Schwer zu sagen. Mich belasten eine Menge Dinge; mir geschehen eine Menge Dinge. Ich habe absolut keine Ahnung, was los ist. Oben an der Nordsee habe ich das Meer sprechen gehört. Ich habe Ziegen in Kellern von Läden voller Funktionskleidung gesehen, gemolken von … verstehen Sie, die Dinge zerfasern, zerbröckeln, zerfließen. Alles rieselt in winzigen … was weiß ich … Realitätspartikeln, in Realitätspartikeltröpfchen zu Boden. Und ich stehe im Partikelregen und strecke die Zunge raus. Um wenigstens irgendwas aufzufangen. Da fällt mir ein: Haben wir eigentlich schon Termine für's neue Jahr gemacht? Ich meine, falls im Dezember frauentechnisch irgendetwas schief geht, falls die Sache doch noch scheitert, brauche ich für die Zeit danach Termine. Wenn wir heute fertig sind, lassen Sie uns bitte Termine bis zum Sommer festlegen. Prophylaktisch, meine ich. Keine Evaluation oder so etwas. Brauchen wir nicht. Der Therapieerfolg ist mir scheißegal. Lassen Sie uns einfach weitermachen, d'accord?«

»…«

»…«

Gesendet: Dienstag, 2. Dezember 2013 um 09:21 Uhr
Von: «Stevenson, Elizabeth» <elizabeth.stevenson@gef.org>
An: «Stremmer, Frank» frank.stremmer@gef.org
Cc:
Betreff: Tomorrow
Frank,

Tomorrow, 7:45 h, check-in 91-97. Please find attached your E-Tickets.
And please be on time!!!
Raphael hates tardy people ☺
Liz

Was ist das da draußen? Schnee? Die Straßen *verschwinden*. Und mit ihnen die Frauen. Niedereggers Lächeln, als ich neue Termine verlangt habe. Niederegger denkt, ich bin fertig, ich gebe auf. Aber nichts da! Der majestätisch böse Dezember kommt, und ich werde ihm auf Augenhöhe begegnen. Kein Tinder, keine Adela – vollkommen reine Laborbedingungen.

Außerdem ist die Zwiebelsache (wahrscheinlich) abgeschlossen. Ein exzellentes Vorzeichen.

Gesendet: Dienstag, 02. Dezember 2013 um 14:13 Uhr
Von: Stremmer, Frank» frank.stremmer@gef.org;
An: Wilson, Richard, Richard« <richard.Richard.wilson@gef.org; »Frank Stremmer« f.stremmer@bluemail.ch
Cc:
Betreff: Onions

Richard,
Please find attached the new »La ville d'onion«. Remember the story I sent to you some months ago? This is a new and much better version! The final version has finally been completed. When I'm back from Afrique I expect to find a comprehensive review on my desk. Practice your German, for f … sake!

Cheers,
Frank

Gesendet: Dienstag, 02. Dezember 2013 um 21:57 Uhr
Von: «Mari Takano» <mari.ta@hotmail.com>
An: «Frank Stremmer» f.stremmer@bluemail.ch
Cc:
Betreff: Aw: Me & You & them

Frank,
No, I didn't change my mind. We shouldn't see each other anymore. You and me (and the pills) – we will never meet again.
But I am missing you.
M
PS.: Good luck for the December woman … ☺

Gesendet: Samstag, 2. Dezember 2013 um 22:03 Uhr
Von: «Jürgen Stedmeyr» <jstedmeyer@t-online.de>
An: «Frank Stremmer» f.stremmer@bluemail.ch
Cc:
Betreff: Der blanke Hans
Hola, Frank,
Zahlung dankend erhalten. Die Firma sagt Gracias, Amigo.
Wann sieht man sich denn mal wieder im schönen Son Serra? Die Claudia schaut ja auch schon immer ganz sehnsüchtig aus.
Du weißt doch: Advent, Advent, der Schlüpfer brennt
;-)

Jürgen

Eben, vom Hotel aus betrachtet, war die Stadt nicht zu erkennen. Ein Meer feucht-grün transpirierender Baumwipfeln und Palmenkränze, aus dem kaum ein Dutzend Gebäude herausragte. Vom Hotel aus ließ sich die Realität der Stadt nicht einmal erahnen, jene Szenerie, die sich uns seit einigen Minuten jenseits der SUV-Fensterscheiben darbietet: Abfolgen meist einstöckiger Gebilde inmitten üppiger Vegetation und rostrot leuchtendem Staub. Häuschen, Hütten, dazwischen, an Kreuzungen und Kreiseln, immer wieder schmucke, bungalowartige Bauten. Eine Szenerie des Ungeplanten, Gewucherten, die im Kontrast zur klaren Linienführung der Straßen steht. Die »Avenue de France« zieht sich wie eine Bresche, wie ein Ausrufezeichen durch die Wohngebiete, durch die Geflechte des Zufalls, der kleinen Läden, was weiß ich. Ein Abkömmling des Barons Hausmann, ein afrikanischer Boulevard. Insgesamt jedoch erinnert die Stadt keineswegs an Paris. Diese Stadt erinnert an nichts. Weshalb sie da ist, wurde uns nicht mitgeteilt. Weshalb *wir* da sind, weiß zumindest der EC.

Bangui, Zentralafrikanische Republik, 5. Dezember 2013, 12 Uhr mittags. Der Konvoi besteht aus zwei neuen, schwarzen SUVs. Im Fond des vorderen, einem BMW X6, sitzt der EC mit diesem Typ vom »Außenministerium«, im hinteren, einem Audi Q7, folgen wir. Wir sind auf dem Weg zum Flughafen, zu den Franzosen. Danach, irgendwann am Nachmittag, ist das Treffen mit dem »Präsidenten« anberaumt. Im Präsidentenpalast. Niemand hat verstanden, was der Umweg vorher soll, warum wir so ein Risiko eingehen, aber nun sind wir unterwegs. Es ist tatsächlich losgegangen. Trotz der Nachrichten vom Morgen, von gestern Abend. Wir werden uns die Dinge anschauen, so wie ich mir jetzt Liz anschaue, ihr Gesicht im Profil. Die hageren Züge haben sich noch einmal verhärtet. Kurz vor Aufbruch, in der pompösen Hotellobby, hat sie ein letztes Mal versucht, den EC umzustimmen – vergeblich. Als Executive Chairman der Global Enhancement Foundation müsse er sich ein vollständiges Bild verschaffen, einen Überblick. Nur umfassend informiert könne man qualifiziertes »conflict management« anbieten. Effektive, professionelle Konflikteindämmungskommunikation – genau dafür sei die GEF in diesem Land präsent. Das sei überhaupt der Sinn der Organisation. Der EC redete sich in Rage, Liz sagte nichts mehr. Lynberg machte sich Notizen. Was der Chef wiederum mitbekam. Die Situation war gewissermaßen offiziell. Dann kam dieser Vertreter vom Außenministerium mit den Fahrern und Sicherheitsleuten herein. Große, schlanke Leute in tadellosen schwarzen, paramilitärisch anmutenden Trainingsanzügen. Wir gingen nach draußen, bestiegen die Autos und seither starrt Liz unverwandt geradeaus. In einem fort fixiert sie die Kopfstütze vor ihr, alles an ihr wirkt verkrampft, ein Anblick, der mich irgendwie belustigt, mich zumindest von der Tatsache ablenkt, dass der Wagen des EC sein Tempo weiter verringert hat. Der Wagen des EC tastet sich jetzt nur noch vorwärts, denn etwas weiter, die schnurgerade, breite Straße hinauf, sind Leute auf der Fahrbahn. Nicht viele, kein Demonstrationszug, aber doch zwei, drei Dutzend. Auch auf unserer Höhe, an den Straßenrändern, Unruhe, schwer einzuschätzende Personenbewegungen. Ein Junge mit einer großen Stehlampe. Der Junge trägt eine Stehlampe davon und außerdem ein Chelsea-Trikot und kurze rote Shorts, dazu Badelatschen. Eine Frau sitzt in diesem roten Staub am Straßenrand, aufrecht, mit ausgestreckten, leicht gespreizten Beinen. Sie macht einen apathischen Eindruck. Nicht auszuschließen, dass sie verletzt ist. Die Tür des kleinen Hauses hinter ihr steht offen. Jugendliche kommen aus dem Eingang hervor. Einer schleppt ein technisches Gerät heraus. Ein Kofferradio vielleicht. Oder ein Toaster. Auch andere der Jungen tragen Fußballtrikots. Ich erkenne die großen spanischen Clubs, weitere Mannschaften aus England. Die Frau sitzt da und bewegt sich nicht, der Wagen mit dem EC bewegt sich kaum. Ein stockender Konvoi Richtung Airport. Ich denke an die Anreise, an die Dinge, die angeblich notwendig waren, um überhaupt hierher zu kommen. Die Verhandlungen. Noch im Flugzeug, auf der ersten Etappe nach Istanbul und mit dem EC weit entfernt in der ersten Klasse, hat uns Liz die Reisewarnungen vorgelesen. Auf Englisch und Französisch. Dieses Land erzeugt Warnungen in allen möglichen Sprachen, und die Bremslichter des x6 leuchten auf, erlöschen, leuchten wieder auf. Da vorne ist man unschlüssig. Noch weiter vorne, immer noch mindestens 150 Meter entfernt, sind diese Leute. Das ist keine Straßensperre, es liegen keine Sachen herum, aber doch ein Hindernis. Menschen stehen auf der Straße, oder nein, sie spazieren gemächlich in unsere Richtung. Beinahe auf der ganzen Fahrbahnbreite, wobei an den Flügeln dieser Formation Dinge passieren, schnellere Bewegungen, ein Hin und Her. Kleinere Gruppen bilden sich, lösen sich wieder auf.

Eines steht fest, gäbe es hier Verkehr, er käme dort hinten zum Erliegen. Gestern Abend auf meinem Zimmer, nachdem wir ewig an der Bar gesessen hatten, habe ich eine Karte von Bangui studiert, eher einen Prospekt mit den Sehenswürdigkeiten. Daher weiß ich, es gibt Alternativen, wenn man zum Airport will, andere schnurgerade Staubpisten. Wir selber haben gestern einen anderen Weg genommen. Heute lernen wir die Avenue de France kennen. Der x6 setzt seinen unentschlossenen Stop-and-Go-Kurs fort, es geht absolut nicht voran, Lynberg hantiert mit seinem Smartphone herum. Er beschäftigt sich mit seiner App-Verwaltung, während man sich draußen, jenseits der Scheiben, zusehends mit uns beschäftigt. Leute betrachten uns, bewundern diese schwarzglänzenden SUV-UFOS. Jemand schwingt eine Metallstange, lässig wie einen Spazierstock. Um seinen Hals hängt eine Kette mit Dingen daran. Amulette. Dazu wieder Fußballtrikots. Kamerun. Das Grün von Kamerun. Arsenal. Eben Chelsea, jetzt Arsenal. West-London gegen Nord-London.

»Nice people, isn't it?« Lynbergs erster Kommentar seit dem Frühstück. Er hat das Handy in den Schoß rutschen lassen und blickt hinaus, drückt dann auf den Knopf des Fensterhebers. Ein summender Motor nimmt seinen Dienst auf.

»Monsieur, fermez la fenêtre!«

Der Trainingsanzug auf dem Beifahrersitz. Lynberg läßt den Motor erneut summen. Liz schaut stur geradeaus. Im Rückspiegel plötzlich die Augen des Fahrers. Sein hektischer Blick. Die Leute auf der Straße laufen jetzt beinahe, bewegen sich mit eindeutig höherer Geschwindigkeit, sie joggen entspannt. Gestern hat uns dieser Franzose in die Konfliktlinien eingeführt, in die Frontziehungen. Aber ich habe nicht viel behalten.

»Monsieur, tournez! Tournez maintenant!«

Das war Liz! Die Kopfstützen-Meditation ist beendet. Wer weiß, vielleicht werden gerade ihre Träume wahr. Ihre Mallorca-Prophezeiungen. Die Bremslichter leuchten, auch der Staub leuchtet. Der Himmel dampft wässrig blau. Es könnte Rauch in der Luft sein. Ich schwitze trotz voll aufgedrehter Klimaanlage. Ich schwitze, obwohl ich friere, und der Mann auf dem Beifahrersitz hat nun eine Waffe in der Hand. Er sagt: »Allez!« Dann nochmal, lauter: »Allez, allez!« Er meint den BMW. Er verlangt vorne eine Entscheidung, die sofort darauf tatsächlich fällt. Der X6 wendet mit durchdrehenden Reifen nach links, setzt zurück, beschleunigt erneut, rast an uns vorbei. Die Menge auf der Straße beschleunigt ebenfalls. Die Leute rennen. Endlich setzen auch wir uns in Bewegung. Wir wenden, wir *versuchen* zu wenden. Dieser Idiot kann nicht Autofahren. Einen Moment lang stehen wir quer auf der Fahrbahn. Am Straßenrand ist jetzt jede Menge los. Der Straßenrand kommt näher. Die Stimmung ist gekippt. Menschen gestikulieren, einige schreien, und inmitten der Hektik fällt mir eine Frau auf. Sie steht ruhig da, ganz entspannt, lächelt sogar. Eine amüsierte, erwartungsfrohe Zuschauerin. Die Frau sieht unglaublich gut aus. Sie trägt einen engen Wickelrock und auf ihrem T-Shirt steht in großen schwarzen Lettern der Schriftzug »PK 12«, darüber, etwas kleiner, das Wort »Liberez!«, und endlich setzen wir zurück. Die Wende ist so gut wie vollzogen. Der EC ist bereits in Sicherheit, wir werden ihm folgen. Die Hand des Fahrers am Knauf der Automatikschaltung. Die etwas hellere Haut oberhalb der Fingerknöchel. Worauf wartet dieser Idiot? Klemmt das Ding? D! D ist die Position! Drive! Dann ein Bersten, der Sound von explodierendem Glas. Das Adjektiv ›ohrenbetäubend‹. Sind das Wurfgeschosse? Kugeln? Offenkundig sind wir nicht gepanzert. Die Grenze zwischen uns und draußen – zerstört. Der Straßenlärm nun in voller

Lautstärke. Heisere, jugendliche Schreie. Französisch und eine andere Sprache. Schnelles, pumpendes Französisch. Die Beifahrertür wird aufgerissen. Hat die Karre keine Zentralverriegelung? Warum hat keiner die Zentralverriegelung betätigt? Der Mann mit der Pistole fuchtelt mit der Pistole herum. Der Trainingsanzug, die Sonnenbrille, das professionelle Gehabe – nichts als Fake. Die Jungen draußen sind nicht beeindruckt. Arme, Hände, Klingen, lange, breite Messer. Ich sehe *schon wieder* Trikots. Manchester United in Rot, Liverpool in Rot, Barcelona in Rotblau. Verschiedene Rottöne zu tiefbrauner Haut. Ein Halbwüchsiger versucht, den Sicherheitsmann vom Sitz zu ziehen. Andere packen mit an. Das Gebrüll und Geschrei wird immer lauter, trotzdem höre ich das typische Seufzen neben mir: Lynberg. Lynberg seufzt, als hätte er eine lästige Aufgabe zu erledigen. Eine dienstliche Mail kurz vor Feierabend. Eine Restaurantreservierung. Unser Fahrer rührt sich nicht. Etwas muss ihn getroffen haben. Aber was? Eine Frage für später. Falls es ein später gibt. Auch die Türen zum Fond werden aufgerissen, zwei, drei Köpfe hereingesteckt. Überraschung. Deutliche Überraschung. Zögern. Sie sind geblendet von unserer Haut.

»Descendez, Madame, s'il vous plaît ! Monsieur.«

Das war ausgesuchte Höflichkeit. Der unauslöschliche Einfluss der Grande Nation. Wir wurden höflichst gebeten auszusteigen, also steigen wir aus. Es wäre unhöflich, *nicht* auszusteigen. Liz' Bewegungen wirken hölzern. Auch meine Beine fühlen sich zerbrechlich an, wie dünne, starre Stäbchen.

»Vous êtes francais?«, fragt jemand, aber ich bin zu abgelenkt, um zu antworten. Ich verfolge, was mit unserem Beifahrer geschieht. Unser Beifahrer wird vom Wagen weggeführt, doch schon nach zehn, fünfzehn Meter kommt die Menschentraube wieder zum Stillstand. Ein Ring entsteht, ein Personenkreis, die Bewegungen verlagern sich in dessen Inneres. Zwischen nackten Beinen erkenne ich den schwarzen Trainingsanzug im rotglühenden Staub. Dieser Staub ist wirklich speziell. Etwas in mir denkt an Bodenschätze, Metalle, an *Seltene Erden*. Aus diesem Staub werden Lynbergs Apps, wird Tinder gegossen. Das Tiefgrün der Bäume im Hintergrund. Der blasse Himmel.

»Non«, antwortet Liz. »Moi, je suis anglaise, et mes collègues sont allemands et suédois.« In Liz' Stimme ein winziges Zittern, ansonsten Präzision und Beherrschung.

»Vous êtes journalistes?«

»Oui«, sagt jemand hinter mir. Lynberg! Erik hat entschieden: Wir sind Journalisten. *Berlingske Tidende. Aftonbladet* – Namen aus den Sedimentschichten der Vergangenheit. *Der Internationale Frühschoppen.*

»Vous avez une carte de presse?«

Die Struktur des Hintergrundlärms ändert sich. Die Schreie werden seltener, aber schriller. Das ist der Beifahrer. Ich vermute, es ist jetzt allein unser Personenschützer, der kreischt. Die anderen reden durcheinander, debattieren, schwingen dabei verrostete Messer, Stöcke durch die Luft. Das sieht nicht schlimm aus, nicht ernst, wie ein Aufwärmprogramm. Der Beifahrer kauert am Boden, deutlich erkenne ich sein Gesicht zwischen den Beinen der Umstehenden. Die Knöchel der Jugendlichen wirken filigran, verletzlich, verletzlicher fast als dieser Kopf, den jetzt ganz spielerisch etwas trifft. Eine Machete, glaube ich, trifft den Kopf an der Seite. In Höhe des Ohres. Ein Moment unverstellter Sicht, sein irgendwie beleidigtes Gesicht, im nächsten Moment wieder Beine, Waden, Bewegung. Vom Straßenrand sehe ich jemanden kommen: Ein Junge trägt einen schweren Brocken heran, einen Stein. Es ist der Junge mit dem Chelsea-Trikot. Ein elfjähriger Didier Drogba. Er erreicht die Gruppe, versucht sich in das Innere des Rings zu drängeln, und ich bemerke, dass Lynberg etwas hervorgeholt hat. Eine Karte. Unser GEF-Headquarters-Zugangsbadge. Lynberg hält das Ding den drei Burschen, die bei uns stehen, entgegen, deutet gleichzeitig auf die Gruppe, die den schwarzen Trainingsanzug fertigmacht.

»Vous-êtes les Anti-Balaka?«

Unfassbar! Lynberg hat bei dem Vortrag gestern aufgepasst! Lynberg als abgebrühter Kriegsberichterstatter.

»Oui, Monsieur. Nous protégeons notre quartier. Les Selekas ont tué les gens et maintenant on va les tuer. On va tuer tous les musulmans.«

Die Augen dieses achtzehnjährigen Pressesprechers! Das Weiß als Mischung aus Gelb und Rot. Drogenaugen. Im Hintergrund sausen Stöcke und Macheten nieder. Ich höre gedämpftes Klatschen, einzelne

Rufe, sogar Gelächter, aber keine Schreie mehr. Und dann höre ich einen dumpfen Knall. Etwas ist explodiert, nicht weit entfernt. Wir drehen uns um, schauen die Straße herunter. Vom Stadtzentrum nähern sich Fahrzeuge, Jeeps. Motorisierte Einheiten. Der EC hat eine Armee herbeigerufen. Dann noch ein Knall. Rauch steigt auf. Ist das Tränengas? Die Jugendlichen brüllen, alles gerät in Bewegung, die ganze Straße rennt, nur der Beifahrer liegt still da. Er ist nur noch mit einem Unterhosenfetzen bekleidet. Unser Sicherheitsmann hat seinen Trainingsanzug abgelegt und sein Hals ist irgendwie *offen*! Großflächige Blutinseln im Staub. Der Hals ist wie ein Scharnier aufgeklappt. Gewebefetzen, rosa Hautlappen, auch etwas gelblich Graues. Das sieht krank aus. Dieser Mann ist eindeutig krank! Die GEF in der Heimat der Seuchen, im Wohnzimmer des Todes. Es brennt in meinen Augen. Der Rauch beißt sich in meinen Pupillen fest, doch durch den Tränenschleier erkenne ich: Da ist sie! Da ist sie wieder! *Liberez PK-12*. Und jetzt biegt sie ab zwischen die Häuschen. Ein Patt ins Innere des Viertels. Ins Innere dieser Hölle. Plötzlich Geknatter. Tak-Tak-Tak – das sind Schüsse! Kalaschnikow, AK-17. Schnellfeuergewehrfeuer. Was meinte dieser Franzose gestern? Anti-Balaka bedeutet Anti-AK-17? Nun, ich bin pro PK-12. Der Dezember ist der zwölfte Monat, oder? Die letzte Etappe. Wer hätte gedacht, dass mich ausgerechnet hier die Lösung erwartet? Ich verlasse die Avenue de France. Ich verlasse die Gegenwart. Häuser, Hütten, Ställe, Bäume, Palmen. Es riecht nach Feuer und Latrinen. Svenja, Adela, Myriam – wie heißt du, Baby? Bist du wirklich eine Nummer? Excusez-moi, Madame Douze? Madame Douce? Wieder eine Salve: Tak, Tak, Tak. Nummer 12 ist direkt vor mir. Sie wartet auf mich. Am Ende des Weges. Tak Tak Tak. Ich bin ein Bündel aus Reflexen. Ich bin beinahe glücklich. Liz und Erik sind nicht mehr neben mir.

Anhang

Die unabhängige Untersuchungskommission des GEF Advisory Boards zu den Vorfällen des 5. Dezember 2013 in Bangui / Zentralafrikanische Republik

(Lord Geoffrey Michael Harris (F1), Mr. Ole Salmstoed (F2), Mrs. Katherine Hannah Jefferson-Poustakis (F3), Mr. Joshi Tawanake (F4))

Befragung Mr. Erik Lynberg (GEF, Section 4: Communications / Internal Communications), 24. März 2014*

F1: Herr Lynberg, sind Sie einverstanden, an dieser Befragung teilzunehmen und alle Fragen wahrheitsgemäß und vollständig zu beantworten?
A: Ja.
F1: Diese Befragung wird aufgezeichnet – sind Sie damit einverstanden?
A: Ja.
F1: Gut, dann nennen Sie uns bitte zunächst Ihren vollständigen Namen, Ihr Geburtsdatum und Ihr Herkunftsland sowie kurz auch Ihre aktuelle Tätigkeit bei der Global Enhancement Foundation?
A: Mein Name ist Erik Martin Malin Lynberg. Ich bin am 28. Februar 1970 in Göteborg / Schweden geboren. Bei der GEF arbeite ich für die

* Aus dem Englischen übersetzte Abschrift des Tonbandprotokolls, im Besitz der *Ständigen Vertretung der Bundesrepublik Deutschland bei dem Büro der Vereinten Nationen und den anderen Internationalen Organisationen in Genf*, Geheimhaltungsstufe 2, Verfasser der in Klammern gesetzten Anmerkungen: unbekannt.

Abteilung für Internal Communications, seit … ähm … ich glaube, seit jetzt 9 Jahren.
F1: Wer sind Ihre Vorgesetzten?
A: Elisabeth Stevenson für Internal Communications. Die gesamte Communications-Abteilung wird von Valerie Spasowsky-Taylor geleitet. Frau Stevenson war bis Januar auch unsere Verbindungsperson zum Büro des Executive Chairman.
F1: Gut … Herr Lynberg, wie Sie ja wissen, geht es bei dieser Befragung um die Ereignisse des 5. Dezember letzten Jahres. Ich möchte Sie in diesem Zusammenhang darauf hinweisen, dass Ihre Aussagen *nicht* anonym behandelt werden. Eine Anonymisierung hätte angesichts der eingeschränkten Anzahl der zu befragenden Personen keinen Sinn. Von Seiten des GEF Senior Managements wurde uns allerdings zugesichert, dass Aussagen, die vor diesem Komitee gemacht werden, in keiner Weise in Ihre Performance Evaluation einfließen. Sind Sie soweit einverstanden?
A: Ja.
F1: Gut, möchte von meinen Kollegen noch jemand etwas vorab bemerken?
F2, F3, F4: … (*Kopfschütteln bei F2 und F3, keine Regung bei F4*)
F1: Gut, Herr Lynberg, würden Sie uns bitte zu Beginn einige Worte zu der Vorbereitung der Mission sagen? Wurden Sie und Ihre Kollegen im Vorfeld miteinbezogen? Gab es zum Beispiel ein ausführliches Briefing über die jeweilige Lage vor Ort?
A: Die Vorbereitungen begannen meines Wissens bereits im Herbst oder Winter 2012/2013. Zumindest war uns schon frühzeitig bekannt, dass Mr. Gonzales-Blanco vor seinem Abschied eine Afrikareise plante. Unsere Impftermine fanden dann im Sommer 2013 statt. Darüber hinaus wurde uns kaum etwas mitgeteilt. Wir waren zu keinem Zeitpunkt in die Planungen involviert.
F1: Können Sie sagen, warum diese spezifischen Ziele … warten Sie … die Zentralafrikanische Republik, die Demokratische Republik Kongo und die Republik Uganda als Stationen ausgewählt wurden?
A: Wegen der dortigen GEF-Infrastruktur, nehme ich an. In den drei Ländern ist die GEF bereits präsent. Im Ost-Kongo, in der Nähe von Goma, betreiben wir bekanntlich zusammen mit dem Dänischen Königshaus ein Rehabilitationszentrum für ehemalige Bürgerkriegssolda-

ten. Kindersoldaten, um genau zu sein. Ein Umschulungsheim. So eine Einrichtung plante der EC, falls ich mich nicht täusche, auch für Bangui. Deswegen die Zentralafrikanische Republik. Und in Uganda unterstützt die GEF zusammen mit der WHO und der UNICEF Schulungsprogramme zur HIV-Prävention … In Wirklichkeit ging es bei der Reise aber nicht um die GEF-Projekte.

F3: Um was ging es dann?

A: Um den Executive Chairman. Bei der GEF geht es immer nur darum. Sogar jetzt noch. Das gehört zwar nicht hierher, aber wissen Sie, womit ich mein Geld verdiene? Ganz konkret?

F1: F2: F3: F4: ….

A: …

F3: Was meinen Sie damit »Es ging um den Execuive Chairman«? Was soll das heißen?

A: … (*seufzt*) … Es gab bereits im Sommer, Herbst letzten Jahres wie auch schon in den beiden Vorjahren Hinweise darauf, dass Mr. Gonzales-Blanco in Norwegen auf einer Shortlist steht. Sie wissen, wovon ich spreche. Das galt damals als relativ gesicherter Fakt. Afrika diente allein dem Zweck, Mr. Gonzales-Blancos Position beim Komitee in Oslo zu stärken.

F3: So, das denken Sie also?

A: Ja. Aber nicht nur ich.

F3: Haben Sie irgendwelche Beweise für diese … Theorie?

A: Wie soll man so etwas beweisen? Aber was glauben Sie, warum man ausgerechnet *uns* mitgenommen hat, und nicht Leute, die sich vor Ort mit unseren Projekten dort unten auskennen?

F3: Die Mission war für Sie nur ein PR-Coup?

A: Absolut.

F1: Gut … bevor wir uns jetzt schon mit … Interpretationen befassen, würde ich gerne zunächst auf den faktischen Verlauf der Mission kommen, also auf den 5. Dezember. Herr Lynberg, schildern Sie uns bitte den Verlauf der Ereignisse aus Ihrer Sicht.

A: Wir waren am Vortag, also am 4. in Bangui angekommen. Schon am 4. war der Flughafen so gut wie gesperrt und zum Teil von französischen Truppen besetzt. Wir wurden von mehreren Offiziellen des damaligen Präsidenten Djotodia begrüßt und danach von den Franzosen ins Hotel gebracht. Die Stadt machte während der Fahrt einen normalen Eindruck. Wir sahen zwar Rauchschwaden an mehreren Stellen über der Stadt, aber was die zu bedeuten hatten, war uns nicht klar. Der Rest des Tages verlief ohne offizielle Termine. Wir haben uns auf unseren Zimmern ausgeruht.

F3: Ok, das war der 4. Dezember. Uns interessiert der 5. Was war für diesen Tag geplant? Existierte so etwas wie eine Agenda?

A: Ja, natürlich. Für den Morgen war eigentlich ein Treffen mit einem unserer lokalen GEF-Verbindungsleute vorgesehen, Mr. Bikembi. Ursprünglich sollten wir auf dem GEF-Gelände im Norden der Stadt die Fortschritte bei den Umbaumaßnahmen besichtigen. Ich hatte ja schon erwähnt, dass die GEF für Bangui ein ähnliches Projekt wie das in Goma realisieren wird. Aber das Treffen mit Bikembi kam nicht zustande. Zunächst war es fast unmöglich, telefonisch mit ihm Kontakt aufzunehmen, und dann, als das endlich gelungen war, hat er uns dringend davon abgeraten, in den Norden der Stadt zu fahren. Die GEF-Mission befindet sich in einem Stadtteil namens »PK-12«. Der Name ist ja mittlerweile schon mehrfach durch die Medien gegangen. In »PK-12« hatte es schon am 4. und in den Tagen zuvor massive Auseinandersetzungen gegeben. Wissen Sie, wie die Leute im Hotel die Gegend nannten? »Les champs du mort«. Bikembi hat uns deswegen ausdrücklich von einem Besuch abgeraten.

F1: Gut, das Hotel haben Sie dann aber doch verlassen, sehe ich das richtig?

A: Korrekt. Für den Nachmittag war ein Empfang bei Präsident Djotodia vorgesehen, angeblich einem alten Bekannten von Mr. Gonzales-Blanco. Der Amtssitz liegt nicht weit vom Hotel entfernt und der Transfer dorthin hätte lediglich durch das damals noch relativ sichere Stadtzentrum geführt. In anderen Städten wäre man sogar zu Fuß gegangen. Leider ist Mr. Gonzales-Blanco auf die Idee gekommen, vorher, also vor dem Termin beim Präsidenten, noch persönlich beim Kommandanten der französischen Truppen vorzusprechen. Die Franzosen saßen zu dem Zeitpunkt am Flughafen, das habe ich schon gesagt, oder? Aufgrund des … mir fällt leider kein anderes Wort ein … des unverantwortlichen Starrsinns von Mr. Gonzales-Blanco haben wir uns in einem Konvoi von zwei zivilen Regierungsfahrzeugen gegen Mittag auf den

Weg gemacht, obwohl wir vorher mehrfach vom Hotelpersonal wie auch von den für uns zuständigen Sicherheitsleuten gewarnt worden waren.

F3: Wovor wurden Sie gewarnt?

A: Soll ich Ihnen das auf der Karte zeigen?

F1: Bitte.

A: Also, wie Sie hier sehen, liegt der Flughafen im Westen. PK-12 liegt übrigens hier, ganz im Norden, und das Hotel hier. Die Viertel, die östlich an das Flughafengelände angrenzen, waren laut Hotelmanager schon in den Tagen vor dem 5. unruhig. Wir haben zwar am 4., nach unserer Ankunft, nicht viel davon mitbekommen, aber wie in PK-12 soll es auch am Flughafen zu Ausschreitungen gekommen sein – sowohl von Truppen der Regierung, also den ehemaligen Seleka-Rebellen, als auch seitens der lokalen, in Anführungsstrichen »christlichen« Bürgerwehren, den Anti-Balaka. Ich wiederhole, wir wurden ausdrücklich gewarnt, zu den Franzosen zu fahren. Der EC meinte jedoch, als GEF, als Vertreter dieser Organisation müsse man mit allen beteiligten Parteien »kommunizieren« und »Lösungen erarbeiten«.

F2: Was ist gegen diesen Gedanken einzuwenden?

A: Dagegen ist so ziemlich alles einzuwenden, Herr Salmstoed.

F2: Zum Beispiel was, Herr Lynberg?

A: Zum Beispiel, dass man nicht das Leben seiner Angestellten riskiert. Von Leuten, die aufgrund von Abhängigkeitsverhältnissen kaum in der Lage sind, zu widersprechen.

F2: Auch dann nicht, wenn es darum geht, unter Umständen sehr viel mehr Menschenleben zu retten?

A: Gonzales-Blanco ging es nicht um Menschenleben, sondern einzig und allein darum, in Oslo eine gute Figur machen.

F2: … (*Kopfschütteln*) Ich kann mich nur wundern, dass jemand wie Sie ausgewählt wurde, um eine Biographie über das Leben von Mr. Gonzales-Blanco zu schreiben.

A: Und ich kann mich nur wundern, dass jemand wie Sie ausgewählt wurden, um dieser Untersuchungskommission anzugehören. Ein, wie alle Welt weiß, Geschäftsfreund und Golfpartner von Mr. Gonzales-Blanco.

F2: Ich muss mich in aller …

F1: … Gut, ich glaube nicht, dass jetzt die Stunde ist, über die Besetzung dieses Gremiums zu diskutieren, Herr Lynberg. Lassen Sie uns bitte zu den Fakten zurückkehren. Zu den Geschehnissen des 5. Dezember. Könnten Sie uns bitte möglichst präzise die Ereignisse schildern, die zum … Ableben von Mr. Gonzales-Blanco geführt haben?
A: Ich verstehe Sie richtig, oder? Sie interessieren sich allein für den EC.
F1: Die Kommission hat unter anderem die Aufgabe, die näheren Umstände des Ablebens von Mr. Gonzales-Blanco zu klären.
A: Was ist mit meinen Kollegen?
F1: Teilen Sie uns bitte zunächst mit, wie es aus Ihrer Sicht zu dem Unglücksfall gekommen ist.
A: *Welchem* Unglücksfall? An diesem Tag hat es viele Unglücksfälle gegeben. Zum Beispiel wurde unserem Leibwächter der Hals durchgeschnitten – meinen Sie das?
F3: Hören Sie auf, hier so eine naive konfrontative Position aufzubauen. Die Mitglieder dieser Kommission bedauern selbstverständlich jeden Verlust von Menschenleben.
F1: Bitte beantworten Sie die Frage: Was waren die genauen Umstände, die zum Tod von Mister Gonzales-Blanco geführt haben?
A: Die Umstände waren vor allem seine grenzenlose Eitelkeit und Dummheit.
F2: Unglaublich. Ich protes …
A: … Um es noch einmal ganz deutlich zu formulieren: Der Executive Chairman ist an seiner eigenen Geltungssucht krepiert. Was aber konkret zu seinem Tod geführt hat – keine Ahnung. Ich habe nicht gesehen, was passiert ist. Wir, also meine Kollegin Liz Stevenson und ich, waren ganz damit beschäftigt, halbwegs heile aus der Situation rauszukommen. Später im Hotel hat man uns gesagt, dass der Wagen des EC beschossen wurde. Gut zwei Kilometer von der Stelle entfernt, wo unser Wagen gestoppt wurde.
F3: Dann haben Sie den Vorfall nicht mit eigenen Augen gesehen?
A: Nein.
F3: Das ist alles, was Sie dazu zu sagen haben?
A: Zu Gonzales-Blanco? Ja.
F1: Gut, dann …

A: … aber ich möchte an dieser Stelle an einen guten Freund und Kollegen von mir und Frau Stevenson erinnern, der mit uns an diesem Tag in Bangui unterwegs war und der …
F2: … empörend, einfach empörend.
A: … (*unverständlich*)
F1: Schalten Sie dieses verdammte Ding aus.

(*Aufnahme bricht ab*)

Christoph Höhtker
Das Jahr der Frauen
Roman

Konzept Design
Gottschalk+Ash Int'l

Satz
Publikations Atelier, Dreieich

Umschlaggestaltung
Julia Borgwardt, borgwardt design
unter Verwendung eines Motivs von
info@vnz-art.de/photocase.de

Foto Christoph Höhtker
© Alexandra Sonntag

Druck und Bindung
CPI Clausen & Bosse, Leck
Printed in Germany
Erste Auflage 2017
ISBN 978-3-86337-118-0

Dieses Buch ist auch als eBook erhältlich
ISBN 978-3-86337-137-1

weissbooks.com

Dieses Buch wurde auf FSC®-zertifiziertem Papier gedruckt. FSC® (Forest Stewardship Council®) ist eine nichtstaatliche, gemeinnützige Organisation, die sich für eine ökologische und sozialverantwortliche Nutzung der Wälder unserer Erde einsetzt.

MIX
Papier aus verantwortungsvollen Quellen
FSC® C083411